Zu diesem Buch

Wir befinden uns im Jahr 1897: Königin Victoria feiert ihr diamantenes Thronjubiläum, und wieder muß sich Sholto Lestrade von Scotland Yard mit einem Massenmörder herumschlagen. Das erste Opfer ist ein Offizier, der, mit der Ehrenmedaille des Aschanti-Feldzuges zwischen den Lippen, erschlagen in einem Park nahe der Themse aufgefunden wird. Dort taucht wenig später die Leiche einer noch jungen Frau auf. Der Hauptverdächtige, ihr älterer sowie erschreckend untreuer Ehemann, liegt alsbald erschlagen in seinem Bett. Die blutige Serie reißt nicht ab: Ein Archäologe stirbt in einer Höhle auf dem Land mit einem Skarabäus zwischen den Lippen. Deshalb begibt sich Lestrade als Undercover-Agent ins Milieu der Forscher, verlebt eine sinnenfreudige Nacht mit einer Archäologin und überlebt nur knapp einen Mordanschlag. Das nächste Opfer ist ein Offizier, der tot auf dem Sattel seines Pferdes gefunden wird – vergiftet mit einem Toffee-Praliné des noch jungen Unternehmens Rowntree. So süß und very british morden eben nur Frauen, diese Erkenntnis bringt Lestrade auf die richtige Fährte.

Anglophile Krimifans wissen um die Vielschichtigkeit in M. J. Trows literarischen Kriminalromanen, so auch der Rezensent der *WAZ*: «Seine Geschichten, obwohl nach dem Muster der klassischen angelsächsischen Detektivstory entworfen, haben Spannung, Pfiff und ein gerüttelt Maß an Verwirr-Puzzle im Dickicht verwehter Spuren.»
Der Kolumnist der *Nürnberger Nachrichten* irrt allerdings ein wenig, wenn er behauptet: «Keine Verfolgungsjagd, keine Kinnhaken, dafür aber ein gedankenreiches und intelligentes Spiel.»
Sholto Lestrade ist zwar die einzig wahre Alternative zum genialen Übermenschen Sherlock Holmes, aber er muß doch die aberwitzigsten Situationen im Laufe seiner Karriere überstehen. Und so kann man nur der *Nürnberger Zeitung*, eben der ortsansässigen Konkurrenz, zustimmen: «Die Lestrade-Romane von M. J. Trow gehören zum Erfreulichsten, was Großbritannien zu bieten hat.»

M. J. Trow

Lestrade und das Rätsel des Skarabäus

Aus dem Englischen von
Hans J. Schütz

rororo

Rowohlt

rororo thriller
Herausgegeben von Bernd Jost

Deutsche Erstausgabe
Veröffentlicht im Rowohlt Taschenbuch Verlag GmbH,
Reinbek bei Hamburg, April 1996

Die Originalausgabe erschien 1990 unter dem Titel
«Lestrade and the Guardian Angel» bei Constable and Company, London
Umschlagfoto Fred Dott
Umschlagtypographie Peter Wippermann/Susanne Müller

Redaktion Peter M. Hetzel
Satz Sabon (Linotronic 500)
Gesamtherstellung Clausen & Bosse, Leck
Printed in Germany
1290-ISBN 3 499 43020 7

Inhalt

Von allem, was tot ist, riecht nur die Vergangenheit angenehm.
Eines Morgens früh, Edward Thomas.

Alpha

Harry Bandicoot reckte sich stöhnend und stützte sich dankbar auf die Sense. Zu seiner Rechten und zu seiner Linken rackerten seine Pächter mit derben Lederschuhen und stählernen Sicheln in der Augustsonne, um das goldene Getreide abzumähen. Ratternd und klappernd zog die Mähmaschine ihre Bahn über das Feld, und die großen schwarzen Pferde spannten ihre Muskeln und Schultern und hoben ihre eisernen Hufe im Gleichtakt. Bandicoot ergriff die Zügel, warf die Sense einem Arbeiter zu und schwang sich auf die Maschine.
«Ganz schön heiße Arbeit, Sir», sagte der Fahrer und reichte ihm einen Krug.
Bandicoot nickte und nahm dankbar einen kräftigen Schluck. Er verdrehte die Augen, als sein Magen sich krümmte, und der Fahrer bemerkte es.
«Hat die Missus gemacht», erklärte er.
«Ja, hab ich mir schon gedacht», knurrte Bandicoot, ehe er sich an seine Erziehung und seine Stellung erinnerte. «Gutes Gebräu, Jack, gutes Gebräu. Meine Empfehlung an die Missus.»
Jack grinste breit und zupfte an seiner Stirnlocke, bevor er die Pferde mit einem Knallen der Peitsche wieder in ihre Spur trieb.
«Da kommt ein Reiter, Mr. Bandicoot», rief eine junge Stimme. Der Squire blickte zur Mähmaschine hinauf und legte schützend die Hand vor die Augen.
«Kommt vom Herrenhaus, würd ich sagen.»
Er blickte in die Richtung, in die der Finger wies, und sah einen Reiter über die Wiese und durch den Fluß galoppieren.
«Kannst du erkennen, wer es ist, Jem?» fragte Bandicoot den Jungen.
«Sieht aus, als wär's Tom Wyatt», rief der Junge zurück und formte seine Hände zu einem Trichter, um das Mahlen der Maschine zu übertönen. Bandicoot kletterte höher hinauf, bis er neben dem

Jungen stand und sah, daß Jem recht hatte. Der Diener ließ den Braunen laufen, was das Zeug hielt, und stand in den Steigbügeln, als er die Kuppe des Hügels erreichte und durch das Korn brach. «Du wirst das ganze Feld platt machen, du verdammter Idiot», brüllte Jack, aber Bandicoots Hand auf seiner Schulter brachte ihn zur Ruhe. «Du solltest Tom besser kennen, Jack», sagte der Squire. «Er wird seine Gründe haben.»
Wyatt schrie mittlerweile, während er aufgeregt winkend über das Erntefeld stürmte. Ein paar Zoll von den trottenden Schwarzen entfernt, welche die Köpfe hochwarfen und ihn anblickten, zog er die Zügel an. «Sie sehen erhitzt aus, Tom», begrüßte ihn Bandicoot mit einem Blick auf dessen offenstehende Weste und schweißverklebtes Haar. «Was ist los?»
«Es ist Mrs. Bandicoot, Sir», keuchte Wyatt und befreite sich von den Steigbügeln. «Sie hat angefangen.»
«Womit angefangen?»
Es gab eine Stille, in der sich alle Augen auf den Squire richteten. Jack, der Fahrer, zupfte mit der einen Hand am Gürtel des Squire und begann mit der anderen, sich seine Pfeife anzuzünden. «Mit dem Werfen, Sir», flüsterte er, «mit allem Respekt zu sagen.»
«Guter Gott! Das ist drei Wochen zu früh», Bandicoot stand kerzengerade da wie ein gerade kastriertes Kalb und sprang mit einem Satz in den Sattel des Braunen, von dem der Diener just abgesessen war.
«Mach weiter, Jack», rief Bandicoot, trieb seine Absätze in die Flanken des Tieres und preschte zurück durch die Verwüstung, die der Diener gerade angerichtet hatte.
«Mach ich, Sir», grinste Jack und warf Tom Wyatt seinen Krug zu. Der Diener zog den Stöpsel heraus.
«Von deiner Missus?» fragte er.
Jack nickte, und der Diener stöpselte den Krug wieder zu.
Squire Bandicoot preschte durch den Fluß, in den Steigbügeln stehend, den Kopf gesenkt, um den Ästen auszuweichen. Die zwei Meilen kamen ihm vor wie zwanzig, während er den Hals des Braunen mit den Zügeln peitschte.
Das Tier brach auf dem Kies aus, wand sich zwischen den knorrigen alten Bäumen des Obstgartens hindurch, duckte und richtete sich

wieder auf. Die Schwäne verließen, geräuschvoll mit den Flügeln schlagend, den See, als die Hufschläge sie aufschreckten, und Bandicoot sah vorne auf der Terrasse einen Wirbel von Geschäftigkeit. Ein zweiter Diener nahm die Zügel des schweißbedeckten, schnaubenden Braunen, als Bandicoot von seinem Rücken sprang und, ganz der alte Etonianer, die Böschung hinaufrannte.

«Oh, Sir», greinte das hysterische Mädchen auf der Terrasse, als er ankam.

«Was ist los, Maisie?» Er hielt ihre zuckenden Schultern und versuchte, seiner Stimme einen ruhigen Klang zu geben.

«Schlechte Nachrichten, Sir», schluchzte sie.

Bandicoot starrte auf ihre tränennassen Augen und die rote, zitternde Nase.

«Was? Was?» schrie er.

«Es ist Grizzle. Sie ist... sie ist tot», und das Hausmädchen sank hemmungslos schluchzend auf die Knie.

Bandicoot blickte hilflos in die Runde. Das machte er mittlerweile schon mehr als dreißig Jahre so. Er hatte darin eine gewisse Vollkommenheit erreicht. Darum nahm er mit außerordentlicher Erleichterung das Erscheinen von Miss Balsam zur Kenntnis, die ebenso knorrig war wie die Bäume, an denen er gerade vorübergeritten war, und obendrein ein wenig voller entwickelt.

«Still, Mädchen», fauchte sie Maisie an, die aufsprang, vor dem Squire einen Knicks machte und heulend entschwand.

«Grizzle? Was ist passiert, Nanny Balsam?»

«Grizzle?» wiederholte Miss Balsam. «Oh, dieses nervtötende Kind. Ich glaube, sie meint den Frosch, der so heißt.»

«Ein Frosch, Miss Balsam?» Bandicoot verstand gar nichts mehr. Als er heute morgen das Haus verlassen hatte, war noch alles und jeder bei guter Gesundheit gewesen. Was mochte seitdem geschehen sein?

«Ein Haustier, soweit ich weiß.» Miss Balsam geleitete den Squire zu einem Sessel auf der Terrasse. «Die Köchin ist heute morgen versehentlich draufgetreten. Ich bin, wie Sie wissen, in der Wiederbelebung ausgebildet, aber bei *Rana temporaria* hört's bei mir leider auf. Natürlich, wenn's *Rana esculenta* gewesen wäre...»

«Miss Balsam!» Bandicoot stand kurz vor dem Zusammenbruch.

«Letitia...»
«...kommt ganz gut ohne Sie zurecht, herzlichen Dank», und sie stieß ihn kraftvoll in den Korbsessel. «Männer!» Sie schnalzte mit der Zunge.
«Hat sie... Ist sie? Ich muß zu ihr.» Er stand auf.
«Auf keinen Fall!» Miss Balsams fünf Fuß eins brachten Bandicoots sechs Fuß zwei mit der ganzen Macht ihres Zartgefühls und ihres Geschlechts zur Raison.
«Was da oben in diesem Zimmer passiert», sie deutete mit dem Finger auf das bleigefaßte Fenster, «geht Sie gar nichts an. Sie haben Ihren Teil getan», fügte sie ruhiger hinzu, «jetzt lassen Sie Letitia den ihren erledigen.»
Sie strich ihm über seine zerzausten Locken. «Sie brauchen einen Amontillado.» Sie entschwebte nach drinnen.
Bandicoot nestelte seine Taschenuhr heraus. «Halb vier», sagte er laut und begann, auf der Terrasse hin und her zu gehen. Er blickte zum Fenster hinauf und sah Schatten und Spiegelbilder umherhuschen. Er hörte von drinnen keinen Laut, bis auf das gelegentliche Brüllen von Miss Balsam. «Handtücher.»
Und dann wieder: «Heißes Wasser!»
«Verzeihung, Sir.» Eine Stimme ließ Bandicoot herumfahren, und er sah die rotnasige Maisie, die mit einem Glas Sherry auf einem Tablett des Bandicoot-Silbers vor ihm stand. «Ihr Amontillado, Sir», schniefte sie.
«Mein was...? Oh, natürlich. Danke, Maisie... und es tut mir sehr leid wegen deines Frosches.»
Das Tablett landete krachend auf dem Boden, und das Hausmädchen raffte ihre Unterröcke und rannte heulend fort.
Ein eisengrauer Kopf fuhr durch den Fensterrahmen. «Ruhe da unten!» Bandicoot setzte sich und schlürfte seinen Sherry so geräuschlos, wie er konnte. Er hatte zwar genug andere Sorgen, doch das letzte, was er jetzt wollte, war, Miss Balsam zu verärgern. Er sah das Sonnenlicht auf dem Wasser des Sees spielen und am entfernten Ufer den alten Wiggins mit seinen Netzen den Hechten nachstellen. Einer von ihnen würde ihn früher oder später kriegen, und der alte Wiggins würde seinen Platz im Trophäensaal von Bandicoot Hall erhalten, wie die übrigen gerahmt und poliert. Die Schwäne waren

mittlerweile zurückgekehrt und glitten mit lautlosen Flügelschlägen herab, um die stille Oberfläche des Wassers zu kräuseln. Aus dem Schilf zu seiner Rechten fuhren Grizzles Verwandte mit ihren wäßrigen Klageliedern fort, ein kehliges Orgeln, das in der Nachmittagsstille anschwoll.

Dann hörte er ein fremdartiges Geräusch, und er brauchte eine Weile, um es einzuordnen. Es war ein Klatschen, Haut gegen Haut, gefolgt von einem Schrei, scharf, überrascht, empört. Das war nicht die kleine Emma, deren Sechs-Monate-Geplärr energischer klang. Bandicoot ließ sein Glas fallen und stürzte durch die Terrassentür, riß den schweren Samtvorhang beiseite, flitzte durch sein Arbeitszimmer und durch die Halle. Von irgendwo tauchten Diener auf, ihrem Herrn neugierig nachspähend, der die Treppe hinaufschoß, drei Stufen auf einmal nehmend. Als er den Treppenabsatz erreichte, ertönte ein zweites erbostes Geräusch. Doch Bandicoot hörte es nicht. Bloß sein eigenes Herz klopfte und hämmerte in seinen Ohren. Erzogen, um beim Rugby im Gedränge seinen Mann zu stehen, senkte der alte Etonianer seine Schulter zum Angriff. Es war unter seiner Würde, mit solchen Kleinigkeiten wie Türgriffen Zeit zu vergeuden. Die Zeit war ausschlaggebend. Und er wußte, daß die Zeit und noch etwas anderes auf keinen Mann wartet.

Schließlich öffnete ihm Miss Balsam zuvorkommend die Tür, so daß Harry Bandicoot nichts weiter zu tun blieb, als blitzsauber über Joris, die Katze, zu stolpern und mit seiner Nase heftig gegen den Bettpfosten zu rammen.

«Harry!» Letitia blickte ihn ein wenig verstört an, denn von seinen Lippen troff Blut.

«Letitia», rief er zurück und sah neben seiner rosigen, strahlenden Frau zwei weitere Köpfe, kleiner, zerknautscht wie kleine, alte Männer.

«Harry», sagte sie, «ich möchte dir Ivo vorstellen», sie hob den kleinen, alten Mann auf ihrem rechten Arm, «und Rupert», und sie hob den kleinen, alten Mann auf ihrem linken Arm.

Bandicoot stand da.

«So, Mr. Bandicoot», sagte Miss Balsam und schob seine Arme zurecht, «so müssen Sie sie halten.»

Er nahm zuerst das eine gewickelte Bündel, dann das andere.

«Hallo, alter Junge», sagte er zu Ivo, «hallo» zu Rupert.
Beide blickten ihn verschwommen an, jeder bloß ein Auge geöffnet.
Letitia strahlte vor Stolz. «Bevor du sie mitnimmst, um ihnen die Pferde zu zeigen, Harry», sagte sie, «könnte ich sie wohl für eine Weile haben?»
«Oh, mein Liebling, natürlich», und er reichte sie ihr sehr behutsam zurück. Er machte Anstalten, sich selber als Herr im Haus zu zeigen und die ganze Weiberschar hinauszuwerfen, als er sich umdrehte und sah, daß sie bereits verschwunden war. Alle, bis auf Miss Balsam, die ihm eine Zigarre reichte.
«Schädliche Dinger, natürlich», lächelte sie, «aber in solchem Augenblick angebracht» und eilte mit niedergeschlagenen Augen hinaus. Auf dem Treppenabsatz lehnte sich Miss Balsam nach getaner Arbeit gegen die Schiebetür. Wie viele Babys, grübelte sie, hatte sie wohl schon zur Welt bringen helfen? Und warum, o warum, blieben sie nicht so unschuldig wie die beiden kleinen Jungen da drinnen?
Bandicoot nahm ganz behutsam auf dem Bettüberwurf Platz. «Meine Liebste», sagte er, «wie fühlst du dich?»
«Prächtig, Harry», lächelte sie, ihre drei Männer liebevoll anblikkend. Er tätschelte ihre Wange. «Es ist komisch», sagte er. «Den ganzen Weg von den Feldern hierher mußte ich immer an Sarah Lestrade und den armen, alten Sholto denken. Was ist, wenn, dachte ich. Was ist, wenn?»
Letitia stockte einen Augenblick, die Augen tränenfeucht. «Harry Bandicoot», sagte sie fest. «*Floreat Etonia.* Wir liebten Sarah. Und wir lieben Sholto. Und am meisten lieben wir die kleine Emma. Aber jetzt haben wir unsere eigenen Kinder. Sie werden zusammen aufwachsen. Emma und die Jungen. Sie werden ihre Brüder sein. Und sie für sie eine Schwester.»
«Du hast recht», lächelte er heftig schniefend. Dann sprang er auf. «Ich muß Sholto ein Telegramm schicken.»
«Gleich, Mr. Bandicoot», sagte sie leise.
Er kniete wieder nieder und barg seinen Kopf an ihrer Brust, zwischen den Jungen. «Gleich, Mrs. Bandicoot...»

Der sonderbare Fellowes

Die Karosse Ihrer Majestät verschwand in einem Meer von Fahnen, die rasselnden Räder und klimpernden Geschirre ertranken in einer Flut von Beifall. Am Tage der Königin herrschte königliches Wetter. Dieser Tag, dieses diamantene Jubiläum, war bis ins kleinste Detail geplant worden, und der Innenminister selbst saß steif und aufrecht in seinem Amtszimmer in Whitehall, umgeben von Telefonen, Kabeln und Constables, die den Ruf hatten, schnell auf den Beinen zu sein. Ihre Majestät hatte unzweideutig erklärt, daß nichts schiefgehen dürfe. Bei der kürzlichen Krönung Seiner Kaiserlichen Majestät, des Zaren, seien im Gedränge dreitausend Kleinbauern zu Tode getrampelt worden. Das dürfe hier nicht geschehen. Es könne nicht geschehen, hatte Mr. Keir Hardie im Unterhaus gesagt. Dank der Unabhängigen Labour Partei gebe es in England nicht einen einzigen Kleinbauern. Vom Innenminister zum Commissioner der Metropolitan Police, aschgrau unter den wehenden Federbüschen seines Dreispitzes, der mit dem unübersehbaren Unbehagen eines Mannes auf dem Pferd saß, der ein Leben lang unter den Qualen von Hämorrhoiden gelitten hat. Trotzdem, er hatte sein Schäfchen im trocknen. Dafür mußte er sitzen. Seine überanstrengten, harten Augen hielten Ausschau nach den blauen Helmen in der Menge, die sie umrandeten, umringten, die Hände in weißen Handschuhen hochwerfend, als die königliche Prozession vorüberzog.

Vom Commissioner zum Assistant Commissioner und zu den Superintendents und weiter abwärts zu den Inspectors, jener unbesungenen Abteilung, die sich nun entlang der königlichen Route mit der großen, jubelnden Menge von Briten vermischte. Solche in litzengezierten Uniformjacken und spitzen Mützen wie Athelney Jones, der auf seiner Barkasse auf und ab hüpfte, waren nicht zu übersehen. Andere, wie Sholto Lestrade mit seinem Strohhut und im leichten Sergeanzug, waren von normalen Leuten kaum zu unterscheiden. Bloß die pergamentartige Haut sprach Bände, die müden Augen und die Miene, die zeigte, daß der Mann der Welt überdrüssig war.

Von seinem Fenster Whitehall überblickend, betrachtete Mr. Gladstone das Spektakel, den mageren Truthahnhals aus dem steifen Kragen gereckt, die Augen unstet und flackernd. Er rief seinen Privatsekretär. «Bitte übermitteln Sie Ihrer Majestät meine tiefempfundenen Glückwünsche zu Ihrem Jubiläum», sagte er in seinem makellosen Lowland-Scots-Tonfall, «und daß ich der erste sein möchte, der Ihre Majestät darauf hinweist, daß es für eine Abdankung keinen besseren Anlaß geben könnte.»

Gladstones schweifendes Auge bemerkte unten in der brodelnden Menge eine Bewegung. Unmittelbar hinter der Karosse der Königin war ein Handgemenge ausgebrochen. In dem Gedränge kämpfte ein Mann mit Pergamenthaut und einer Miene, die der Welt überdrüssig war, mit einem anderen. Sie taumelten zwischen die trottende Kavalkade der Leibwache, und der Mann mit dem Strohhut schoß beim vergeblichen Versuch, dem schwarzen Hengst auszuweichen, mit einem sauberen Salto über dessen rechte Flanke. Gladstone sah die Königin zurückblicken: Als sie sah, wie der Mann wieder auf die Beine kam und umherhüpfte, einen verletzten Fuß umklammernd, sagte sie in ihrer Kutsche zur Prinzessin von Wales, sie sei sehr belustigt und werde den Vorfall in ihrem Tagebuch festhalten. Wie nett von diesem Mann, für eine so besinnliche Unterhaltung zu sorgen. Und wie schlau von ihm, zu wissen, daß eine solche Clownerie sie immer und überall entzückte. Allerdings sei ihr Blickfeld ein wenig eingeschränkt gewesen, so daß sie sich habe umdrehen müssen. Vielleicht hätte er den Zeitpunkt ein wenig geschickter wählen sollen.

Sergeant Dixon hatte von Jugend an so viele Jahre lang in der Anmeldung des Yard gesessen, daß er nicht mehr wußte, wie viele es waren. Es ging das Gerücht, er sei Sergeant gewesen, als Inspector Lestrade als Grünschnabel seinen Dienst begonnen habe. Es ging

das Gerücht, er sei, damals 1829, in Sir Robert Peeles dreitausend Mann starker Truppe ein junger Constable gewesen. Es ging das Gerücht, er habe sich unter Bürgermeister Fielding den Bow Street Runners angeschlossen, weil er eine rote Weste besaß, was damals das einzige war, das man vorweisen mußte, um aufgenommen zu werden. Aber das war, wie die meisten stillschweigend einräumten, dummes Zeug. Die Runners waren 1748 ins Leben gerufen worden, und sie nahmen nur Männer, die jung und gut in Form waren. Dixon hatte zu dieser Zeit seine besten Jahre bereits hinter sich.
So war denn dem Sergeant nichts Menschliches mehr fremd. Nichts konnte ihn überraschen. Das dachte er zumindest. Doch sogar sein allwissender Kinnladen klappte bei der Erscheinung herunter, der er sich in der Halle des Yard an diesem Sommerabend gegenübersah. Ein riesenhafter Offizier der Leibgarde in Paradeuniform mit Helm und Küraß stand vor ihm und überragte ihn wie ein Laternenpfahl.
«Abend, Sir.» Dixon salutierte unwillkürlich. «Kann ich zu Diensten sein?»
Der Leibgardist musterte ihn von Kopf bis Fuß. «Leider nicht», sagte er durch seinen Kinnriemen, «hätten sich vor Jahren melden sollen. Und außerdem haben wir schon ein Maskottchen. Lestrange da?»
«Wie meinen, Sir?» Während der Spätschicht war Dixon nie besonders gut in Form.
«Sergeant Lestrade. Ist er da?»
«Wenn Sie Inspector Lestrade meinen, Sir, ja, er ist im Haus.» Dixon versuchte nach besten Kräften, nach jedem Wort seinen Mund zu schließen. Er langte nach dem Telefonapparat an der Wand. «Wen darf ich melden...?»
«Sparen Sie sich die Mühe.» Der Offizier marschierte auf die Treppe zu und schleifte seinen Degen über Dixons gebohnerten Fußboden. «Ich werde ihn finden.»
«Ich fürchte, Sie können nicht...»
Doch der Offizier war verschwunden und rasselte, drei Stufen auf einmal nehmend, die Treppe hinauf.
Dixon kämpfte tapfer mit den technischen Geräten, die ihn ansurrten und anklingelten.

«Dew?» brüllte er in den Trichter.
«Tun was?» wiederholte eine verwirrte Stimme.
«Ist dort Constable Dew?»
«Was fällt Ihnen ein, Dixon! Hier ist Assistant Commissioner Frost, und Sie haben schon wieder Strippensalat. Reißen Sie sich zusammen, Mann, oder ich werde Ihre Streifen kassieren. Was werde ich kassieren?»
«Meine Streifen, Sir», und er hielt sich die Hand vor sein Ohr, als sein Vorgesetzter heftiger als gewöhnlich einhängte. Als er den Hörer zurücklegte, schwebte ein Mann in Zivil durch die Halle.
«Dew!» bellte Dixon.
«Hallo, Sarge», flötete der Constable.
«Lecken Sie mich! Rein in den Lift!» Er drängte den verwirrten Constable durch die Metallgitter und schlug sie zu.
«Wo brennt's, Sarge?»
«Bei Ihnen!» rief Dixon und drückte wie ein Besessener Knöpfe, «sagen Sie Mr. Lestrade, ein Zehn-Fuß-Soldat sei unterwegs nach oben.»
«Nach oben?» rief Dew durch die Bodenbretter zurück.
«Richtig», brüllte Dixon der entschwebenden Kabine nach. «Ich kann noch seine Sporen sehen, also muß sein Kopf inzwischen beim Büro des Chefs angekommen sein.»
Aber der Offizier war schneller als Dew. Füße gab es schließlich schon vor den Aufzügen.
«Oswald Ames», stellte er sich selber vor. «Zweites Regiment, Leibgarde. Oh, mein Gott...»
Er hakte seinen Kinnriemen loß, riß sich den glitzernden Helm vom Kopf und ließ sich unaufgefordert in den Sessel mit dem Lederrükken krachen.
«Es gibt so viele Pferde bei so vielen Jubiläumsprozessionen auf der Welt, und Sie mußten ausgerechnet in meines rennen.»
Hinter dem mit Papieren bedeckten Tisch saß ein Mann mit einem Pergamentgesicht in einem verschossenen Sergeanzug. Seine Augen waren müde, seine Miene zeigte, daß er der Welt überdrüssig war. Und sein Fuß ruhte auf einem Schemel und war mit Verbänden umwickelt. «Verzeihen Sie die Frage», sagte Ames, «aber warum ist dieser Schemel bandagiert?»

«Man kriegt heutzutage kein Personal mehr», erwiderte der andere Mann. Die Tür flog auf. «Mr. Lestrade», keuchte Constable Dew, «da iss ein Zehn-Fuß-Soldat unterwegs nach... nach oben... zu...»

«Captain Ames», las Lestrade den Rang von den Schulterstücken ab, «das ist Constable Dew. Der Schein spricht gegen ihn, aber er macht eine vorzügliche Tasse Tee. Möchten Sie mir Gesellschaft leisten?»

«Tee? Ist es Kokew Oolong?»

«Es dauert nur einen Augenblick, Sir», beeilte sich Dew zu versichern. Er wieselte durch das angrenzende Kämmerchen. Da er schon einen *faux pas* begangen hatte, war er nicht scharf darauf, noch einen zu machen. «Sind Sie gekommen, um sich zu entschuldigen oder um Anzeige zu erstatten, Captain?» fragte Lestrade.

«Eigentlich will ich keines von beiden. Hatte gar keine Ahnung, daß Sie der Bursche sind, mit dem ich heute zusammenstieß. Konnte beim besten Willen nicht sehen, was passierte, weil die Sonne von der Tiara des alten Mädchens mich blendete. Konnte ums Verrecken nichts sehen.»

«Gut.» Lestrade begann seinen verbundenen Fuß vom Schemel zu wickeln. «Ich befand mich in der Menge und paßte auf die anderen Leute auf, als ich merkte, daß mir jemand in die Tasche griff. Ich kriegte eine Hand zu fassen, und ich und der Bursche, der zu der Hand gehörte, hatten eine kleine Auseinandersetzung. Unglücklicherweise kamen wir dabei Ihnen in die Quere. Das übrige wissen Sie.»

«Verstehe. Nun ja, wie im Krieg. Keine allzu schlimme Verletzung, oder?»

«Nein, nein», seufzte Lestrade, «keine, die sich nicht in drei Monaten mit einer Binde kurieren ließe.»

«Gut, gut.» Ames hakte seinen Degen los und lehnte ihn gegen den Tisch. «Kann Ihr Bursche eventuell mit Weinstein umgehen? Hab heute morgen ein bißchen Kaviar auf meine Jacke gekleckert. Will morgen auf 'ne Fete bei Bertie. Kann nicht hingehn und aussehen, als wär ich in was reingetreten.»

«Klar.» Lestrade lächelte behaglich. «Dew», rief er in das Kämmerchen. Ein pomadisierter Kopf wurde durch die Tür gesteckt. «Sir?»

«Haben Sie schon mal Weinflecken aus Serge entfernt?»

«Melton.» Ames wies auf die Qualität des Stoffes hin.

«Wie steht's mit Meltonflecken auf Serge?»

«Kommt auf einen Versuch an, Sir.» Das war der Stoff, aus dem Yard-Männer gemacht waren: Granit.

«Wenn ich es recht bedenke, sollte ich besser meinen Putzer damit beauftragen.»

«Wie Sie wollen, Captain.» Lestrade lehnte sich zurück und schob seine Hände unter seine Weste. «Also, ich bin sicher, Sie und ich, wir haben einen überaus langen Tag hinter uns. Ich frage mich...»

«Oh, mein lieber Freund, natürlich. Wie nachlässig von mir. Der Zweck meines Besuches.»

Lestrade strahlte.

«Man sagte mir, Sie seien mit dem Fall befaßt.»

«Fall?» Lestrade beugte sich vor.

Ames beugte sich ebenfalls vor. «Ja. Nennt ihr Detektive das nicht so?»

«Äh... ja... tun wir», bestätigte Lestrade und warf einen schiefen Blick auf den entmutigend hohen Papierstapel. «Welchen Fall genau meinen Sie?»

«Mein lieber Freund.» Ames war verblüfft. «*Den* Fall. Archie Fellowes.»

«Fellowes?»

«Ein Kamerad. Army- und Navy-Club. Tragisch. Ganz tragisch.»

«Ah!» Lestrade ging plötzlich ein Licht auf. Er wühlte in den Papieren.

«Ja. Captain Archibald Anstruther Fellowes. Zweites Leibregiment. Vor zwei Tagen bei Shadwell Stair im Fluß gefunden.»

«Richtig. Äußerst tragisch. Sie bearbeiten doch diesen Fall, oder?»

«Nun, das ist eigentlich Sache der Hafenpolizei. Inspector Jones...»

«Quatsch!» Ames richtete sich zu seiner ganzen Größe von sechs Fuß acht auf und trat gegen seinen Helm. «Ich hab's aus bester Quelle, daß Sie hier der beste Mann sind, Lestrade.»

«Das ist sehr schmeichelhaft...»

«Schmeichelhaft wie ein guter Sattel. Ist eine Tatsache. Archie war ein Kamerad. Jammer, daß er hin ist. Kann kein natürlicher Tod gewesen sein. Muß geklärt werden. Paßt nicht zu ihm, verstehen Sie?»

«Was paßt nicht?»

«Selbstmord. Burschen von der Leibgarde tun so was nicht. Und wenn Sie's tun, benutzen sie das hier», er legte seinen Degen an, «oder ihre Webleys. Sie springen nicht einfach in den verdammten Fluß. Unter ihrer Würde, das. Muß geklärt werden. Guten Abend.»

Und beim Hinausgehen fetzte er ein Stück aus dem Türrahmen.

«Ist er weg, Sir?» Dew erschien mit dampfenden Bechern.

Lestrade hörte den Degen die Treppe hinunterklappern.

«Ich denke schon», sagte er.

«Das meiste von der Unterhaltung hab ich nicht verstanden, Sir», gab Dew zu.

«Natürlich, Walter. Darum sind Sie auch bloß Constable. Wo ist der Idiot, der meinen Fuß verbunden hat?»

Hinter einem Stapel Papier tauchte ein bleiches Gesicht auf.

«Sir?»

«Ah... Constable Lilley, nicht wahr?» Lestrade begann seinen Verband abzuwickeln. «Ich glaube, Sie haben das Buch verkehrt herum gehalten, als Sie den Leitfaden für Erste Hilfe gelesen haben. Was wissen Sie über Shadwell?»

Das bleiche Gesicht wurde noch bleicher. «Das ist in London, Sir.»

«Genau.» Lestrade starrte den jungen Mann mit einem merkwürdig abwesenden Ausdruck in den Augen an. «Morgen früh bei Tagesanbruch werden Sie und Dew mich bei der Kirche von St. Paul in diesem gottverlassenen Teil von Stepney erwarten, und wir werden ein bißchen rumschnüffeln. Vielmehr werden wir uns mit Inspector Jones unterhalten müssen, was, Gott sei's geklagt, nicht dasselbe ist.»

Die Leichter und Schleppkähne dampften bereits über den Fluß, als die drei Polizisten ankamen. Die Constables Dew und Lilley halfen

dem strohbehüteten Inspector an Bord der Barkasse *Calliphora Vomitoria* der Metropolitan Police, wo deren «Kapitän» sie erwartete, mit seinen Armen seinen gewaltigen Rumpf von vorn nach achtern umschließend.
«Er sieht aus wie Nelson, Sir», flüsterte Lelley Lestrade ein wenig ehrfürchtig zu, der in diesem Augenblick sein Gewicht auf Dew verlagerte.
«Bevor oder nachdem der Scharfschütze ihn erwischte?» fragte Lestrade. «Außerdem hat er zu viele Augen und Arme und sonstwas.»
«Morgen, Lestrade!» brüllte Inspector Jones. «Ablegen!»
«Den Ausdruck hat man früher beim Stricken gebraucht», klärte Lestrade den unerfahrenen Constable auf. «Morgen, Jones. Sie kennen Constable Dew?»
Jones knurrte.
«Das ist Constable Lilley.» Er brummte abermals. «Welchem Umstand verdanke ich das Vergnügen? Oh, wir haben uns am Fuß verletzt, oder?»
Er bemerkte Lestrades Qualen, als dieser dankbar zu einem Sitz humpelte, der auf dem Achterdeck angeschraubt war. Die Maschine sprang an, stotterte und erstarb.
«Geben Sie ihr Zunder, Mann!» brüllte Jones jemandem unter Deck zu. Er wandte sich wieder Lestrades Fuß zu. «Wo haben Sie den reingesteckt?»
«Es war ein zufälliges Zusammentreffen mit einem Kavalleriegaul», erklärte Lestrade, «und damit bin ich auch schon beim Zweck meines Besuches.»
«Und ich dachte, Sie wären wegen ein paar Tips über Polizeiarbeit gekommen.»
Die Maschine donnerte abermals los. «Herum mit ihrem Bug!» donnerte Jones. Dew und Lilley blickten sich um und fragten sich, von welcher Dame Jones wohl sprach.
«Captain Fellowes», überschrie Lestrade den Lärm.
«Ah, ja. Was ist mit ihm?» Jones, jederzeit der hellhörige Polizist, witterte Einmischung.
«Ich hatte ihn gestern abend auf meinem Tisch», sagte Lestrade.
«Guter Gott!» Jones kniete neben ihm, nicht gerade die leichteste

Übung für einen Mann, der seine Hände in seine Weste geschoben hatte. «Wie ist das möglich? Als ich ihn zum letztenmal sah, lag er auf einer Bahre im Leichenschauhaus.»
«Ich hab's metaphysisch gemeint, Athelney.» Lestrade hielt es für besser, seinen Mann bei Laune zu halten. Das jahrelange Schlingern in Bilgenwasser hatte offensichtlich seinen Tribut gefordert.
«Oh, ich verstehe.» Jones stand auf. «Aber das ist mein Fall, verdammt. Er wurde in meinem Fluß gefunden.»
Die Constables, die von Jones und die von Lestrade, spitzten ihre Ohren. Ein Streit zwischen Vorgesetzten war immer was zum Lachen. «Aber er ist vermutlich in Ihrem Fluß gelandet, nachdem er von meinem Land reingesprungen war.»
«Seit wann ist Shadwell *Ihr* Revier?»
Kurze Pause.
«Seit wann ist die Themse Ihr Eigentum?» konterte Lestrade.
Jones setzte eine beleidigte Miene auf und starrte unverwandt nach vorn. «Herum mit dem Bug», fauchte er einen Constable an, der hinter ihm am Ruder stand.
Lestrade unternahm einen erneuten Anlauf, dieses Mal mit dem Wind. «Ein Mann ist tot, Athelney», sagte er gerade so laut, um beim Stampfen der Reardon Wesleys noch verstanden zu werden. «Ich weiß nicht, wie der Fall auf meinen Tisch gekommen ist, aber es ist nun mal so, und ich muß etwas unternehmen. Vielleicht können wir zusammenarbeiten?»
Jones schnaufte im selben Takt wie die Kolben seiner Maschine. «Eine Hand wäscht die andere.»
«In Ordnung.» Lestrade lehnte sich mit der Miene eines Mannes, der weiß, daß er geschlagen ist, zurück. «Worum geht's?»
Jones blickte auf das verschrammte, gelbe Gesicht unter dem zerschrammten, gelben Strohhut. «Ich habe einen Sohn, der in etwa einem Jahr volljährig wird...», sagte er.
«Weiter.»
«Bringen Sie ihn beim Yard unter.»
«Kommen Sie, Athelney. Sie wissen, daß ich das nicht kann. Noch weniger als Sie.»
«Ich kann gar nichts machen», erinnerte ihn Jones, «weil ich schon ein halbes verdammtes Leben in Woolwich Reach festsitze. Aber

Sie, Sie sitzen mitten in der alten Zitadelle. Auf *terra forma* können Sie was ausrichten ...»
«Nun, ich denke, ich könnte ein Wort mit Abberline reden ...»
«Das reicht nicht.» Jones blieb hartnäckig.
Lestrade blies die Backen auf, bis seine Schnurrbartspitzen sich aufrichteten.
«Also gut. Ich werde zu Frost gehen.»
Jones strahlte. «Wann?»
«Wie alt ist Ihr Junge?»
«Wird diesen Monat siebzehn.»
«Wenn die Zeit kommt, dann.»
«Wir haben ihn dort gefunden.» Jones deutete auf das schaumige Wasser, das gegen die grün verkrusteten Pfähle des Piers schwappte.
«Wen?» Lestrade hatte den Faden verloren.
«Captain Fellowes. Ihren Tinbelly.»
Lestrade spähte über die Bordwand. Alles, was er sah, war sein eigenes Spiegelbild. «Sie haben die Umgebung natürlich abgesucht?»
«Natürlich», gab Jones zur Antwort. «Wir fanden drei Kessel, ein Bettgestell, irgendein altes Ding aus Bronze, das sich das Britische Museum anguckt, und mehr Hundescheiße als in ganz Battersea.»
«Was war mit der Leiche?»
Jones verschwand nach hinten in die Kajüte und versetzte einem Constable im Vorbeigehen einen Rippenstoß. «Passen Sie auf Ihr Ruder auf, Soulou.»
«Dew, wie ist es mit Ihrer Orientierung?» Lestrade rief den Constable zu sich. Dieser fummelte in seinen Taschen. «Ich will wissen, wo wir sind, Mann!» Er suchte an Deck nach einem Halt.
«Alle Maschinen stop», hörte er Jones brüllen.
«Hinter diesem Ding von Pier kann ich nicht viel erkennen, Sir», gab Dew zu.
«Das ist die Stair, Junge», sagte Jones zu ihm, der wieder auftauchte.
«Die Hauptstraße hinter diesen Kaianlagen. Die Narrow an Steuerbord.»
Alle Augen bis auf die von Dew blickten nach rechts. «New Basin

an Backbord.» Alle Augen bis auf die von Dew blickten nach links.

«War vielleicht zwei Tage im Wasser», erklärte Jones und blickte in die Notizen, die er aus der Kajüte geholt hatte. «Ein bißchen von seiner Haut löste sich ab. Bedenkt man das Wetter und alles, wär er ein paar Stunden später nicht mehr zu erkennen gewesen. Wär er aufgetriebener gewesen, hätte er bis Erith rausgeschwemmt werden können. Dann hätten die Heringe ihn fressen können.»

Auf dem Wasser war jetzt kein Laut zu hören, außer dem leisen Schlappen der Wellen und dem leisen Würgen, mit dem Constable Lilley sich über die Bordwand erbrach.

«Andere Verletzungen?» fragte Lestrade.

«Das fragen Sie besser den Coroner.» Jones zuckte die Achseln.

«Nun, ich hatte auf eine Antwort gehofft», sagte Lestrade.

«Habe verstanden.» Jones zog ein dickes Fleischsandwich aus der Tasche seiner Uniformjacke. «Zweites Frühstück. Möchte jemand von euch Burschen…?» Aber die Farbe von Constable Lilleys Gesicht machte ihm klar, wie überflüssig diese Frage war. «Sein Kopf war ganz hübsch mitgenommen», sagte Jones kauend, «aber das wundert mich nicht. Ich schätze, daß er irgendwo in der Gegend von Kew, vielleicht Mortlake, reingefallen ist und vermutlich ein paarmal steckengeblieben ist. Chiswick Eyot ist dafür verdammt richtig, von Oliver's Ait ganz zu schweigen.»

«Gut, Athelney, jetzt das Wichtigste: sprang er, oder wurde er gestoßen?» Jones zuckte die Achseln. «Sie sind der Polizist», sagte er.

Lestrade lächelte breit. «Kann ich das schriftlich haben? Danke für Ihre Hilfe, Inspector. Würden Sie mich und meine Jungens an Land bringen? Wo ist der gute Captain jetzt? Branch Road?»

Jones nickte.

«Kommen Sie, Dew, Lilley, helfen Sie mir diese Stufen rauf. Wir müssen uns eine Leiche ansehen. Schon gut, Lilley, Sie können draußen bleiben.»

Sholto Lestrade umkreiste die aufgedunsenen Überreste von Captain Archibald Fellowes, wobei er sich den Strohhut vor die Nase hielt, um zumindest einen Teil des Geruchs von Themsewasser und

Formalin von sich fernzuhalten. Unter der grünweißen Haut, die sich bereits abschälte, konnte er undeutlich ein Gesicht erkennen, das einmal hübsch gewesen war und in dem der Schnurrbart jetzt über die zusammengepreßten blauen Lippen hing. Fellowes waren, wie Jones ihm gesagt hatte, Schläge an den Kopf versetzt worden, doch das war nicht die ganze Wahrheit. Der Coroner war an diesem Morgen nicht da, denn wie die meisten Londoner schlief er sich nach den Anstrengungen des königlichen Jubiläums erst einmal aus. Aber Lestrade war an solche Anblicke gewöhnt. Er wußte, daß Jones recht hatte. Diese Schläge waren dem Mann nach seinem Tod zugefügt worden, nicht vorher. Pfosten der Pier, Ankerketten, Steinkanten und Brückenpfeiler hatten allesamt ihren Tribut gefordert. Der Assistent des Coroner hatte Lestrade die Kleider ausgehändigt, die der Tote getragen hatte, als man ihn fand. Ein leichter Anzug, braune Schnürschuhe, versehen mit Etiketten aus der Savile Row, und, merkwürdig für einen Mann in Zivil, eine Medaille. Das eigentlich Merkwürdige an der Sache war der Ort, an dem sich die Medaille befunden hatte. Sie war nicht am Revers befestigt gewesen, sondern hatte sich zwischen den Zähnen des Toten befunden.

«Zwischen seinen Zähnen?» wiederholte Lestrade, der glaubte, nicht richtig gehört zu haben.

«Richtig, Sir», sagte der Assistent und bohrte nachdenklich in der Nase. «Wurde dort festgehalten durch die Totenstarre – und seine Goldfüllungen.»

Lestrade betrachtete abermals den Orden in seiner Hand – ein vierzackiger Stern aus Bronze mit der Aufschrift «Aschanti» und dem Datum «1896».

«Letztes Jahr», murmelte er.

«Stimmt», sagte der Assistent.

Der Inspector drehte die Medaille um. «Von der Königin», las er.

«Das ist richtig», sagte der Assistent abermals zustimmend.

Lestrade setzte seinen Hut wieder auf und steckte die Medaille in die Tasche.

«Das ist ein Beweisstück», sagte der Assistent und schneuzte sich in seinen Ärmel.

«Das ist richtig», sagte Lestrade.

Er rief Lilley aus dem Vorraum herbei und begab sich mit seinen Constables ans Tageslicht.

In der Droschke auf dem Rückweg zum Yard schien Walter Dew seine sonstige Ruhe eingebüßt zu haben.

«Was ist los, Dew?» Lestrade war ein Inspector, dem nichts entging. «Hat die Katze Ihren Knüppel geklaut?»

«Es tut mir leid, Sir», gestand Dew. «Ich muß wohl damit rausrükken.»

«Machen Sie die Augen zu, Lilley, Sie sind noch im zarten Alter.»

«Ich fürchte, ich habe was ergattert, Sir.»

Lestrades Augenbrauen tauchten unter dem Rand seines Strohhutes auf. «Das kommt davon, wenn man sich abends mit bösen Absichten in Haymarket rumtreibt. Natürlich muß Mrs. Dew davon erfahren...»

«Nein.» Dew errötete, wie es nur ein Liebeskranker kann. «Von der Leiche, meine ich.»

«Machen Sie ’ne Spülung, wenn Sie im Yard sind. Ich werde mit Dixon reden. Er wird Ihnen erlauben, die Badewanne der Sergeants zu benutzen.»

«Nein, ich meine ein Beweisstück, Sir. Ich hab’s im Taschenfutter des Toten gefunden.»

«Wirklich?» Insgeheim war Lestrade beeindruckt, doch er wollte sich nichts anmerken lassen. «Staubflocken?»

«Ich weiß nicht, Sir. Ich glaube nicht, daß ich je feuchten Staub gesehen habe. Hier.»

Lestrade prüfte die Partikel in Dews Hand, was in der schlingernden Droschke nicht einfach war, zumal sich die Nase eines zweiten Polizisten gegen die seine quetschte. Lestrade lehnte sich zurück. «Sie mögen ja gestern meinen Fuß bandagiert haben, Lilley, aber so gut kennen wir uns trotzdem noch nicht. Könnten Sie vielleicht Ihre Nase aus Constable Dews Hand nehmen, bis wir alle besser miteinander bekannt sind?»

«Ja, Sir. Natürlich, Sir.» Lilley erkannte einen Tadel auf Anhieb und verbrachte den Rest der Fahrt kerzengerade aufgerichtet.

«Von wegen Staubflocken», sagte Lestrade. «Das sind Samen.» Er stieß mit seiner Krücke gegen das Verdeck der Droschke. «Kew Gardens, Kutscher, und wenn Sie vor dem Mittag da sind, wird Ihnen der Constable hier ein Trinkgeld geben.»

«Kann ich das alles wirklich auf die Spesenrechnung setzen, Sir?» erkundigte sich Dew, während er alle seine Taschen ausleerte.

«Natürlich, Walter.» Lestrade humpelte tapfer durch das Gestrüpp. «Das Übliche. Formulare in dreifacher Ausfertigung. Rückerstattung nächstes Weihnachten, vorausgesetzt, es ist ein Monat ohne R. Vergessen Sie das Trinkgeld nicht.»

«Kempton Park, drei Uhr», murmelte Dew dem Kutscher auf seinem Bock zu.

«Knickriger Inspector, hundert zu eins.»

«Ja, hab ich schon gehört», knurrte der Kutscher, und er und sein Gefährt ratterten davon.

«Also gut, versuchen wir's zuerst im Palmenhaus.»

«Muß das sein, Sir?» Lilley hielt die Polizisten zurück.

«Gibt's da ein Problem, Constable?» Lestrade hielt sich an einer Libanonzeder fest, um seinem Bein Ruhe zu gönnen.

«Es ist bloß, daß ich nicht scharf auf Hitze bin, Sir. Muß da drin um die achtzig Grad Fahrenheit sein.»

«Das Mütterchen wurde von einem Heizkörper erschreckt, wie? In Ordnung, Sie warten hier. Dew, machen Sie die Tür auf.»

Die beiden traten in einen wahren Dschungel tröpfelnder Grünpflanzen. Niemand schien da zu sein, und Lestrade fing gerade an, sich daran zu gewöhnen, daß seine Hosen feucht an seinen Beinen klebten, als aus dem Unterholz ein griesgrämiger, alter Kopf auftauchte.

«Guten Morgen, Gentlemen», sagte er. *«Elaeis guineensis.»*

«Sholto Lestrade, Scotland Yard. Das ist Constable Dew. Haben Sie hier die Aufsicht, Mr. Guineensis?»

Der griesgrämige, alte Kopf bekam einen unmerklich spöttischen Ausdruck. «Ah, ich verstehe. Nein. *Guineensis* ist die Pflanze, die Sie betrachten. Mein Name ist Bush. Und keine Scherze, bitte. Ich bin seit vierzig Jahren, von Jugend auf, Gartenbauexperte. Da geht einem das ein bißchen auf die Nerven.»

«Dessen bin ich sicher», sagte Lestrade mitfühlend. Er sah zu, wie der Dampf an seinem Hutrand kondensierte. «Ob Sie uns vielleicht bei unseren Nachforschungen helfen könnten?»

«Ich werde gewiß mein Bestes tun, aber wenn wir vielleicht hier entlang gehen könnten? Ich muß meine Messungen machen.»

Lestrade und Dew gehorchten getreulich, obwohl es für den Inspector nicht gerade das einfachste Unternehmen war, mit einer Krücke durch das Blattwerk zu kriechen. Mehr als einmal ringelten sich Lianen um seine Stockzwinge, und er hatte den Mund voller Blütenstaub. Egal, so war das Leben nun mal.

«Es ist ziemlich weit», sagte Bush entschuldigend. «Wir nehmen meinen Einspänner.»

Sie halfen dem Inspector hinauf und ratterten nach Südosten, während Constable Lilley hinterherhechelte.

«Da oben rauf.» Bush deutete auf die Spitze einer verzierten chinesischen Pagode. «Ich muß meine *Widdringtonia whytei* messen, und dort ist der günstigste Punkt.»

«Verzeihung, Sir», keuchte Lilley, «aber wie hoch ist das?»

«Die Pagode?» Bush stieg ab und krempelte seine Hemdsärmel auf. «Einhundertunddreiundsechzig Fuß.»

Lilley erbleichte sichtlich. «Ob Sie mir das wohl ersparen könnten, Sir?» fragte er Lestrade.

«Ein neues Problem, Constable?» Lestrade wunderte sich über gar nichts mehr.

«Es ist die Höhe, Sir. Ich kann wirklich nicht...»

«Mütterchen von einer Kredenz erschreckt, wie? Dew, Mr. Bush, würden Sie mir bitte helfen?»

Eine halbe Stunde später, unter erheblichem Stöhnen und Schwitzen, waren die drei Männer oben angekommen.

«Welch eine Aussicht!» hörte man den poetischen Dew ausrufen.

Bush beugte sich über ein Bandmaß, das am Rand der Pagode befestigt war, und begann Hieroglyphen in sein Notizbuch zu kritzeln, hin und wieder an überhängende Blätter und Zweige klopfend.

«Also», sagte er, «wie kann ich helfen?»

«Dew», sagte Lestrade und schnippte mit den Fingern.

«Sir?» Der Constable blickte ehrfürchtig auf Groß-London, das sich unter ihm ausbreitete.
«Verzeihen Sie meinem Constable», sagte Lestrade. «Er ist noch nie so weit nördlich gewesen.»
«Mit Verlaub, Sir, bin ich doch.» Selbst Dew verfügte über eine gewisse Würde. «Das Monument. Die Säule ist, glaube ich, höher als dieses Bauwerk.»
Die beiden anderen Männer blickten ihn an. «Was ist mit dem Beweisstück, Constable?» erinnerte ihn Lestrade.
«Ach ja, Sir. Natürlich», und er suchte in seinen Taschen.
«Aha.» Bush hielt es ans Licht, roch daran, betrachtete es kritisch und gab es Dew zurück. «Nun, natürlich bin ich kein Experte, aber ich würde sagen, daß es Staubflocken sind. Vermutlich aus irgendeiner Tasche.»
Lestrade war einen langen Weg umsonst hinaufgeklettert. «Aber es sind doch gewiß Samen darunter?» fragte er.
«Wirklich?» Bush schob seine verbogene alte Brille auf die Spitze seiner verbogenen alten Nase. «O ja, *Cedrela odorata.*»
«Wie meinen?» Lestrade war auf Mr. Poulsons Lehranstalt im Lateinischen nie über die erste Deklination hinausgelangt.
«Eine Pseudo-Zeder», erklärte Bush.
«Das wär's dann wohl, Sir.» Dew wußte, wann sein Chef beleidigt war.
«Fahren Sie fort», sagte Lestrade, ohne auf Dew zu achten.
«Aus der Familie der *Meliaceae*. Beheimatet auf den Westindischen Inseln und in Südamerika. Wird manchmal die Barbados-Scheinzeder genannt. Verströmt einen Geruch, der Insekten vertreibt. Ihr Kleiderschrank ist vermutlich damit versehen. Und Ihre Zigarrenkisten auch.»
«Und wachsen diese Bäume noch wo anders, außer auf den Westindischen Inseln und in Südamerika?» fragte Lestrade.
«Nur an einem einzigen Ort der Welt», vertraute Bush ihm an.
«Und wo wäre das, Sir?» Dew hatte sein Notizbuch gezückt.
Bush bückte sich einen Augenblick und schien über das Geländer der Pagode etwas anzupeilen. «Genau dort drüben», sagte er, «genau auf der Mitte zwischen dem Fahnenmast und King William's Temple.»

Lestrade und Dew wechselten Blicke.

«Darf ich fragen, warum Sie ein solches Interesse an der *odorata* nehmen, Mr....?» fragte Bush.

«Darüber darf ich leider keine Auskunft geben, Mr. Bush. Dew, bevor wir Ihre schöne Aussicht verlassen, werfen Sie mal einen Blick da rüber.»

Der Constable folgte dem Finger des Inspector zur Sonne, die über dem Fluß blitzte. «Das ist Brentford Dock. Mr. Bush, dieser Pfad am Ufer entlang, ist er der Öffentlichkeit zugänglich?»

«Wie die anderen Teile der Gärten auch, ja.»

«Sagen Sie, gibt es eine Möglichkeit festzustellen, wer die Gärten in, sagen wir, in der letzten Woche besichtigt hat?»

«Nun ja, es gibt ein Besucherbuch im Dutch House, aber es besteht kein Zwang, sich darin einzutragen. Es gibt auch keine Verpflichtung, das Dutch House zu besuchen.»

Lestrade formte seine Hände zu einem Trichter und rief seinem unten postierten Constable zu: «Lilley, wurde Ihre Mutter schon mal von 'ner Windmühle erschreckt?»

Der Constable schüttelte langsam und unsicher den Kopf.

«Von einem Holzschuh?»

Dieselbe Reaktion.

«Wie steht's mit Edamer Käse?»

«Ich glaube nicht, Sir, aber könnten Sie mir diese Fragen nicht auch hier unten stellen? Das Hochgucken bekommt mir wirklich nicht.»

«Wo liegt das Dutch House, Mr. Bush?»

Der Pflanzenexperte deutete nach Norden.

«Dort entlang, Lilley. Ein Gebäude namens Dutch House. Sie fragen nach dem Besucherbuch. Suchen nach bekannten Namen – im Grunde nach allen Namen aus der letzten Woche und notieren sie. Ein Bleistift hat Ihre Mutter wohl nicht erschreckt, oder?»

Lilley trabte die Pagodenallee entlang, während eine immer größer werdende Menge dort zusammenlief und zu Lestrade hinaufstarrte, als wäre er ein Redner im Hyde Park.

«Sie fallen hier unangenehm auf, Dew. Helfen Sie mir runter.»

Ein paar Tage später empfing Lestrade im Yard einen anderen Besucher, und er nahm ihn als eine erfrischende Abwechslung auf. Die Julihitze war erstickend, und die geöffneten Fenster ließen den Gestank von Inspector Jones' Fluß eindringen, der schlimmer war als der eines Pferdemarktes an einem schwülen Tag. Zumindest kam der Wind nicht aus der Gegend von Billingsgate, und der Yard war für ein paar kleine Wohltaten immer dankbar.

Der Fellowes-Fall war nach einem vielversprechenden Start zum Stillstand gekommen. Die Constables Dew und Lilley hatten sich die Sohlen abgelaufen bei ihren Versuchen, den Namen im Besucherbuch von Kew Gardens nachzuspüren. Sie waren auf einen Rechtsanwalt gestoßen, auf vierzehn alte Jungfern aus Skegnes, die einen Ausflug gemacht hatten, auf acht Ladenmädchen mit der dazugehörigen Herrenbegleitung, auf einen Vikar und auf einen Säufer, der das Dutch House für einen Pub gehalten und im Besucherbuch die Qualität des Bieres beklagt hatte. Niemand kannte einen Offizier der Leibgarde namens Fellowes, und niemand erinnerte sich an einen schnurrbärtigen Gentleman, der den Aschanti-Stern trug. Es gab nicht den geringsten Hinweis. Lestrade würde die Knightsbridge-Kaserne aufsuchen und seine Nachforschungen dort durchführen müssen. Und genau diese Unternehmung wollte er gerade antreten, als die Tür sich öffnete und eine hübsche Lady erschien, die ein duftiges Sommerkleid und einen Sonnenschirm trug. Das blonde Haar unter dem breitrandigen, federbestückten Hut war makellos geflochten, und sie lächelte, als der Inspector mit Mühe auf die Füße sprang.

«Sholto.» Sie küßte ihn auf die Wange und umarmte ihn einen Augenblick. «Sie haben sich weh getan?»

«Es ist nichts», sagte er. «Wo ist mein Jackett?»

Sie versetzte ihm einen kräftigen Schlag mit dem Sonnenschirm. «Na, na, ich habe schon mal einen Mann im Hemdsärmel gesehen, wissen Sie. Mittlerweile bin ich mit Harry Bandicoot schon eine Weile verheiratet.»

Er hielt ihre Hand. «Wie geht's Harry?» fragte er.

Sie nahm unvermittelt Platz, warf ihren Hut ab und ordnete ihr Kleid.

«Irgendwas ist nicht in Ordnung, Sholto.»

Er lehnte sich in seinen Sessel zurück. «Können Sie eine Tasse von Walter Dews Tee vertragen?» fragte er.
«Ich denke schon», erwiderte sie.
«Gut, während ich versuche, einigermaßen bequem zu sitzen, können Sie schon mit dem Erzählen anfangen.»

Ärger mit Harry

Assistant Commissioner Nimrod Frost war ein Mann, der Dummköpfe schwer ertrug. Noch weniger Inspectors. Er blickte über seinen Kneifer hinweg auf Sholto Lestrade.

«Urlaub?» fragte er.

«Ja, Sir.» Lestrade blieb standhaft, trotz des drohenden Tons.

«Was ist mit Archibald Fellowes?» forschte Frost.

«Er ist tot, Sir.»

«Das ist er in der Tat!» Frost ließ seine Faust mit der ganzen Kraft seiner sechzehn Stones auf die Tischplatte krachen. «Und ich hab hier einen Brief, Lestrade.» Er hievte sich hoch und wedelte damit unter den Überresten von Lestrades Nase herum. Seine Stimme sank zu einem vertraulichen Flüstern herab. «Er ist von Seiner Hoheit, dem Prinzen von Wales.»

«Aha.» Lestrade hatte das Gefühl, zu wissen, was kommen würde.

«Es ist Ihnen vielleicht bekannt, oder auch nicht, daß Seine Königliche Hoheit Colonel der Leibgarde ist. Ihm ist persönlich daran gelegen, daß die Sache mit Captain Fellowes aufgeklärt wird, und zwar rasch.»

Frost umkreiste Lestrade ein paarmal, so daß der Kronleuchter bebte.

«Sie bearbeiten den Fall?»

«Die Leiche wurde im Fluß gefunden, Sir.»

«Und das heißt?»

«Der Fluß ist Inspector Jones' Revier, Sir.»

«Kommen Sie mir nicht so, Lestrade. Dafür bin ich zu lange im Geschäft. Athelney Jones würde sich in einer Papiertüte verirren. Aber es ist nicht deshalb, daß ich Ihnen den Fall übertragen ließ.»

«Aha», sagte Lestrade. Er war heute morgen nicht sehr mitteilsam, und mehr zu sagen hätte ihn vielleicht belastet.

Frost schlurfte zu seinem Polstersessel zurück, der ächzend unter seinem Gewicht nachgab. «Es ist *deswegen.*» Er wedelte abermals mit dem Brief. «Aus einem Grund, den nur Gott und der Prinz von Wales kennen, hat mich Seine Königliche Hoheit gebeten, man solle Ihnen die Leitung der Ermittlungen übertragen.» Frost beugte sich vor, so daß seine Schultern einen Augenblick die Sonne verdunkelten. «Was hat das zu bedeuten, Lestrade? Ich wußte gar nicht, daß Sie in so erlauchten Kreisen verkehren.»

«Sagen wir einfach, der Prinz und ich, wir haben mal zusammen eine gemütliche Zigarre geraucht.»

Frost lehnte sich zurück. «Wirklich?» Er zog seine Augenbrauen bis zum Haaransatz hoch.

«Auf dem Commissioner's Ball, Sir, das war... warten Sie... im Jahr 91, glaube ich.»

Frosts Lippen verzogen sich zu einem höhnischen Grinsen. Er war ein Polizist, der sich hochgearbeitet hatte, geboren in Grantham und wahrscheinlich der einzige Eingeborene dieser Stadt, der es je zu etwas gebracht hatte. Er verabscheute «Beziehungen» und Privilegien mit der ganzen Schärfe eines Sozialisten, wenn er sich auch lieber die rechte Hand hätte abhauen lassen, als das zuzugeben. Zwar war auch er Freimaurer, doch das gehörte damals wie heute beim Yard einfach dazu.

Lestrade dachte nicht daran, hinzuzufügen, daß er sich überdies fast mit dem Sohn des Prinzen duelliert hatte und einmal mit der Gräfin Warwick herumgeschäkert hatte, die damals die Mätresse des Prinzen gewesen war. In der Rückschau kam ihm das alles ziemlich blutschänderisch vor, und er glaubte nicht, daß Assistant Commissioner Frost aus Grantham das verstehen würde.

«Wie kommen Sie», fuhr Frost fort, «so wie die Dinge liegen und ungeachtet eines direkten Befehls von Ihrem zukünftigen König, auf die Idee, um Urlaub zu bitten?»

«Es ist eine persönliche Sache, Sir», erklärte Lestrade. «Ein Freund von mir...»

«Ein Freund?» höhnte Frost. «Inspectors der Metropolitan Police haben keine Freunde, sie haben bloß Verdächtige.»

«Ein Freund von mir», fuhr Lestrade beharrlich fort, «braucht meine Hilfe. Wenn Sie mich fragten, ob ich die Sache meines Freun-

des über die meines zukünftigen Königs stelle, müßte ich mit einem entschiedenen ‹Vielleicht› antworten.»
«Was erlauben Sie sich, Lestrade! Was sollte mich daran hindern, Seiner Königlichen Hoheit zu schreiben und Sie über diese Situation zu informieren?»
Lestrade warf einen ergebenen Blick zur Decke. «Nichts, Sir. Überhaupt nichts.»
Frost trommelte verärgert auf die Tischplatte. «Sie haben genau vierundzwanzig Stunden, um dieses... Problem mit Ihrem Freund zu lösen. Wen werden Sie in der Zwischenzeit mit der Weiterführung des Fellowes-Falles beauftragen?»
«Ich bin nicht sicher, ob es ein Fall ist, Sir. Es könnte Selbstmord sein. Oder ein Unfall. Vom Weg abgekommen wegen einer Störung des seelischen – oder körperlichen – Gleichgewichts.»
«Wer vertritt Sie?» wiederholte Frost.
«Äh... Walter Dew, Sir.»
Frost sackte niedergeschlagen in seinem Sessel zusammen. «Wie ich befürchtet habe. Na gut, ich gebe Ihnen einen neuen Mann. Einen Constable Skinner. Ist unter Abberline kürzlich zum Yard gekommen. Aber unter den Constables der Metropolitan ist er ziemlich einzigartig, Lestrade.»
«Einzigartig?»
«Ja, er hat Grips. Sie finden ihn im Westflügel. Setzen Sie ihn ins Bild, bevor Sie gehen. Guten Morgen.»
«Sir.» Lestrade wandte sich zum Gehen.
«Und Lestrade...», hielt Frost ihn zurück. «Vierundzwanzig Stunden, denken Sie dran. Sonst lasse ich Ihnen das Gehalt kürzen und Sie suspendieren, kapiert?»
Lestrade blickte lächelnd in das wütende, rot angelaufene Gesicht hinter dem Schreibtisch. «Vollkommen, Sir», sagte er.

Lestrade gab Constable Skinner genau zehn Minuten, seinen Bericht über Captain Fellowes zu verdauen. Währenddessen leerte Letitia Bandicoot in dem Flur, der lustigerweise Lestrades Vorzimmer genannt wurde, ungezählte Tassen von Walter Dews Tee. Der Inspector beäugte den Constable. Der Neue war ein großgewachsener

Mann und trug eine Brille, was bei Lestrade immer Minuspunkte einbrachte.
«Nun?» fauchte Lestrade, denn eine seiner vierundzwanzig Stunden war schon beinahe aufgebraucht.
Der Constable blickte von Lestrades handschriftlichem Bericht auf dessen Verfasser. Er sah die gelbliche Haut, Wangen und Stirn zernarbt, die Nase ohne Spitze und die geduldigen, müden Augen.
«Er ist nicht übel, Sir», sagte Skinner.
«Was meinen Sie, bitte?» Das Kinn des Inspector war schlaffer als gewöhnlich.
«Ein bißchen überladen mit Gerundien, und Sie haben, fürchte ich, drei Infinitive getrennt. Aber besonders gefällt mir der Gebrauch von Hendiadyoinen in Zeile achtunddreißig...»
«Wovon, zum Teufel, sprechen Sie, Constable?» Lestrade war verblüfft.
«Von Ihrem Bericht, Sir. Sie haben mich nach meiner Meinung gefragt.»
«Ich meine seinen Inhalt, Mann! Was denken Sie über den Fellowes-Fall?»
«Ah, verstehe. Nun, leider habe ich den letzten Abschnitt nicht gelesen, Sir, den Bericht des Coroner und so weiter.»
«Warum nicht?» Lestrade hob seine Augenbrauen genau so, wie es ein paar Minuten vorher Frost getan hatte.
«Blut, Sir. Für die blutige Seite des Lebens habe ich wirklich nichts übrig.»
«Wirklich?» Lestrade beugte sich vor und tunkte seine Krawatte zielsicher in seinen Tee. «Warum wollten Sie dann unbedingt Constable werden?»
«Oh, das wollte ich gar nicht, Sir. Das heißt, ich wollte schon, aber ich wollte so eine Art Wissenschaftler werden, der sich mit Geheimschriften und Codes und Fälschungen und so weiter beschäftigt.»
Lestrade warf einen Reservekragen in seinen verbeulten Gladstone.
«Versorgen Sie diesen Mann mit Tee, Walter. Falls er Sie anspricht, da muß noch irgendwo ein Wörterbuch sein...»

Inzwischen war es früher Abend, als der Inspector sich durch das Dolomitgestein der Felsspalte vorwärtstastete, die Wookey Hole bildete. Er hatte Letitia bei Harry in Bandicoot Hall gelassen, sich Harrys Einspänner ausgeliehen, war querfeldein gerast, unter Glastonbury Tor hindurchgerattert, war auf einem Rad um George and Pilgrim's Corner gekurvt und schließlich quietschend am Höhleneingang zum Stehen gekommen.

Harry war ebensowenig hilfreich gewesen wie Letitia. Doch beide hatten das sichere Gefühl, daß etwas nicht stimmte, so daß Letitia die Sache in die Hand genommen hatte und zum Yard und zu Sholto Lestrade gegangen war. Und da man die Leiche von Richard Tetley nun mal in der Höhle gefunden hatte, verstand sich von selbst, daß Lestrade hier mit seinen Nachforschungen begann. Er und Harry kannten sich sehr lange, und wenn Harry oder Harrys Frau um Hilfe baten, fragte Lestrade nicht lange nach den Gründen.

Das Ärgerliche an Harry war, daß er einen erstaunlichen Sinn für Pflicht, Treue und Ehre hatte. Der verstorbene Richard Tetley hatte das Dower House vor ein paar Monaten übernommen und war darum auf eine etwas sonderbare Weise ein Pächter geworden. Und Harry kümmerte sich um seine Pächter. Wenn sie ihr Getreide mähten, war er dabei. Er lachte mit ihnen, wenn sie lachten, und er half, sie zu Grabe zu tragen, wenn sie starben.

Höhlen gehörten nicht zu den Orten, an denen sich Lestrade sonderlich gern aufhielt. Er ließ seinen Strohhut auf dem Kopf, für den Fall, daß riesige Vampirfledermäuse plötzlich aus der Dunkelheit einfallen würden. Er umklammerte die Laterne, die Harry ihm vorsorglich mitgegeben hatte, mit der einen Hand und seine Krücke mit der anderen. In Höhlen konnte man nie vorsichtig genug sein.

Dolomitgestein sei weich, hatte Harry ihm gesagt, um ihn mit Wookey vertraut zu machen, aber Lestrades Schienbeine belehrten ihn rasch eines Besseren, als er sich seinen Weg in die innersten Nischen des Puddinggesteins suchte. Am Anfang halfen ihm die hölzernen Stege und Laufbretter, die man für die Neugierigen unter den sommerlichen Besuchern angebracht hatte, doch sie wurden bald von schlüpfrigen, grünen Rinnen ersetzt, und er hob die Laterne und starrte ehrfürchtig auf die riesigen Felsgebilde, die urzeitlich aus der ewigen Dämmerung ragten.

«Halten Sie nach der Hexe Ausschau?» dröhnte eine Stimme in der Nähe. Oder war sie weit entfernt? Sie widerhallte mit einem donnernden Echo, so daß Lestrade seine Laterne und seine Krücke fallen ließ.
«Tut mir leid, alter Junge. War nur ein Scherz von mir», dröhnte die Stimme weiter. «Hier drüben. Rechts von Ihnen.»
Lestrade quälte sich ab, bis er die Laterne fand und sich auf einen Vorsprung stützen konnte, während er versuchte, sie wieder zu entzünden.
Der Mann, der gesprochen hatte, tauchte aus einem unheimlichen grünen Licht hervor. «Bulleid.» Er streckte eine Hand aus.
Lestrade fragte sich, wie der Höhlenbewohner auf diese Entfernung überhaupt etwas erkennen konnte. Vielleicht bekam man in solchen Dingen mehr Übung, wenn man in Höhlen lebte.
«Das bin ich», sagte das grüne Gesicht. «Arthur Bulleid. Archäologe.»
«Aha.» Lestrade griff nach der ausgestreckten Hand und stieß heftig gegen etwas Hartes, das in Hüfthöhe vor ihm aufragte.
«Das war ein Stalagmit», lächelte Bulleid. «Es wimmelt hier davon. Passen Sie auf, wo Sie hintreten.»
Lestrade verbiß den Schmerz und fragte sich, ob dieser Mann Sergeant Dixon vom Yard kannte, dessen Lieblingsspruch das war.
«Sie sagten etwas von einer Hexe?» fragte er.
«War bloß ein kleiner Scherz», lachte Bulleid. «Sie ist dort oben. Sehen Sie?» Er deutete auf einen Felsvorsprung, der wie die verkrümmte Gestalt eines alten Weibes geformt war. «Die Schwiegermutter von Wookey. Und Sie, warten Sie mal, Sie...»
«Ich habe Schmerzen.» Lestrade sackte dankbar auf einen felsigen Sims, nur um sich mit einem Gefühl entschiedenen Unbehagens sogleich wieder zu erheben.
«Nein, ich würde mich nicht hinsetzen. Es gibt überall Pfützen. Außerdem weiß man nie, ob man auf ein Gerät aus Feuerstein stößt – und, glauben Sie mir, die sind verdammt scharf, ein paar davon. Sind Sie Archäologe oder einer von diesen verdammten Touristen?»
«Weder das eine noch das andere», sagte Lestrade. «Ich bin Polizist.»

«Guter Gott.» Durch den grünen Schimmer der Laterne sah Bulleid den Inspector schräg an. «Ein Polizist. Zweifellos sind Sie wegen des alten Tetley hergekommen.»
«Sie haben ihn gefunden, schließe ich daraus.»
«Das stimmt, Mr.... äh...?»
«Lestrade, Scotland Yard.»
«Oh, der Yard.»
«Sie kennen unsere Arbeit?»
«Nein. Aber ich hab eine Broschüre über den Leichnam gelesen, den man beim Bau des Opernhauses fand, in dem ihr Burschen euch später eingenistet habt.»
«Ach so. Nun zu Tetley...»
«Er war da drüben», sagte Bulleid und ließ Lestrade wie ein fußkrankes Maultier in der Dunkelheit hinter sich herstolpern. An einer Stelle, wo der schlüpfrige Grund der Höhle sich verbreiterte, bückte sich Bulleid plötzlich und deutete auf einen Fleck, der mit einem blauen Seil abgesperrt war. «Hier», sagte er, unwillkürlich mit seinem Spatel kratzend.
«Ist das Ihr Seil, Sir?» fragte Lestrade.
«Du lieber Gott, nein. Die Ortspolizei hat das angebracht. Wirklich störend. Ich hoffte auf eine Faschine. Oder zumindest auf ein paar Pfähle.»
Lestrade fragte sich, ob der Mann seine Sandwiches mitgebracht hatte, doch es erschien ihm unhöflich, danach zu fragen.
«Sie haben ihn vor zwei Tagen gefunden?»
«Ja. Kurz nach Mittag.»
«Er lag dort drüben?» Lestrade versuchte nach besten Kräften, sich zu bücken, doch das fiel ihm mit einem Bein nicht leicht, und er gab den Versuch auf.
«Das war das verrückteste. Jemand hatte ihn so aufgebahrt wie für eine Beerdigung.»
«Die Hände über der Brust gefaltet, meinen Sie?»
«Ja, aber eher nach der Art der Pharaonen, wie in einem Sarkophag.»
«Können Sie sich einen Grund dafür vorstellen?» fragte Lestrade.
«Nun, Tetley war Ägyptologe. Ziemlich passend, denke ich.»
«Er war Ägyptologe, Sir?»
Bulleid hockte sich auf einen Stalagmiten. «Er hatte Grabkammern

in Oberägypten ausgegraben, Mr. Lestrade. Theben. Luxor. In Luxor fand er die Grabkammer von Amenhotep. Es war der Fund des Jahrhunderts.»

«Wirklich?» Lestrade stand in jeder Beziehung im dunklen.

«Sie müssen davon gehört haben. Das passierte im Jahr... warten Sie...91. Ja, das dürfte stimmen. Da war der alte Tetley natürlich ein gemachter Mann.»

«Wie alt war er?»

«Etwa fünfzig. Unter uns, er war kein großer Archäologe. Hatte was von diesem Schliemann, nur daß er ein Brite war, natürlich. Verstand was davon, sich in Szene zu setzen.»

«Was taten Sie, als Sie ihn fanden?»

«Ich gestehe offen, ich machte mir fast in die Hosen. Ich meine, versteinerte Überreste, etruskischer Kot, das ist für mich alltäglich. Aber das hier war ein bißchen frisch.»

«Wie frisch, würden Sie sagen?»

Bulleid wühlte in seinem Rucksack nach einer Zigarre. «Nun, er war noch warm, wenn Ihnen das was hilft. Zigarre?»

«Nein, danke. Haben Sie jemanden gesehen – in der Höhle oder in der Nähe?»

«Den alten Spiggot, den Führer.»

«Er arbeitet hier?»

«Gewissermaßen», sagte Bulleid paffend. «Führt die Leute rum für Sixpence oder so.»

«Und war an jenem Morgen jemand da?»

«Schon möglich. Da müssen Sie ihn fragen. Es ist verabredet, daß er sich bei den Führungen am Morgen nur auf die oberen Bereiche beschränkt. An den Nachmittagen habe ich die Höhle ganz für mich. Guter Gott.» Er ließ seine Taschenuhr mit den Leuchtziffern zuklappen. «Ist es schon so spät? Ich werde von den Bandicoots bereits erwartet.»

«Ich ebenfalls. Gehen wir?»

Aber Lestrade begab sich nicht nach Bandicoot Hall. Die Zeit drängte, und es mußten dringliche Fragen gestellt werden, wollte er Harry in bezug auf das Ableben von Richard Tetley beruhigen. Er stieg in Harrys Einspänner und fuhr durch den lieblichen Sommerabend zu dem malerischen kleinen Cottage, in dem der alte Spiggot, der Führer, wohnte. Wenn man bedachte, daß der alte Bursche sich im Greisenalter damit durchschlug, daß er den ganzen Tag Geschichten über die Höhle von Wookey erzählte, war er jetzt etwa so gesprächig wie ein toter Fisch. Doch was ihm an Gutherzigkeit mangelte, wurde durch seine Frau, die alte Mrs. Spiggot, wettgemacht. Sie war drauf und dran, Harrys Pferd einen Gehörschaden zuzufügen, als Lestrade mit dem Tier Mitleid bekam, ihm die Peitsche gab und es nach Südosten nach Dower House lenkte, dem Haus des verblichenen Richard Tetley.

Trotz Mrs. Spiggots Redseligkeit war das Ehepaar kaum eine Hilfe. Dienstag war ein typischer Tag gewesen. Der alte Spiggot mußte etwa einem Dutzend Besuchern die Höhle gezeigt haben. Nein, ihm war nichts Besonderes aufgefallen. Da war ein ziemlich ausgemergelter Mann mit einem bösen Husten gewesen und eine Frau mit einem Hörrohr, womit sie Spiggot dauernd den Hut vom Kopf stieß, aber ansonsten nichts Unangenehmes. Spiggot war ein bißchen verärgert gewesen, Mr. Tetley so früh dort zu finden – es war ausdrücklich zwölf Uhr mittags ausgemacht, und der alte Spiggot hatte, als er um elf ankam, ganz deutlich die Glocken von Wells schlagen hören.

Dower House auf dem Bandicootschen Anwesen war weniger prächtig als das Herrenhaus, aber älter – ein elisabethanisches Gebäude im klassischen E-Grundriß mit gewundenen Schornsteinen, die in der augenblicklichen Sommerhitze überflüssig waren. Das Haus stand wie ein stummer Schattenriß vor der untergehenden Sonne, als Lestrade auf der kiesbestreuten Auffahrt hielt. Der ebenso stumme Schattenriß eines Butlers empfing ihn, der Lestrades Ausweis prüfte und ihn dann ehrerbietig in einen Salon führte, wo Richard Tetley in einem mit Seide ausgeschlagenen Sarg aufgebahrt lag.

«Eine Glashaube», bemerkte Lestrade und bewunderte das kostbare Mahagoni und die vergoldeten Beschläge. «Ist das nicht ziemlich ungewöhnlich?»

«Ich glaube, es ist eine amerikanische Sitte, Sir», säuselte der Butler.

«Mr. Tetley hat einige Jahre in den Vereinigten Staaten verbracht. Nach Ägypten war das seine zweite Liebe.»
«Verstehe. Sagen Sie mir... äh...»
«Hickok, Sir.»
«...Hickok, war Mr. Tetley verheiratet?»
«Mit seiner Arbeit, Sir.»
«Natürlich», seufzte Lestrade, der diesen Zustand sehr gut kannte. Doch er hörte die Standuhr in der Halle neun schlagen, und seine vierundzwanzig Stunden näherten sich dem Ende. «Gab es eine Frau in seinem Leben, Hickok?»
Der Butler sah aus wie von Mehltau befallen. «O nein, Sir», flüsterte er. «Ich hatte die Ehre, Mr. Tetley dreißig Jahre zu dienen. Niemals in dieser Zeit hat es... eine... Frau... gegeben.»
Lestrade durchschritt den Raum und befingerte eine Weile die ägyptischen Figuren auf der Anrichte.
«Anubis», sagte Hickok, als Lestrade die Marmorschnitzerei anstarrte.
«Wirklich?» Lestrade wußte ein oder zwei Dinge über Kunst. Er war einmal Mr. Alma-Tadema begegnet. «Sieht eher wie ein Schakal aus. Hatte Mr. Tetley die Gewohnheit, die Höhle von Wookey regelmäßig zu besuchen?»
«In den letzten Wochen, ja, Sir. Er arbeitete, glaube ich, mit einem Mr. Bulleid zusammen.»
«Ja, ich habe ihn getroffen. Ein anderer Archäologe.»
Hickok schniefte mißbilligend. «Wenn Sie es sagen, Sir.»
«Mr. Bulleid sagt es», lächelte Lestrade. «Darf ich annehmen, daß Sie Mr. Bulleid nicht mögen?»
Der Butler richtete sich so stocksteif auf, daß seine gestärkte Hemdbrust ächzte. «Ich bin der Diener eines Gentleman, Sir. Der Sohn und Enkelsohn eines Dieners in herrschaftlichen Diensten. Es steht mir nicht zu, jemanden nicht zu mögen.»
«Verstehe.» Lestrade griff nach einer Zigarre, nahm die zitternden Nasenflügel des Butlers wahr, entschuldigte sich sogleich und steckte die Zigarre weg. «War die Ortspolizei da?»
«Jawohl!» Eine Stimme ließ ihn herumfahren. «Und sie ist zurückgekehrt.»
Ein großer, rotgesichtiger Mann mit einem Panamahut und in

Hemdsärmeln stand grinsend zwischen zwei Constables. «Lestrade vom Yard, nicht wahr?» fragte er schelmisch.
«Sie haben von mir gehört?» Auch Lestrade war nicht ohne Eitelkeit.
«Nein. Aber ich habe vorhin Mr. Bulleid getroffen, und er sagte mir, Sie seien in der Gegend. Logisch, daß dies der Ort war, wo man die lange Nase des Yard suchen mußte. Ich habe auch Mr. Harold Bandicoot getroffen.»
«Harry», verbesserte Lestrade.
«Für Sie mag er Harry sein, Inspector, aber für mich ist er ein potentieller Verdächtiger.»
«Ich meine, er wurde auf den Namen Harry getauft. Und was meinen Sie mit ‹Verdächtiger›, Inspector... äh...?»
«*Chief* Inspector», meinte der rotgesichtige Mann Lestrade verbessern zu müssen. «Guthrie. Somerset Constabulary. Hickok, gehen Sie raus!»
Der Enkelsohn eines Dieners in herrschaftlichen Diensten verbeugte sich und ging, während Guthries Constables sich zu beiden Seiten der Tür aufbauten.
«Jagt einem 'ne Gänsehaut ein, dieser Ort, nicht wahr?» Guthrie griff nach einer Zigarre.
Lestrade blickte mißbilligend und rümpfte so lange die Nase, bis Guthrie die Zigarre wieder wegsteckte.
«All das hier», fuhr der Inspector fort, «all dies alte Zeug.»
«Ägyptologie.» Lestrade humpelte zum Kaminsims. «Anubis.» Er nahm die Figur in die Hand.
«Ich dachte, Sie sagten, es wär ein Schakal, Sir», sagte ein Constable zu seinem Chef.
Guthries Blick sagte alles. «Erinnern Sie mich dran, daß ich Sie morgen in Weston wieder an die Pferdetröge schicke.»
«In Ordnung, Sir.» Der geknickte Constable salutierte.
«Was haben Sie für ein Interesse an dem Fall, Lestrade?» fragte Guthrie und machte es sich auf einer Chaiselongue im oberägyptischen Stil bequem. «Ägyptologie, nicht wahr?»
«Mr. Tetley war ein Freund von Mr. Bandicoot», erwiderte Lestrade.
«... der ein Freund von Ihnen ist?»

«Genau», nickte Lestrade. «Warum ist er ein Verdächtiger? Und worin besteht das Verbrechen?»
«Das Verbrechen», gähnte Guthrie, «liegt in diesem Sarg. Leute kippen nicht einfach um und sterben in Höhlen, Lestrade, selbst wenn sie an Hydrophobie leiden. Mr. Tetley stand in der Blüte seines Lebens. Ein unverwüstlicher Dreiundfünfziger. Wie ich selbst, wenn ich das in aller Bescheidenheit sagen darf.»
«Also Mord?» klopfte Lestrade auf den Busch.
«Natürlich. Wie es im Augenblick aussieht, begangen von einer unbekannten Person oder von unbekannten Personen.»
Lestrade humpelte zum Sarg. «Sie haben die Leiche untersucht?»
«Selbstverständlich.»
«Todesursache?»
Guthrie stand auf. «Nun hören Sie mal, Lestrade. Ich bin keiner von euch Yard-Grünschnäbeln, wissen Sie. Sie sind offiziell für diesen Mord nicht zuständig. In keiner Hinsicht.»
«Der Yard kann überall tätig werden», konterte Lestrade.
«Nur wenn er vom Chief Constable der Grafschaft dazu aufgefordert wird. Und das ist noch nicht geschehen, oder?»
Lestrade sah sich gezwungen, zuzugeben, daß das nicht der Fall war.
«Trotzdem, ich würde gern Ihre Ansicht hören. Oder selbst die Leiche untersuchen.»
«Seinen toten Körper?» brüllte Guthrie.
«Dann den Bericht des Coroner», beharrte Lestrade. Er hatte schon früher mit polternden Chief Inspectors zu tun gehabt.
«Sie befinden sich hier mitten in Somerset, Lestrade, nicht im klugscheißerischen London. Sie können von Glück sagen, wenn Sie ihn überhaupt zu Gesicht kriegen.»
«Ist Ihnen klar, daß Sie die Polizei in der Durchführung ihrer Arbeit behindern?»
«Ich kenne meine Pflicht, Lestrade. Bis der Yard nicht grünes Licht gibt, werden weder Sie noch irgendein anderer von Ihrer arroganten Behörde die Nase hier reinstecken. Die Beerdigung ist morgen, und ich werde diesen Raum jetzt abschließen. Hickok!»
Der Diener seines Herrn erschien ungesäumt.
«Dieser Raum ist abzuschließen. Auf der Stelle. Ich werde morgen

früh um acht Uhr persönlich zurückkommen und ihn aufsperren. In der Zwischenzeit werde ich den Schlüssel verwahren. Mr. Lestrade ist gerade dabei zu gehen.»

Der Inspector lüftete seinen Hut, schob sich an dem Chief Inspector vorbei. Er hörte die Tür hinter sich ins Schloß fallen und ging zum wartenden Einspänner. Dabei geriet seine Hand wie zufällig gegen das Geschirr des anderen Fahrzeuges, und die überraschend steife Brise, die sich urplötzlich erhoben hatte, strich zufällig unter das Kummet und hob es gerade so weit hoch, daß das Pferd sich bemüßigt fühlte, in die Dunkelheit zu zockeln.

Als er mit der Peitsche knallte, hörte Lestrade hinter sich den Chief Inspector verblüfft sagen: «Hol Sie der Teufel, Cherill, Sie können nicht mal ein Pferd anschirren, Mann. Ich werde Sie morgen nicht zu den Pferdetrögen schicken. Ich werde Sie reinschmeißen. Und warum mußten Sie ausgerechnet ein schwarzes Pferd nehmen? Wo ist das verdammte Vieh?»

Lestrade zog den rechten Zügel an und lenkte das Pferd in die Dunkelheit, vorbei an dem Flügel des Gebäudes, in dem Richard Tetley lag. Das Haus war jetzt dunkel und ausgestorben, bis auf ein schwaches Licht in einem Zimmer des Erdgeschosses.

Eine leichte Brise hob die Blätter von Letitias hängenden Blumenkörbchen auf der Veranda. Lestrade hatte zu Abend gegessen und genoß in der Stille der Nacht eine Zigarre. Jenseits des Sees jagten die Ziegenmelker im Buschwald, und eine einzelne geisterhafte Eule folgte der Uferlinie und strich über die riesigen Ulmen, die Bandicoot Hall umstanden.

«Es war sehr freundlich von Ihnen zu kommen, Sholto.» Harry goß ihnen noch einen Brandy ein. «Ich wollte Sie nicht belästigen.»

«Es war nicht der Rede wert, Harry.» Lestrade blies Rauchringe gegen den Himmel. «Aber ich bin leider keine große Hilfe gewesen.»

«Es war nicht, daß ich Tetley gut kannte oder ihn gar mochte, aber er war ein Pächter, wissen Sie.»

«Hatte er irgendwelche Feinde, Harry? Jemand, der seinen Tod wünschte?»

«Da fragen Sie besser Bulleid. Tetley war ja fast nie zu Hause. Wir

haben einmal oder zweimal an einer Fuchsjagd teilgenommen, ein paar Fasane zur Strecke gebracht, aber seine wirkliche Liebe war die Archäologie. Ich werde mit dem Chief Constable sprechen, Sholto. Ich bin nicht glücklich darüber, daß Guthrie die Sache bearbeitet. Er hat das Feingefühl eines wütenden Elefanten.»
«Ich bin gerüstet, Ihre indischen Erinnerungen zu ertragen, Harry. Hatte er Geld?»
«Guthrie? Würde mich nicht überraschen.»
«Nein. Tetley.»
«Wie soll ich das wissen, Sholto?»
«Ich weiß.» Lestrade hob die Hand. «Gentlemen fragen nicht. Sie hätten einen ganz leidlichen Polizisten abgegeben, aber Sie hätten es nie weit gebracht, weil Sie nicht über Leute klatschen.»
«Tut mir leid, Sholto.»
«Mr. Bandicoot, Sir!» rief eine Stimme aus dem Gebüsch.
«Tom?» Harry sprang auf.
«Es ist der Superintendent, Sir. Sie kommen besser rasch!»
«Der Superintendent?» Lestrade erhob sich mühsam.
«Mein Pferd», rief Harry. «Versorgen Sie sich selber mit Brandy, Sholto. Ich bin vielleicht eine Weile fort», und er folgte dem Diener in die Dunkelheit.
«Junger Mann!» Eine Stimme wie eine Baßtrommel dröhnte in seinen Ohren.
«Guten Abend.» Lestrade nahm wieder Platz.
«Bleiben Sie sitzen», sagte die Stimme. «Sie müssen Inspector Lestrade sein...»
«Ja, Mrs.... äh...»
«Miss», sagte die energische Stimme, «Miss Balsam.»
«Ach ja. Letitias Kinderfrau.»
«Letitias, ja. Und nun beaufsichtige ich das Kindermädchen der Kinder.»
Sie ließ sich in Harrys Sessel nieder. «Ja», sagte sie, und ihre grauen Augen blinzelten im Licht, das aus der Verandatür fiel, «ja, ich kann's sehen.»
Lestrade blickte an sich herunter, doch es war alles an seinem Platz.
«Wirklich?»
«Emma. Sie hat Ihre Nase, das arme Ding.»

«Sehr freundlich von Ihnen, Miss Balsam. Ich könnte mir denken, daß das übrige von ihrer Mutter stammt.»
«Sie können sich denken?» Miss Balsam richtete sich kerzengerade auf. «Wann haben Sie Ihre Tochter zum letztenmal gesehen, Mr. Lestrade?»
«Ich nehme an, daß Sie damals schon im Hause waren, Miss Balsam. Und doch sind wir uns nie begegnet. Sie müssen wissen, daß ich sie seit ihrer Geburt nicht gesehen habe.»
Miss Balsam lehnte sich zurück und schüttelte ihren alten, rougeverschönten Kopf. «Eine große Tragödie», sagte sie. «Es ist wahr, wir sind uns nie begegnet, doch ich bin oft beruflich unterwegs. Ich hatte gehofft, Sie hätten Ihr Kind in meiner Abwesenheit besucht. Nun, junger Mann», sagte sie, «dieser Mord.»
«Welcher Mord, Miss Balsam?»
Sie stach mit einem Fensterhaken nach ihm, der auf der Veranda herumlag. «Spielen Sie mir nicht den Einfaltspinsel vor, Inspector Lestrade. Ich habe zu viele kleine Jungen gekannt. Und obwohl sie alle zu bösen, abscheulichen Männern heranwachsen, geht ihnen eine grundlegende Unfähigkeit nicht verloren.»
«Wirklich?»
«Ihre Unfähigkeit, Nanny Balsam eine Lüge zu erzählen. Also, welche Theorien haben Sie?»
«Miss Balsam», versuchte es Lestrade erst einmal mit Würde. «Ich bin Inspector von Scotland Yard. Ich bin nicht befugt...»
«Papperlapapp. Richard Tetley war ein schrecklicher alter Taugenichts. Es war sein einziges Laster, das ihn umgebracht hat.»
«Sein einziges Laster?» Lestrade wurde hellhörig. Er hatte noch immer ein paar Stunden von der Frist übrig, die Frost ihm eingeräumt hatte.
«Er war ein Dieb, Mr. Lestrade.»
«Ein Dieb?» Lestrade richtete sich auf. «Sie meinen, daß er Dinge stahl?»
«Nicht, daß ich zu den Klatschtanten gehörte, verstehen Sie mich recht», beteuerte Miss Balsam.
«Nein, nein, natürlich nicht.» Lestrade blies Rauchringe in die Nachtluft.
«Sie haben natürlich Beweise?»

«Sagen wir einfach, daß ich Bescheid weiß. Gute Nacht, Mr. Lestrade», und sie lächelte entwaffnend und erhob sich.

«Nanny, du müßtest längst im Bett sein.» Letitia schwebte durch die Verandatür. «Du wirst dir den Tod holen. Und du hast einen anstrengenden Tag gehabt, kleine Nan.»

«Ja, Zeit, daß ich in die Federn komme», sagte Miss Balsam. «Ich habe unser kleines Schwätzchen genossen, Mr. Lestrade. *A bientôt*, wie der Franzose sagt.» Und Letitia bugsierte sie fort.

«Ist der verrückte alte Besen weg?» Ein rauhes Flüstern kam aus der Glyzine.

«Wer ist da?» fragte Lestrade.

«Bulleid. Ich habe mir ein bißchen die Beine vertreten, um Letitias Hirschbraten zu verdauen. Prachtvolles Essen, nicht wahr?»

«In der Tat prachtvoll, Mr. Bulleid.»

«Sie wissen, daß sie verrückt ist, oder?»

«Letitia?» Lestrade fiel es schwer, das zu glauben.

«Miss Balsam. Ich bin ihr zweimal begegnet, und jedesmal schien sie mir völlig bekloppt. Sprach davon, wie wichtig es sei, ein Kind nicht zu sehr zu loben. Offenbar hat sie Pech gehabt. Und wie alle ihre Babys mit einer Ausnahme bei der Taufe schrien.»

«Ich kann nicht folgen», bekannte Lestrade.

«Mein lieber Junge, glauben Sie, ich konnte das? Offenbar bemerkte sie meinen Mangel an Verständnis und blies mir eine halbe Stunde die Ohren voll von Kindern und Aberglauben. Vor zweihundert Jahren hätte man sie verbrannt. Glauben Sie mir, erwischte ich sie in der Nähe einer Kerze, würde ich es vielleicht selber tun. Sie sind noch glimpflich davongekommen.»

Lestrade schenkte dem Archäologen einen Brandy ein. «Dann haben Sie also ihre Anschuldigung mitangehört – Tetley sei ein Langfinger?»

«Quatsch!» schnaubte Bulleid und stürzte den Brandy hinunter. Er beugte sich zu Lestrade hinüber. «Es ist der Fluch, wissen Sie.»

«Der Fluch? Aber Miss Balsam ist doch gewiß zu alt…»

«Nein, nein Mann. Der Fluch der Pharaonen. Er hat Tetley umgebracht.»

Lestrade lächelte. «Ich dachte, Sie lehnten Aberglauben ab, Mr. Bulleid.»

«Dieses Weibergeschwätz von der Balsam, ja. Aber was der Spaten zutage fördert, Lestrade, diese Zeugnisse lügen nie.»
«Das sollten Sie mir vielleicht erklären, Mr. Bulleid.»
«Sehr gern. Ich bin selber keltischer Abstammung. Vor ein paar Jahren habe ich das Seedorf bei Glastonbury entdeckt. Neunzig Hütten aus mit Lehm beworfenem Flechtwerk, in einer Siedlung, die sich über dreieinhalb Acres erstreckte. Tetley war im großen und ganzen ein Archäologe, der... sagen wir... exotischer war. Er liebte den Ruhm, die Scheinwerfer, die Auslandsreisen. Der einzige Grund, warum er in Wookey herumstöberte, ist, daß die Höhle gewissermaßen vor seiner Haustür lag. Ich habe von Harry gehört, daß der Yard bei Vorstößen auf fremdes Territorium nicht immer willkommen ist, stimmt's?»
«Man kann auf Schwierigkeiten stoßen, ja.»
«Chief Inspector Guthrie?»
«Er ist die Schwierigkeit, an die ich dachte, ja», gab Lestrade zu.
«Er ist ein Schwein.» Bulleid holte eine geschnitzte Pfeife hervor und begann sie zu stopfen. Dem Geruch nach stammte der Tabak vermutlich aus dem dritten vorchristlichen Jahrhundert. «Und das ist der Grund, warum ich ihm davon nichts erzählt habe.»
Er griff in eine Tasche und brachte einen Gegenstand aus Marmor zum Vorschein, dunkelgrün und glatt wie Glas.
«Was ist das?» fragte Lestrade.
«Ein Amulett. Aus der Zeit von Amenhotep. Aber es ist ein ziemlich merkwürdiges. Es ist der Skarabäus, wie Sie vielleicht wissen.»
Lestrade wußte es nicht.
«Die Käfer des Todes. Eigentlich das Symbol von Kepri, dem Sonnengott, und als solches ein Talisman der Schöpfung. Doch unter Archäologen hat der Skarabäus einen viel unheimlicheren Ruf. Da er als Schmuck der Toten gefunden wird, hat man ihn im Lauf der Zeit mit den Toten in Verbindung gebracht.»
«Und dieser hat mit Tetleys Tod zu tun?»
«Nun, könnte sein, aber... Fest steht, daß ich ihn bei Tetleys Leiche gefunden habe.»
«Sie sagten ‹aber›...» Lestrade pflegte bei halben Sätzen nachzuhaken.
«Nun ja, Tetley hat mich mal einen Blick auf seine Sammlung wer-

fen lassen. Ich erinnere mich nicht, einen Skarabäus unter seinen Stücken gesehen zu haben. Ja. Er war zwischen seine Zähne geklemmt.»
Lestrade sprang auf. «Zwischen den Zähnen?» wiederholte er.
«Eigentümlich, nicht wahr? Was halten Sie davon?»
«Ich bin nicht sicher... im Augenblick.»
«Sie können keinen Geist verhaften, Lestrade.» Bulleid versorgte sich mit einem neuen Brandy aus Harry Bandicoots Beständen.
«Einen Geist?»
«Den Fluch der Pharaonen. Jeder, der die Gräber der Könige anrührt, setzt sein Leben aufs Spiel. Denken Sie an den jungen Jones.»
«Jones?»
«Oscar Myron Jones III. Stammte aus einer guten Familie in Indiana.»
«Indiana? Warten Sie, das ist in...»
«Amerika, Lestrade. Die Kolonien. Trotzdem, seien wir nicht ungerecht... Der junge Oscar hatte eine sehr vielversprechende Karriere vor sich, und er arbeitete bei der Amenhotep-Ausgrabung mit Tetley zusammen.»
«Was wurde aus ihm?»
«Er starb.»
«Wirklich?»
«Der Fluch, sehen Sie. Er war vierundzwanzig. Gleichviel, sie beerdigten ihn in Luxor. Das hätte ihm nicht gefallen.»
«Sagen Sie mir, Mr. Bulleid», sagte Lestrade und goß sich ebenfalls nach, «starb sonst noch jemand bei der Ausgrabung?»
«Das ist jetzt zehn Jahre her, Lestrade. Nicht nur Tetley und Jones waren an der Arbeit beteiligt, sondern natürlich auch Hunderte von Negern. War damals die größte Ausgrabung der Welt. Ich glaube mich zu erinnern, daß die Expedition ein drittes Mitglied hatte. Eine Frau. Sie hatte etwas mit den Jeromes zu tun.»
«Mit den Jeromes? Haben die nicht *Drei Mann in einem Boot* geschrieben?» Lestrade war eben ein kultivierter Mann.
Bulleid blickte ihn fragend an. «Ein anderer Zweig», entschied er. «Jenny Jerome kannte sie gut. Lady Randolph Churchill, wissen Sie.»

«Churchill?»
«Kennen Sie sie?»
«Ich glaube, ich bin ihrem Sohn begegnet, Winston.»
«Pfui Teufel. Der Mann ist ein Dummkopf. Nicht die Spur, fürchte ich, von seinem Vater. Aber, wie ich schon sagte, Lestrade, Sie können keinen Geist verhaften. Denken Sie an meine Worte, im Osten passieren ein paar ziemlich merkwürdige Dinge.»
«Die Riesenratte von Sumatra», murmelte Lestrade, plötzlich mit seinen Gedanken ganz woanders.
«Wie bitte?» Bulleid klemmte die Pfeife wieder zwischen die Zähne.
«Ach, nichts», lächelte Lestrade, «bloß eine Geschichte, für die die Welt hoffentlich nie reif sein wird.»
Bulleid rückte näher an Lestrade heran. «Es ist die Hand von Amenhotep, Lestrade», flüsterte er, «die aus dem Grab hervorkommt. Das hier», er tippte auf den Skarabäus, «ist seine Visitenkarte.»
«Ihnen ist doch klar, daß Sie durch das Einbehalten dieses Beweisstückes die Polizei bei ihrer Arbeit behindern?» Er hob eine Augenbraue und sah Bulleid drohend an.
«Und ich dachte, ich hätte Ihnen einen Gefallen getan!» schnaubte Bulleid.
«Haben Sie ja, Sir», versicherte ihm Lestrade, «das haben Sie.» Und er steckte den Skarabäus in seine Tasche.
«Beim Barte des Propheten!» rief Bulleid. «Wie die Zeit vergeht. Ich muß in mein Hotel zurück. Ich wohne im ‹George› in Glastonbury. Die Betten sind verdammt lausig, aber der Kaffee ist gut. Ich hoffe, wir sehen uns wieder, Lestrade.» Er drückte dem Inspector die Hand. «Und viel Glück bei dieser Sache. Sie ist schmutzig, sehr schmutzig. Am Tag, als das passierte, konnte ich eine halbe Stunde lang mein Frühstück nicht anrühren. Ich verdufte.»
Und er entschwand, um sich von den Bandicoots zu verabschieden. Lestrade saß eine Weile in Gedanken da, und es rumorte in ihm. Es war vermutlich Letitias Hirschbraten. Die Nachtluft hatte sich abgekühlt, und er hatte viele Meilen zurückzulegen, ehe er an Schlafen denken konnte.
«Sholto», rief eine warme Stimme aus dem Salon.

«Letitia, danke für das vorzügliche Essen. Tut mir leid, daß ich zu spät kam.»
«Seien Sie nicht albern. Sie wären überhaupt nicht hier, wenn ich Sie nicht aufgesucht hätte. Seit Sie hier sind, geht es Harry viel besser. Können Sie ihm helfen?»
«Ich weiß nicht», sagte er. «Ich muß den Bericht des Coroner sehen. Aber ich bin über etwas gestolpert.»
«Oh, seien Sie vorsichtig, Sholto.» Letitia kannte Lestrades Gewohnheiten von früher.
«Glauben Sie an den Fluch der Pharaonen?» fragte er sie.
«An was?»
«Daß ein Mann, der seit Tausenden von Jahren tot ist, aus dem Grab heraus einen Mord begehen kann.»
Sie blieb stehen und sah ihn an. «Ist es der Brandy?» fragte sie wissend.
Er tätschelte ihre Hand, die in seiner Ellenbeuge ruhte. «Ich denke, daran liegt es», sagte er, «und jetzt muß ich aufbrechen. Sonst wird sich Assistant Commissioner Frost aus meinen Därmen Sockenhalter machen. Kann mich jemand zum Bahnhof fahren?»
«Ich werde Sie hinbringen», sagte Letitia. «Doch zuerst... Sie haben Ihre Tochter nicht gesehen.»
Er hielt ihre Hand. «Letitia.»
«Sie haben sie in drei Jahren nicht einmal gesehen, Sholto. Nicht, seit Sie sie als Baby zu uns brachten. Sie sind nicht einmal gekommen, als unsere Jungen geboren wurden.» Sie hob ihre Hand, um seine übliche Erklärung abzuwehren. «Ich weiß», sagte sie, «Verbrechen und Gezeiten kennen keine Pause.»
«Letitia...», sagte er noch einmal. «Ich fürchte mich.»
Sie blickte in seine traurigen, dunklen Augen. «Sie?» fragte sie. «Sie, die es mit Rabauken aus dem East End, mit Degen und dem Tod selbst aufgenommen haben? Was kann ein kleines Mädchen Ihnen Böses antun?»
Sie führte ihn leise die Treppe hinauf, wenn sie auch aufgrund seiner Krücke sehr langsam vorwärtskamen. Sie betraten das dämmrige Kinderzimmer, wo die Nachtlampe einen grünlichen Schimmer verbreitete, der auf das riesige Puppenhaus und das abgeschabte Schaukelpferd fiel. Die Jungen, robuste Kerlchen in Schlafanzügen,

lagen friedlich schnarchend beieinander. In einem dritten Bett, auf einem spitzenbesetzten Federkissen, lag Emma Lestrade, jetzt Emma Bandicoot, ihr goldgelbes Haar ringelte sich auf den Wangen, der Mittelfinger ihrer linken Hand lag sanft auf ihren ein wenig geöffneten Lippen.

«Da.» Letitia schmiegte ihren Kopf an Lestrades Schulter. «Da ist sie. Was erschreckt Sie daran? War doch gar nicht so schlimm, oder?»

Und er drückte sie an sich, küßte sie rasch und glitt hastig die Treppe hinunter, rasch, damit sie sein Gesicht nicht sehen konnte, so daß alle Stufen knarrten.

Lestrade humpelte über den gepflasterten Hof und stieg vorsichtig die Treppe hinauf.

«Mr. Lestrade, Sir.» Sergeant Dixon rasierte sich noch im Vorzimmer.

«Morgen, Sir. Kann ich Ihnen etwas besorgen?»

«Ungefähr drei Jahre Urlaub, Sergeant. Und ein neues Bein. Aber im Augenblick könnte ich eine Tasse Tee vertragen.»

«Verlassen Sie sich auf mich, Sir. Möchten Sie einen Peake Frean?»

«Einen was? Oh, ich verstehe. Nein, danke. Mein Magen würde rebellieren. Wie spät ist es?»

«Fast halb sechs, Sir.»

«Noch jemand da?»

«Ich glaube nicht, daß Skinner nach Hause gegangen ist, Sir.»

Lestrade blickte bestürzt auf. «Aber ich habe ihn gestern morgen hier zurückgelassen», sagte er. «Schicken Sie den Tee rauf, ja?»

Er schwenkte sein Bein in den Lift und sirrte und klirrte in seine Etage. Wie erwartet, saß Constable Skinner an seinem Tisch, in genau derselben Haltung, in der Lestrade ihn verlassen hatte.

«Also, Skinner, was gibt es Neues über Captain Fellowes?»

«Oh.» Der Constable stand auf. «Als Kind hatte er die Pocken, Sir.»

Lestrade ließ sich dankbar in seinen Sessel fallen, machte Schlips und Kragen los und knöpfte seine Weste auf. «Guter Gott, nein.»

«Er besuchte St. Ethelred, die Vorbereitungsschule in Buxton.»
«Hat er Glück gehabt, das alles zu überleben, nicht wahr?»
«In der Tat, Inspector.» Skinner rückte seinen Kneifer zurecht, ein merkwürdiges Accessoire für einen jungen Mann. «Aber in Charterhouse zu überleben war für ihn noch schwieriger, schätze ich. Wie er die Zulassung bekam, ist mir ein Rätsel.»
«Sandhurst?» schlug Lestrade vor.
«Tatsächlich, aber ich bezog mich auf den dortigen ziemlich vulgären Umgangston... nicht besonders *comme il faut.*»
«Ja, natürlich», lächelte Lestrade mit zusammengebissenen Zähnen. «Sagen Sie, Constable, wann werden wir etwas bekommen, das auf irgendeine Weise mit dem Tod des Captain in Verbindung steht? Es ist nur, daß ich in etwa zwanzig Jahren in Pension gehen werde und bis dahin gern ein wenig weiterkommen würde.»
«Nun, darf ich eine Hypothese aufstellen, Sir?»
«Wenn Sie wollen», seufzte Lestrade. «Und dann wollen wir mal konkret werden.»
«Die Aschanti-Medaille. Fellowes war Mitglied einer Spezialeinheit, die sich aus Offizieren verschiedener Regimenter zusammensetzte. Sie wurden für eine geheime Mission ausgebildet und waren eine Truppe, die, wie ich glaube, bei den Buren von Natal Kommando genannt wurde.»
«Wenn das ein Geheimnis ist», Lestrade nahm dem eintretenden Constable den dampfenden Tee ab, den Sergeant Dixon eiligst zubereitet hatte, «wie kommt es, daß Sie davon wissen?»
«Augenblick.» Skinner wühlte in den Papierbergen. «Captain Fellowes' Tagebuch. Alle Offiziere über dreißig bringen ihre Erfahrungen zu Papier. Damit, wenn sie berühmt werden, ihre Erinnerungen druckfertig sind.»
«Sie schließen also Selbstmord aus?» fragte Lestrade. «Es ist unwahrscheinlich, daß ein Mann, der auf Vorrat schreibt, sich umbringt.»
«Ich halte Selbstmord für höchst unwahrscheinlich, Sir.»
«Ich auch, Constable. Ich kann mich mit Ihrer Arbeit anfreunden; oder liegt es daran, daß ich die ganze Nacht kein Auge zugemacht habe?»

«Fellowes war ein Held, Sir. Zumindest, wenn wir seinem Tagebuch glauben.»

«Gibt es einen Grund, das nicht zu tun?»

«Erinnerungen sind für den Historiker ein besonders fragwürdiges Material, Inspector. Mein Onkel ist Königlicher Professor in Oxford, nehmen Sie zum Beispiel Francis Place...»

«Nehmen Sie ihn, Skinner. Mehrere Fälle gleichzeitig sind zuviel für mich. Was sagt das Tagebuch?»

«Oh, allerlei Einzelheiten übers Einschiffen und so. Er erwähnt, daß im Januar der Fetisch-Baum zerstört wurde, bevor...»

«Der Fetisch-Baum?» Lestrade mußte unwillkürlich an Kew Gardens und an die Samen auf Fellowes' Anzug denken.

«Es war in Koomassie, Sir, einem Ort jährlicher Sklavenopfer.»

«Ist das von Bedeutung?» fragte Lestrade.

«Innerhalb der Stammesordnung der Aschanti, Sir, ist die Stellung der Sklaven eine unnormale. Sicherlich, als Überlebende einer alten Kultur...»

«Ich meine, was hat das mit Fellowes zu tun?»

«Nichts, Sir.»

Lestrade nickte. «Weiter, Skinner.»

«Aber die Schale des Königs Prempeh hat mit ihm zu tun.»

«Ja?»

«Die Schale wurde für Opfer benutzt. Das war ebenfalls in Koomassie, was in der Sprache der Aschanti ‹Stadt des Todes› bedeutet. Sir Francis Scott, der die Expedition leitete, hat sie letztes Jahr mitgebracht. Die Schale ist wahrscheinlich maurischen Ursprungs und zeigt Löwenköpfe im Flachrelief...»

Lestrade beugte sich vor. «Ich bin seit sechsunddreißig Stunden auf den Beinen, Skinner», knurrte er. «Was hat das mit Fellowes zu tun?»

«Nun, Sir, wie es scheint, sind er und der Rest seines Kommandos als Vorhut des Britischen Expeditionskorps nach Koomassie gekommen. Offenbar wurden sie von Prempehs Scharen erspäht, und Fellowes und ein weiterer Offizier namens Hely wurden von der Abteilung getrennt.»

Lestrade zuckte die Achseln. «Und weiter?»

«Sie wurden gefangengenommen, gefoltert und konnten dank Fellowes' Heldentum entkommen. Unglücklicherweise wurde Hely in einem Handgemenge getötet. Fellowes gelangte zu seiner Einheit zurück.»

Lestrade wartete. «Und das ist es?»

«Beinahe, Sir. Sehen Sie sich die Handschrift an.»

Lestrade sah nichts als sauber geschriebene Zeilen. «Und?»

«Fällt Ihnen nichts auf?»

«Sagen Sie nur nicht, seine Rechtschreibung sei miserabel. St. Ethelred, Charterhouse, was können Sie da schon erwarten?»

«Nein, nein, die Neigung der Buchstaben. Eine normale Kursivschrift, aber hier, auf diesen Seiten, neigt die Schrift sich *so*», er blätterte weiter vor, «und hier *so*.»

«Andere Feder», mutmaßte Lestrade.

«Anderer Sachverhalt.»

«Was?»

«Ich habe mich mit Graphologie beschäftigt, Sir – der Wissenschaft der Deutung des menschlichen Charakters aus der Art zu schreiben –, und ich glaube, auf diesen Seiten lügt Captain Fellowes.»

«Wie Sie sagen», erwiderte Lestrade. «Fragwürdiges Material. Wenn ein Mann sein eigenes Loblied nicht singen kann, wer wird es für ihn tun?»

«Ich bin nicht sicher, ob das so einfach ist, Sir. Ich glaube, Fellowes hatte etwas sehr Wichtiges zu verbergen.»

In diesem Augenblick erschien Constable Lilley, gefolgt von Dew. Beide Männer waren sichtlich mitgenommen.

Lestrade bemerkte es. «Gentlemen, was ist los?»

«Sie sollten so schnell wie möglich mit uns kommen, Sir», sagte Dew.

«Wenn ich das könnte, Dew, würde ich diese verdammte Krücke nicht brauchen. Egal, wie sagt Shakespeare: ‹Macbeth, geh voran.›»

Skinner stöhnte.

«Wenn ich hier noch länger bleibe, werde ich so verrückt wie Constable Skinner. Gehen Sie nach Hause, Mann», sagte Lestrade zu ihm. «Sie brauchen zweifellos mehr Schlaf als ich.»

Opfer der Hexe

Die drei Polizisten standen unter dem massigen Ungeheuer aus Stein. Yards von ihnen entfernt schimmerte der Glaspalast in der Sommersonne, und die Klänge Händels fluteten über das Wasser. Lestrade sagte grimmig: «Scheußlich.»

«Aber Sie haben es ja noch gar nicht gesehen, Sir», sagte Dew.

«Ich meinte das Ungeheuer.» Lestrade drehte den Hals in die Richtung des riesigen Reptils, das hinterlistig im Gebüsch kauerte. «Warum haben Sie mich den ganzen Weg hierher geschleppt? Was soll ich sehen?»

Zu den drei Polizisten gesellten sich einige weitere in Uniform, die bei Lestrades Ankunft salutierend die Hände an die Helme legten. Der Inspector in der Mitte schüttelte Lestrade die Hand. «Sholto», sagte er, «nett, daß Sie gekommen sind. Also hat Ihr Mann Sie gefunden?»

«Mein Mann?»

Der Inspector deutete auf den kreidebleichen Lilley.

«Oh, natürlich. Sie wohnen hier, Constable, nicht wahr?»

«Nicht auf dem Hügel, Sir», erwiderte Lilley. «Ich könnte mir die Miete nicht leisten.»

«Nein, natürlich nicht. Also, Arnold, was haben wir?»

«Ich hoffe, Sie haben sich Ihr Frühstück schmecken lassen, Sholto. In einer Minute werden Sie es vermutlich wiedersehen. Hier unten.» Der Inspector führte den Inspector durch eine Öffnung in den Rhododendronbüschen in der Nähe des Sees. Alle Parkwege waren von Constables bewacht und mit dem unvermeidlichen himmelblauen Seil abgesperrt. Lestrade hatte die dünne, blaue Linie immer bewundert. Die Frau lag auf dem Rücken im trockenen Sommergras, tot, blicklose Augen starrten in den Himmel. Ihr Gesicht war eine Maske aus Blut, und Blutspritzer waren auch auf ihrer Kleidung und auf den Blättern.

«Wer hat sie gefunden?» Lestrade hockte sich nieder und drehte den zerschmetterten Kopf vorsichtig von der einen auf die andere Seite.

«Haben Sie was dagegen, wenn ich diese Dame überspringe, Sir?»

Walter Dew war seit dem Ripper-Fall nicht mehr der alte.

«In Ordnung, Walter, aber vergessen Sie nicht, daß Sie für die Mazurka vorgemerkt sind.»

«Um Ihre Frage zu beantworten, Sholto», sagte der neben ihm kauernde Inspector, «einer der Parkwächter. Heute morgen um halb sechs.»

«Und?»

«Hab mit ihm gesprochen. Er ist absolut sauber.»

«Sie ist tot seit... was meinen Sie? Zwölf, dreizehn Stunden?»

«Würde ich sagen.»

«War hier gestern nacht was Besonderes los?» Lestrade stand auf und warf einen Blick auf den Palast.

«Normaler Donnerstag», erwiderte der Inspector. «Den ganzen Monat Feuerwerke. Das dürfte jedes Geräusch übertönt haben.»

«Das bedeutet auch, daß es hier von Menschen gewimmelt hat. Wußte der Wächter etwas?»

«Er sagte, dieser spezielle Teil des Parks werde selten aufgesucht.»

Lestrade nickte. «Wissen wir, wer sie ist?»

Der Inspector schüttelte den Kopf. «Immerhin war sie wohlhabend, was meinen Sie?»

Lestrade meinte das auch.

«Sir.» Ein Constable zerrte eine stark geschminkte Dame durch die Absperrung.

«Wer ist das?» fragten die beiden Inspectors gleichzeitig.

«Verzeihung, Arnold», sagte Lestrade zögernd. «Ihr Revier.»

«Danke, Sholto. Wer ist das?»

«Willste nich sagen, wer?» sagte das Mädchen und warf sich in die Brust.

«Langsam, Liz», knurrte der Constable. «Nicht so 'ne kesse Lippe.»

«Sind Sie mit den Lippen dieser jungen Dame vertraut, Constable?» fragte der Inspector.

«Sollte er vielleicht!» kicherte das Mädchen, sehr zum Mißvergnügen des errötenden Bobby.

«Sie hat was zu sagen, Sir. Ich dachte, es könnte Sie interessieren.»

«Fahren Sie fort... Madame.» Der Inspector blieb förmlich.

«He, was ist hier los?» Liz machte den Versuch, sich an ihm vorbei zum Ort des blutigen Geschehens zu drängeln.

«Ersparen Sie sich das besser.» Lestrade hielt sie an den Schultern zurück.

«Oh, Sie sind 'n ganz Starker, wie? Haben hübsche Hände. Ich steh auf Hände, ehrlich.»

«Ja, schon gut.» Jetzt war es Lestrade, der förmlich wurde. «Was haben Sie für eine Information?»

«Was isse Ihnen wert?»

«Hören Sie mal...», begann der Inspector.

«Arnold, Arnold.» Lestrade klopfte ihm auf den Arm. «Manchmal muß ein Polizist tun, was ein Polizist tun muß. Dew, Lilley.»

«Sir?» Die beiden Beamten in Zivil traten vor.

«Geben Sie dieser jungen Dame, was Sie in den Hosentaschen haben.»

Dew und Lilley sahen einander stirnrunzelnd an, aber pflichtgemäß kullerten die Kupfermünzen in ihre kleine Faust und verschwanden dann in ihrem Dekolleté.

«Vorsicht, meine Teure.» Lestrade führte sie beiseite. «Constable Dew ist ein verheirateter Mann. Also, was können Sie uns sagen?» Er machte hinter seinem Rücken den anderen ein Zeichen, zu bleiben, wo sie waren.

«He, haben Sie 'n lahmes Bein?» Sie bemerkte, daß er humpelte.

«Ich hinke bloß ein bißchen», lächelte er.

«Muß uns doch nicht stören, oder?» Sie grinste und drängte ihn gegen einen Baum.

«Madame.» Lestrade befreite sich. «Vielleicht ein anderes Mal. Was war letzte Nacht?»

«Spielverderber!» Sie ließ ihre Röcke wieder fallen. «Da drüben liegt 'ne tote Frau, stimmt's?»

«Ja.»

«Grünes Kleid mit weißen Bändern?»

«Stimmt. Ich dachte, Sie hätten die Leiche nicht gesehen.»

«Hab ich auch nich, Chef. Hab sie letzte Nacht gesehen. Da lief sie noch in dem Kleid rum.»

«Sind Sie sicher? Letzte Nacht müssen hier eine Menge Damen rumgelaufen sein.»

«Ja, aber nicht viele mit einem Burschen, der sie ins Gebüsch schleifte.»

«Ein Bursche? Wann war das?»

«Du lieber Gott, Chef. Weiß ich nich. Wennse die Zeit wissen wolln, fragen Sie 'nen Polizisten. Is bloß, die Polizei und ich, wir vertragen uns nich, wissense.»

«Nicht mal Sie und Constable... wie hieß er noch?» neckte Lestrade.

«Nee. Ich sag bloß hallo zu ihm auf seinen Runden. Is 'n Pflastertreter, wissense. Kann sich von seinem Lohn so was wie mich nicht leisten. Aber Sie, Sie könnten's vielleicht...»

«Ich bin auch ein Pflastertreter.»

«Ja, ja, aber Sie sind 'n richtiger Kavalier. Feiner Anzug. Und so hübsche Hände...»

«Dieser Bursche. Der mit der Dame im grünen Kleid. Können Sie ihn beschreiben?»

«Warten Sie mal... Groß. Großer Schnurrbart. Zylinder, Umhang.»

«Trug er einen Stock?»

«So was zum Stoßen. Mit 'nem Knauf an einem Ende» – sie stieß auf – «'schuldigung.»

«Gesundheit», seufzte Lestrade. «Sie sagen, daß er sie durchs Gebüsch zerrte?»

«Ja. Sie machte 'n Mordstheater. Sah zu piekfein aus für 'n Mädchen, das anschaffen geht, aber ich kann mich irren.»

«Haben Sie gehört, daß sie irgend etwas sagte?»

«Äh... nein, eigentlich nicht. Oh, warten Sie. Sie gab ihm einen komischen Namen. Wie hieß der bloß? Ach ja. Looney. So hieß er. Verdammt blöder Name, wie?»

«Würden Sie diesen Looney erkennen, wenn Sie ihn wiedersehen

würden?» fragte Lestrade, dem etwas von einer irischen Verschwörung schwante.
«Nee, nach 'ner Weile sehn sie alle gleich aus, Chef. Ich mach die Augen zu und denk an England.»
«Ja», lächelte Lestrade. «Geben Sie Ihrem Constable Ihre Adresse. Ich muß vielleicht noch mal mit Ihnen sprechen.»
«Oh, das hoff ich, Schätzchen.» Sie zupfte ihn am Schlips. «Ich weiß, daß Sie ein gutes Herz haben.» Und sie stolzierte fort.
«Also, Arnold», rief Lestrade. «Ein Wort unter vier Augen.»
Die Inspectors schlenderten in der Mittagssonne am See entlang.
«Wie sehen Sie den Fall, Sholto?»
«Im Augenblick ist das schwer zu sagen, Arnold. Eine junge Dame. Mitte Dreißig, vielleicht ein bißchen jünger. Todesursache: Schlag mit einem stumpfen Gegenstand auf den Kopf, Zeit: gestern gegen Mitternacht. Wir haben eine Zeugin», er deutete in Liz' Richtung, «wenn auch eine fragwürdige, die behauptet, das Opfer in Begleitung eines Mannes gesehen zu haben, dessen Beschreibung auf halb London paßt und der die Frau offenbar ins Gebüsch zerrte.»
«Aha, ein Kunde vielleicht? Er wurde gewalttätig?»
«Ist sie vergewaltigt worden?» Lestrade hatte das vorher nicht fragen wollen, um Constable Dews Gefühle nicht zu verletzen. Constable Lilleys Gefühle zu verletzen brauchte er nicht zu befürchten, denn dieser hatte sich seit ihrer Ankunft in gehöriger Entfernung von der Lady aufgehalten.
«Nein.»
«Eine verheiratete Frau also?»
Arnold grinste. «Sie sind zynisch, Lestrade.»
Lestrade blieb stehen. «Trug sie einen Ring?»
«Überhaupt keinen Schmuck.»
«Aber die Kleidung ist teuer.»
«Oh, sie war wohlhabend, in Ordnung», sagte Arnold, «oder wenigstens ihr Zuhälter.»
«Sie hängen noch immer an der Prostituierten-Theorie?»
«Scheint höchst logisch. Sie kann ja durchaus eine billige Hure gewesen sein, aber ihr Lude zog ihr feine Klamotten an und verpaßte ihr eine Masche, für die sie gewiß nicht geboren war, an die sie sich vielleicht jedoch gewöhnt hatte.»

«Aber kein Schmuck?» beharrte Lestrade.
«Raub», räumte Arnold ein. «Ein Kunde war ein Langfinger, der auf Beute aus war. Hat sie hergenommen und sich dann mit ihren Einnahmen und ihren Klunkern aus dem Staub gemacht.»
«Aber sie wurde nicht angerührt, Arnold. Haben Sie selber gesagt.»
«Schon gut. Er hat sie nicht angefaßt. Aber der Rest paßt.»
«Nach Aussage unserer Freundin», Lestrade sah zu, wie Liz auf der Suche nach Kundschaft durch den Park schlenderte, «war der Mann ein besserer Herr. Zylinder, Umhang und Stock mit Knauf. Nicht gerade ein gewöhnlicher Dieb, Arnold.»
«Ich würde auf Liz' Aussage nicht soviel geben, Sholto.»
«Vielleicht nicht», gab Lestrade zu. «Sagt Ihnen der Name Looney etwas?»
Arnold blickte verständnislos – bei ihm der vorherrschende Gesichtsausdruck.
«Lassen Sie die Lady ins Leichenschauhaus schaffen, ja? Ich werde sie mir später ansehen.»
«Noch andere Fische zu fangen?» fragte der Inspector, als Lestrade seine Constables herbeiwinkte.
«Wann ist das nicht so, Arnold?» fragte er. «Wann ist das nicht so?» Und er humpelte fort.

In der Knightsbridge-Kaserne war man nicht gerade hilfsbereit. Captain Ames war im Urlaub. Schließlich war morgen der zwölfte, und man konnte von keinem Kavallerieregiment, das auf sich hielt, erwarten, daß in den nächsten zwei Wochen mehr als die gerade notwendige Zahl an Offizieren im Dienst war. Der Diensthabende war ein sehr junger Subalternoffizier. Er hatte Captain Fellowes nicht persönlich gekannt, doch ihm war bekannt, daß dieser im Aschanti-Krieg Lorbeeren geerntet hatte. Auf Lestrades alberne Frage, ob der Captain ein guter Schwimmer gewesen sei, wußte der Mann nichts zu antworten. Er sei nicht bei der Marine.
Im Kriegsministerium war es noch schlimmer. Ein verknöcherter, korrekter Beamter mit Kneifer teilte ihm mit, daß Freitag sei und er wirklich bis zur kommenden Woche warten müsse. Es sei doch ge-

wiß allgemein bekannt, daß das Personal des Kriegsministeriums freitags nur bis mittags zu arbeiten pflege. Sei denn die ganze Welt verrückt geworden? Als Lestrade versuchte, seinen offiziellen Auftrag von Scotland Yard ins Feld zu führen, und nach dem verantwortlichen Mann fragte, wurde ihm bedeutet, dieser sei Sir Bolitho Hector, doch dieser sei im Augenblick unerreichbar, da morgen der zwölfte sei und es schließlich Prioritäten gebe. Jedenfalls erwies sich die Information, die der Inspector wünschte, namentlich Details über einen weniger als zwei Jahre zurückliegenden Feldzug, als streng geheim. Wann er wieder vorsprechen könne? In achtundzwanzig Jahren.

So kam es, daß Lestrade unruhig dösend in seinem alten Ledersessel lag, gelegentlich aufschreckend, wenn das Kratzen von Constable Dews Bleistift mit dem Traum kollidierte, der in seinem Hirn herumspukte. Er stand am Rand eines Abgrunds, beugte sich über die unergründliche, dunkle Tiefe. Er konnte den Grund nicht sehen, aber er verspürte den überwältigenden Drang, sich hinunterzustürzen.

«Ran mit Schwung, Lestrade!» Ein gebrüllter Befehl fegte seine Füße von der Schreibtischplatte, er kniff die Augen zusammen und erblickte die alles andere als willkommenen Gesichtszüge von Chief Inspector Abberline. «Ho, ho», frohlockte Abberline, von Natur aus nicht gerade zartbesaitet, «ein schlafender Polizist!»

«Mr. Abberline», sagte Lestrade mit zusammengebissenen Zähnen, «wie schön. Gibt es etwas, wobei ich Ihnen helfen kann? Beim Mantelausziehen vielleicht? Oder beim Kreuzworträtsel der *Times*?»

«Langsam, Lestrade.» Abberline hatte nicht vor, sich diesen schönen Sommerabend verderben zu lassen. «Keinen Ihrer armseligen Witze. Dazu habe ich wirklich keine Zeit. Ich habe ein Telegramm von diesem Idioten, Arnold Boreham, bekommen. Boreham, der Name sagt doch alles, wie?» Er schnupperte an seiner Gardenie.

«Ich habe Inspector Boreham immer für einen erstklassigen Polizisten gehalten, Sir», bemerkte Lestrade.

«Wenn Sie's sagen, Lestrade. Sie müssen ihn an einem guten Tag erwischt haben. Das Telegramm wurde, versehentlich natürlich, geöffnet», beteuerte Abberline.

«Es fiel rein zufällig neben Ihren Kessel, als das Wasser kochte», lächelte Lestrade.

Abberline lächelte nicht. «Ich werde so tun, als hätte ich das nicht gehört. Die Tote im Gebüsch war eine gewisse Marigold de Lacy, früher wohnhaft in Mawson Gardens, Chiswick. Er fand in der Nähe der Leiche einen Ring, der ihr paßte. Boreham ist offensichtlich aus seinem Bezirk in Sydenham unabkömmlich, würden Sie also die Nachricht Ihrem Gatten übermitteln?»

«Ihrem Gatten?»

«Ja. Und noch ein warnendes Wort, Lestrade.» Abberline beugte sich vor. «Ich kenne Sie lange genug. Die Vorliebe, mit der Sie über die Blumenbeete der besseren Kreise, in denen die Schulkrawatte zählt, herumtrampeln. Die de Lacys kamen mit dem Eroberer rüber, wissen Sie. Bemühen Sie sich, ein bißchen Respekt zu zeigen.»

Nummer dreiundvierzig, Mawson Gardens, war eine prächtige, nach Südwesten liegende Villa. Als Lestrade mit Constable Lilley auf der breiten Treppenflucht stand, die zur Eingangstür führte, blickte er zurück und sah über den Häusern die chinesische Pagode und die Libanon-Zedern von Kew. Er stand im dreiundvierzigsten Lebensjahr und bis zum Hals in einem Mordfall. Aber war das etwas Neues? In Wirklichkeit wollte er es doch gar nicht anders haben.

Die Tür wurde vom Diener Manfred geöffnet, der Lestrades Ausweis prüfte und die Männer vom Yard in die Bibliothek führte. Während sie warteten, überflog Lestrade die Bücherrücken – die Werke von Debrett und Burke nahmen die erste Stelle ein, und er benutzte die Gelegenheit, Lilley zu zeigen, wie ein Buch aussah. Ein imposanter Mann unbestimmten Alters gesellte sich nach kurzer Zeit zu ihnen. Er trug einen gestutzten, militärischen Schnurrbart zur Schau und war mit einem eleganten Dinnerjackett bekleidet.

«Ich war im Begriff auszugehen, Gentlemen», sagte er. «Ich hoffe, es wird nicht lange dauern. Mein Diener sagt mir, daß Sie von Scotland Yard kommen.»

«Inspector Lestrade», sagte Lestrade. «Constable Lilley. Sie sind Mr. de Lacy?»

«Howard Luneberg de Lacy, zu Ihren Diensten.» Er machte eine Verbeugung, wobei er auf preußische Art die Hacken zusammenschlug. Lestrade war verblüfft. Abberline hatte gesagt, die Familie dieses Mannes sei mit dem Eroberer herübergekommen. Stand denn nicht fest, daß der Eroberer ein Franzose und kein Deutscher gewesen war?
Vielleicht hatte er ja vor vielen Jahren in Mr. Poulons Lehranstalt für die Söhne fast vornehmer Leute nicht richtig aufgepaßt.
«Ich habe leider eine ernste Nachricht, Mr. de Lacy», sagte Lestrade, «Ihre Gattin betreffend.»
«Marigold? Hatte sie einen Unfall?» De Lacy setzte den Zylinder ab.
«Haben Sie damit gerechnet, Sir?» fragte Lestrade.
«Machen Sie sich nicht über mich lustig, Mann», fauchte de Lacy. «Sie sagten, die Nachricht sei ernst.»
«Ihre Gattin ist tot, Sir.»
De Lacy setzte sich. «Verstehe», sagte er. «Was ist passiert?»
«Ihre Leiche wurde heute am frühen Morgen im Kristallpalast-Park gefunden.»
«Sydenham? Das ist unmöglich.»
«Wirklich, Sir? Warum nicht?»
«Meine Frau besuchte Freunde in Somerset, Inspector. Was hätte sie in Sydenham zu schaffen gehabt?»
«Sich das Feuerwerk ansehen, Sir?» Constable Lilley lag mit seiner Frage ein wenig daneben. Beide Männer blickten ihn an.
«Da muß ein Irrtum vorliegen.» De Lacy goß sich einen Drink ein. Den beiden Beamten bot er keinen an.
«Leider haben wir sie eindeutig identifiziert», sagte Lestrade.
«Ja?»
«Soviel ich weiß, wurde ein paar Schritte entfernt ein Ring gefunden. Er paßte der… Ihrer Gattin wie angegossen, und innen ist ihr Name eingraviert.»
«Das könnte Zufall sein», beharrte de Lacy.
«Ja, Sir, möglich, vorausgesetzt sie ist in letzter Zeit in dem Park gewesen. Es sei denn, natürlich, Ihnen ist Schmuck gestohlen worden.»
De Lacy schüttelte den Kopf.

«Es ist meine unerfreuliche Pflicht, Sie zu bitten, mich in das Leichenschauhaus zu begleiten, um die Leiche zu identifizieren.»

«Unmöglich, Lestrade. Ich bin unterwegs in die *Fledermaus*.»

«Ich würde vorschlagen, daß Sie das Land im Augenblick nicht verlassen, Sir. Sie verstehen, Formalitäten.»

De Lacy blickte Lestrade befremdet an, als ob er nichts verstünde.

«Formalitäten hin, Formalitäten her, alles muß bis morgen warten.»

«Wenn Sie darauf bestehen, Sir.» Lestrade war alles andere als erbaut.

«Ich bestehe darauf. Guten Abend, Gentlemen. Manfred wird Sie hinausbegleiten.»

«Einen Augenblick, Mr. de Lacy. Dürfte ich den Namen der Freunde erfahren, die Ihre Gattin besuchte?»

«Gewiß.» De Lacy nahm Zylinder und Stock. «Bandicoot. Mr. und Mrs. Bandicoot, Bandicoot Hall, Huish Episcopi.»

Es stimmte, daß Assistant Commissioner Frost kein Mann war, den man leicht überzeugte. Und eine Leiche bei Shadwell Stair und eine zweite in Wookey hatten miteinander wenig zu tun. Lestrade brauchte seine ganze Energie, um Frost davon zu überzeugen, daß die Medaille im Mund der einen und der Skarabäus im Mund der anderen Leiche die Gesetze des Zufalls ein wenig überstrapazierten, und so reiste Lestrade, nach Frosts Ermahnung, die Spesen auf das nackte Minimum zu beschränken, und die Bemerkung, er schätze es nicht, wenn Inspectors der Metropolitan Police sich wie Primadonnen aufführten, noch im Ohr, nach Westen.

Und so kam es, daß er auf dem Rasen unter den großen Bögen der Abteiruinen stand, auf deren mürben Steinen die Sonne glänzte. Hoch auf dem Felsturm über ihm ragte ein weiterer Turm empor, massiver, feierlicher als die Ruinen, die er durchschritt. Einen Augenblick hörte er ein Wispern im Gras, einen längst vergessenen Seufzer, der von den ehrwürdigen, vergangenen Tagen widerhallte.

«*Hic jacet Arturus Rex*.» Eine Stimme störte seine Versunkenheit, und er stolperte über eine alte Steinplatte unter seinen Füßen.

«Balch», sagte die Stimme wieder, und eine Hand wurde ausgestreckt, um ihm aufzuhelfen.

«Wie bitte?» Lestrade befand sich wieder in seinem üblichen Zustand: völlige Verwirrung.

«Herbert Balch. Sind Sie Mr. Lister?»

«Bin ich», log Lestrade. «Wie haben Sie mich gefunden?»

Balch grinste. «Man sagte mir im ‹George›, Sie wären angekommen. Für einen Fremden in unserer Stadt gibt es nur zwei Plätze, die er besuchen kann, Mr. Lister – die Abtei oder den Felsturm. Ich hoffte, Sie würden sich für die Ruinen entscheiden. Nicht so weit zu laufen, wissen Sie.»

«Sie machen sich nichts aus Spaziergängen, Mr. Balch?»

«Ach», feixte Balch. «Ich bin der hiesige Postbote, Mr. Lister. Sie könnten es eine Berufskrankheit nennen.»

«Eigentlich hatte ich Mr. Bulleid erwartet», sagte Lestrade.

«Ist weg», sagte Balch, «nach Camelot.»

«Camelot?» Lestrade hatte das Gefühl, ihm werde abermals der Boden unter den Füßen weggezogen.

«Cadbury Hill. Mr. Bulleid glaubt, es könne der Platz von König Arthurs legendärem Schloß sein.»

Lestrade war nie bewußt gewesen, daß König Arthur in Birmingham gelebt hatte, doch er war nicht in der Lage, das zu erörtern.

«Das ist sein Grab, sagt man.»

Lestrade blickte zu Boden. «Bulleid?» Eine plötzliche Panik ergriff ihn. Aus dem roten Meer von Gemetzel, das ihn umstrudelte, tauchten Leichen auf.

«Nein, Arthur. Wie ich gerade sagte – hier liegt König Arthur.»

«Aha.» Lestrade fischte den Kneifer heraus, den er für diesen Zweck aus Skinners Schrank genommen hatte. Er setzte ihn auf. Er sah ebensowenig wie ein Experte aus wie vorher, doch er blieb unbeirrt.

«Richtig.»

«Natürlich henkten sie ihn, wie Sie wissen.»

«König Arthur?»

«Den letzten Abt von Glastonbury. Er weigerte sich, den Platz Seiner Majestät, Heinrich VIII., zu übergeben, und man hängte ihn deswegen.»

«Ich verstehe.» Lestrade blickte hinauf zu den gewaltigen Steinen.
«Können Sie morgen anfangen?» fragte Balch.
«Ich wäre entzückt», strahlte Lestrade.
«Würden Sie mir gestatten, Sie heute zum Abendessen ins ‹George› einzuladen? Professor Dawkins wird dort sein und Miss Truefitt.»
«Ach ja?» Lestrade verstrickte sich immer tiefer in die Sache.
«Vorzüglich. Sagen wir um acht Uhr?»
«Acht Uhr, abgemacht.» Balch schüttelte ihm freundschaftlich die Hand und überließ Lestrade der jahrhundertealten Einsamkeit. Zeit genug für ihn, sich zu fragen, ob das Leumundszeugnis, mit dem er sich telegrafisch bei den Behörden eingeführt hatte, am Ende ausreichen würde. Er gab sich als Archäologe aus bei seinem Versuch, den geheimnisvollen Tod eines anderen Archäologen zu enträtseln. Wie hatte Bulleid es, ziemlich vieldeutig, genannt? Das Zeugnis des Spatens.

Das Schwein war vorzüglich. Der Port ausgezeichnet. Die Gesellschaft unmöglich. Professor Boyd Dawkins nahm seinen Kneifer ebenso oft und ebenso entschieden ab wie Lestrade, und das flößte dem Inspector wenigstens ein wenig Hoffnung ein, auch er benehme sich wie ein echter Archäologe. Dawkins war ein alter Mann, der von Bulleids Methoden offensichtlich unbeeindruckt war und das Pitt-Rivers-System allem vorzog, was von Schliemann pompös erreicht worden war. Einen großen Teil des Abends verwendete er im übrigen darauf, über Hyänen zu schwatzen.
Miss Truefitt war ein anderes Kaliber. Eine Dame von etwa fünfundzwanzig Jahren, erklärte sie, ihr Großvater habe mit Fiorelli in Pompeji zusammengearbeitet. Lestrade nahm an, es handele sich um einen Verkäufer von Speiseeis, bis sie anfing, über Erosion, Schutt und Muttergestein zu palavern. Von da an hatte er keinen Schimmer, wovon sie sprach. Immerhin war sie eine blendend aussehende Frau mit einem schönen Mund und beweglichen Fingern, die unentwegt mit ihrem Weinglas spielten. Sie saß neben Lestrade, und als der Abend fortschritt und der Speiseraum sich leerte, spürte

er unter dem Tischtuch einen leichten Druck auf seinem gesunden Knie. Nach einer Weile bemerkte er auf demselben Knie den unmißverständlichen Druck von Fingern, und, obwohl er sich räusperte, hielt der leichte Druck an. Nichts in der Miene oder der Unterhaltung Miss Truefitts verriet, warum jetzt nur noch eine Hand mit dem Weinglas spielte.

«Sie kennen die Höhle natürlich?» fragte Dawkins, und es bedurfte eines leichten Stoßes der Hand an seine Hüfte, um Lestrade klarzumachen, daß er angesprochen war.

«In der Tat», sagte er, und damit an diesem Abend vermutlich zum ersten Mal die Wahrheit.

«Wie wollen wir vorgehen?» fuhr Dawkins fort.

«Ich... äh... nun, wir sollten...» Es war der Augenblick der Wahrheit.

«Nun, Professor», kam Miss Truefitt Lestrade zu Hilfe. «Mr. Lister hat Arthur Bulleids Aufzeichnungen nicht gelesen. Und schließlich sind *Sie* der berühmte Ausgräber der Hyänen-Höhle.»

Dawkins war alt und töricht genug, zu erröten und seine Brille abzunehmen. «Nun gut, dann schlage ich vor, daß wir uns außerhalb der Höhle in Richtung Glencot bewegen...»

«Wo Alph, der heilige Fluß, durch Höhlen fließt, die keines Menschen Fuß durchmißt...», unterbrach Balch unvermittelt.

Lestrade benutzte die Gelegenheit, sein Knie wegzuziehen, doch das Tischbein war ein kraftvolles Hindernis, und er umklammerte heftig sein Weinglas, als der ganze Tisch zitterte. Miss Truefitt lächelte ihn an und fuhr fort, das Gewebe seines Hosenstoffs zu untersuchen.

«Balch», sagte der Professor ruhig, «ich weiß, Sie glauben, daß die Axe in größerer Tiefe fließt...»

«Es muß so sein, Professor. Seit ich zum ersten Mal unter Ihren Fittichen einen Spatel in die Hand nahm, bin ich dessen sicher gewesen. Es gibt dort unterirdische Kammern, Mr. Lister. Mr. Bulleid kam zu dieser Überzeugung, ich weiß es. Auch Mr. Tetley glaubte daran.»

«Ach ja», sagte Lestrade, der die Gelegenheit erkannte, auf die er gewartet hatte. «Welch eine Tragödie. Hat jemand von Ihnen Mr. Tetley gekannt?»

«Ich habe ein paar Wochen seine Briefe ausgetragen, ehe ich zum Schalterbeamten befördert wurde», sagte Balch.
«Ägyptologe», schnaubte Dawkins und goß sich Portwein nach. «Zu oberflächlich, diese Ägyptologen. Überhaupt keine richtigen Wissenschaftler.»
«Aber er arbeitete in Wookey», sagte Lestrade.
«Hat sich in Wookey eingeschlichen», donnerte Dawkins. «Sie kennen ja diese Sorte, Lister. Nachzügler, die einem anderen Narren das Graben überlassen und sich dann den Ruhm stehlen.»
‹Den Ruhm stehlen›, diese Wendung widerhallte in der riesigen Leere, die in Lestrades Schädel herrschte. Nanny Balsam hatte gesagt, Tetley sei ein Dieb.
«Trotzdem», Dawkins blieb mit der Verbissenheit eines verärgerten Warzenschweines beim Thema, «ein Mord in Somerset, an einem prominenten Archäologen. Schockierend! Und was unternimmt die Polizei, das möchte ich gern wissen.»
«Die Ortspolizei bearbeitet den Fall», sagte Miss Truefitt. «Ein Inspector Guthrie. Ein Brechmittel von einem Mann. Hat die fliehende Stirn und die wulstigen Augenbrauen des *Homo neanderthalensis.*»
Lestrade fragte sich, wo er diese Merkmale schon mal gesehen hatte. «Es heißt», sie beugte sich zu Lestrade und senkte die Lider, «daß ein Bursche von Scotland Yard das Verbrechen untersuchte, Guthrie ihn aber zum Teufel schickte.»
«Aber, aber.» Lestrade setzte rasch seine Brille auf und schüttelte den Kopf. «Kannten Sie Tetley, Miss Truefitt?»
Ihre Finger wanderten höher an seinem Schenkel hinauf, und sie schnurrte: «Nein. Er war nicht mein Typ, Mr. Lister... als Archäologe, meine ich», und sie klimperte ihn mit den Wimpern an.
«Es heißt, man habe in seinem Mund einen Skarabäus gefunden», sagte Lestrade.
Miss Truefitt fuhr in die Höhe und zog ihre Hand zurück, sehr zur Erleichterung Lestrades. Dawkins und Balch zwinkerten sich zu.
«Verdammte Ägyptologen!» knurrte Dawkins und schluckte seinen Port. «Ich habe in den Zeitungen gar nichts davon gelesen», sagte Balch stirnrunzelnd.
«Äh... nein... Arthur Bulleid hat's mir erzählt.»

«So? Wann haben Sie ihn getroffen?» Für einen zu einem Amateurarchäologen mutierten Postbeamten hatte Balch einen Verstand wie ein Rasiermesser.
«Äh... letzte Woche», fuhr Lestrade fort. «Als er mich bat, an dieser Ausgrabung teilzunehmen.»
«Und trotzdem hat er nicht erwähnt, daß er nach Cadbury gehen wollte? Höchst merkwürdig.»
«Ja», Lestrade leerte rasch sein Glas. «Nicht wahr?» Er suchte in seiner Tasche nach seiner Uhr. «Lieber Gott. Ist es schon so spät? Ich bin fast den ganzen Tag unterwegs gewesen...»
«Natürlich.» Miss Truefitt stand mit ihm auf. «Wohnen Sie hier im ‹George›, Mr. Lister?»
«Wie? Ja, ja.»
«Nun», strahlte sie, «welch ein Zufall. Ich ebenfalls. Gute Nacht, Gentlemen. Sagen wir morgen früh um neun?»
«Morgen neun Uhr», erwiderten die Männer im Chor und machten sich nach verschiedenen Seiten davon.

Eigentlich hätte Lestrade das Klopfen an seiner Tür in den frühen Morgenstunden nicht wundern dürfen. Nach vieler Fummelei und Hektik gelang es ihm, die Kerze zu entzünden, und er spähte durch den schweren Samtvorhang seines Bettes.
«Wer ist da?» flüsterte er. Bis auf das verzerrte Spiegelbild der Flamme in den Scheiben des mittelalterlichen Gitterfensters konnte er nichts erkennen.
«Valentina Truefitt», sagte die Stimme.
«Es ist spät, Miss Truefitt», protestierte Lestrade.
«Es ist nie zu spät», sagte sie, und bevor er sich versah, öffnete sich die Tür, wurde wieder geschlossen, und da stand sie im Schein ihrer beiden Kerzen.
«Sagen Sie», flüsterte sie, «ist das Vorschrift beim Yard?»
Lestrade blickte verunsichert an sich herab. Er hoffte, sie hatte sein Nachthemd gemeint.
Sie setzte sich auf das Bett und stellte ihre Kerze auf einem Nachtschränkchen ab. «Auch mich hat der Tod von Richard Tetley neugierig gemacht», sagte sie. «Das ist der Grund, warum ich Inspector

Guthrie kenne. Der alberne Kerl hält sich stolz für ein Muster von einem Polizisten – verdächtigt niemanden und jeden und gibt nichts preis. In kürzester Zeit hatte er mir alles erzählt. Und ich hatte ihn bloß aufgesucht, um den Verlust eines Hundes zu melden.» Sie ging über den Bettvorleger zu ihm hinüber und ließ ihren Finger über seinen Arm wandern. «So wirke ich auf die meisten Männer.»
Er machte sich los. «Miss Truefitt...»
«Inspector Guthrie wurde durch die Ankunft eines Inspector namens Lestrade in Rage versetzt.» Sie wandte ihm ihr Gesicht zu und blickte ihn aus großen, engelhaften Augen an. «Ein Mann, das entnahm ich dem, was man sich am Bahnhof erzählte, der deutlich hinkte und dem die Nasenspitze fehlte.» Sie tippte spielerisch dagegen.
«Gütiger Gott», sagte er.
«Was man mir am Bahnhof nicht erzählte», sagte sie, «war, daß der Inspector Lestrade wunderschöne Augen hat.»
Ihre Lippen trafen sich im Kerzenschein, und er drückte sie an sich. Ihr Haar duftete nach frischen Blumen, als sie sich hin und her wiegte und ihre Finger über sein Rückgrat laufen ließ.
«Miss Truefitt.» Er rang nach Luft.
«Wally», sagte sie.
«Was?»
«Nenne mich Wally.»
«Wir kennen einander kaum...»
«Oh, Mr. Lestrade...»
«Nennen Sie mich Inspector», sagte er.
«Wie ich diese albernen kleinen Konventionen hasse, die uns die Gesellschaft aufzwingt. Meine Erziehung bekam ich von meinem Großvater an Grabungsorten in der ganzen Welt. Durch meine Hände gingen mehr Leichen als durch die Ihren, Inspector. Ich bin nicht nur eine Frau dieser Welt, sondern vieler anderer Welten. Wir sind Geschöpfe der Lust, Inspector. Männer und Frauen. Warum sollten wir uns durch Kleinigkeiten und die albernen kleinen Regeln, die man da draußen aufstellt, gehemmt fühlen?»
Sie zwang ihn nach hinten, daß sein Kopf schief gegen einen der Bettpfosten gedrückt wurde. Unverzagt hievte sie ihn hoch und preßte ihn unter sich auf die Matratze.

«Morgen», sagte sie, «werden du und ich bis zu den Hüften in paläolithischen Exkrementen waten. Ich, weil es die Arbeit meines Lebens ist, und du, weil... weil du, wie ich annehme, diese Farce mitmachen mußt, um einen Mörder zu fangen. Aber diese Nacht... sie gehört uns...»
Sie verstärkte ihren Druck, und er ächzte, als ihre Hand den Weg unter sein Nachthemd fand.
«Ich glaube wirklich nicht...», protestierte er noch immer.
«Vermutlich nicht», erwiderte sie und hielt ihm mit ihrer freien Hand den Mund zu, «aber das ist nicht dein Fehler. Du bist ein Polizist. Also, wo waren wir?»
«Wen haben Sie in Verdacht, Miss Truefitt?»
«Wally», flüsterte sie und ließ ihr langes Haar wie ein warmes Zelt über ihn herabstürzen. «Wenn ich's dir sage, wirst du dann aufhören zu sprechen, nur einen Augenblick lang?»
Er nickte.
«Balch», sagte sie. «Traue nie einem grabenden Postboten.»
«Was war sein Motiv?»
«Du hast ihn heute abend reden hören.» Sie rollte sich zur Seite und zog sein Nachthemd hoch. «Oh», schnurrte sie. «Das war also gar nicht dein Gummiknüppel! Er ist von der Höhle besessen. Das große Loch von Wookey. Aber er ist ein Amateur, Inspector. Ein Anfänger. Richard Tetley war ein Profi. Jahrelange Erfahrung in Ägypten und sonstwo in der Welt. Boyd Dawkins hat das alles begriffen. Balch fürchtete, Tetley würde die Ausgrabungen in Wookey übernehmen und ihn damit um die große Stunde seines Ruhms bringen. Jetzt...» Sie schmiegte sich enger an ihn. «Jetzt kommt unsere große Stunde.»
Lestrade schluckte. «Sei's drum», sagte er. «Miss Truefitt», und er machte sein ernstestes Gesicht, «gehen Sie behutsam mit mir um!»

Die kleine Gruppe suchte sich, fern der strahlenden Septembersonne, ihren Weg durch die Stalaktiten. Sie kamen an den Überresten von Guthries blauer Absperrung vorbei, wo Richard Tetley gelegen hatte, ein weiterer Leichnam für die Höhle. Ein weiteres

Opfer an die Götter. Ein weiteres Opfer der Hexe. Ihre Stimmen widerhallten, wenn sie sprachen, um zuweilen vom Luftzug in den Kavernen übertönt zu werden, den klirrenden Zymbeln, die, wie Balch liebevoll Lestrade erzählte, Clemens von Alexandria beschrieben habe.

«Dort ist sie», sagte Balch, Rucksack und Jacke ablegend. «Die Große Hexe.»

Lestrade blickte abermals hinauf zu den klaffenden Formationen über seinem Kopf und erblickte im Gestein die Umrisse des sagenhaften Wesens, das den Oberlauf des Stroms des Jammers bewacht.

«Ihr hageres Angesicht, entsetzlich anzuschaun; ihr Mund war eher wie ein Maul behaun; ihr Augenpaar mit scheelem Todesblick...» Balch war in seinem Element und setzte ein Grinsen auf, das fast noch höhnischer war, als das der Hexe gewesen sein mochte, ehe ein hiesiger Pfarrer sie in Stein verwandelte.

«Wollen wir weiter?» Dawkins drängte sich an ihm vorbei. «Ich schätze, Ihnen ist das alles vertraut, Lister?»

Lestrade blickte mit wachsendem Entsetzen auf die Ausrüstung, die vor ihm an der Wasserlinie des torfbraunen Stroms sorgfältig angeordnet war.

«Wir dachten, Sie wüßten die Ehre zu schätzen, da es unser erster Tag ist.»

«Ehre?»

«Tauchen zu dürfen, Mann. Ich bin viel zu alt. Balch kann nicht schwimmen, und Miss Truefitt werden Sie doch gewiß nicht dazu auffordern.»

Lestrade grinste sie verständnislos an. «Aber ich...»

«Aber, aber.» Miss Truefitt begann, ihn seiner Jacke und Krawatte zu entledigen. «Sie sind der einzige, der in Frage kommt. Geben Sie bloß acht, wo Sie hintreten, und ziehn Sie alle dreißig Sekunden an der Leine. Es wird dunkel sein, da unten», sie drückte sich kurz an ihn, «aber ich weiß, welche Fähigkeiten du im Dunkeln entwikkelst», flüsterte sie. Ehe er sich's versah, fand sich Lestrade in einem viel zu großen Taucheranzug wieder. Er roch ekelerregend nach Gummi, doch es kam noch schlimmer. Balch und Miss Truefitt begannen, ein Metallkorsett an seine Schultern zu schnallen.

«Heben Sie Ihre Hände, Mr. Lister.» Balch hakte an Lestrades Brust und Rücken Bleigewichte fest. «Die würden Sie eigentlich nicht brauchen, aber wir müssen wirklich wissen, wie tief das Wasser ist oder was Sie vorfinden werden.»

«Äh... wonach suche ich eigentlich genau?» Er hoffte, seine Stimme zitterte nicht so wie sein Körper.

«Paläolithische Reste. Knochen, Scherben, Zeugnisse früher Kulturen, Lister.» Dawkins war emsig mit dem Luftschlauch und der Pumpe beschäftigt.

«Dieses Geräusch!» Balch hob einen Finger. «Die klirrenden Zymbeln. Es ist wahrscheinlich die Axe, die draußen irgendwo ins Freie strömt. Es muß weitere Kammern geben, Mr. Lister, die wer weiß wie viele Meilen unterirdisch verlaufen.»

«Meilen?» Lestrades Stimme war kaum hörbar, und er war sicher, das Dröhnen der kraftvollen Axe erklang in seinem eigenen Herzen, alles in Hoffnungslosigkeit ertränkend. Balch hob den großen kupfernen Helm hoch und schraubte ihn rund um Lestrades Hals zu. Er öffnete das gitterbewehrte Guckloch an der Vorderseite.

«Alles in Ordnung?» strahlte er.

Miss Truefitt warf ihm eine Kußhand zu. «Seien Sie vorsichtig», sagte sie. Und Lestrade wandte sich dem Wasser zu.

«Vorwärts, Lister», sagte Dawkins. «Wer zögert, ist verloren.»

Lestrade hörte nichts als das Geräusch seines eigenen Atems, als er in das schwarze Wasser watete. Das Licht der Fackeln der Zurückbleibenden tanzte und blitzte auf dem gehämmerten Kupfer. Miss Truefitt sah seine ungläubig aufgerissenen Augen und den Schnurrbart auf dem Wasser schwimmen, als Lestrades bleibeschwerte Stiefel den Kontakt mit dem Grund verloren und er kopfüber in die Düsternis glitt. Balch ließ Leine nach, Zoll für Zoll, Fuß für Fuß. Dawkins bediente die Pumpe.

«Jetzt?» fragte Balch, als keine Luftblasen mehr aufstiegen.

«Jetzt!» knurrte Dawkins und stellte die Pumpe ab. Gleichzeitig ließ Balch rasch Leine nach und diese dann schließlich los. Miss Truefitt rannte nach vorn. «Was tun Sie?» schrie sie. «Sie werden ihn umbringen.» Ihre Worte widerhallten ringsum in der Höhle.

«Er ist ein Schwindler, Valentina», sagte Dawkins. «Sie haben ihn gestern abend gehört. Er ist ebensowenig ein Archäologe, wie ich ein Polizeiinspektor bin.»

«Das ist kein Grund, ihn zu töten.» Miss Truefitt mühte sich mit Hebeln ab, und die Luft strömte wieder durch den Schlauch. «Herbert, schnappen Sie sich die Leine.»

«Wir werden ihn nicht umbringen, Valentina», sagte Balch. «Wir wollen ihm bloß einen kleinen Schrecken einjagen. Die Polizei dürfte bald hier sein.»

«Die Polizei ist bereits da», fauchte Miss Truefitt, watete in das flache Wasser, packte die Leine und holte sie ein. Balch half ihr dabei.

«Also, nun aber!» Eine inspektoriale Stimme dröhnte los und übertönte ihr wildes Geplansche. «Wo brennt's denn hier?»

Als die sich abmühenden drei sich umdrehten, erblickten sie Chief Inspector Guthrie und eine Gruppe von Constables der Somerset Constabulary. «Packt mit an, Männer!» befahl er, und die Bobbys hievten den Wassermann aus der Tiefe empor.

«Wer ist das?» Guthrie kauerte neben der flach hingestreckten Gestalt. «Er ist der Schwindler, von dem ich Ihnen erzählte», sagte Balch, fieberhaft Riemen und Gewichte losschnallend.

«Er ist ein Polizist», teilte Miss Truefitt den anderen mit.

«Ist er's noch?» fragte Guthrie und drehte den Helm zur Seite. Es gab ein lautes knirschendes Geräusch, und er löste sich. «Lestrade!» knurrte er.

«Er sagte uns, sein Name sei Lister», setzte Dawkins zu einer Erklärung an.

«Das wird ihn seine Dienstmarke kosten», fuhr Guthrie fort.

«Um Gottes willen, helft ihm.» Miss Truefitt setzte sich rittlings auf den bewußtlosen Inspector und hämmerte ihm leidenschaftlich in die Rippen.

«Langsam, langsam, Miss, ich bin sicher, daß Sie dem Inspector sehr zugetan sind, aber jetzt ist dafür weder die Zeit noch der Ort. Constable, Sie haben doch einen Lebensrettungskurs mitgemacht. Steigen Sie auf ihn drauf.»

«Ich bin ein verheirateter Mann, Sir», wandte der Constable ein.

«Das ist ein Befehl, Constable.» Der Bobby gehorchte und nahm, rittlings auf Lestrade hockend, die Position ein, die Miss Truefitt gerade geräumt hatte.
«Sie sagen, er gab sich als Archäologe aus, Mr. Balch?» fragte Guthrie. «Wissen Sie, warum?»
«Um den Tod von Richard Tetley zu untersuchen», unterbrach Miss Truefitt. «Ich denke, Inspector, danach fragen Sie besser Mr. Balch.»
«Was soll das heißen?» Der grabende Postbote war aufgebracht.
«Sie haben gerade versucht, Inspector Lestrade umzubringen. Ich hab's gesehen!» schrie Miss Truefitt.
«Hat er Erfolg gehabt, Constable?» fragte Guthrie den pumpenden Bobby.
«Nein, Sir. Er kommt zu sich. Er hat genügend Torf geschluckt, um sich einen Schrebergarten zuzulegen.»
«Also versuchter Mord», strahlte Guthrie, wiewohl in seinen Augen etwas war, das Enttäuschung verriet.
«Mord, jetzt übertreiben Sie aber!» schnauzte Dawkins. «Hören Sie mal zu, Inspector, oder was immer Sie sind. Ich bin ein bekannter Archäologe. Mr. Arthur Bulleid, der kürzlich diese Grabungsstelle räumte, ebenfalls. Und ebenso Mr. Balch. Da kommt irgendein Idiot, der offensichtlich eine Grube nicht von seiner Kniescheibe unterscheiden kann, und behauptet, einer von uns zu sein. Archäologie ist eine exakte Wissenschaft, Inspector. Wir können nicht zulassen, daß so ein Hanswurst alles durcheinanderbringt. Er hätte jahrelange Arbeit zunichte machen und wichtige Zeugnisse zerstören können. Er hätte ja ein Zeitungsmann sein können!» Dawkins erblaßte bei diesem Gedanken. «Schlimmer», seufzte Guthrie, «er kommt von Scotland Yard. Doch Sie haben vermutlich recht mit der Zerstörung wichtiger Zeugnisse. Ich habe ihn letzte Woche weggeschickt. Ich lasse gelten, daß Sie die Absicht hatten, ihn ein wenig einzuschüchtern, nicht mehr. Aber Sie werden in Zukunft vorsichtig sein, nicht wahr?»
«Natürlich.» Dawkins und Balch blickten einander ein wenig beschämt an.
Ein Stöhnen verriet der Gesellschaft, daß Lestrade, wenn auch nur kurzzeitig, ins Land der Lebenden zurückgekehrt war.

«Er muß so schnell wie möglich ins Krankenhaus», flehte Miss Truefitt.
«Ja, muß er wohl», grinste Guthrie. «Wells ist am nächsten. Hebt ihn auf, Männer. Und laßt euch Zeit beim Transport.» Er tippte an seinen Bowler, nickte Miss Truefitt zu und begab sich zum Eingang, durch den er gekommen war. «Viel Erfolg beim Graben», rief er.

Letitia Bandicoot saß mit zusammengepreßten Händen im Wartezimmer von St. Wilfrid's. Vor ihr auf dem Tisch waren uralte Nummern des *Lancet* verstreut, doch Nesselausschläge bei Kleinkindern konnten sie nicht fesseln, also starrte sie an die Wand. Nanny Balsam ihrerseits befaßte sich mit dem Überhandnehmen der Scherpilzflechte bei zurückgetretenen Parlamentariern oder zog diese Lektüre zumindest dem Anblick der schauderhaften Krankenhaustapeten vor. Beide Frauen erhoben sich jedoch, als der Mann im weißen Kittel eintrat.
«Mrs. Bandicoot?» sprach er Nanny Balsam an.
«Ja?» sagte Letitia.
«Ah.» Der Mann drückte der Jüngeren die Hand. «Dr. Higgs. Danke, daß Sie gekommen sind. Sie sind...» Er wandte sich abermals an Miss Balsam.
«Verärgert über die lange Wartezeit», säuselte sie eisig.
«Ich bin... sicher, der Doktor hat viele Pflichten», sagte Letitia tadelnd.
«Dessen bin ich sicher.» Miss Balsam beäugte ihn über ihren Kneifer hinweg. «Und eine davon ist Pünktlichkeit. Ich hasse Schlampigkeit bei Kindern, Dr. Higgs, und bei Erwachsenen verabscheue ich sie doppelt. Wo ist Mr. Lestrade?»
«Ich glaube, ich sollte Ihnen sagen, meine Damen», sagte der Arzt, Miss Balsams Seitenhiebe als Geschwätz verkalkter alter Leute ignorierend, «daß Inspector Lestrade nicht der Mann ist, den Sie kannten.»
«Was ist genau passiert?» fragte Letitia. «Ich erfuhr lediglich davon, daß er hier sei, weil Mrs. Lemonofides es mir sagte, eine persönliche Freundin, die hier Visitatorin ist.»
«Wahrlich, wahrlich», sprudelte der Doktor, «eine gütige Dame.

Nun, soweit ich mit Sicherheit sagen kann, leidet Mr. Lestrade an akutem Sauerstoffmangel.»
«Wenn Sie Kurzatmigkeit meinen, junger Mann, sagen Sie es», ermahnte ihn Miss Balsam. «Und ist das nicht gewöhnlich tödlich?»
«Möglicherweise, Madame. Doch bis dahin, fürchte ich, wird Mr. Lestrade bloß dahinvegetieren.»
Miss Balsams Brille sauste von ihrem Nasenrücken und wurde vor der Zerstörung nur durch ihren segensreichen mächtigen Busen und durch die Kette um ihren Hals bewahrt. Auf so etwas hatte man sie auf Mrs. Beetons Hauswirtschaftsschule einfach nicht vorbereitet.
«Können wir ihn sehen?» fragte Letitia und griff nach Nannys Arm.
«Natürlich. Aber... ich mußte Sie vorbereiten.» Dr. Higgs führte die beiden Damen durch die abstoßend grün und beige getünchten Gänge, bis sie an eine Schwingtür kamen, und sie betraten die Wachstation. Schrumpelige alte Männer zerrten bei der Ankunft der Damen an ihren Bettlaken. Einer von ihnen erstickte beinahe an einem trockenen Husten.
«Jetzt ist's aber genug!» Balsam versetzte seinem Fuß einen scharfen Schlag mit ihrer Handtasche, als sie majestätisch an seinem Bett vorbeirauschte. Es war in der Tat genug. Er hörte auf der Stelle auf.
Sie kamen zu Lestrades Bett. Der Inspector lag auf der Seite, einen gekrümmten Arm über dem Gesicht.
«Sholto», sagte Letitia leise. Keine Antwort.
«Mr. Lestrade.» Der Doktor berührte ihn leicht an der Schulter.
«Er schläft, meine Liebe», sagte Miss Balsam zu Letitia. «Wir werden später wiederkommen.»
«Dürfen wir bleiben, Doktor?» fragte Letitia. «Bloß für eine Weile.»
«Ich fürchte, das ist sinnlos», seufzte Higgs, «aber Sie dürfen natürlich bleiben. Ich werde dafür sorgen, daß eine Schwester Ihnen Stühle bringt.»
Der Arzt ging wieder seinen Pflichten nach, und Letitia rückte dicht an das Wrack im Bett heran und verrenkte sich den Hals, um einen Anflug von Wiedererkennen, einen Hoffnungsschimmer zu

entdecken. Miss Balsam studierte das Krankenblatt am Fuß des Bettes.
«Sie halten das Blatt verkehrt rum», knurrte Lestrade unter dem Schutzmantel seines Nachthemdärmels hervor.
«Sholto!» schrie Letitia.
«Pst!» zischte er, und die vertraute, abgestumpfte Nase schob sich aus den Laken heraus.
«Es geht Ihnen gut», flüsterte Letitia.
«So gut wie eh und je. Was tun Sie hier?»
«Eine Freundin von mir ist Krankenhausvisitatorin. Sie erkannte Ihren Namen und erinnerte sich daran, daß ich von Ihnen gesprochen hatte.» Miss Balsam beugte sich über ihn. «Der Doktor glaubt, daß Sie dahinvegetieren, Mr. Lestrade.»
«Eine Ansicht, die andere geteilt haben, Miss Balsam», murmelte Lestrade. «Lassen wir es dabei, oder? Letitia, können Sie mich hier rausholen, sozusagen in Ihre Pflege nehmen?»
«Ich weiß nicht.» Letitia richtete sich auf. «Warum gehen Sie nicht einfach durch die Tür? Was hat diese ganze Camouflage für einen Grund?»
Lestrade blickte sich suchend um und fragte sich, welches der medizinischen Geräte wohl die Camouflage sei. Inzwischen wünschte er, er hätte an dem Erste-Hilfe-Kurs teilgenommen.
«Ich weiß es nicht», gestand er, «aber mit einer Vorladung durch die Somerset Constabulary am Hals, mit einem Mörder und mit zwei Mordversuchen, nur ein paar Meilen voneinander entfernt, hielt ich es für das beste, mich mäuschenstill zu verhalten und auf den rechten Augenblick zu warten. Vorübergehende Geistesgestörtheit kann nützlich sein.»
«Ich verstehe kein einziges Wort, Sholto», bekannte Letitia.
«Alles zu seiner Zeit. Jetzt seien Sie ein Engel und spielen gegen Doktor Higgs Ihre weiblichen Reize aus. Es gibt viel zu tun.»
Letitia gehorchte, während Miss Balsam hin und her huschte und Wandschirme brachte, um Lestrades Verlegenheit zu verbergen, während er sich mit seinen Kleidungsstücken abplagte. Als die Krankenschwester sich einmischen wollte, sagte sie ihr, sie solle verschwinden, und drohte ihr gar mit ihrer Haarbürste, wenn sie nicht auf der Stelle gehorche. Lestrade war gerade damit beschäftigt,

seine sommerliche Hemdhose zuzuknöpfen, als Miss Balsams Altjungfernhaupt hinter den Schirm lugte. Sogleich deckte der Inspector mit der Hand seine Blöße.

«Sie brauchen sich nicht zu verhüllen», versicherte ihm Miss Balsam. «Zu meiner Zeit habe ich es mit Dutzenden von kleinen Jungen zu tun gehabt.»

«Mit kleinen Jungen, das kann schon sein, Madame.» Lestrades Würde war ein wenig angetastet.

«Nun, in Ihrem Fall gibt es offensichtlich kaum einen Unterschied», und sie verschwand, um nach Letitia Ausschau zu halten.

Letitia Bandicoot war zweifellos eine Frau, deren Schönheit erschlagen konnte, doch wenn es ans Schlagen ging, reichte sie an Nanny Balsam nicht heran.

Bei dem hartnäckigen Dr. Higgs erreichte sie gar nichts, denn er beharrte darauf, Lestrade sei zu krank, um transportiert zu werden. Nanny Balsam bugsierte Letitia sehr behutsam aus Higgs' Büro und schloß hinter ihr die Tür. Es gab einen geflüsterten Wortwechsel, einen schrillen männlichen Schrei und das fiebrige Kratzen einer Schreibfeder. Minuten später tauchte eine triumphierend strahlende Nanny Balsam auf und schwenkte ein Blatt Papier.

«Das ist die Vollmacht, die wir brauchen.» Und sie zog Letitia Bandicoot hinter sich her.

Nach Bandicoot Hall kam der Herbst. Er färbte die Blätter, die in der Brise über dem See zitterten. Er schien golden durch die bunten Fensterscheiben, die ihre Lichter auf die Steinfliesen des Bodens warfen. Er pfiff mit den Geistern von Spielmännern auf der Empore und trieb die Schwalben scharenweise zusammen, damit sie nach Süden flogen. Lestrade, Letitia am Arm, schlenderte am stillen Seeufer entlang. «Guthrie kann doch wohl nicht wirklich eine Vorladung gegen Sie erlassen, oder?» fragte sie.

«Nein, ich denke nicht», grinste Lestrade, «aber das wird ihn nicht davon abhalten, es zu versuchen.»

«Werden Sie beim Yard Ärger bekommen?»

«Ich bin es gewohnt, zusammengestaucht zu werden.» Er tätschelte ihre Hand. «Sagen Sie mir, wann erwarten Sie Harry aus Yorkshire

zurück?» Ihr Gesicht verdüsterte sich. «In einer Woche oder so. Er behauptet, er habe dort Geschäfte, aber Sie kennen Harry. Er hat seine Purdy eingepackt, also wird er für eine Weile in den Hochmooren jagen. Er wird traurig sein, Sie verpaßt zu haben.»
«Ich bezweifle das. Letitia, es tut mir leid, aber im Augenblick kann ich im Fall Tetley nicht helfen. Aber vielleicht können Sie mir helfen. Wo ist Miss Balsam?»
«Im Dorf, glaube ich. Sie tut, was ihr paßt, Sholto, wie Sie im Krankenhaus vielleicht mitbekommen haben.» Sie lachten. «Warum?»
«Oh, nichts Besonderes. Etwas, was sie über Richard Tetley sagte, als ich das letzte Mal hier war.»
«Was war das?»
Er wandte ihr das Gesicht zu. «Sie sagte, er sei ein Dieb. Was, glauben Sie, hat sie wohl damit gemeint?»
Letitia schmunzelte. «Ich weiß es nicht, Sholto, aber ich würde nicht zuviel in diese Bemerkung hineinlesen. Nanny Balsam ist das Salz der Erde. Ehe sie meine Kinderfrau wurde, war sie Kinderfrau bei einigen der vornehmsten ältesten Familien des Landes – und in einigen neureichen. Wußten Sie, daß sie einen Kongreß der Kinderfrauen organisiert hat?»
Lestrade blieb plötzlich stehen.
«Ich meine es ernst. Sie sind vor zwei Monaten in Cheltenham zu einem richtigen Hexensabbat zusammengetroffen. Ich konnte mir nicht vorstellen, was in sie gefahren war, doch sie sagte, sie habe ihren beruflichen Stolz und hege die Überzeugung, daß die britische Kinderfrau eine Institution sei. Ich hielt das für sehr wagemutig.»
Lestrade widerstand der Regung, Letitia zu sagen, Nanny Balsam gehöre besser in eine gewisse Institution, und lachte. «Will sie eine Gewerkschaft aufmachen?»
«Sholto, Nanny Balsam ist eine Exzentrikerin in einer langen Ahnenreihe von Exzentrikerinnen. Sie ist eben ein kleines bißchen verrückt. Und wir lieben sie herzlich, Harry und ich, doch Sie dürfen nicht allzu ernst nehmen, was sie sagt.»
«Ich bin mir nicht sicher, ob ich überhaupt noch was ernst nehme.» Er bugsierte sie zum Haus. «Oh, da ist noch etwas anderes. Sagt Ihnen der Name de Lacy etwas?»

«Howard und Marigold de Lacy?»
«Ja. Kennen Sie ihn?»
«Nicht sehr gut. Natürlich kenne ich Marigold. Wir haben das gleiche Internat besucht.»
«Es tut mir leid», sagte Lestrade mit finsterem Gesicht.
«Was tut Ihnen leid?» Sie ergriff seinen Arm. «Sholto. Ich verstehe nicht. Was ist los?»
«Mein Gott, Sie wissen es nicht», sagte er.
«Was?» Am verletzlichsten sah Letitia aus, wenn sie erschrocken war.
«Ich dachte, Sie hätten es in der Zeitung gelesen. Marigold de Lacy ist tot, Letitia, seit mehr als einer Woche.»
Letitia schloß unwillkürlich mit der Hand ihren Mund.
«Es tut mir sehr leid», wiederholte er. «Das wußte ich nicht.»
«War es... ein Unfall?» brachte sie schließlich heraus.
«Nein, Letitia. Ich fürchte, es war Mord.»
Letitia sank benommen auf einen Terrassenstuhl. «Oh, mein Gott. Arme, arme Marigold. Ich kann es nicht glauben. Harry wird untröstlich sein.»
«Harry?»
«Oh, es ist wirklich töricht. Er begegnete Marigold, kurz bevor wir heirateten. Ich könnte sagen, daß er von ihr hingerissen war und sie von ihm. Ich pflegte ihn unbarmherzig damit aufzuziehen; sie sei die andere Frau und so weiter. Auch er wird es nicht glauben wollen. Was ist passiert?»
Lestrade nahm neben ihr Platz und blickte über das dunkel werdende Wasser des Sees. «Ich kann es Ihnen leider nicht sagen, aber Sie können mir etwas sagen. Wollte Marigold de Lacy Sie letzte Woche besuchen, sagen wir am Donnerstag?»
«Uns besuchen? Gütiger Gott, nein. Zumindest war nichts vereinbart. Harry war in London...»
«Ich dachte in Yorkshire...»
«Ja, Yorkshire, doch zuerst hatte er Geschäfte in der Stadt. Vielleicht wollte sie auf gut Glück kommen.»
«Ist das üblich?»
«Nein. Sholto, ich habe Marigold de Lacy seit ihrer Heirat nicht gesehen. Warum sollte sie auf die Idee kommen, mich plötzlich

letzte Woche zu besuchen? Und warum sollte jemand den Wunsch haben, sie zu töten?»

Lestrade stand auf. Es war spät. Und er mußte einen Zug erwischen.

«Wenn ich diese Antworten kenne», sagte er, «habe ich vielleicht auch ihren Mörder.»

Und er ging.

Jenny

«Ihr Telegramm sprach von einem Unfall.» Nimrod Frost schob seinen Wanst ein wenig nach links und verdeckte die Sonne.

«Das ist richtig, Sir.» Lestrade stand in Habtachtstellung da, den Bowler in der Armbeuge, das Haar, entsprechend den Vorschriften für den Winter, sorgsam pomadisiert. Der September war beinahe vorüber. Der Frost – Väterchen Frost und Nimrod Frost – würden bald über ihn kommen.

Der Assistant Commissioner wandte sich mit der Grobheit des stark Übergewichtigen dem Inspector zu. «Sie sehen überhaupt nicht mitgenommen aus, verdammt.»

«Lassen Sie sich durch das robuste Äußere nicht täuschen, Sir», erwiderte Lestrade, «ich habe mich in letzter Zeit nicht wohlgefühlt.»

«Offensichtlich nicht.» Frost wedelte mit einem Blatt Papier unter seiner, dann unter Lestrades Nase herum. «Zu den Ingredienzen gehören wohl Rosen, meinen Sie nicht auch?»

Lestrade hatte keinen Schimmer, um welche Ingredienzen es ging, doch er hatte nicht die Absicht, Frost seine Unwissenheit zu offenbaren. Sofern das nicht, versteht sich, notwendig war.

«Das ist ein Brief von einer Person namens V. Truefitt, die behauptet, Archäologin zu sein und Sie zu kennen.»

Aus Lestrades Gesicht wich die Farbe.

«Sagen Sie mir», Frost umschlich seinen Schreibtisch, «ist diese Person weiblichen Geschlechts?»

«Ja, Sir.» Lestrade nahm keine Rücksicht darauf, daß Frost eine Augenbraue runzelte. In dieser Mimik lag etwas Anklagendes.

«Gott sei Dank, wenigstens stimmt das. Nichts Sonderbares an Miss Truefitt. Außer daß sie behauptet, die Mörder von Richard Tetley seien ein Professor Boyd Dawkins und ein Postbeamter namens Belch gewesen.»

«Balch», verbesserte Lestrade.
«Darf ich Ihrer Bemerkung entnehmen, daß Miss Truefitt nach Ihrer Meinung irrt?»
«Sie irrt, Sir.»
«Und irrt sie sich auch, wenn sie behauptet, daß diese Gentlemen versuchten, auch Sie zu töten?»
«Ja, Sir. Es war alles ein Mißverständnis. Ich hatte lediglich einen kleinen Unfall.»
«Weiter.» Frost langte über seinen Bauch und hob einen zweiten Brief von seinem Tisch. «Das ist ein Brief von einem gewissen Dr. Higgs aus Wells in Somerset, der behauptet, von einer verrückten alten Schachtel so lange drangsaliert worden zu sein, bis er Sie aus seiner Obhut entließ.»
«Hm.» Lestrade machte ein langes Gesicht. «Sagt er auch, wie sie das anstellte, Sir?»
Frost überflog die Zeilen. «Kein Zweifel, es gibt da ein paar Dinge, die besser unerwähnt bleiben, selbst von der Ärzteschaft. Nach Ansicht von Higgs haben Sie aufgrund eines Versagens der Atmung den Verstand verloren.» Frost produzierte ein säuerliches Lächeln. «Schön, das schriftlich zu haben.»
«Das war ein Mißverständnis, Sir.»
«Und dann, natürlich», griff der Assistant Commissioner nach einem dritten Brief, «ist da noch Chief Inspector Guthrie von der Somerset Constabulary, der kein parfümiertes Briefpapier benutzt. Seine Prosa ist trotzdem blumenreich. Warten Sie… keine Vollmacht, bla, bla, bla; gibt sich als Archäologe aus (sehr stümperhaft), bla, bla, bla; vergeudet Dienstzeit, bla, bla; benutzt ein Polizeifahrzeug, namentlich und nämlich, bla… Muß ich fortfahren? Oder ist das genug für einen Morgen?»
«Noch ein…»
«Mißverständnis? In Ordnung, Lestrade. Doch welches der drei, bitte sehr, soll ich akzeptieren? Sind Sie das unwissende Opfer eines Mordversuches? Vegetieren Sie dahin? Sind Sie schuldig, sich ohne Befugnis in den Fall einer anderen Constabulary eingemischt zu haben? Oder sind Sie in Wirklichkeit für zwei Wochen ohne Gehalt vom Dienst suspendiert? Guten Morgen.»
«Sir, ich…»

«Guten Morgen, Lestrade!» Frosts Faust landete zwischen dem hüpfenden Kleinkram auf seinem Tisch, und der Inspector spürte, daß die Unterhaltung beendet war.
Er machte auf dem Absatz kehrt und humpelte in sein Büro im Labyrinth des umgebauten Opernhauses. Constable Skinner war, wie gewöhnlich, damit beschäftigt, sich durch Papierberge zu wühlen.
«Einen schönen guten Morgen, Sir.» Er sprang auf.
«Ist er das?» bellte Lestrade. «Wo ist Dew?»
«Äh… dort unten, Sir.»
Skinner deutete auf zwei Polizisten in Zivil, die sich, ein sonderbarer Anblick, auf dem Geländer herumlümmelten, von dem man über den Fluß blickte.
«Irgendwas für mich?» fragte Lestrade den brillenlosen Bobby.
«Ich arbeite immer noch an dem Fellowes-Tagebuch, Sir. Ich erwarte einen echten Durchbruch in zwei oder drei Monaten. Es ginge schneller, wenn ich bloß meine Brille finden könnte.»
«Gut. Gut. Nun, ich will Sie in Ihrer Konzentration nicht stören. Oh, ganz nebenbei», er langte in seine Tasche und fand Skinners Brille, «ich leih Ihnen meine.»
Lestrade zwängte ein paar Papiere in den verbeulten Gladstone in seinem Schrank und nahm statt des Liftes die Treppe. Er trat in die schwache Septembersonne hinaus. Plötzlich fühlte er sich sonderbar frei. Und aufmerksam werdende Polizisten, die ihren Dienst ausübten, bemerkten, wie er durch den Torbogen zur Uferpromenade hüpfte.
«Was gibt's, Dew, Lilley?» Er klopfte ihnen auf die Schultern.
«Sir!» beide Männer fuhren hoch.
«Weitermachen, Gentlemen.»
Sie nahmen ihre vorige Stellung wieder ein. Lilleys Gesicht hatte die Farbe der Kuttel, die aus Dews Sandwich hervorbaumelte.
«Sandwich, Sir?» sagte Dew einladend.
«Nein, danke, Constable. Ich habe noch ein paar Jahre vor mir.» Er quetschte sich zwischen die beiden und wandte sich an Lilley.
«Nun, Lilley, wie geht's?»
Der Constable sah geistesabwesender aus als gewöhnlich. «Er war tot, Sir.»

Lestrade blickte Dew an, der in Lilleys Richtung stumme Grimassen schnitt.
«Nun, Sie sollten sie nicht essen.» Lestrade nahm an, die Sandwiches trügen die Schuld. «Wer ist tot, Constable?»
«Mr. de Lacy, Sir.»
Lestrade erstarrte. «De Lacy? Howard Luneberg de Lacy?»
Lilley nickte, dann wandte er sich unvermittelt ab und starrte in den morgendlich blitzenden Fluß.
«Schon gut, Junge.» Lestrade klopfte ihm auf die Schulter. «Möchten Sie mir davon erzählen?»
Lilley mochte nicht. Doch sein Chef drängte. Lilley räusperte sich und begann. «Also, Sir, am nächsten Morgen, während Sie nach Somerset fuhren, ging ich zu Mr. de Lacys Haus.»
«Und?»
«Sein Diener sagte mir, de Lacy sei in der Nacht zuvor spät heimgekommen und habe ihn angewiesen, ihn nicht zu stören.»
«Was taten Sie?»
«Ich störte ihn, Sir.»
«Gut, der Mann», sagte Lestrade, «Sie werden es weit bringen.»
«Ich sagte, ich hätte meine Befehle und der Gentleman müsse mich zum Leichenschauhaus begleiten, um seine Gattin zu identifizieren.»
«Was dann?»
Der Kammerdiener wollte mir nicht behilflich sein, also klopfte ich an die Tür. Dabei ging sie auf und ich rein.» Lilley zitterte.
«Immer hübsch langsam, Junge.» Da Lestrade wußte, wie Lilley zumute war, ging er sanft mit ihm um. Es war nicht lange her, da hatte er Walter Dew ebenso behutsam behandelt, als dieser in den Tagen des Ripper zitternd vor Miller's Court stand.
«Mr. de Lacy lag im Bett, Sir, und starrte an die Decke. Da war... Blut auf seinem Kissen.»
«Was schlossen Sie daraus?»
«Ich dachte, es sei ein erblicher Hirnschaden, Sir.»
«Verstehe. Was dann?»
«Ich... äh... weiß es nicht. Ich wurde ohnmächtig.»
Lestrades Augen verengten sich, und sein Schnurrbart zuckte.
«Dew. Waren Sie dabei?»

«Nein, Sir. Zwei Constables der Abteilung B hatten die Ehre. Versiegelten das Zimmer und schickten nach uns. Mr. Abberline...»

«Verdammt!» Lestrades Faust donnerte auf das Geländer, daß Passanten mit Kinderwagen ihn anstarrten. «Wo ist die Leiche jetzt?»

«Immer noch in Mawson Gardens, Sir. Mr. Abberline wollte nicht, daß sie fortgebracht wurde, bevor er nicht einen Blick darauf geworfen hätte.»

«Wann war das?»

«Vorgestern, Sir. Mr. Abberline mußte eine Tante in der Stadt herumführen. Gab Anweisung, Mr. de Lacy dürfe bis zu seiner Rückkehr nicht angerührt werden.»

«Eine Tante, he?» Lestrade sprach mit sich selbst. «Dann kommen wir vielleicht noch nicht zu spät. Ich gehe jede Wette ein, Gentlemen, Mr. Abberlines Tante hat knallrote Haare und ein Hinterteil wie eine Kredenz. Und ich wette weiterhin, die Aussichten, die er ihr zeigt, kennt sie schon. Kichern Sie nicht, Dew, das paßt nicht zu unserem Beruf.»

«Sie da unten!» Eine übergewichtige Stimme veranlaßte alle drei, zu einem Fenster, hoch zwischen den Bäumen auf der anderen Straßenseite, zu blicken.

«Mr. Frost.» Lestrade winkte fröhlich. «Dew und Mr. Unbekannt. Die Kriminalabteilung gammelt nicht. Und Sie, Sie sind suspendiert!» Krachend flog das Fenster zu.

Lestrade deutete auf den Gladstone in seiner Hand. Dew und Lilley blickten sich um, neugierig, wen Frost wohl gemeint hatte.

«Da wir gerade vom Beruf sprechen», murmelte Lestrade, «keine Angst, Gentlemen. Unser lieber Assistant Commissioner meint mich.»

«*Sie*, Sir?» fragte Dew ungläubig.

«Es ist nicht das erste Mal, Walter. Und ich schätze, es war nicht das letzte Mal. Ich habe zwei Wochen unbezahlten Urlaub, und ich werde mich amüsieren. Doch zuerst werde ich dem verblichenen Mr. de Lacy meine Aufwartung machen. Lilley, Sie werden diese krankhafte Angst vor Blut überwinden, das kann ich Ihnen versichern. Und ihr beiden, hört auf herumzugammeln. Ihr seid beim Yard.» Und er ging fort und pfiff nach einer Droschke.

De Lacys Diener, Manfred, schien der Tod seines Herrn ebensowenig beeindruckt zu haben wie der seiner Herrin. Die de Lacys hatten keine Kinder, und darum war es sehr wahrscheinlich, daß er sich binnen kurzem nach einer anderen Stellung umsehen würde.

«Soweit ich weiß, wünschte der andere Gentleman von der Polizei, Mr. de Lacys Fall zu übernehmen, Sir», sagte er und nahm Lestrades Bowler entgegen.

«Falls Sie Mr. Abberline meinen, Manfred, er ist kein Gentleman. Nein, ich werde den Fall bearbeiten...» Er spähte durch die Filetvorhänge der Halle in Nummer dreiundvierzig, Mawson Gardens. «Zumindest für eine Weile. Wo ist Mr. de Lacy?»

«Gehen Sie mir nach, Sir.» Lestrade dankte höflich. Wenn er so ginge wie Manfred, würden die Leute über ihn tuscheln. Manfred führte den Inspector nach oben in das Schlafzimmer seines Herrn. Auf einem einzelnen Bett, gestützt von Kissen, das Gesicht grau, lag alles, was von Howard Luneberg de Lacy übrig war, dessen Familie mit dem Eroberer über den Kanal gekommen war.

«Ihre Version der Geschichte.» Lestrade warf einen schnellen Blick auf Manfred, dann zog er die Rolladen hoch, so daß der Sonnenschein auf die stattlichen Züge des Toten fiel.

«Ich war in der Küche, Sir, letzten Sonntag. Mrs. Flanagan bereitete Mr. de Lacys Frühstück. Flanagan putzte die Schuhe von Mr. de Lacy.»

«Die Flanagans sind Mann und Frau?»

«Nein, Sir.» Manfed verriet ebenso starke Gefühlsregungen wie ein Briefbeschwerer. «Alan Flanagan ist der Sohn der Köchin. Mrs. Flanagan ist eine verwitwete Dame.»

«Wieviel Personal ist noch im Haus, außer Flanagan und Alan?»

«Beatrice, das Hausmädchen, und ich selbst, Sir.»

«Hatten die de Lacys noch andere Besitzungen?»

«Mr. de Lacy nicht, Sir. Mrs. de Lacy besaß zwei Villen. Eine in Cannes und die andere in Ventnor.»

Lestrade drehte den Kopf der Leiche, wie er es Tage zuvor mit dem der Frauenleiche getan hatte. Auf den Kissen, den Laken und dem Nachthemd war dickes, braunes Blut.

«Sie sagten, es war am Sonntag», fuhr Lestrade fort, ohne Manfred anzublicken. «Sie meinen gewiß Sonnabend.»

«Mit Verlaub, Sir», entgegnete Manfred, ganz Würde, «ich meine Sonntag – das war der Tag, an dem wir Mr. de Lacy fanden.»

«Mein Constable kam am Sonntag morgen vorbei?» fragte Lestrade nach.

«Richtig, Sir.»

Lestrade fand das merkwürdig. Lilley hatte nicht erwähnt, daß man einen Tag übersprungen hatte. Sie waren am Freitag zu de Lacy gegangen, um ihn vom Tod seiner Frau zu informieren, er war jedoch zu beschäftigt gewesen, um das Leichenschauhaus aufzusuchen. Lilley hatte die Anweisung, am nächsten Morgen hinzugehen, Sonnabend. Aber er war erst am folgenden Tag gegangen. Wo war das Wochenende geblieben?

«Fahren Sie fort», sagte Lestrade.

«Ihr Constable Lilley erschien um acht Uhr dreißig, um Mr. de Lacy zum Leichenschauhaus zu begleiten.»

«Und?»

«Ich sagte ihm, in der letzten Nacht sei Mr. de Lacy spät heimgekommen und wolle nicht vor neun Uhr gestört werden. Er hatte die Gewohnheit, an Sonntagen im Bett zu frühstücken.»

«Was sagte Lilley?» Lestrade durchmaß das Zimmer und warf mechanisch einen prüfenden Blick auf die Platte des Toilettentisches, in den Kleiderschrank und in die Schubladen.

«Er bestand darauf, auf der Stelle zu Mr. de Lacy geführt zu werden. Ich gab zögernd nach.»

«Sie führten ihn hierher?»

«Ja, Sir. Ich wollte den Constable gerade anmelden, als er sich an mir vorbeidrängelte und umfiel.»

«Ohnmächtig.»

«Ich glaube, Sir. Ich gestehe, daß ich, wenngleich er Mr. de Lacy *so* vorfand», er deutete auf den Toten, «ein wenig überrascht war.»

«Lilley hat sich nicht wohl gefühlt», sagte Lestrade. «Sagen Sie, Manfred, befand sich Mr. de Lacy in dieser Stellung?»

«Seine Augen standen offen, Sir. Anders als jetzt, ja.»

«Sie drückten sie zu?»

«Natürlich, Sir. Ich konnte ihn nicht so liegenlassen.» Der Ton, in dem er das sagte, ließ darauf schließen, daß er eher aus Ordentlichkeit denn aus Menschlichkeit gehandelt hatte.

«Hatte Mr. de Lacy die Angewohnheit, allein zu schlafen?» Lestrade deutete auf das Einzelbett.
«Sir?» Manfred zeigte Schockwirkung, denn er zog eine Augenbraue hoch.
«Verdammt noch mal, Mann. Das spielt doch jetzt keine Rolle mehr, und ich habe einen Mord oder zwei aufzuklären. Teilten Mr. und Mrs. de Lacy das Bett?»
«Ich glaube nicht, Sir. Wenigstens nicht während der letzten Monate. Mrs. de Lacys Schlafzimmer liegt neben der Halle.»
«Und natürlich hatte ein ergebener Diener wie Sie keinen Schimmer, warum das so war?»
Manfreds andere Augenbraue ging ebenfalls in die Höhe, und er erzitterte.
«Absolut nicht, Sir. Das ging mich nichts an.»
Lestrade ließ sich in einen Lehnsessel fallen. «Natürlich nicht. Also, Mr. de Lacy begab sich am Sonnabend nicht ins Leichenschauhaus, obgleich er wußte, daß seine Frau tot war. Merkwürdig, finden Sie nicht?»
«Es steht mir nicht zu, mich dazu zu äußern, Sir.» Dem Toten gegenüber war Manfred ebenso zurückhaltend wie dem Lebenden.
«Wo ist er Sonnabend in der Nacht so lange gewesen?»
«Im Theater, Sir.»
«Was sah er?»
«Ein Theaterstück, Sir.»
Lestrade erhob sich abrupt. «Welches Stück?»
«Ich glaube, es war *Eine Frau ohne Bedeutung* von irgendeinem Iren.»
«Und wissen Sie, ob er allein hinging?»
Manfred zögerte und verlor plötzlich die Fassung. «Ich ... äh ... ich glaube, er ging mit einer Dame, Sir.»
Lestrade schoß auf Manfred zu wie ein Haifisch, der der Spielerei plötzlich überdrüssig ist. «Und wissen Sie, wer die Dame war?» Er schob seine Nase dicht an die des Dieners.
Manfred hüstelte und wand sich ein wenig, doch es gab kein Entkommen aus dem Rachen des Hais. «Ich glaube, es war Lady Davinia Harcourt», sagte er. Lestrade zog seinen zuverlässigen Notizblock hervor. «Schreiben Sie die Adresse der Dame hier auf», sagte

er, und während sich Manfred mit dem Bleistiftstummel abmühte, überprüfte Lestrade die Tür. «Hatte Mr. de Lacy die Gewohnheit, seine Schlafzimmertür abzuschließen?»

«Nein, Sir.»

«Um welche Zeit kam er aus dem Theater nach Hause?»

«Ich weiß es nicht, Sir. Ich zog mich gegen Mitternacht zurück. Bis zu dieser Zeit war er noch nicht zurück.»

«Wenn Sie sich zurückzogen, wer schloß das Haus ab?»

«Mr. de Lacy selbst, Sir.»

«Und als Sie am Morgen meinem Constable die Tür öffneten, war sie da verschlossen?»

«Nein, Sir.»

«Ist das ungewöhnlich, Manfred?»

«Nicht sonderlich, Sir. Mr. de Lacy vergaß oft, die Haustür abzuschließen.»

«Und trotzdem gab es niemanden, der das nachprüfte?»

«Es war seine Anweisung, Sir.»

«Wenn er mit einer Dame zusammengewesen war?»

Manfred zog abermals die Augenbraue hoch. «Ich verstehe nicht, Sir.» Der ungeduldige Haifisch ging erneut auf ihn los. «Sie verstehen sehr gut, Manfred. Kehrte Lady Davinia in der Samstagnacht mit Mr. de Lacy zurück?»

«Ich weiß es wirklich nicht, Sir. Ich lag bereits im Bett.»

«‹Und Mr. de Lacy war erst seit achtundvierzig Stunden Witwer, Sir› wäre eine bessere Antwort gewesen, Manfred», sagte Lestrade. Er wandte sich wieder der Leiche zu. «Ein scharfer Gegenstand, mit ziemlicher Kraft in den Nacken gestoßen. Ein Eispickel, vielleicht, eine Art von Ahle. Durchtrennte das Rückenmark. Der Tod muß sehr rasch eingetreten sein. Und zwischen Mitternacht und halb neun Sonntag morgen hätte sich hier jeder durch zwei unverschlossene Türen hineinschleichen und ihn beseitigen können.» Er sprach mit sich selber. «Er muß auf der Seite gelegen haben, vermutlich das Gesicht vom Fenster angewandt. Manfred, war das Zimmer in Unordnung? Anzeichen eines Kampfes?»

«Keine, Sir.»

«Also schlief er, als der Mörder kam.» Lestrade prüfte das Glas auf dem Nachttisch und beschnüffelte es ausgiebig. «Wasser», erklärte

er. Durch die Filetvorhänge bemerkte er draußen eine Bewegung. Unten auf der Straße fuhr eine Droschke vor, und ein schwergewichtiger, schnurrbärtiger Mann mit einer Gardenie im Knopfloch stieg aus, doch erst nachdem eine attraktive Rothaarige ihn zurückgezerrt und leidenschaftlich geküßt hatte.
«Das also ist sein Tantchen», murmelte Lestrade. «Was macht sie da mit ihrer Hand? Manfred, der andere Gentleman von der Polizei wird gleich kommen. Ich würde es als einen persönlichen Gefallen betrachten, wenn Sie erst nach frühestens zehn Minuten gegenüber Mr. Abberline erwähnen würden, daß ich hier war.»
«Gewiß, Sir.» Manfreds hervorstechende Eigenschaft war Diskretion.
«Doch zunächst wäre ich dankbar, wenn Sie mir zeigen würden, wo sich die Hintertür befindet.»
Manfred gehorchte, und auf seinem Weg hinaus fuhr Lestrade mit der Hand über einen Gegenstand in der Halle. Es war ein Stock mit einem ausgesprochen großen Knauf.

Zugegeben, Lestrade und Dew blickten in verschiedene Richtungen, als sie zusammenstießen. Das Geräusch krachender Schädel und sich beulender Bowler widerhallte in den mittäglichen Straßen von Chiswick, und die benommenen Polizisten taumelten auseinander.
«Verzeihung, Sir, ich versuchte, Sie zu erwischen, ehe Mr. Abberline Sie erreichte.»
«Einen oder zwei Zoll mehr nach rechts, und Sie hätten es geschafft, Dew.»
Lestrade lehnte sich gegen eine Mauer. «So wie's aussieht, glaube ich, Sie haben mir die Nase gebrochen.»
Allmählich hörte er auf, Constable Dew doppelt zu sehen, und er trocknete seine Augen.
«Also, warum so eilig?» fragte Lestrade. «Es war mir klar, daß der Chief Inspector mir dicht auf den Fersen sein würde.»
«Es ist etwas anderes, Sir. Kam gestern, kurz nachdem Sie gegangen waren, im Yard an. Hoffte, Sie abzufangen, bevor Sie verschwunden waren. Dachte, es wäre besser, nach Chiswick zu flitzen.»

Lestrade nahm das Telegramm entgegen, das Dew ihm reichte und das die Aufschrift «Dringend» trug. Sein Inhalt traf ihn wie ein Blitz aus heiterem Himmel.

«Es ist von Chief Inspector Blue», erzählte er Dew. «Ach ja, war vor Ihrer Zeit. Er war mit mir vor Jahren zusammen in Abteilung H. Ich glaube, er wurde der ewigen Sticheleien vom Jüngelchen in Blau müde und ging zur Kriminalpolizei, bevor er auch deren müde wurde und nach Yorkshire ging.»

«Wenn Sie der Stadt London müde sind, dann sind Sie lebensmüde, Sir.» An Dienstagen war Dew besonders philosophisch. Vielleicht war's aber auch der Schlag auf den Kopf.

«Ganz recht, Walter, ganz recht.» Diese Seite Dews hatte Lestrade bisher nicht wahrgenommen. Im Augenblick interessierte sie ihn wirklich nicht. «Ich muß nach York, Constable. Wenn jemand fragt, Sie haben mich nicht gesehen. Kapiert?»

«Wen soll ich nicht gesehen haben, Sir?» fragte Dew mit einem Hauch von Leichtfertigkeit. Lestrade nahm keine Notiz davon und machte sich aus dem Staub.

In jenen Tagen liefen die Züge in Blenheim in einen kleinen Bahnhof ein. Und Lestrade, um sich nichts nachsagen zu lassen, lief geradewegs in das Exemplar einer kunstvoll beschnittenen Hecke in der Gestalt eines riesigen Mannes, der auf einem riesigen Pferd ritt, und zerschrammte sich böse das Gesicht an den Dornen, die aus den Kniescheiben des Tieres hervorragten.

«Sind Sie in Ordnung?» rief eine leise Stimme mit einiger Besorgnis. Lestrade blinzelte unter Schmerzen und erblickte eine schöne Frau mit dunklen Haaren und dunklen Augen, die sich über ihn beugte, während er sich bemühte, seine Hosenbeine aus den Dornen zu befreien, mit denen ihn das erhobene Vorderbein des Pferdes umklammerte.

«Gewaltig, nicht wahr?» Die Lady blickte voll Bewunderung zu der riesigen Hecke auf.

«Liguster wäre angenehmer gewesen, Madame.» Lestrade beulte mit aller Würde, die ihm zur Verfügung stand, seinen Bowler aus. Die Lady fragte sich gerade, wie wohl ein Mann, offenbar im Vollbesitz seiner geistigen Kräfte, imstande sein konnte, mit einem dreißig Fuß hohen Heckengebilde zusammenzustoßen. «Der Große Herzog», sagte sie. Lestrade trat zurück, um die flutenden Locken und die laubige Rüstung zu betrachten. Es war nicht der Ort, es zu sagen, doch die Figur hatte nicht die geringste Ähnlichkeit mit Wellington.

«Ich suche nach Lady Randolph Churchill», sagte Lestrade.

«Sie haben sie gefunden.» Die Dame verneigte sich tief, ein hinreißender Anblick in ihrem braunen Reitkostüm aus Samt.

«Ah. Inspector Lestrade, Lady Randolph, von Scotland Yard.»

«Inspector Lestrade.» Sie schüttelte herzlich seine Hand. «Winston hat oft von Ihnen gesprochen. Ich bin entzückt, Sie endlich kennenzulernen.»

«Das Entzücken ist auf meiner Seite, Lady Randolph.»

Sie hängte sich bei ihm ein und schritt auf sichereren Untergrund, hinab zu den Wasserspielen, wo es weniger Hecken gab. Sie zog ein Taschentuch mit Monogramm hervor und tupfte ihm das Blut von der Stirn.

«Sie Armer. Schwarzdorn kann garstig sein, nicht wahr? Es tut mir leid für Sie, daß Sie Winston nicht sprechen können... Er ist in Indien, wissen Sie. Das Malakand Expeditionskorps unter General Blood.»

Lestrade hatte immer gefunden, das sei ein unglücklicher Name für einen Soldaten.

«Natürlich», fuhr Lady Randolph fort, «gibt es Gerüchte über Schwierigkeiten mit den Wuschelköpfen. Winston wird wollen, daß Bewegung in den Sudan kommt, fürchte ich. Ich habe an den Sirdar geschrieben.»

«Ein energischer Mann, der Sirdar, nach allem, was man hört», sagte Lestrade.

«Wirklich? Ich fand ihn immer ziemlich farblos», sagte sie.

Doch es war nicht Winston, den Lestrade hatte sprechen wollen.

«Es ist nicht Winston, den ich sprechen wollte, Lady Randolph», sagte Lestrade.

«Meinen anderen Sohn, Jack? Der ist leider in Frankreich.»

«Auch nicht Ihren anderen Sohn, Lady Randolph, sondern die gnädige Lady Randolph selbst.»

«Mich?» Sie blieb beim ersten der Springbrunnen stehen, dessen Strahl träge in die Nachmittagsluft aufstieg. Sie drehte ihren Kopf ein wenig nach rechts und lächelte ihn auf eine Art an, daß sein Herz nervös zu schlagen begann. Er durfte nicht wieder seinen Lunch verpassen, dachte er.
«Soviel ich weiß, kannten Sie den verstorbenen Oscar Jones, den Archäologen.»
«O ja, in der Tat... Wir Ausgebürgerten neigen dazu, zusammenzuhalten, Mr. Lestrade.»
Lestrade hatte angenommen, Jones sei Amerikaner gewesen, doch er wollte nicht weiter nachbohren.
«Ich führe eine Morduntersuchung durch, Lady Randolph.»
«Mord?» Sie griff instinktiv an ihre Kehle. «Gütiger Himmel.»
«Den Mord an einem gewissen Richard Tetley, ebenfalls ein Archäologe. Kannten Sie ihn?»
«Ich bin dem Mann nie begegnet. Aber es gab natürlich Gerede.»
«Gerede, Lady Randolph?»
Sie löste sich sanft von ihm und schlenderte an den Lilienblättern entlang, die leblos und sterbend auf dem dunklen Wasser trieben. Ein plötzlicher Windstoß traf den Springbrunnen, und Lestrade trug einen nassen Arm davon. Er eilte ihr nach; der Wind änderte abermals seine Richtung, und der Wasserstrahl erwischte ihn am Hinterkopf.
«Wollen Sie nicht zum Dinner bleiben, Mr. Lestrade? Es sind nur ein paar Freunde zugegen. Nichts Großartiges, verstehen Sie. Etwa vierzig Leute.»
«Ich glaube kaum, daß ich für einen solchen Anlaß die rechte Kleidung...»
«Unsinn. Ich zweifle, ob Winstons Sachen Ihnen passen würden, aber ich denke, daß ich unter Randolphs Kleidern etwas für Sie aufstöbern kann. Guter Gott, Sie armer Mann, Sie sind ja ganz durchnäßt. Hat es geregnet?»
Lestrade streckte die Hand aus. «In den letzten Minuten nicht», lächelte er. Und sie gingen auf die ausgedehnte Pracht von Blenheim Palace zu. «Hübsches Plätzchen, das Sie bewohnen», sagte Lestrade, als die Auffahrt zum Nordflügel in Sicht kam.
Lady Randolph lächelte. «Sie ebenfalls, Mr. Lestrade, denn ich bin

bloß zu Besuch. Ich pendle in diesen Tagen zwischen Blenheim und London und warte auf Nachricht von Winnie. Jetzt lebe ich für ihn», seufzte sie. «Für ihn und durch ihn.»

«Als ich Ihrem Sohn begegnete, Lady Randolph, erzählte er mir, er könne sich nicht entscheiden, ob er General oder Innenminister sein wolle.»

Lady Randolph lachte, ein warmer, melodischer Klang, der an Lestrades Herz rührte. Ihm wollte scheinen, als habe er in Gegenwart einer schönen Frau lange Zeit nicht mehr gelacht.

«Verraten Sie mir etwas, Mr. Lestrade.» Sie war plötzlich ernst, die Augenbrauen sonderbar hochgezogen. «Bitte vergeben Sie meine Dreistigkeit, aber ich spüre bei Ihnen eine Trauer, wie ich sie... Gibt es auch in Ihrem Leben eine Leere?»

Sie stand vor ihm, eingerahmt von den großen, grauen Steinen, die der erste Churchill aus den Ruinen des mittelalterlichen Woodstock hatte aufsteigen sehen. Und er, durchnäßt und blutend und müde, wie er war, nickte. «Meine Frau starb vor zwei Jahren», sagte er. «Es sind fast drei.» Sie hielt den Atem an. «Um diese Zeit verlor ich Randolph», sagte sie und blickte ihm tief in die Augen. Dann trat sie auf ihn zu und klammerte sich an seinen nassen Arm. «Sie sollen heute abend meine Eskorte sein, Mr. Lestrade. Sie sollen neben mir sitzen und mich davor bewahren, von den anderen Gästen zu Tode gelangweilt zu werden. Und ich werde Ihnen alles über den armen Oscar Jones erzahlen, was ich weiß.»

Als das Dinner vorüber war und die Damen sich zurückgezogen hatten, lehnte sich Lestrade in seinem schlechtsitzenden Dinnerjakkett zurück und genoß eine wohlverdiente Zigarre. Gewiß, Lady Randolph hatte zu seiner Rechten gesessen und war in ihrem cremefarbenen, jugendlichen Kleid reizend und anmutig anzuschauen gewesen, doch während des ganzen Abends war sie von einem tattrigen alten Admiral mit Beschlag belegt worden und nicht in der Lage gewesen, sich loszueisen, um ihm zu erzählen, was er wissen wollte. Und zugegebenermaßen hatte sich Lestrades Aufmerksamkeit auf etwas anderes zu seiner Linken konzentriert – um genau zu sein, auf die prachtvolle, goldhaarige Herzogin von Marlborough. Ihr Gatte, Sunny, der Herzog, befand sich auf einer seiner endlosen Geschäftsreisen, und Consuelo, reich an Temperament, Sinnlichkeit und Appetit, langweilte sich. Wäre ihr Titel nicht gewesen, hätte sie es wie ihre kubanischen Vorfahren gehalten und ihr Knie an das von Lestrade gepreßt, ohne zu wissen, daß sich kurz vorher ein anderes drangepreßt hatte. Wie auch immer, sie machte Nägel mit Köpfen, indem sie Lestrade durch einen der Diener ein Billett überbringen ließ. Und ohne ihr Wissen schickte Lady Randolph einen anderen Diener mit einer ähnlichen Nachricht. Sie trafen gleichzeitig bei der zusammengesackten Gestalt Lestrades ein und warteten geduldig, bis der Inspector sich aufgerafft hatte und erst die eine, dann die andere Nachricht las. Er sah nervös zu den Lakaien auf, deren Lächeln verschwand und die in ihren seidenen Livreen und gepuderten Perücken geradeaus starrten wie die Marmorstatuen, die den Kamin mit dem knisternden Feuer flankierten.

Consuelos Nachricht hatte ihn aufgefordert, sofort zu kommen, also stürzte er seinen Brandy herunter, verbeugte sich vor dem vergeßlichen Duo, das zu dem Schluß gekommen war, daß Lestrade ein Grundstücksmakler sein und folgerichtig ignoriert werden müsse, und schritt davon. Er wanderte durch die riesigen leeren Säle, überladen mit Samt und Goldbronze, bis er das Rote Ankleidezimmer mit seinem ausladenden Porträt des ersten Herzogs fand. Er starrte noch in die Flammen, die im Kamin darunter flackerten, als die Tür hinter ihm klickte.

«Madame.» Er straffte sich.

Sie schnippte mit ihrem Fächer seine Krawatte hoch. «Mr. Lestrade, Sie sind ein fader Gast. Ich hatte Sie schon vor einer Weile erwartet.»

«Ich glaube, ich sollte erklären ...», fing er an.

Sie drückte ihre behandschuhten Finger auf seine Lippen. Der süße Duft ihres Parfüms erfüllte seinen Kopf mit einer Wärme, die angenehmer war als die des Brandys und des Feuers. «Nicht nötig», sagte sie. «Sie halten mich für dreist, taktlos, sogar für ein bißchen vulgär?»

«Lady Marlborough, ich ...»

«Nun, möglicherweise haben Sie recht.» Sie blickte hinauf zum

Herzog, der in Rüstung und Perücke über ihnen aufragte. «Corporal John», seufzte sie. «Sie wissen, es heißt, daß er kurz vor seinem Tod vor diesem Porträt stand und sagte: ‹Das war einmal ein Mann.› Ziemlich traurig, finden Sie nicht. Oh, ich bat Sie, zu mir zu kommen, Mr. Lestrade», sie nahm seine Hand, «weil ich in Ihnen einen Mann sah, der anders war als die anderen hier. Einen Mann, der ganz anders ist als jeder andere. Der ein Mann ist, wie er einer war.» Sie deutete mit einer Geste der Bewunderung auf das Porträt.

«Ihr Gatte, Madame...», mahnte Lestrade. Aus einem Augenwinkel spähte er auf die Louis-seize-Uhr. In zwei Minuten mußte er bei Lady Randolph sein.

«... ist in Geschäften unterwegs, Mr. Lestrade, wie ich Ihnen bereits sagte.»

«In der Tat, Madame, aber das ist genau der Punkt.»

Sie seufzte. «Oje, habe ich Sie falsch eingeschätzt, lieber, lieber Mr. Lestrade?» Sie stellte sich auf die Zehenspitzen und drückte ihm einen heißen Kuß auf die Lippen. «Es ist Jenny, oder?»

«Nein, es ist Sholto», erklärte er. «Oh, ich verstehe. Jenny», und er erkannte, daß er sich retten konnte. «Ja, leider.»

«Natürlich. Sie ist ein liebes, liebes Geschöpf, und sie verdient es, glücklich zu sein. Gott weiß warum, aber ich glaube, ich sollte Sie warnen. Es gibt da einen anderen Mann. George Cornwallis-West...»

«Ich werde es darauf ankommen lassen, Lady Marlborough. Gute Nacht.» Er verbeugte sich, wobei er, wie er hoffte, den der Aristokratie zukommenden Neigungswinkel erreichte, und tastete sich mit Mühe durch die Tür hinter ihm hinaus. Sich den Schweiß von der Stirn wischend, rückte er seine Frackschleife zurecht und floh durch die riesigen leeren Säle, bis er die Lange Bibliothek fand. Das Mondlicht sickerte durch die Jalousien und fiel auf die Teppiche von unschätzbarem Wert und die vergilbten, alten Buchrücken. Aus einer dunklen Ecke, vom Kamin entfernt, rief eine Stimme: «Randolph?»

Er erstarrte und wandte sich der dunklen Ecke zu. «Lestrade, Madame... Lady Randolph», fügte er entschuldigend hinzu.

«Wie töricht von mir», ertönte die Stimme nach einer Weile. «Ich

bin einen Augenblick eingedöst.» Sie trat ins Mondlicht. «Nennen Sie mich Jenny.»
«Wäre das klug, Lady Randolph?»
«Klugheit, Mr. Lestrade? Was weiß ich von Klugheit?» Sie bot ihm einen Sessel an. «Das ist Chippendale», sagte sie.
«Vielleicht sollte ich woanders Platz nehmen», sagte er.
«Nein.» Sie blickte ihn ein wenig befremdet an. «Dort ist es richtig. Sagen Sie, war Consuelos Nachricht von derselben Art wie die meine?»
Lestrades Lippen wurden knochentrocken. «Deutlicher, Lady Randolph», erwiderte er.
Sie lachte, dieses klingende, musikalische Lachen, das er liebte. «Arme Consuelo. Sie hat nichts Böses im Sinn, wissen Sie. Sie liebt Sunny von Herzen, aber er ist so oft fort...»
«Lady Randolph...»
«Randolphs Mutter denkt, daß ich meinen verstorbenen Gatten nicht vermisse, Mr. Lestrade – Sholto, stimmt's?»
Im Augenblick war er sich nicht sicher.
«Aber ich vermisse ihn. Und im Augenblick», riß sie sich aus ihren Träumen, «verwende ich meine Zeit darauf, Zeitungsverlegern Honig um den Mund zu schmieren, damit sie etwas über meinen Sohn bringen. Haben Sie heute abend den alten Dummkopf Longman gehört?»
«Kommen wir zu Oscar Jones, Lady Randolph.» Lestrade wollte nicht unhöflich erscheinen, aber er hatte dringend im Norden zu tun.
«Natürlich.» Sie läutete eine kleine Glocke, die neben ihr auf dem Tisch stand. «Der Zweck Ihres Besuches. Unsere Familien sind seit langer Zeit befreundet», begann sie, lehnte sich in den bequemen Sessel zurück, und der Feuerschein tanzte auf ihrem ebenmäßigen Gesicht. «Oscar war ein prachtvoller Junge. Wild, leidenschaftlich, intelligent. So ähnlich wie der liebe Winston, nur daß er nicht so ein Schweinchengesicht hatte. Der arme Junge starb in Ägypten, Sholto, es muß sechs... nein, sieben Jahre her sein. Er war erst vierundzwanzig.»
Ein Lakai erschien in der Tür der Bibliothek. «Scargill, Brandy und Kaffee, bitte.»

Der Lakai verneigte sich und ging.
«Wie starb er?» fragte Lestrade.
Sie machte ein verblüfftes Gesicht. «Wie soll ich das wissen?» sagte sie. «Aber er starb, da bin ich sicher, glücklich. Er hatte seine größte Entdeckung gemacht.»
«Wirklich? Ich dachte, er hätte unter Richard Tetley gearbeitet?»
«O nein, Sholto. Da hat Ihnen jemand etwas Falsches erzählt. Sehen Sie.» Sie zog einen zerknüllten Zettel aus ihrem Ärmel. «Ich fand ihn, als ich mich für das Dinner umkleidete, und wollte ihn eigentlich schon früher an Sie übergeben.»
Er beugte sich vor, um im Feuerschein die verblaßten Worte zu entziffern.
«Von Oscar?» fragte er.
«Ja, ein Tag oder zwei Tage vor seinem Tod. Er schreibt in seiner Nachricht, er habe die Grabkammer eines Pharao gefunden. Er schreibt auch, er sei bestrebt, seine Arbeit abzuschließen, bevor andere sie ihm stehlen könnten.»
«Stehlen?» wiederholte Lestrade.
«Ich glaube, das waren seine Worte. Ah, Kaffee und Brandy, Sholto, ein Stück Zucker oder zwei? Sie können gehen, Scargill. Wie Sie sehen, der arme Junge war ziemlich niedergeschlagen. Er sagt, er habe immer an seine alte Kinderfrau geschrieben, um von seinen Befürchtungen zu erzählen. Könnte er diesen Richard Tetley gemeint haben? Es heißt, er sei teuflisch ehrgeizig gewesen.»
Lestrade stand auf. «Lady Randolph, leider muß ich ebenfalls gehen.»
Auch sie erhob sich. «Sholto, das können Sie nicht. Um diese Zeit?»
«Gibt es einen Zug?»
«Ich glaube ja, um Mitternacht, aber ...»
«Lady Randolph», er nahm ihre Hand, «darf ich mir Oscars Brief ausleihen?»
«Natürlich, wenn er Ihnen hilft.»
«Sie sind sehr großmütig gewesen und hilfreicher, als Sie ahnen.»
«Sind Sie der Lösung Ihres Falles nähergekommen?» fragte sie.
«Um ein paar Zoll, Madame, aber immerhin um ein paar Zoll. Lady Marlborough ...»
«... wird enttäuscht sein», lächelte Jenny. Einen Augenblick verlor

ihr Gesicht seinen Glanz. «Doch nicht so enttäuscht wie ich...» Sie hielt seine Hand sehr lange, und er glitt fort in die Dunkelheit.
«Meine Empfehlung an den jungen Winston», sagte er. «Ich werde die Kleider Ihrem Diener geben. Ich danke Ihnen, Lady Randolph.»
Ihre Augen funkelten im Mondlicht, und er ließ seinen Blick so lange wie möglich auf ihr ruhen.
«A bientôt», flüsterte sie, doch er sprach kein Spanisch und war verschwunden.

Es war verhängnisvoll, daß Mr. und Mrs. Blue ihren einzigen Sohn auf den Namen Boyd hatten taufen lassen. Es war verhängnisvoll, daß er die Polizistenlaufbahn eingeschlagen hatte, denn die Farbe seiner Uniform verfolgte ihn. Es war weiterhin verhängnisvoll, daß seine Größe, ein wenig unter fünf Fuß zwei Zoll, seine Aufnahme eigentlich hätte verhindern müssen, doch sein Eifer trieb ihn dazu, sich Zeitungen in die Stiefel zu stecken, und in jenen weniger peniblen siebziger Jahren hatte niemand genau nachgemessen. So kam es, daß Little Boyd Blue ein gezeichneter Mann wurde. Ein Mann mit einem Spitznamen, der zu seinem Beruf genau paßte.
Er saß geduldig in der Teestube vom «Shambles» und beobachtete den vornehmen Teil der Stadt bei der Einnahme seiner morgendlichen Erfrischungen. Und zwischen den nach Wohlhabenheit riechenden Astrachans und Bibern und handgewebten Tweeds sah er einen ziemlich schäbigen Donegal, den er zu kennen glaubte.
«Auf dem Bahnhof sagte man mir, daß ich dich hier finden würde.»
Lestrade schüttelte ihm die Hand mit dem einzigen Erfolg, daß Blue ihm seinen Bowler heftig vors Gesicht drückte.
«Nicht so laut, Sholto. Wenn du willst, daß es die ganze Welt erfährt, hätten wir uns ja gleich am Knast treffen und deine Ankunft von der Spitze von Clifford's Tower ausposaunen können. Wie geht's dir?»
«Ich bin verwirrt, Boyd.»
«Ach ja, die Gleisarbeiten bei Peterborough. Die können jeden verwirren.»
«Nein.» Lestrade nahm Platz und legte seinen Mantel ab. «Dein Telegramm.»

Blue rückte näher. «Ich konnte nicht viel verraten.» Er warf einen schnellen Blick nach rechts und nach links und wollte gerade zu sprechen anfangen, als die Kellnerin erschien.
«Darf's noch etwas sein?» fragte sie.
«Nein, danke», knurrte Blue. «Trödle nich rum, Mädchen, Kümmre dich um deine Arbeit.»
«Äh... ich hätte gern einen Tee, bitte», hielt Lestrade sie zurück. Sie verdrehte die Augen. «Sehr wohl, Sir.»
«Solche aufgedonnerten Flittchen wie die solltest du nicht ermutigen, Lestrade», zischte Blue im Flüsterton. «Also, mach schon, Mädchen.» Er klatschte in die Hände. «Du hast gehört, was der Lieutenant gesagt hat.» Lestrade blickte in die Runde. Abgesehen von dem Stimmengewirr und dem Klappern der Tassen war ihm nicht aufgefallen, daß irgend jemand gesprochen hatte.
«Einen Augenblick», lächelte er und suchte nach einem Haken für seinen Bowler, «dachte ich, du hättest mich Lieutenant genannt.»
Sein Lachen wurde jäh durch ein Zerren an seinem Ärmel abgeschnitten, so daß er mit seiner Nase direkt in der Zuckerdose landete.
«Das ist eine geheime Operation, Lestrade», flüsterte Blue. «Hast du mein Telegramm nicht richtig gelesen?»
Lestrade, dem es dämmerte, schnippte mit den Fingern. «*Das* war das Wort! Weißt du, wahrend der ganzen Fahrt habe ich darüber nachgegrübelt. Geheim. Ja, natürlich, jetzt verstehe ich.»
«Die Frage ist, ob der Yard dich entbehren kann. Ich weiß, ich verlange verdammt viel von dir, Sholto.»
«Nun, natürlich ist das Leben hektisch, Little... äh... Boyd, aber ich konnte einen alten Kumpel und Kollegen nicht hängenlassen.»
«Ich danke dir, mein Lieber.» Urplötzlich hatte Boyd für das Flittchen ein strahlendes Lächeln. «Genau wie ihn der Lieutenant mag, der Tee.»
Die Kellnerin warf Lestrade einen Blick zu, der ihre Überzeugung ausdrückte, daß er vor kurzem irgendwo ausgebrochen sein mußte, und antwortete auf einen Zuruf aus der entfernten Ecke des Raumes: «Ja, ja. Ich hab auch nur zwei Hände.»

«Übertreibst du nicht ein bißchen damit?» flüsterte Lestrade. «Mit diesem ganze Lieutenant-Getue?»

«Ich etabliere bloß deine *alter persona*, Sholto», erklärte Blue.

«Danke.» Lestrade rückte seine Krawatte zurecht. «Ich werde mich selbst etablieren. Also, worum geht es?»

«Natürlich hast du von William Hellerslyke gelesen?»

«Nein.» Lestrade nahm sich eine von Blues Mohnschnecken. Er spürte bereits Heimweh.

«Habt ihr in London keine Zeitungen, Lestrade?» sagte Blue, um sofort seine Lautstärke zu bereuen. «Stand in allen Tageszeitungen. Auf der Titelseite der *Yorkshire Post.*»

«Was?»

«Der Tod von Baron Sir William Hellerslyke.»

Lestrade war das völlig neu. Er zuckte die Achseln. «Weiter.»

«Er wurde vor zwei Wochen tot aufgefunden. Im Sattel.»

«Im Sattel?»

«Leichenkrampf, meint der Coroner. Für die Welt sah es so aus, als wäre er auf Vorposten.»

«Ein Soldat, wie?»

Blue blickte seinen einstigen Kollegen an. Ihn überkam ein flaues Gefühl des Zweifels. Hatte er eine vernünftige Wahl getroffen?

«Die Yorkshire Husaren. Sie waren – und sind es noch – hier in der Nähe im Manöver.»

«Du glaubst, dieser Hellerslyke wurde ermordet?»

«Bin davon überzeugt. Saß steif und starr im Sattel.»

«Todesursache?»

«Vergiftung.»

«Welches Gift?»

«Hm, das ist 'ne komische Sache. Phosphor, sagte der Coroner. Persönlich glaube ich, daß das 'ne Ausrede ist. Hinterläßt keine Spuren, weißt du.»

«Tut es doch, Boyd. Es leuchtet im Dunklen.»

Blue blickte Lestrade an, und unwillkürlich entfuhr ihm ein Kichern. «Soll das ein Witz sein?» brüllte er.

«Es ist mein Ernst, Boyd.» Jetzt flüsterte Lestrade. «Etwa zwölf Stunden nach dem Tod verbreitet der Körper einen deutlich sichtbaren phosphoreszierenden Schein.»

«Hm, der Schlag soll mich treffen.» Blue lehnte sich in seinem Stuhl zurück. «Zuerst habe ich natürlich gedacht, er wär erdrosselt worden.»
«Erdrosselt?»
«Ja, er hatte ein Medaillon zwischen den Zähnen, durch den Druck seiner Kiefer eingeklemmt.»
Lestrades Backwerk landete direkt in seiner Teetasse. «Sagtest du ein Medaillon? In seinem Mund?»
«Ja. Ist verdammt merkwürdig, oder?»
«Merkwürdiger, als du ahnst, Boyd.» Lestrade fischte die durchgeweichte Schnecke heraus. «Wo liegt dein Problem?»
«Die Clique in dieser Grafschaft», antwortete Blue. «Eine verschwiegene Bande. Oder, wie man hier sagt: ‹Nix sehen, nix tun, nix sagen›.»
«Was bedeutet, daß die Leute nicht sehr hilfsbereit sind?» übersetzte Lestrade.
«Genau. Natürlich bin ich im Feldlager gewesen. Habe die üblichen Nachforschungen angestellt. War in Hellerslykes Haus in Goathland. Nichts. Niemand weiß was. Aber das Gift steckt nicht nur in Hellerslyke, Sholto. Es ist auch in der Luft. Ich kann's riechen.»
«Also brauchst du ein neues Gesicht?»
«Du sagst es. Ich habe hin und her überlegt und dachte an dich.»
«Natürlich», sagte Lestrade. «Also, wie ist dein Plan?»
«Das Manöver der Husaren dauert noch eine Woche, inklusive Hellerslykes Begräbnis morgen. Halb Yorkshire wird dort sein. Mit allen militärischen Ehren, et cetera.»
«Wie passe ich da rein?»
«Passen, das ist das Wort, auf das es ankommt», strahlte Blue, «und ich hoffe, du wirst reinpassen. Kannst du noch mit einem Säbel umgehen?»
«Mit einem was?» Lestrade erstarrte. In drei Jahren hatte er nur einmal einen Säbel in der Hand gehabt, und damals war es ein Notfall gewesen. Und die dunklen Tage des Säbeldrills bei der Polizei der City of London waren längst vergangen und vergessen.
«Hier.» Blue steckte ihm unter dem Tisch einen Schlüssel zu. «Zim-

mer einundsechzig, Hotel Weißer Schwan. Ich habe dich als Lieutenant Lister, berittene Miliz des Herzogs von Lancaster, eingetragen. Du benutzt doch deinen alten Decknamen noch?»
Lestrade war verärgert. «Ich bin verärgert, Boyd», bekannte er. «Elefanten und alte Polizisten vergessen nie, was?»
«Was heißt hier alt, Lestrade. Ich bin dreiundvierzig, genau wie du.»
«Hab's nicht sehr weit gebracht, wie? Mit dreiundvierzig Lieutenant?» Lestrade prüfte seinen Ausweis.
«Bei der Miliz läuft das nicht so», sagte Blue zu ihm. «Wer du bist, nicht was du bist, das zählt. Wenn du in dein Zimmer kommst, wirst du unter dem Bett eine Blechkiste finden. Sind alle Uniformen drin, die du brauchen wirst.»
«Uniformen?» Die Vorstellung von mehr als einer Uniform versetzte Lestrade in Panik.
«Keine Sorge. In der Kiste findest du auch ein Buch über Kleidervorschriften. Es wird dir verraten, was du wann tragen mußt. Ein Kavallerie-Exerzierbuch für 1885 ist auch dabei.»
«Wunderbar!» grunzte Lestrade. «Hoffen wir, daß sie seitdem die Vorschriften nicht geändert haben.»
«Komm schon, Lestrade. Pferde haben noch immer vier Beine, das weißt du doch.»
«Das ist auch ungefähr alles, was ich über Pferde weiß. Gibt es nicht noch eine andere Möglichkeit, die Sache durchzuführen, Boyd?»
«Na ja, ich hatte daran gedacht, dich als Zeitungsmann reinzuschmuggeln, aber sie würden einem Journalisten nicht mehr erzählen als mir. Weniger, vermutlich. Dagegen, einem Offizierskameraden...»
«Wenn meine Geschichtskenntnisse mich nicht trügen», Lestrade stibitzte ein Stück Zucker aus der Dose, «gab es da nicht mal eine kleine Rauferei zwischen Yorkshire und Lancashire?»
«Du sprichst von den Rosenkriegen, Lestrade», beruhigte ihn Boyd. «Alles ziemlich lange her. Deswegen würde ich mir keine Sorgen machen. Hier.» Er überreichte Lestrade einen großen Briefumschlag.
«Was ist das?»
«Ein Empfehlungsschreiben von deinem Oberst an den ihren. Und

eine vorsorglich angefertigte Krepp-Armbinde für den morgigen Gottesdienst. Im Münster, Punkt zehn. Ich werde natürlich da sein. Nicht, daß du dich womöglich zu erkennen gibst!»
«Oh, ihr Kleingläubigen.» Lestrade schnalzte mit der Zunge.
«Melde dich heute abend beim Oberst. Lord Bolton. Wohnt im ‹Royal›. Und, Sholto, bitte in Uniform. In den Zivilklamotten, wie du sie trägst, würde sich ein Offizier, der unter dem Herzog von Lancaster dient, nicht mal beerdigen lassen.»
Lestrade verbeugte sich grinsend.
«Alles das hier», und er wedelte mit dem Briefumschlag, «und die Uniform. Wie bist du da rangekommen?»
«Ich will's mal so sagen: Der Oberst der herzoglichen Miliz ist mir was schuldig.» Blue rieb sich eine Seite seiner Nase. «Ich bin so gründlich vorgegangen, wie ich konnte, Sholto. Aber ich brauche ein Gesicht, das unbekannt, und einen Verstand, der scharf ist. Ich habe beschlossen, mich mit der Hälfte davon zufriedenzugeben. Wenn du erst einmal im Feldlager bist, bist du auf dich selber gestellt. Setze nicht darauf, daß Burschen in Blau... äh...» Er verfluchte sich, daß er den Ausdruck gebraucht hatte. «Erwarte keine Hilfe von mir oder meinen Männern. Die Yorkshire Constabulary hat ihre Pflicht getan. Jetzt liegt es bei dir. Wirst du's machen?»
Lestrade betrachtete die Krepp-Armbinde in dem Umschlag. «Verrat mir was», sagte er. «Die Offiziere der Miliz des Herzogs von Lancaster, tragen die das Ding rechts oder links?»

Jemand reitet vorbei

Niemand antwortete, als Lestrade an die Tür klopfte, doch das Kichern von drinnen verriet ihm, daß jemand im Zimmer war, und er stieß die Tür auf.

Ein älterer Mann mit weißem Haar und einem militärischen Schnurrbart kam mühsam auf die Beine, stopfte sich das Hemd in die Hose und schubste ein hübsches Mädchen von seinem Schoß.

«Äh... das wäre alles an Diktat für heute abend, Miss Hard... äh... castle. Morgen um dieselbe Zeit, nicht wahr? Und vergessen Sie Ihren Bleistift nicht, ja?»

Das Mädchen schob sich an Lestrade vorbei, eine außerordentliche Busenfülle in seinem Korsett verstauend.

«Ja... Memoiren.» Der alte Mann suchte nach seiner Hausjacke. «Miss Hard... äh... parcel nimmt das Diktat auf.»

«Verstehe, Sir.» Lestrade schlug die Hacken zusammen, und der Druck seiner Finger auf seinen Helm quetschte den Kinnriemen ziemlich schmerzhaft gegen seine Lippe.

«Hm... stehen Sie bequem...» Der alte Mann machte eine wedelnde Handbewegung, die in Adelskreisen wohl als Gruß angesehen wurde.

«Lieutenant... wie?»

«Lister, Sir. Lieutenant Lister, Miliz des Herzogs von Lancaster.»

Der alte Mann beäugte ihn eingehender. «Guter Gott, ja. In der Tat. Wie geht's dem alten Ellesmere?»

«Äh... prächtig, danke, Sir. Das hübscheste Fleckchen am Kanal, denk ich immer...»

«Wie? Nein, nein», platzte der alte Mann heraus und lachte, bis ihn seine Apoplexie zum Einhalten zwang und er in einen Lehnsessel sackte.

«Nein, nicht der Ort. Ihr Colonel, Frank Egerton.»

Pause.

«Der dritte Earl of Ellesmere», sagte der alte Mann beharrlich.

«Ach ja, Sir. Natürlich.» Lestrade fummelte an den Schließen seiner komplizierten Säbeltasche herum, mit dem Erfolg, daß sich seine Finger unentrinnbar in seiner Degenquaste verfingen. Schließlich blieb ihm keine andere Wahl, als kopfüber über seinen Degen zu stolpern, wobei sein Helm in den Papierkorb flog.

«Passen Sie auf, Hamster», sagte der alte Mann und stützte den Offizier.

«Ich habe einen Brief von ihm, Sir.» Er zog ihn endlich hervor. «An Sie gerichtet, mit der Bitte, mich das Manöver der Yorkshire Husaren beobachten zu lassen, solange sie noch hier im Lager sind.»

«Wirklich? Guter Gott.» Der alte Mann kramte auf seinem Toilettentisch nach seinem Kneifer, verschiedene Dessous in seine Taschen stopfend, bis er ihn fand. «Nein, so was», sagte er, für den Fall, daß Lestrade es bemerkt hatte, «ich muß wirklich ein Wörtchen mit Lady Bolton reden. Sehr leichtsinnig von ihr, ihre … äh … Sachen herumliegen zu lassen. Sind Sie verheiratet, Dempster?»

«Verwitwet, Sir.»

«Ach, Beileid et cetera. Wie lange beim herzoglichen Regiment?»

«Oh, inzwischen eine ganze Weile, Sir.»

«Wie geht's dem jungen Rutherford? Auch nicht mehr der Jüngste, schätz ich.»

«Steht mir nicht zu, das zu beurteilen, Sir.»

«Schlaue Antwort. Loyal gegen seinen Vorgesetzten, wie? Ich mag das bei Untergebenen. Wo liegen Ihre Besitzungen?»

«Hm … Lancashire, Sir.» Lestrade hielt es für das beste, so unbestimmt wie möglich zu bleiben.

«Gut.» Der Colonel blickte über seinen Kneifer. «Nun, das scheint alles in Ordnung.» Er legte den Brief weg. «So, da hat der alte Ellesmere Sie hergeschickt, damit Sie mal ein paar richtige Soldaten in Aktion sehen, wie? Wann können Sie antreten?»

«Morgen, Sir. Wenn's sich einrichten ließe.»

«Ja, gibt da ein Problem, Twister. Beerdigung. Willie Hellerslyke, Schwadron B. Manöver unterbrochen.»

«Natürlich», sagte Lestrade. «Ich habe von dem armen Captain Hellerslyke gehört, Sir. Vielleicht könnte ich ihm die letzte Ehre erweisen?»

«Gewiß, gewiß. Münster. Punkt zehn. Traditionsuniform, natürlich. Ich sehe Sie dann im Lager.»

«Danke, Sir.» Lestrade salutierte, jetzt mit ein wenig mehr Selbstvertrauen. «Tut mir leid, Ihre... äh... Memoiren... unterbrochen zu haben.»

«Was? Oh, das ist schon in Ordnung, lieber Junge. In Ordnung. In meinem Alter schwer zu finden, wissen Sie.»

«Was, Sir?»

«Wie? Äh... eine gute Sekretärin, was sonst? Gute Nacht.»

Während der Beerdigung von Captain Sir William Hellerslyke, Baronet, regnete es. In seinem scharlachroten Waffenrock und dem Helm mit weißen Federn wirkte Lestrade wie ein Paradiesvogel. Alle anderen schienen Mäntel und Feldmützen zu tragen. Der Gefallen, den der dritte Earl of Ellesmere dem Chief Inspector schuldete, erstreckte sich unglücklicherweise offenbar nicht auf Regenmäntel, und so stand der Inspector da, während feuchtes Pferdehaar gegen sein Gesicht schlappte und die rote Farbe von seinem Ärmel über seine schwarze Krepp-Armbinde rann.

Die Yorkshire Husaren säumten den Weg zum Münster, massig und grau in seiner mittelalterlichen Pracht, und die Yorkshire Husaren trugen den Sarg, geschmückt mit dem Emblem von Rose und Krone, nur durch die majestätischen Federn der Prinzessin von Wales davor bewahrt, wie ein Wirtshausschild auszusehen. Dahinter klapperte, umgekehrte Stiefel in den Steigbügeln, das Reitpferd des Verstorbenen mit Schabracke und Federschmuck am Hals über das Kopfsteinpflaster.

Lestrade musterte die Gesichter, wie er es unzählige Male bei anderen Beerdigungen getan hatte. Graue, namenlose Augen über grauen namenlosen Schnurrbärten. Tropfende Nasen unter triefenden Mützenschirmen. Die Offiziere drängten sich zusammen wie Verschwörer, doch der Grund dafür war gewiß Lestrades sonderbarer Aufzug. Am Südeingang trat ein Schwarm von Bowlers ein, und in dem einen Mann, der einen Fuß kleiner war als die übrigen, erkannte Lestrade Little Boyd Blue. Dann hieß es «Mützen ab», und ein Trompetenstoß dröhnte in Lestrades Ohr, so daß er seinen Helm

fallen ließ. Warum mußte er sich auch neben den Stabstrompeter stellen? Und der Erzbischof stimmte an «Der Mensch, vom Weibe geboren, hat nur eine kurze Frist zu leben...»
Am folgenden Tag, der früh und frostig heraufdämmerte, hatte jedermann, außer Lestrade, einen Riesenspaß. Er hätte voraussagen können, daß es nicht gut ausgehen würde, als er den Offizieren der Yorkshire Husaren vorgestellt wurde.
«Ich wußte nicht, daß man beim Herzog von Lancashire den Riemen der Patronentasche über *dieser* Schulter trägt», sagte einer von ihnen.
«Äh... eine neue Anordnung», bluffte Lestrade. «Ich persönlich finde es verdammt unbequem, sie so zu tragen.»
Er betete, daß sonst alles in Ordnung sein möge. Als er kurz an sich heruntersah, stellte er fest, daß wenigstens in jedem Knopfloch seiner Uniformjacke ein Knopf zu sehen war.
«Was halten Sie von der neuen Martini?» fragte ein anderer.
«Nun... nun, ich selber ziehe Brandy vor.»
Eine schreckliche Stille trat ein. «Oh, sehr komisch, Lister. Ich meine das neue Gewehr.»
«Ach, *die* Martini.» Lestrade fühlte den Boden unter seinen Füßen wanken.
«Ah, Hauptfeldwebel», wandte sich der Offizier an den Unteroffizier, «Lieutenant Listers Pferd.»
Das Ungetüm, das der Unteroffizier gebracht hatte, war ein glänzend schwarzes Tier und, soweit er aus seiner Zeit als berittener Polizist noch zu wissen glaubte, etwa dreiundvierzig Handbreit hoch. Seine Augen waren die einer tödlichen Schlange, und seine Zähne hatten die Größe und die Farbe von Grabsteinen.
«Nein, ich will's bloß mal richtig ansehen», sagte Lestrade und breitete die Arme aus, um seine Zufriedenheit zu zeigen.
«Wir konnten es nicht zulassen», beharrte der Offizier. «Wir wußten, daß Sie gern reiten würden. Wollten die Schwadron vom alten Hellerslyke auf Herz und Nieren prüfen, wie?»
«Oh, ich kann doch unmöglich...»
Doch Lestrade wurde, ehe er sich versah, leibhaftig hochgehoben und in den Sattel gesetzt. Das paßte ihm nicht übel. Aus eigener Kraft hätte er das unmöglich geschafft.

«Sein Name ist Minstrel, Sir», sagte der Unteroffizier zu ihm. «Hört auf den Namen Minnie. Halten Sie die Zügel, Sir. Ruhig. Ruhig. Beim Wenden isser 'n Aas. Oh, und Vorsicht mit der Degenquaste. Wenn'se rechts ein bißchen zu langsam sind, schnappt er zu, und weg isse. Los, Minnie, los!»
Das Tier löste sich von der Offiziersgruppe, und Lestrade tat sein Bestes, unbefangen auszusehen. Schenkel, die die Stufen von Autobussen hinauf und hinab stapfen, waren nicht daran gewöhnt, solche Leibesumfänge zu umschließen. Er betete, und irgendwie blieb er oben.
Ein Offizier der Husaren schloß im Galopp zu ihm auf und streckte eine Hand aus. Lestrade grinste, hielt jedoch mit seinen Händen fest die Zügel umklammert.
«Perceval Daubney», rief der Offizier durch das Klimpern der Kandaren. «Ich bin der Adjutant.»
«Sholto Lister», sagte Lestrade, die Zähne so hart zusammengepreßt wie seine Schenkel.
«Ah, Sie sind der Bursche von den Lancastern. Sie wollen mal einen Blick auf uns werfen, wie?»
Ein Blick würde mir völlig genügen, dachte Lestrade.
«Was dagegen, heute morgen mit der Schwadron von Hellerslyke zu reiten?»
«Nun ja, ich möchte den guten Eindruck nicht trüben», sagte Lestrade.
«Mein lieber Junge, nicht im geringsten. Kommen Sie.» Der Adjutant gab seinem Tier die Sporen und galoppierte über das weite Heideland, grüne Spuren auf dem bereiften Feld hinter sich lassend. Er schwenkte vor der Front von Hellerslykes Schwadron ein, die in den Sätteln mit erhobenen Degen Haltung annahm.
Lestrade war aufgeregt. Als berittener Polizist bei der City of London Constabulary war er immer bloß einer im Trupp und nie sein Führer gewesen. Dann kam ihm eine Idee, und er zog rechts den Zügel an. Erstaunlicherweise machte das Tier eine scharfe Kehrtwendung.
«Männer», rief er. Minnie stellte die Ohren auf und wich ein wenig zurück. «Ich weiß, daß ihr vor kurzem euren Kommandeur verloren habt. Ich weiß auch, daß Captain Hellerslyke es für angemessen

gehalten hätte, daß Lieutenant Daubney heute morgen seine Schwadron führt.» Lestrade warf seinen Arm mit einer ungestümen Geste in die Höhe und bereute es auf der Stelle. Minnie fuhr wütend herum und schnappte nach Lestrades rechtem Stiefel. Das kam kaum überraschend, denn er war gerade vor ihrer Nase.
«Äh... zu Befehl.» Daubney war einverstanden und zog seinen Degen.
Lestrade versuchte, es ihm nachzumachen, doch die Degenquaste wickelte sich um seine Finger, und er ließ den Degen fallen.
«Corporal», rief er über die Schulter, denn er konnte das Pferd nicht abermals wenden, «können Sie das Ding im Galopp aufspießen?»
Der verwunderte Unteroffizier drängte sein Pferd nach vorn.
«Ich glaube schon, Sir.» Er salutierte.
«Dann machen Sie mal.» Lestrade wies hastig auf den Degen, bevor er wieder nach dem Knauf griff. Seine Fingerknöchel schimmerten weiß, selbst durch das braune Schweinsleder seiner Handschuhe. «Bloß ein kleiner Test, den wir bei den Lancastern machen», murmelte er Daubney zu.
«Aha, sehr gut. Sehr gut. Ja. Also, kehrt, Corporal.»
Der Corporal riß den Kopf seines Pferdes herum und entfernte sich ein Stück von der Schwadron. Begleitet von den Zurufen der Männer, galoppierte er vor, tief über den Hals seines Pferdes gebeugt, und dann, als er an Lestrade vorbeiraste, richtete er sich auf und warf ihm den Degen zu. Mit einer Gewandtheit, die ihn überraschte, fing der falsche Lieutenant die Waffe auf, wenngleich er deren scharfe Klinge zu fassen bekam, so daß er sich auf die Zunge biß, um einen Aufschrei zu vermeiden.
«Sauber gemacht, Corporal», ächzte er.
«Schwadron B», rief Daubney. «In Dreierreihen schwenkt», und das Hornsignal ertönte.
«Ehrengast vor uns», rief Daubney, «auf der Plattform mit dem Colonel. Geschlossene Ordnung. Die Schwadron rückt ab. Schritt. Marsch. Trab.»
Lestrade versuchte noch immer, seinen Degen zu senken, wie Daubney es getan hatte, als er spürte, daß die Pferde der ersten Reihe in seinen Rücken krachten. Minnie bockte und schlug mit den Hinter-

hufen aus, und es gab einen Augenblick der Panik. Es war doppelt unglücklich, daß der Ehrengast auf der Plattform beim Colonel Sir George Wombwell, Baronet, war, in grauer Vorzeit bei den Siebzehnten Lanzenreitern, der mit den Tapferen Sechshundert im Tal des Todes geritten war. Die Augen des alten Baronet verengten sich in der frostigen Luft, als die Schwadron B mit rasselnden Säbeln vorrückte.
«Wer ist das dort auf dem Schwarzen?» fragte er Lord Bolton.
«Ein Bursche von den Lancastern, George», teilte ihm der Colonel mit. «Heißt Spinster.»
«Verdammt komischer Name», bemerkte Wombwell.
«Verdammt komischer Reiter», bemerkte Bolton.
«Reitet wie ein verdammter Polizist», bemerkte Wombwell.
«Ja, da siehst du die Lancasters. Frank Ellesmere hatte nie einen Blick für Männer.»
Und Lestrade raste an ihnen vorbei, klammerte sich verzweifelt fest, und die stumpfe Seite seines Degens grub eine deutliche Kerbe in seine Schulter.

Hätte jemand Lestrade erzählt, wie wohltuend ein Bad im Zelt sein würde, hätte er ihm nicht geglaubt. Er roch nach Pferden, seine Beine zitterten, sein Hinterteil kam ihm vor wie ein Igel, der gerade unter eine Dampfwalze geraten ist. Die Hälfte seines rechten Handschuhs war verschwunden, zusammen mit der ledernen Degenquaste, denn Lestrade hatte den Rat des Hauptfeldwebels nicht befolgt und war um Sekundenbruchteile zu langsam gewesen. Minnie hätte seine Hand gleich mitverschluckt, hätte Lestrade den Degen nicht gänzlich fallen lassen. Ohne dazu aufgefordert worden zu sein, war der talentierte Corporal der Schwadron B zur Hilfe gerast, hatte sich weit aus dem Sattel gelehnt und die Waffe vom Boden aufgefischt.
Nun konnte Lestrade endlich seine Sorgen abspülen, und langsam kehrte das Gefühl in seine Glieder zurück.
«Champagner, Lister?» Der Adjutant steckte seinen Kopf durch die Zeltklappe.
«Wie?... danke.»

Lestrade mußte sich eingestehen, daß er noch nie Champagner in der Badewanne getrunken hatte. Oder handelte es sich vielleicht um den neuen Martini, von dem die anderen Offiziere gesprochen hatten? Der Adjutant ließ den Korken knallen, und Lestrade nutzte die Gelegenheit, ein paar Fragen zu stellen.

«Erzählen Sie mir von Captain Hellerslyke», sagte er.

«Willie?» Daubney stellte einen Klappstuhl auf und setzte sich rittlings darauf.

Lestrade fragte sich, wie das Hinterteil des Mannes reinpaßte.

«Warum fragen Sie?» Er reichte Lestrade ein volles Glas.

«Ich glaube, ich bin ihm einmal begegnet. Bei Lady...», und er ließ den erfundenen Namen in den Blasen vergluckern, als er trank.

«Könnte das in Southport gewesen sein?»

«Sehr gut möglich», bluffte Lestrade, in den Dampfschwaden verzweifelt versuchend, sich die entsprechende Seite im Atlas ins Gedächtnis zu rufen.

«Er hatte eine Villa in Southport. Und eine zweite in Scarborough.»

«Kannten Sie ihn gut?»

«Eigentlich nicht. Wir waren ein paarmal zusammen auf der Jagd, aber im Grunde sind wir uns nur im Feldlager begegnet. Sie wissen, wie es in der Miliz so ist...», und er lachte schallend und schlug sich aufs Knie.

«O ja!» Lestrade lachte ebenfalls, doch als er sich auch aufs Knie schlagen wollte, durchnäßte er sich und Daubney. «Verzeihung.»

«Sie waren bei der Beerdigung, nicht wahr?»

«Hielt's für meine Pflicht. Wo ich doch für ein paar Tage zur Truppe des Burschen kam und so weiter. Das wenigste, was ich tun konnte.» Er fing an, an dem affektierten Tonfall Gefallen zu finden. Hörte sich auf eine proletarische Weise beinahe vornehm an.

«Erstklassig. Hat Ihnen Ihr Ritt heute gefallen?»

«Wunderbar», log Lestrade, «wunderbar. Ist eine prima Truppe.»

«Die beste», sagte er. «Gibt nichts Besseres auf dieser Seite der Penninen, wie?»

Lestrade lachte erneut. Sein Kiefer fühlte sich allmählich so an wie sein Hinterteil.

«Habe gehört, Hellerslyke starb ziemlich merkwürdig.»
«Verdammt merkwürdig.» Daubney blickte sich um und beugte sich dann über den Mann in der Wanne. «Ein übles Spiel, natürlich.»
«Nicht wahr!» Lestrade tat sein Bestes, entsetzt auszusehen.
«Die Polizei wurde gerufen.»
«Grafschaftspolizei?»
«Ein Idiot namens Blue. Wenn Sie mich fragen, man hätte den Yard einschalten sollen.»
«Yard?» Lestrade spielte den Dummen. Darin hatte er jahrelange Erfahrung.
«Scotland Yard.»
«Ach ja, natürlich. Die sind gut, oder?»
«Nun, es gibt da einen Burschen, von dem ich gehört habe. Kennen Sie diese Geschichten von diesem Sherlock Holmes?»
«Eine oder zwei», log Lestrade.
«Wer hat die bloß noch geschrieben? Bei Romanschreibern kenne ich mich nicht aus.»
«Äh... Conan Doyle, war's der?»
«Richtig. Conan Doyle. Ja, bei ihm tritt dieser Bursche auf, den ich meine.»
«Ja?» Lestrades Eitelkeit wuchs.
«Natürlich macht er den Polizisten schlecht, typisch für diese blöden Romanschreiber.»
«Wirklich?»
«Ja. Macht ihn zu einem Versager, der immer den falschen Mann erwischt und so weiter. Lächerlich! Wie hieß er doch gleich?»
«Äh... Lestrade oder so ähnlich?»
«Stimmt. Nun, ich weiß zufällig, daß er ein wirklich erstklassiger Bursche ist.»
«Tatsächlich?» Lestrade fing an, seinen ungewachsten Schnurrbart zu zwirbeln.
«Und ich weiß zufällig noch etwas anderes. Lestrade ist bloß ein Pseudonym.»
«Ja?»
«Ja. Sein wirklicher Name ist Abberline. Er ist der Stolz des Yard.»

Lestrade erstickte beinahe an seinem Champagner.
«Sachte, sachte, Lister. Möchte Sie nicht eingehen sehen wie den alten Willie!»
«Wie...», krächzte Lestrade und brauchte eine Weile, bis er seine Stimme wiederfand, «wie starb er denn wirklich?»
«Also», sagte Daubney und füllte ihre Gläser nach. «Es war am Lady Day.»
«Lady Day?»
«Oh, Entschuldigung. Ein Brauch, den wir hier bei den Yorkshire Husaren haben. Zweimal während des Manövermonats haben wir eine Art Tag der offenen Tür – Lady Day, weil die Ladies, Ehefrauen, Liebchen und so weiter zu Besuch kommen dürfen. Im großen Zelt gab's ein großartiges Mittagessen. Der Colonel war mächtig in Form, kniff in die Hinterteile und so weiter.»
«Und Hellerslyke?»
«Ganz wie immer. Zumindest bis zu dem Punkt, als er...»
«Ja?» Lestrade saß aufrecht im schaumigen Wasser.
«Also, ich hatte gerade unsere Gläser wieder gefüllt. Mein Gast war eine Miss Barlow, toller Feger, sag ich Ihnen...» Er lachte.
«Schon gut. Was war mit Hellerslyke?»
«Na ja, er drängte sich plötzlich an Henrietta... Miss Barlow auf ziemlich rüde Art vorbei. Ich sagte: ‹Sachte, alter Knabe›, und er entschuldigte sich bereitwillig, aber sein Gesicht war stockfinster.»
«Wissen Sie, warum?»
«Nun, er guckte dauernd über die Schulter nach hinten. Als ob...»
«Seine Patronentasche runterrutschte?» Lestrade spielte immer noch den Kavallerieoffizier.
«Als ob er vor etwas Angst hatte.»
«Sprach er darüber?»
«Er sagte bloß, er könne das nicht glauben.»
«Konnte was nicht glauben?»
«Ja, das ist es gerade. Ich weiß es nicht. Er sagte es zweimal: ‹Ich glaube es nicht›, genau so.»
«Wann sahen Sie ihn zum letzten Mal?»
«Erst, als die Posten ihn fanden. Hin und wieder verließ er das Zelt und schlenderte rüber zu seinem Pferd.»

«War das üblich? Ein Mittagessen am Lady Day zu verlassen?»
«Nein. Ich war der Offizier vom Dienst. Willie hätte dableiben und die Damen unterhalten müssen.»
«Hatte er Gäste?»
«O ja», lachte Daubney. «Drei, um genau zu sein. Hatte immer was für die Ladies übrig, unser Willie.»
«Was heißt das?»
«Hören Sie mal.» Der umgängliche Adjutant fing an, die Dinge durch den Dampf klarer zu sehen. «Sie stellen ’ne Menge Fragen. Sind doch wohl kein Schnüffler, oder?» Er lachte dröhnend.
Lestrade lachte noch lauter. «Tut mir leid», sagte er. «Wissen Sie, welchen Spitznamen ich bei den Lancastern habe? ‹Nase›. Lister, die Nase.»
«Ha! Ha!» bellte Daubney. «Und dabei haben Sie doch kaum eine, oder? Nun, ich muß mich beeilen, sehe Sie im Messezelt. Dinner um acht. Messemontur dabei?»
«Äh... ja.» Lestrade glaubte gesehen zu haben, daß dieses Kleidungsstück auf seiner Liste stand.
«Übrigens.» Daubney blieb auf halbem Weg stehen. «Sie haben keinen Burschen, nicht wahr? Ich werde Ihnen Soldat Robbin zuteilen. Er wird sich um Ihre Garderobe kümmern. Bye!» Und er verschwand in einer Wolke von Liniment, dem Zeug, womit man Pferde einrieb.

Vom Soldaten Robbin erfuhr Lestrade nichts darüber, was für ein Mensch Captain Hellerslyke gewesen war. Schließlich dauerte das Feldlager jedes Jahr nur einen Monat, und abgesehen von gelegentlichen Paraden, zerstreuten sich die Männer der Yorkshire Husaren in alle Winkel ihrer großen und sehr zugigen Grafschaft. Zumindest jedoch wußte Soldat Robbin besser als Lestrade, wie man eine Messeuniform anlegte, und er schnürte das blaue Wams vorschriftsmäßig zu und klopfte die scharlachrote Jacke mit Leidenschaft aus. Es wäre vielleicht besser gewesen, wie Lestrade bemerkte, wenn er eine Bürste benutzt hätte.
«Natürlich, ich habn gefunden, wissense.» Robbin pustete in Lestrades Schulterlitzen.

«Captain Hellerslyke?»
«Jawoll.»
«Um welche Zeit war das?»
«So gegen Mitternacht.»
«Wo genau?»
«Im Wald hinterm Lager.»
«Hätte Captain Hellerslyke um diese Zeit dort sein müssen?»
«Hätter», nickte der Soldat, «war Wachoffizier. Hätte um elf abgelöst werden müssen. Konnt ihn aber niemand irgendwo finden. Wir haben überall gesucht. Schätze, er iss nach'm Lady Day weg nach York.»
«Warum?» Lestrade legte selber die schwarze Armbinde an. «War das bei den Offizieren üblich?»
Robbin nestelte an seinem Kragen und trat dicht vor Lestrade. «Iss nich mein Bier, Sie verstehn, aber für ihn war's normal, ja. Richtiger Frauenheld, sagten sie.»
«Sie?»
«Alle möglichen Leute. Denken sich immer komische Sachen aus.»
Das hatte Lestrade schon bemerkt.
«Sie nahmen also an, er sei bei einer Dame in York.»
«Jawoll. Ich weiß, sollte übern Toten nichts Schlechtes sagen, aber es stimmt. Ändert jetzt sowieso nichts mehr. Die Straße rauf, sah ich ihn aufm Pferd sitzen, ja. Das Tier war am Grasen, als wenn nichts passiert wär.»
«Aber es war etwas passiert?»
«Richtig», bestätigte Robbin. «Ich sagte: ‹Wie geht's, Sir. Kühl heut nacht, nicht wahr?›»
«Und was sagte er?»
«Kein verdammtes Wort. War tot.»
«Aber immer noch im Sattel? Rigor mortis?»
«Hm, kann vielleicht sein, aber er war verflucht steif und so. Und da war noch was: Er hatte dies Zeug am Jackett, leuchtete im Dunklen, jawohl.»
«Phosphor», murmelte Lestrade.
«Hä?» Robbin sperrte den Mund auf.
«Es war Erbrochenes, Soldat», sagte Lestrade und bewunderte

heimlich sein Aussehen im Spiegel des Zeltes. «Captain Hellerslyke war mit Phosphor vergiftet worden. Der leuchtet im Dunkel.»

«Nun, ich...», Robbin versagte die Stimme.

«Vermutlich nicht.» Lestrade klopfte Robbin auf die Schulter. «Sonst wären Sie jetzt tot. Zeit fürs Dinner?»

Beim Dinner erfuhr er nicht viel. Jemand war der Ansicht, man solle Sir George Wombwell bitten, zum soundsovielten Mal die Geschichte von der Leichten Brigade zu erzählen, und Lord Bolton mußte im Laufe der Erzählung in regelmäßigen Abständen angestoßen werden, da sein Schnarchen das Silber klappern ließ. An einer Stelle ließ Lestrade das Salzfaß fallen, nur um zu erleben, daß der Corporal von Schwadron B es mit einer geschickten Bewegung aus der Luft fischte.

Der Wein floß, und der Zigarrenrauch kräuselte sich, und dann, als der Colonel und sein Gast gegangen waren, trat der Adjutant auf Lestrade zu.

«Sie wollten etwas über Willie Hellerslyke wissen», sagte er mit ernstem Gesicht.

Lestrade betrachtete eingehend das Gesicht des Mannes. Er war schon früher Hals über Kopf in Fallen getappt. «Ich war bloß aus Langeweile ein bißchen neugierig», erwiderte er. «Sonst nichts.»

«Nun, folgen Sie mir. Vielleicht erfahren Sie etwas.»

Der Adjutant führte ihn durch ein Labyrinth von Zeltklappen und hinaus in die frostige Nachtluft. An den Lagerfeuern der Männer hatte eine Geige eine flotte Yorkshire-Weise zu spielen begonnen, begleitet von Händeklatschen und dem Stampfen von Stiefeln. Von den Pferchen der Pferde ertönte das sonderbare Schnauben und Stampfen, als die Tiere sich für die Herbstnacht bereit machten, die Frost und Sterne versprach. Er führte Lestrade den Hügel hinauf auf ebenes Gelände und durch die Verandatür des großen Hauses, das über den Park blickte. Von der entfernten Stadt schlug die Glocke des Münsters die Stunde. Genau Mitternacht.

In der Halle des Hauses war das Mobiliar wie für eine Gerichtsverhandlung angeordnet. Geräumiger und bequemer als im Old Bailey, gewiß, aber unverkennbar zu demselben Zweck. Hinter einem großen, mit Leder bezogenen Tisch an einem Ende saßen drei Offiziere, in denen Lestrade die Majore des Regiments erkannte.

Ringsum an den Wänden saßen andere Offiziere, noch immer in Messeuniform, noch immer ihre Zigarren rauchend.

Auf ein Nicken vom dienstältesten Major, Alfred Myndup, betraten drei weitere Offiziere die Halle; zwei in Messeuniform flankierten einen dritten in Paradeuniform, auf deren Litzen die trüben Lichter flackerten. Er nahm seine Bärenfellmütze ab und legte sie auf den Tisch neben einen einzelnen Stuhl. Dann zog er seinen Degen aus der Scheide und legte ihn vor die Majore auf den Tisch.

«Ich entdecke Fremde.» Ein anderer Major deutete auf Lestrade.

«Lieutenant Daubney», bellte Myndup, «wer ist der Gentleman?»

Daubney stand auf. «Lieutenant Lister, Sir, Miliz des Herzogs von Lancaster. Er glaubt, Captain Hellerslyke zu kennen, Sir, und so glaubte ich, er sollte dabei sein.»

Myndup grübelte. Seine Miene war nicht gerade freundlich.

«Gentlemen», sagte er, «wollen wir unsere schmutzige Wäsche öffentlich waschen?»

Die Köpfe der drei Majore beugten sich zueinander und trennten sich wieder. «Lieutenant Hardinge», sagte Myndup, sich an den Offizier in Paradeuniform wendend, «haben Sie einen Einwand gegen die Anwesenheit von Lieutenant Lister?»

Hardinge warf einen Blick auf Lestrade. «Ich habe nichts zu verbergen», sagte er fest.

«So sei's denn. Lieutenant Lister, Sie können bleiben.»

«Danke, Sir», nickte Lestrade.

«Lieutenant George Blisworth Hardinge», faßte Myndup den Mann auf der Anklagebank ins Auge, «Sie haben eine Anhörung vor Ihren Offizierskameraden von den Yorkshire Husaren, Leibregiment Prinzessin Alexandras, verlangt, um Ihren Namen vom Verdacht reinzuwaschen, am vierten dieses Monats Captain William Hellerslyke von ebendiesem Regiment ermordet zu haben.»

Lestrade richtete sich auf.

«Ihnen ist bekannt, daß wir als eine Einheit der Miliz nicht ermächtigt sind, Kriegsgerichte dieser Art abzuhalten, und daß keine Entscheidung dieses Gerichts als bindend betrachtet werden kann.»

«Ist mir bekannt», erwiderte Hardinge.

«Haben Sie jemanden mit Ihrer Verteidigung betraut, oder beabsichtigen Sie, sich selber zu verteidigen?»

«Ich werde mich selber verteidigen», sagte Hardinge.

Myndup lehnte sich zurück. «Captain Kilcommons, Sie können beginnen.»

Ein großgewachsener, scharfgesichtiger Mann löste sich aus den Schatten am entfernten Ende des Raumes. Er klemmte sich ein Monokel ins linke Auge und stand, den Blick auf Lestrade gerichtet, einige Zeit da.

«Lieutenant Hardinge, in welcher Beziehung standen Sie zu dem Verstorbenen?» fragte er.

«Er war ein Offizierskamerad», antwortete Hardinge.

«War er Ihr Vorgesetzter?» fragte Kilcommons.

«Ja.»

«Gab es irgendeine andere Beziehung?»

«Nein.»

«Wie lange kannten Sie William Hellerslyke?»

«Seit etwa fünf Jahren.»

«Also schon, bevor Sie zum Regiment kamen?»

«Ja.»

«Unter welchen Umständen haben Sie ihn kennengelernt?»

«Ich glaube, während eines Jagdwochenendes in der Nähe von Scarborough.»

«Was für eine Meinung hatten Sie von ihm?»

«Ich mochte ihn», sagte Hardinge, «am Anfang.»

«Am Anfang?»

Hardinge schlug krachend mit der Faust auf den Tisch. «Es ist allgemein bekannt, Captain, daß William Hellerslyke meine Schwester verführte. Diese Verführung zog sechs Monate darauf ihren Tod durch Selbstmord nach sich. Deswegen, Sir, haßte ich William Hellerslyke.»

«Genug, um ihn zu töten?» Kilcommons sah seine Chance und bohrte weiter.

«Ja!» Hardinge sprang auf.

«Lieutenant!» Myndup schlug mit seinem Hammer auf den Tisch.

«Darf ich Sie daran erinnern, daß wir alle hier Gentlemen sind? Sie selber haben diese Anhörung verlangt. Captain Kilcommons spielt lediglich den Advocatus Diaboli. Seine Ausführungen haben nichts Persönliches. Bitte denken Sie daran, und verhalten Sie sich entsprechend.»
«Ja, Sir.» Hardinge nahm wieder Platz. «Ich bitte um Entschuldigung.»
«An dem Tag, an dem Captain Hellerslyke starb», sagte Kilcommons und begann umherzugehen, das Rampenlicht, wie es Lestrade schien, genießend. «Haben Sie an dem Mittagessen teilgenommen?»
«Ja.»
Kilcommons zog ein Bündel Papiere hervor. «Ich habe hier, Herr Vorsitzender», sagte er, an Myndup gewandt, «Abschriften des Coroner der Grafschaft. Darf ich sie vorlegen?»
Myndup nickte und nahm sie entgegen, so auch die anderen Richter und Daubney. Als Adjutant protokollierte der Lieutenant in rasender Eile den Verlauf der Verhandlung. Lestrade machte sich diesen Eifer zunutze und warf einen Blick auf den Bericht. Phosphorvergiftung. Vermutlich in Wein aufgelöst. Da Robbin Hellerslyke stocksteif gegen Mitternacht gefunden hatte, mußte dieser die tödliche Substanz gegen Mittag getrunken haben.
«Captain Hellerslyke starb an Phosphorvergiftung», trug Kilcommons dem Gericht vor, «wobei das Gift seinem Wein wahrscheinlich beim Mittagessen beigefügt wurde, vermutlich von irgendeinem im Großen Zelt.»
«Wie viele Personen waren anwesend?»
Alle Augen richteten sich auf den Fragesteller. Der Adjutant warf einen schiefen Blick auf den Mann neben ihm.
«Lieutenant... äh... Lister», sagte Major Myndup, «es ist höchst ungebührlich, vor diesem Gericht Einwürfe zu machen. Besonders, wenn es sich, wenn ich das so freimütig sagen darf, um einen fremden Offizier handelt.»
«Verzeihen Sie, My... äh... Herr Vorsitzender. Darf ich das Gericht um Nachsicht bitten und einen Augenblick mit Lieutenant Hardinge sprechen?»
Im Raum erhob sich Gemurmel und Füßescharren.
«Herr Vorsitzender, ich muß protestieren...», begann Kilcom-

mons, doch Myndups erhobene Hand schnitt ihm das Wort ab, und abermals steckten die Richter die Köpfe zusammen.
«Mr. Hardinge», sagte Myndup, «haben Sie den Wunsch, diesem Gentleman eine Unterredung zu gewähren?»
Ebenso verblüfft wie alle anderen, stimmte Hardinge zu. Lestrade führte ihn an das dunkle Ende des Raumes, so weit wie möglich von den anderen entfernt.
«Mr. Hardinge, ich riskiere verdammt viel. Mein Name ist nicht Lister, er ist Lestrade. Und ich bin kein Kavallerieoffizier, ich bin ein Inspector von Scotland Yard.»
«Was?»
«Ich kann das jetzt nicht alles erklären, aber ich bin genauso scharf darauf wie Sie, den Mörder von Willie Hellerslyke zu finden.»
«Warum erzählen Sie mir das? Warum diese Camouflage?» zischte Hardinge.
Lestrade blickte verständnislos drein.
«Die Verkleidung», machte Hardinge es ihm leichter.
«Die Verkleidung war eine Idee der Yorkshire-Polizei.»
«Sie spielen also den Spion, nicht ganz in Zivil?»
«Könnte man sagen. Ich erzähle Ihnen das, weil Sie Hilfe brauchen.»
«Ich kann mich selber reinwaschen.»
«Wirklich? Dieser Kilcommons, was ist er im Zivilleben?»
«Er ist Rechtsanwalt.»
Lestrade nickte grimmig. «Ich dachte es mir. Er sieht genauso aus wie diese ganze Brut. Glauben Sie, daß dieses selbsternannte Schuljungengericht Ihnen etwas nützen wird? Welchen Beweis Sie denen auch liefern, sie werden ihn ignorieren.»
«Ich habe keinen Eid abgelegt», gab Hardinge zu bedenken.
«Das spielt keine Rolle. Indem Sie diese alberne Veranstaltung forderten, haben Sie sich eine Blöße gegeben. Was soll Kilcommons oder Myndup oder sonst jemanden davon abhalten, zur Polizei zu gehen?»
«Das würden sie nicht tun», behauptete Hardinge.
«Meinen Sie?»
«Nein. Sie sind meine Kameraden. Gleichrangige. Ich habe um diese Anhörung gebeten.»

«Warum?»

«Um meinen Namen reinzuwaschen.»

«Wenn diese Männer Ihre Kameraden sind, würden sie nicht von Ihnen erwarten, daß Sie sich rechtfertigen. Dazu gäbe es keinen Grund, wenn sie Ihnen wirklich trauten. Oder?»

«Hm... nein... ich schätze...»

Lestrade, wenngleich flüsternd, war in Schwung. «Und woher, glauben Sie, hat Kilcommons den Bericht des Coroner? Dieses ehrenwerte Ehrengericht erweist sich als ziemlich raffiniert und, wenn ich meinem Urteil trauen kann, als ziemlich bösartig.»

«Was kann ich tun?» Hardinge erkannte den Kernpunkt.

«Machen Sie mich zu Ihrem... wie nennt man das bei Ihnen? Egal. Lassen Sie mich Sie verteidigen. Sagen Sie dem Gericht, ich sei ebenfalls Rechtsanwalt. Um Himmels willen, tun Sie's.»

«Aber Sie sind kein Rechtsanwalt.»

Lestrade kochte. «Und Sie sind zu pingelig, Mr. Hardinge. Sie können mir aufs Wort glauben, ich habe mir mehr Mordfälle zu Gemüte geführt, als Sie sich träumen lassen.»

«Wissen Sie genug über diesen hier?» fragte Hardinge.

Das war eine angemessene Frage, doch Lestrade hatte keine Zeit, sie zu beantworten. «Ich werde mich durchlavieren müssen», sagte er. Das war keine neue Erfahrung.

«Herr Vorsitzender.» Hardinge kehrte in die Mitte des Saales zurück. «Ich möchte mich von Lieutenant... äh... Lister verteidigen lassen.»

Tumult.

«Herr Vorsitzender, das kann man nicht machen», protestierte Kilcommons. «Ein fremder Offizier.»

Myndup blickte auf seine Richterkollegen, dann auf Hardinge und Lestrade. «Mr. Lister, welche Qualifikation haben Sie für diese Aufgabe?»

«Ich bin Rechtsanwalt», log Lestrade.

Kilcommons fiel das Monokel aus dem Auge. Daubney hoffte sehnlichst, daß der Anwalt Lister besser war als der Reiter Lister.

«Ich werde das zulassen», sagte Myndup, sehr zum Mißvergnügen Kilcommons, «jedoch kann ich Ihnen, Mr. Lister, keine Zeit einräumen, sich mit den Einzelheiten des Falles vertraut zu machen.»

«In Ordnung», sagte Lestrade.
«Mr. Kilcommons.» Myndup trat wieder in die Verhandlung ein. Lestrade zog seine Jacke aus und saß in Hemdsärmeln und Weste da und verfolgte verbissen jeden Zug seines Widersachers.
«Haben Sie Captain Hellerslyke am Tag seines Todes in eine Unterhaltung verwickelt?»
«Das letzte Mal sprach ich mit William Hellerslyke am Tag nach dem Tod meiner Schwester.»
«Am Tag danach?» Kilcommons roch Blut und folgte der Spur. Hardinge zögerte. «Ich suchte William Hellerslyke in seiner Villa in Scarborough auf.»
«Zu welchem Zweck?»
«Ich forderte ihn.»
«Sie forderten ihn?» Kilcommons bedrängte ihn wie ein Terrier. «Meinen Sie damit, daß Sie ihn zu einem Duell herausforderten?»
«Ja.»
«Mit anderen Worten, Sie versuchten ihn zu töten?»
Lestrade sprang auf. «Einspruch!»
«Mr. Lister.» Myndup klopfte mit seinem Hammer. «Ich bin mir keinesfalls sicher, ob Einsprüche, wie man sie in einem Strafprozeß vorbringt, bei dieser Anhörung angängig sind.»
«Herr Vorsitzender», konterte Lestrade, «der Ruf meines Klienten steht auf dem Spiel. Mr. Kilcommons will ihn in Zweifel ziehen. Das ist gegen jedes Gesetz in jedem Land.»
«Wie würden Sie ein Duell definieren», fauchte Kilcommons, «wenn nicht als versuchten Mord?»
«Ein Duell, Mr. Kilcommons, obwohl nach englischem Recht ungesetzlich, ist ein Ehrenhandel. Sein Zweck ist es, die Ehre wiederherzustellen, nicht zu töten.» Harry Bandicoot hatte Lestrade das vor langer Zeit beigebracht. Er hatte es nicht vergessen. Es war die einzige nützliche Weisheit, die Harry ihm je vermittelt hatte.
«Einspruch stattgegeben.» Myndup war überrascht, daß dieser schmuddelig aussehende, miserable Reiter sich gegen Kilcommons behaupten konnte. Die Sache wurde ernst.
Der echte Rechtsanwalt unternahm einen neuen Anlauf. «Wie ging dieser Ehrenhandel aus?»

«Es passierte nichts. Hellerslyke nahm die Forderung nicht an.»

«Was taten Sie?»

«Was konnte ich tun? Nach dem Gesetz tötete meine Schwester sich selbst. Sprang in die Aysgarth-Fälle. Die Polizei konnte ihm nichts anhaben. Vor Gott war Hellerslyke verantwortlich. Als hätte er sie mit eigener Hand runtergestoßen.»

«Also war Ihr einziger Ausweg, ihn selbst zu töten?»

«Einspruch!» Lestrade, inzwischen ganz in seinem Element, sprang abermals auf. «Der Ankläger setzt den Beschuldigten unter Druck.»

«Nein, ich will antworten», unterbrach Hardinge. «Ja, ich wollte ihn töten. Ich dachte daran, viele Male. Am Ende, glaube ich ... hatte ich keinen Nerv mehr.»

«Bis zum Mittagessen des Tages, an dem er starb», fuhr Kilcommons fort. «Ich vermute, Lieutenant, daß Sie seit dem Tode Ihrer Schwester unablässig auf Ihre Chance gewartet haben. An jenem Tag ergriffen Sie die Gelegenheit, im Zelt das Gift in das Glas des Captain zu praktizieren.»

«Nein, ich ...»

«Lieutenant Hardinge», rief Kilcommons, «geben Sie zu, daß Sie sich selber verurteilten, als Sie um diese Anhörung baten. Weit davon entfernt, in den Augen Ihrer Kameraden schuldlos zu sein, haben Sie öffentlich zugegeben, ein Motiv für die Tat zu haben. Sie hatten auch die Gelegenheit. Und weil Sie keinen Nerv hatten, wie Sie sich ausdrückten, führten Sie die Tat in denkbar feiger Weise aus. Sie verwendeten ein langsam wirkendes tödliches Gift, so daß Sie weit vom Schauplatz des Todes entfernt waren. Captain Hellerslyke war draußen auf Wache, als sich seine tödliche Wirkung entfaltete.»

Kilcommons wandte sich von Hardinge ab, der mit offenem Mund dastand.

«Herr Vorsitzender, ich beantrage, daß das Gericht Lieutenant Hardinge des Mordes an Captain Hellerslyke für schuldig befindet, und beantrage des weiteren, daß sein Name aus der Liste dieses glanzvollen Regiments gestrichen und der Fall an ein Zivilgericht weitergegeben wird.»

Er nahm Platz, und einige der Männer, die an den Wänden saßen, applaudierten.

«Das Gericht erteilt Lieutenant Lister das Wort», sagte Myndup, und Lestrade nahm Kilcommons Platz in der Mitte ein.
«Mr. Hardinge, wie lange befinden Sie sich in diesem Raum?»
Ein Zuschauer blickte den anderen an.
«Ich weiß nicht», antwortete der Lieutenant. «Vielleicht eine halbe Stunde.»
«Und hatten Sie während dieser Zeit Gelegenheit, die Zahl der anwesenden Personen festzustellen?»
«Also wirklich, Herr Vorsitzender», gähnte Kilcommons, «sind wir hergekommen, um Zeugen einer Farce zu werden?»
«Wenn das Gericht es gestattet», entgegnete Lestrade, «möchte ich gern eine These begründen.»
«In Ordnung», sagte Myndup. «Fahren Sie fort, Mr. Hardinge.»
«Etwa dreißig, schätze ich.»
«Und am Tage von Captain Hellerslykes Tod, wie lange hielten Sie sich im Großen Zelt auf?»
«Über eine Stunde, denke ich.»
«Lange genug, um einen Eindruck zu gewinnen, wie viele Leute anwesend waren?»
«Ich würde sagen, hundert, vielleicht zweihundert.»
«Wer waren diese Leute?»
«Ehefrauen, Damen des Regiments. Ein paar Kinder.»
Lestrade wandte sich an das Gericht. «Einhundert, vielleicht zweihundert Leute, jeder der Anwesenden hätte das Gift in Captain Hellerslykes Glas praktizieren können.»
«Ach, kommen Sie, Lister», mischte Kilcommons sich ein. «Wollen Sie damit sagen, daß eine Dame des Regiments ihn umgebracht hat? Oder gar ein Kind?»
Ringsum schallendes Gelächter.
«Sie sprachen von der Gelegenheit, Mr. Kilcommons», raunzte Lestrade ihn an.
«Ebendiese Gelegenheit bot sich jedem der im Zelt Anwesenden. Vielleicht Major Myndup, Lieutenant Hardinge, sogar Ihnen, Captain.»
«Wie können Sie es wagen!» Kilcommons sprang auf, die Fäuste geballt und mit wild baumelndem Monokel. Ein Hammerschlag von Myndup entschärfte die Situation.

«Zeigen Sie mir Ihre Hände, Lieutenant Hardinge», sagte Lestrade.
«Wie bitte?»
«Ihre Hände, wenn's recht ist.»
Er streifte seine weißen, schweinsledernen Handschuhe ab und streckte seine Hände vor sich aus.
«Halten Sie für das Protokoll fest», sagte Lestrade zu Daubney, «daß die Hände des Beschuldigten keine Spuren von Verbrennungen zeigen.»
«Verbrennungen?» fragte Kilcommons. «Warum sollten sie das? Was beweist das?»
«Ich fürchte, Sie haben uns verwirrt, Mr. Lister», sagte Myndup, der die Ratlosigkeit in den Augen der anderen Richter sah.
«In welcher Form haben Sie den Phosphor angewendet, Lieutenant?» fragte Lestrade.
«Verdammt noch mal. Überhaupt nicht!»
«Hätten Sie's getan, hätte es zwei Möglichkeiten gegeben. Die erste ist, Phosphor in wachsweichem Zustand zu verwenden. Darf ich das Gericht fragen, ob irgendwelche Tümpel oder Teiche in der Nähe sind?»
Myndup beriet sich mit den anderen Richtern. «Nein», sagte er, «es gibt nur den Fluß, der an der Abtei entlangfließt.»
«Sind im Lauf der Manöver plötzlich Pferde krepiert?»
Man beriet abermals. «Dr. Tyler, ist Ihnen als Veterinäroffizier des Regiments darüber etwas bekannt?»
«Seit wir im Feldlager sind, Sir, ein wunder Rücken. Weiter keine Probleme», sagte der alte Offizier aus der Ecke. «Und ganz bestimmt keine Todesfälle.»
«Wissen Sie von irgendwelchen Explosionen?» fragte Lestrade.
«Herr Vorsitzender», schrie Kilcommons, «was soll dieser Unsinn?»
«Mit Verlaub», sagte Lestrade, «eine Möglichkeit, Phosphor zu verabreichen, ist die, ihn in wachsweicher Form zu benutzen...»
«Das sagten Sie bereits», hielt Kilcommons ihm vor.
«In diesem Fall muß man ihn unter Wasser aufbewahren. Wenn es in der Nähe keine Tümpel oder Teiche gibt, kann er nicht rasch zur Hand gewesen sein. Das fließende Wasser des Flusses hätte ihn fort-

gespült. Und da keine Pferde krepiert sind, kann er sich nicht in einer Pferdetränke befunden haben.»
«Warum unter Wasser?» fragte Kilcommons.
«Weil Phosphor hochentzündlich ist», sagte Lestrade, die Verwirrung steigernd. «Wer immer mit dem Zeug in dieser Form umgeht, riskiert eine Explosion, wenn der Phosphor mit Luft in Berührung kommt. Allerwenigstens verbrennt er sich die Hände.»
Ein Gemurmel erfüllte den Raum.
«Es gibt noch eine Möglichkeit», fuhr Lestrade fort. «Herr Vorsitzender, darf ich die Geduld des Gerichts noch ein wenig länger strapazieren und eine Ordonnanz bitten, etwas zu besorgen?»
«Einspruch, Herr Vorsitzender. Wir können nicht gestatten, daß andere Dienstgrade in diese Sache eingeweiht werden.»
«Er hat recht, Mr. Lister. Wir müssen uns an die Regeln halten – welche Bräuche man bei Ihrem Regiment auch pflegen mag», entschied Myndup. «Wenngleich, vielleicht könnte Mr. Daubney ...»
«Gewiß, Sir.»
Lestrade flüsterte dem Adjutanten eilig etwas zu, der ihn befremdet anblickte und den Raum verließ.
Binnen weniger Minuten eisigen Schweigens kam er mit einer Blechdose zurück.
«Dies», sagte Lestrade, «ist die andere Möglichkeit, Phosphor anzuwenden. Das ist eine Dose mit Rattengift, Gentlemen. Ihre Hausmädchen werden sich damit auskennen. Es kostet ein paar Pfennig, und Sie kriegen es in jedem Haushaltswarengeschäft und jeder Drogerie. Ich darf wohl behaupten, daß man es im Staub mancher Ihrer Stallgebäude finden wird. In einem solchen, könnte ich mir vorstellen, hat Mr. Daubney es gefunden.»
Der Adjutant nickte.
«Es enthält ein paar Körner Phosphor», erläuterte Lestrade dem Gericht, «genug, um die Hälfte der hier Anwesenden ins Jenseits zu befördern. Major», er näherte sich dem Richtertisch, «ich sehe, daß Sie Ihren Brandy noch nicht angerührt haben. Darf ich ihn ungenießbar machen?»
«Nun, ich ... hm ...»
Lestrade öffnete die Dose und krümelte eine winzige Menge in das Glas.

«Halt!» widerhallte es im Raum.
«Ich möchte nicht, daß Sie den Brandy trinken, Major», sagte Lestrade, «ich möchte nur, daß Sie seine Farbe betrachten.»
Die Richter gehorchten. «Er ist milchig», sagte Myndup.
«Und das wird er auch bleiben», sagte Lestrade. «Eine geringere Menge würde ihn weniger trüben, doch sie wäre vielleicht nicht tödlich.»
«Worauf wollen Sie hinaus, Lister?» Kilcommons beäugte ebenfalls den Brandy.
«Würden Sie Wein trinken, der trübe ist?» fragte ihn Lestrade.
«Nun, ich... wie sollen wir wissen, ob Hellerslyke es bemerkte?»
«Wir wissen es nicht», pflichtete Lister bei. «Und wir wissen ebensowenig, ob Lieutenant Hardinge etwas in Hellerslykes Wein praktiziert hat. Gentlemen», wandte Lestrade sich an das Gericht, «warum wartete Mr. Hardinge sechs Monate, um seinen Mann zu töten? Warum erschoß er ihn nicht kurzerhand auf der Straße? Zerschmetterte ihm in seinem Arbeitszimmer mit einem Schürhaken den Schädel? Fuhr ihn mit einem Vierspänner über den Haufen? Ich werde Ihnen sagen, warum er das nicht tat: Weil Lieutenant Hardinge, im Gegensatz zu einigen Mitgliedern dieses Regiments», er warf Kilcommons einen finsteren Blick zu, «ein Ehrenmann ist. Hellerslyke verführte seine Schwester, ließ sie sitzen und weigerte sich, die Konsequenzen zu tragen. Wenn Mr. Hardinge außerstande war, ihren Tod auf ehrenhafte Weise zu rächen, konnte er ihn überhaupt nicht rächen. Genauso wie Lieutenant Hardinge kann jeder von Ihnen William Hellerslyke umgebracht haben, das ist offenkundig.»
Er setzte sich unter allgemeinem Beifall. Kilcommons trat an den Richtertisch. «Herr Vorsitzender...»
Aber Myndup hob die Hand. «Das Gericht ist entlassen», sagte er. «Lieutenant Hardinge, nehmen Sie Ihren Degen. Ich heiße Sie wieder beim Regiment willkommen.»
Überall Jubel, Schulterklopfen und Händeschütteln, doch Lestrade bemerkte, daß Kilcommons aus einer Nebentür schlüpfte und sich mit einem Kameraden unterhielt. Was er sah, gefiel ihm nicht.
«Lister.» Hardinge hielt ihn auf, als er auf die Terrassentür zuging.

«Ich verdanke Ihnen meine Ehre», sagte er. «Wie kann ich Ihnen danken?»
«Begleiten Sie mich zum Lager», sagte Lestrade.
«Natürlich, aber warum?»
«Hm... ich fürchte mich im Dunkel», erwiderte Lestrade.
«Woher wußten Sie das alles über Phosphor?» fragte Hardinge, während er sich im Gehen seinen Degen umschnallte.
«Jahrelange Erfahrung», sagte Lestrade und beobachtete die Schwärze vor ihnen.
«Passen Sie auf, wo Sie hintreten», sagte Hardinge. «Hier in der Gegend ist der Untergrund ein bißchen trügerisch. Wissen Sie, als Polizist haben Sie Ihren Beruf verfehlt. Sie hätten einen vorzüglichen Anwalt abgegeben.»
Lestrade lachte. «Mit 'ner Perücke sehe ich furchtbar aus.»
«Wer hat denn nun den Phosphor in Hellerslykes Wein getan?» fragte Hardinge. «Ich möchte ihm gern die Hand schütteln.»
«In den Wein? Niemand. Wie ich vor Gericht bewies, wäre das zu auffällig gewesen. Das Gift war in seinem Essen, doch wieso nur in seinem und in keinem anderen Essen, das ist das Problem. Und dann ist da noch die zeitliche Abstimmung. Darüber bin ich nicht glücklich.»
«Warum?»
«Nun, Phosphor kann in weniger als zwölf Stunden töten. Doch es kann auch drei oder vier Tage dauern, bis das Opfer tot ist. Niemand hat bemerkt, daß sich Hellerslyke am Tag vor seinem Tod unwohl fühlte, also muß er das Gift am Morgen seines Todestages bekommen haben.»
«Sie meinen nicht im Zelt, in dem gespeist wurde.»
«Genau.»
«Aber hilft uns das?»
«Ich bin mir noch nicht sicher.»
Es gab zu ihrer Linken eine Bewegung, und beide Männer blieben wie angewurzelt stehen. «Mr. Hardinge, ein Pferd ist zusammengebrochen.» Ein Corporal kam eilig aus der Dunkelheit.
«Das ist der Weg zu Ihrem Zelt, Lister.» Hardinge deutete nach vorn. «Sie können es nicht verfehlen. Ich komme später zu Ihnen», und er rannte mit dem Corporal davon.

Das war's, womit Lestrade gerechnet hatte. Er hatte sogar mit dem gerechnet, was folgte, doch auf die Zahl der Angreifer war er nicht vorbereitet. Zuerst einer, dann drei, dann fünf Uniformjacken tauchten aus der Schwärze auf. Im huschenden Mondlicht glänzten die weißen Litzen und Silberknöpfe.
Lestrade machte sich die Situation klar, in der er sich befand. Die Chancen standen fünf zu eins. Sein Degen war in seinem Zelt. Außerdem war er alles andere als ein guter Degenfechter. Seine Geschicklichkeit mit der Klinge beschränkte sich bestenfalls darauf, einen Weißfisch aufzuspießen, bevor er über dem Feuer geröstet wurde. Sein verläßlicher Schlagring, seit zwanzig Jahren sein Begleiter, war in seinem Donegal im Hotelzimmer. Zwei Fäuste gegen zehn. Das heißt, wenn man annahm, daß sie nicht bewaffnet waren. Zehn Finger gegen fünfzig. Oder noch genauer, acht Finger und zwei Daumen gegen vierzig und... Im Geist war er noch mit dieser Rechenaufgabe beschäftigt, als der erste Schlag ihn traf – und zwar von einem Gegenstand, den er gar nicht auf der Rechnung hatte: Ein Stiefel traf ihn in der oberen Rippengegend, und er ging zu Boden. Ein zweiter krachte in seine Nieren, und er krümmte seinen Rücken.
«Mit Captain Kilcommons' Empfehlungen», knurrte einer der Angreifer.
Lestrade rollte sich mühsam zur Seite und zog den Mann zu Boden. Er packte die mit einem Gewicht versehene Schärpe, die der Mann um die Taille trug, und riß sie ab. Er erinnerte sich an etwas, das der alte George Wombwell irgendwann im Zuge seiner endlosen Erinnerungen über die Attacke der Leichten Brigade erzählt hatte: Ein Offizierskamerad, Captain Morris, hatte sich ein Dutzend Kosaken dadurch vom Leib gehalten, daß er pausenlos seinen Degen herumwirbeln ließ. Ein solches Moulinet vollführte jetzt Lestrade mit dem schweren Ende der Schärpe: In einem größer werdenden Kreis wirbelte er brüllend und schreiend herum. Der Mann, dessen Schärpe er hatte, griff ihn aus dem toten Winkel an, und Lestrade schleuderte ihn über die Schulter und wickelte ihm die Schärpe um den Hals. Der Soldat kniete keuchend und röchelnd auf dem frostigen Boden.
«Noch einen Schritt weiter, Gentlemen, und ich brech ihm das Genick.»
Das war natürlich reine Prahlerei. Lestrade hatte keinen Schimmer,

wie man ein Genick brach, doch er hoffte, daß es sich eindrucksvoll anhörte. Es machte keinen Eindruck, und die vier Männer rückten ihm auf den Pelz.

«He, ihr da!» Eine Stimme stoppte und zerstreute sie. Der kauernde Milizsoldat kam mühsam auf die Beine, schnappte sich seine Schärpe und war verschwunden.

Lieutenant Daubney kam angetrabt. «Lister, alter Junge, sind Sie in Ordnung? Was ist hier los? Ich werde dafür sorgen, daß diese Männer...»

«Nein», keuchte Lestrade, «ist schon gut. Sie können mir helfen, in Ihr Zelt zu kommen. Ich bin nicht sicher, daß es in meinem heute nacht sehr sicher sein wird.»

«Natürlich, alter Junge. Sie sind verletzt.»

Lestrade gab sich Mühe, aufrecht zu stehen. «Muß bloß ein bißchen geschient werden.» Er hielt sich die Rippen. «Aber für einen Brandy könnte ich jemanden umbringen.»

Das Unglücksrad

«Aber abgesehen von der gebrochenen Rippe, Mr. Lestrade, wie hat Ihnen Ihr Aufenthalt bei den Yorkshire Husaren gefallen?»

Der Inspector erwachte jäh und handelte sich neue Schmerzen in der Seite ein. Ein hübsches Mädchen mit dunkelrotem Haar lächelte auf ihn herunter.

«Tut mir leid», sagte er, «ich muß eingedöst sein. Miss Hardinge?»

«Elsie», sagte sie, «und entschuldigen Sie sich nicht. George hat mir erzählt, was passiert ist. Sie waren sehr mutig, ihn zu verteidigen. Er fühlt sich besonders schuldig, daß er gerade in dem Augenblick, als Sie angegriffen wurden, zu dem Pferd gerufen wurde.»

Lestrade lächelte und ließ sich dankbar wieder auf die Ottomane sinken.

«Das braucht er nicht», sagte er. «Das war alles andere als ein Zufall, wissen Sie.»

Sie setzte sich neben ihn und läutete nach Tee. «Ich verstehe nicht.»

«Das Pferd war ein Vorwand», sagte er. «Ein Trick, um Ihren Bruder eine Weile fernzuhalten, während ein paar Gentlemen von den Husaren mich dazu benutzten, sich im Boxen zu üben.»

«Wie entsetzlich», sagte sie. «Werden Sie sie alle einsperren?»

Er grinste. «Ich bin hinter einem größeren Fisch her», sagte er. «Miss Hardinge...»

«Elsie», mahnte sie ihn.

«Elsie. Waren Sie am Lady Day dabei, als William Hellerslyke starb?»

«Ja.»

«Ist Ihnen etwas Ungewöhnliches aufgefallen? Am Morgen? Im Speisezelt?»

«Ich glaube nicht.» Sie runzelte nachdenkend die Stirn. «Ich bin ziemlich gut darin, mich an Einzelheiten zu erinnern. Sagt jedenfalls Monsieur Lamartine.»

«Monsieur Lamartine?»

«Mein Lehrer. Ich besuche ein Pensionat in Genf, Mr. Lestrade. Bald werde ich in die Gesellschaft eingeführt, wissen Sie. Oh, werden Sie kommen? Sagen Sie ja.»

Er blickte in ihre ernsten, bittenden Augen.

«Natürlich», sagte er. «Liebend gern.»

«Gut!» Sie klatschte in die Hände. «Würde Ihnen das helfen?»

«Was?»

Sie hüpfte fort und kramte in einer Lade des Schreibtisches ihres Bruders. «Dies.» Triumphierend hielt sie ein Blatt Papier hoch. «Es ist eine Gästeliste für Lady Day.»

Lestrade nahm sie und überflog die Namen. Halb Yorkshire schien dort gewesen zu sein. Trotzdem, das Feld begann sich einzuengen.

«Ah, Tee. Nanny, wo ist Chepstow?»

«Am River Severn, Missie», trällerte die Alte mit dem Tablett, «wie Sie wohl wissen.»

«Oh, Nanny!» Sie führte einen Hieb durch die Luft und verfehlte knapp die Schulter der alten Jungfer. «Nannys kleiner Spaß, Mr. Lestrade. Chepstow ist der Name unseres Butlers.»

«Auf diese Weise halt ich sie auseinander, Missie», krächzte die Alte, und ihr einziger Zahn wackelte fröhlich. Sie stellte klappernd das Tablett ab. «Wer sind denn Sie, junger Mann?» fragte sie.

Lestrade widerstand der Versuchung, es ihr zu erzählen.

«Das ist Inspector Lestrade, Nanny», sagte Elsie. «Er ist ein Freund von George.»

«Inspector? He, haben Sie meinen Regenschirm gefunden?»

«Äh...» Lestrade verstand von der Unterhaltung nur wenig.

«Als ich letztes Mal in York war, hab ich meinen Schirm in der Straßenbahn vergessen. Ich hab's gemeldet, und der Inspector sagte mir, er würde es zu seiner Lebensaufgabe machen, ihn zu finden. Sind Sie einer seiner Männer?»

«Andere Abteilung». Das zu sagen, erschien Lestrade am einfachsten.

Nanny knurrte. «Nun, dann hol ich besser mein Strickzeug.»

Elsie sah bestürzt aus. «Warum, Nanny?»
«Chepstow ist mit der Kohlenlieferung beschäftigt», sagte sie. «Deshalb habe ich den Tee gebracht. Ich wußte nicht, daß Sie mit einem Gentleman allein sind, Missie. Ich werde mein Strickzeug holen und mich zu Ihnen setzen.»
«Nein, Nanny.» Elsie schob die Alte sanft zur Tür. «Mr. Lestrade ist Polizist. Sie können mich unbesorgt mit ihm allein lassen.»
Nanny blickte sie zugleich erschrocken und entgeistert an. «So wie ich Miss Vicky mit diesem Hellerslyke allein gelassen hab?»
«Warten Sie!» Lestrades Stimme stoppte sie beide. «Miss... äh...»
«Nanny», sagte das alte Mädchen.
«Nanny.» Lestrade wurde sanfter. Er nahm sie beim Arm und führte sie zur Ottomane. «Nanny, kannten Sie Mr. Hellerslyke?»
Nanny spie verächtlich in den Kamin, daß die Kaminböcke metallisch zischten.
«Verstehe. Würden Sie mir erzählen, was geschah – zwischen Miss Vicky und Mr. Hellerslyke?»
Nanny warf einen Blick auf Elsie. «Das ist nichts für deine Ohren, Mädchen. Raus mit dir.»
Elsies Augen blitzten empört. «Nanny, ich bin siebzehn.»
«Elsie», sagte Lestrade, «bitte!», und etwas in der eisernen Stimme ließ sie gehorchen.
«Ich bin dreiundachtzig», sagte Nanny. «Ich war damals Kinderfrau des alten Mr. Hardinge, und jetzt bin ich die Nanny seiner drei Babys. Inzwischen sind's nur noch zwei.» Sie schneuzte sich die Nase in ihrer Schürze, daß das Sevres auf der Anrichte klapperte. «Es ist meine Schuld, wissen Sie», schluchzte sie, «daß Miss Vicky starb. Ich hätte die beiden nicht allein lassen dürfen.»
«Warum nicht?» fragte Lestrade.
Sie sah ihn prüfend an. «Sie haben freundliche Augen, Mr. Inspector», nickte sie und tätschelte seine Hand, «nicht solche wie er. Nicht solche Augen wie Willie Hellerslyke. Er wollte von Miss Vicky nur das eine.»
«Das eine?»
Sie nickte und unterdrückte ihre Tränen. «Das eine, das ein schlimmeres Schicksal ist als der Tod.»

«Ah so.» Lestrade begriff. «Das eine.»

Sie nickte.

«Ich war's, der sie es erzählt hat», sagte sie und trocknete ihre müden alten Augen. «Elsie war fort. Und die ist ja sowieso noch ein halbes Kind. George wäre außer sich gewesen. Sie hatte Angst, er könnte mit seiner Flinte zu Hellerslyke gehen. Trotzdem, ich denke, sie liebte ihn. Liebte ihn wirklich. Darum… darum hat sie sich umgebracht.»

«Was geschah?»

Nanny seufzte und zerknüllte mit ihren alten, knochigen Händen ihre Schürze.

«Sie machte sich zu einem Spaziergang auf», sagte sie. «Ich bot ihr an, sie zu begleiten. Sie war sonderbar geworden, seit sie wußte, daß sie… schwanger war. Ich sagte ihr, wir würden das hinkriegen. Es wären schon schlimmere Dinge passiert, sagte ich ihr. Wir alle liebten sie.»

«Was sagte sie?»

«Sie saß auf ihrem Bett mit ihrem Hütchen und ihrem Schal und sagte, das wär's ja eben. Er liebte sie nicht. Das konnte sie nicht ertragen. Dann ging sie. Ich sah ihr nach, als sie über die Wiesen ging, wie ich's ihr Leben lang getan habe. Sie hatte so einen fröhlichen Gang, und ihr Kleid wehte.» Sie holte tief Luft und kämpfte mit der Erinnerung. «Es war Chepstow, der sie fand. Am Fuß des Wasserfalls. Sie brachten sie zurück, das Haar ganz naß, das Kleid ruiniert. Ich versuchte, es zu trocknen… es auszubügeln. Ich wollte immer alles ausbügeln», und sie kippte stumm schluchzend zur Seite.

Lestrade barg den Kopf der alten Frau einen Augenblick in seinen Armen, dann rief er Elsie, die Nannys Kopf hielt, das silbrige Haar streichelte und leise flüsterte. Der Inspector holte seinen Bowler und stahl sich davon.

«Aber am Ende hab ich's ausgebügelt», flüsterte Nanny zwischen zwei Schluckaufs Elsie zu. «Ich hab's Coquette erzählt.»

Chepstow hatte Lestrades Uniformtruhe in den Landauer geladen, und George Hardinge hatte den Inspector nach York kutschiert.

Zurück im «Shambles», fand sich Lestrade zur verabredeten Zeit im Speiseraum ein. Ein kräftiges Feuer knisterte und flackerte im Kamin, und auf das Barnsley-Kotelett folgte ein Pfefferkuchen mit Sirup, der sich um Lestrades Mandeln legte.

«So, jetzt habe ich dich königlich abgefüttert», sagte Blue und beugte sich vor. «Was hast du für mich?»

«Ich möchte dich nicht in Verlegenheit bringen, Boyd, indem ich hier vor Yorkshires bester Gesellschaft meine Weste und mein Hemd aufknöpfe.»

«Wie bitte?»

«Eine Handvoll Yorkshire Husaren wechselten sich ab, um zu sehen, wer mich als erster zu Tode treten würde. Sie müssen wohl neue Stiefel ausprobiert haben.»

«Guter Gott», sagte Blue und wischte sich den Schaum des nußbraunen Biers aus seinem Schnurrbart. «Haben spitzgekriegt, wer du bist, wie?»

«Glaube ich nicht. Sagen wir ganz einfach, ich habe einen der Offiziere des Regiments in Rage gebracht, weil ich mich auf die Seite des Sündenbocks stellte, den sie sich als Hellerslykes Mörder ausgesucht hatten.»

«Als wir mit ihnen sprachen, haben die Scheißkerle kein Wort gesagt. Einer von ihnen sagte tatsächlich: ‹Welchen William meinen Sie?› Also sind wir kein Stück weitergekommen.»

«Da wäre das hier.» Lestrade zog das Blatt Papier heraus. «Eine Gästeliste der Besucher an Hellerslykes Todestag.»

«Du lieber Gott, da steht halb Yorkshire drauf.»

«Das dachte ich mir. Nun, das ist dein Problem, Boyd. Deine Jungens haben nichts Besseres zu tun. Sie können alle überprüfen. Doch sie werden nichts finden.»

«Woher weißt du das?»

«Ich vermute – und es ist lediglich eine Vermutung, wohlgemerkt –, daß derjenige, der den Captain vergiftete, entweder einen falschen Namen benutzte oder sich uneingeladen ins Zelt geschlichen hat.»

«War das möglich?»

«Auf der Liste stehen fast dreihundert Namen. Die Leute hätten gar nicht in das Zelt gepaßt. Jemand hätte sich unter die Leute mischen,

hineinschlüpfen und an Hellerslykes Essen herumdoktern können.»
«Lestrade!» rief eine Stimme durch den Raum. Es war George Hardinge.
«Mr. Hardinge.» Lestrade erhob sich mühsam. «Kennen Sie Chief Inspector Blue?»
«Ah, ja. Wir sind uns im Lager kurz begegnet.»
«Mr. Hardinge ist der Sündenbock, von dem ich dir erzählte», sagte Lestrade.
«Verstehe. Sie setzen sich besser zu uns, Mr. Hardinge. Lestrade hat mir erzählt, seine Tarnung wäre nicht entdeckt worden, und jetzt sind Sie hier. Merkwürdig.»
«Mr. Hardinge war die Ausnahme», bekannte Lestrade. «Und wenn du einen heimlichen Besuch von einem Mr. Kilcommons bekommst, der dir ein Lügenmärchen auftischt, das versucht, Mr. Hardinge zu belasten, nimm einfach keine Notiz davon.»
«Sholto, ich bin nicht sicher, ob ich das kann.»
«Mein Wort darauf, Boyd. Dies ist nicht der Mann, den du suchst.»
«Nein, aber ich kenne einen Mann, der es vielleicht sein könnte», sagte Hardinge.
«Ja?» Eine rauhe, gelangweilte Stimme unterbrach das Gespräch. Die Kellnerin stand über ihnen und nagte träge an ihrem Bleistiftstummel.
«Old Peculiar», befahl Hardinge. Lestrade nahm an, daß es sich um eine berechtigte Beleidigung handelte, und wartete, bis das schmollende Trampel verschwunden war.
«Sie machen uns neugierig, Mr. Hardinge», sagte er und blies den Schaum von seinem Bier.
«Ich komme gerade vom Alten, Lord Bolton. Ich reichte mein Abschiedsgesuch von den Yorkshire Husaren ein. Tut mir leid, Lestrade, nach all Ihrer harten Arbeit, mich reinzuwaschen. Ganz zu schweigen von der Dresche, die Sie bezogen haben.»
Lestrade zuckte die Achseln. Es überraschte ihn überhaupt nicht.
«Mir wurde klar, daß Sie recht hatten. Die Männer waren nicht meine Kameraden. Mir gefällt der Schliff der Yorkshire Dragoner besser.

Ich werde mich ihnen im nächsten Jahr vermutlich anschließen.»
«Wollen Sie sagen, daß Lord Bolton es getan hat?» Boyd versuchte der Wendung der Unterhaltung zu folgen.
«Nein», grinste Hardinge. «Er hat für ein paar Wochen alle Hände voll mit einer Miss Hardmuscle zu tun. Mehr als das schafft er nicht. Als ich ging, traf ich Daubney, den Adjutanten. Er ist der einzige anständige Mann im Regiment, vom Alten abgesehen.»
«Und?» Lestrade blickte entsetzt auf eine tiefe Schüssel mit einer braunen Masse, die Hardinge serviert wurde.
«Old Peculiar», erklärte Hardinge. «Mal versuchen?»
«Nein, danke», sagte Lestrade ein wenig zu rasch. «Ich werde an meinem Pfefferkuchen kleben bleiben.» Das war nicht mehr als die Wahrheit.
«Wie es scheint, hat Hellerslykes Bursche mit ihm gesprochen.»
«Soldat Robbin?»
«Ja, stimmt. Ihm war etwas eingefallen über den Tag, an dem Hellerslyke starb.»
«So?» Lestrade und Blue beugten sich vor, doch das Aroma des Old Peculiar trieb sie zurück.
«Hellerslyke bekam ein Geschenk in seinem Zelt, kurz vor dem Mittagessen.»
«Was war's?» fragte Lestrade.
«Eine Schachtel Pralinen. Hergestellt von Rowntree.»
«Rowntree?» Lestrade blickte vom einen zum anderen.
«Eine hiesige Firma. Ich kaufe ihre Karamelbonbons. Kann ihnen nicht widerstehen», gestand Blue.
«Wußte Robbin, wer die Schachtel ablieferte?» fragte Lestrade.
«Nein. Aber er erinnert sich an eine Karte. Auf der einen Seite stand ‹Weil der Captain liebt...› und auf der anderen Seite ‹Coquette›.»
«Coquette? Ist das etwas aus Schokolade?»
«Ich dachte immer, das wär eine französische Torte», sagte Blue.
Lestrade hatte gar nicht so falsch gelegen.
«Wußte Robbin, ob Hellerslyke von den Pralinen aß?» wandte sich Lestrade an Hardinge.
«Ja. Er aß zwei oder drei. Robbin war ein bißchen verärgert, weil er ihm keine anbot. Und das ist nicht alles.»

«Ja?» Die beiden Polizisten trotzten dem Geruch aus der Kasserolle und beugten sich wieder vor.
«Hellerslyke sagte, er mache sich nichts aus ihnen. Sie hätten einen ziemlich bitteren Geschmack.»
«Phosphor», riefen die beiden Polizisten und blickten sich rasch um, um sich zu vergewissern, daß niemand im wiederkäuenden Raum mitgehört hatte.
«Diese Pralinen», fragte Lestrade, «kann man die überall kaufen?»
«Jeder, der auf sich hält, kauft sie direkt», klärte Hardinge ihn auf. Blue hatte das nicht gewußt, aber dann hielt er wohl nicht auf sich. «Die Rowntrees haben ein kleines, feines Geschäft in Walmgate.»
«Mr. Hardinge, Sie sind eine große Hilfe gewesen», sagte Blue. «Das Weitere überlassen Sie bitte uns», und er stand auf, um zu gehen.
«Lestrade.» Hardinge reichte dem Inspector die Hand. «Obwohl ich Ihnen möglicherweise den entscheidenden Hinweis auf Willie Hellerslykes Mörder gegeben habe, verstehen Sie mich hoffentlich, wenn ich sage, daß es mir fast lieber wäre, wenn Sie ihn nicht kriegten.»

Es war ein strahlender, frostiger Morgen, als Lestrade in aller Frühe unter dem mächtigen Stadttor hindurchschritt, das zum Etablissement von Messrs. Rowntree führte. Der Geruch von Schokolade traf ihn wie eine süßliche Mauer, als er durch die luxuriöse Glastür trat.
«Guten Morgen, Sir.» Ein bebrillter junger Mann mit Schürze und weißen Handschuhen schwebte herbei. «Was darf es sein, Sir? Nuggets? Haselnußkonfekt? Darf es eine Tasse Schokolade sein, während Sie Ihre Wahl treffen? Ein Fruchtbonbon vielleicht?»
«Ich bin mir nicht ganz sicher. Ein Freund von mir dient bei den Yorkshire Husaren, die im Augenblick in der Nähe im Manöver sind. Ein heimlicher Bewunderer schickte ihm ein paar von Ihren Pralinen, und er sagte, sie seien meisterlich.»
«Ah, das wird unsere Konfekt-Selektion ‹Meisterhaft› sein, Sir»,

sagte der junge Mann. «Jede Füllung mit liebevoller Sorgfalt handgemacht, umhüllt von delikater Schokolade und mit einem winzigen Spritzer Cognac-Essenz.»
«Mein Problem ist...» Lestrade stützte sich vertraulich auf den Tresen und plazierte seinen Ellenbogen mitten in eine Schale Mint Imperials, die, wie es sich für das Empire schickte, in alle Richtungen flogen.
«Verzeihung.» Er half dem jungen Mann, sie einzusammeln, und sah verblüfft zu, wie dieser jedes Bonbon einzeln polierte und wieder einwickelte. «Mein Problem ist, daß ich die Pralinen weder selber gesehen noch probiert habe. Wie kann ich sicher sein, daß es dieselben sind?»
«Vielleicht könnte Ihr Freund die Zeit erübrigen, Sie in unser Geschäft zu begleiten?» sagte der junge Mann.
«Oh, leider nicht. Er ist abberufen worden», sagte Lestrade. Er gedachte nicht, sich näher darüber auszulassen.
«Das ist kein Problem, Sir», strahlte der junge Mann. «Wir führen sorgfältig Buch über unsere Kunden. Und speziellen Wünsche.» Er schlug eine dicke, schokoladenfarbene Kladde auf. «Wann erhielt Ihr Freund seine Pralinen?»
«Äh... warten Sie. Es dürfte am vierten dieses Monats gewesen sein, glaube ich.»
«Sehr schön, sehen wir mal nach.» Er rückte seinen Kneifer zurecht. «Die alte Mrs. Hallett kaufte ihre üblichen Bonbons. Da war eine Bestellung von der Tanzschule – Haselnußkonfekt. Ah, da ist's – Perameles.»
«Perameles?» wiederholte Lestrade. «Ein Stammkunde?»
«Nein. Ich habe den Namen noch nie gehört. Hört sich ziemlich griechisch an, meinen Sie nicht?»
Lestrade drehte die Kladde zu sich herum. «Perameles», sagte er noch einmal. «Kein anständiger Name. Was ist dies hier?»
Der junge Mann drehte die Kladde wieder zu sich. «Traubenpralinen. O ja, eine sehr vernünftige Wahl. Waren's die vielleicht, die Ihr Freund erhielt?»
«Sehr wahrscheinlich», murmelte Lestrade, «aber mit ein paar Zusätzen. Gibt's an diesem Tage noch einen anderen ungewöhnlichen Namen?»

Doch ein ungewöhnlicherer Name als Perameles war schwer denkbar.
«Nein. Die einzige andere Bestellung kam von Twelvetrees, einem vornehmen Haus hier in der Nähe. Sie bestellen jeden Monat. Hätten Sie nun gern eine Schachtel Pralinen, Mr... äh...?»
«Lister», sagte Lestrade, und der junge Mann notierte diesen Namen. Er verschwand hinter einem Samtvorhang und kehrte unmittelbar darauf mit einer verpackten und verschnürten Schachtel zurück.
«Faszinierend», sagte Lestrade. «Wie stellen Sie die Dinger her?»
«Ha, ha», lachte der junge Mann. «Leider Geschäftsgeheimnis.»
«Vielleicht könnte ich den Inhaber sprechen», beharrte der Inspector. «Ich möchte wirklich gern etwas über die Bestandteile wissen und vielleicht Ihre Geschäftsräume sehen.»
Der junge Mann richtete sich auf. «Ich bin Benjamin Seebohm Rowntree. Und ich fürchte, die Antwort meines Vaters wäre die gleiche wie die meine: unmöglich. Das macht ein Pfund Sixpence, bitte.»
Lestrade kramte in seinen Taschen und fragte sich, wie er das auf die Spesenrechnung setzen konnte. Er bezahlte und wickelte das Band ab.
«Wenn ich diesen Pralinen etwas hinzufügen möchte», sagte er, «wie könnte ich das anstellen?»
«Etwas hinzufügen?» Rowntrees Argwohn nahm zu. «Was meinen Sie damit?»
«Nun, einen Likör vielleicht. Ein bißchen mehr Cognac-Essenz.»
«Wir stellen solche Pralinen nicht her, aber man könnte es machen, indem man... Augenblick mal. Wer sind Sie?» Ein Licht ging ihm auf. «Warum stellen Sie alle diese Fragen? Sie sind ein Spion, nicht wahr?»
«Ein Spion?» Lestrade beherrschte es seit langem, auszusehen, als könne er kein Wässerchen trüben. Niemand fiel darauf herein.
«Sie können ruhig so tun, als könnten Sie kein Wässerchen trüben, aber ich falle darauf nicht herein», herrschte Rowntree ihn an. «Ich habe jahrelang in York in der Armenfürsorge gearbeitet. Ich erkenne die Arglist auf den ersten Blick. Sie sind ein Spion im Auftrag von Terry's, nicht wahr? Ich hätte nie gedacht, daß die so tief sinken

würden. Werden Sie jetzt gehen? Oder soll ich einen Polizisten rufen?»
Lestrade hob die Hand. «Danke, Mr. Rowntree. Ich finde allein hinaus», und er beugte sich vor, «aber was den Polizisten angeht, wäre ich sehr vorsichtig.» Und er griff nach seinen Pralinen und suchte das Weite.

Der Winter nahte, und Lestrade reiste nach Süden. Aufgrund von Gleisarbeiten gab es in Peterborough Verzögerungen, aber das verschaffte ihm Zeit zum Nachdenken. Captain Hellerslyke von den Yorkshire Husaren hatte einen Ruf als Frauenheld. In ganz Ridings hatte er wahrscheinlich eine breite Spur gebrochener Herzen und gebrochener Versprechen zurückgelassen. Eines seiner Opfer aber war aus der Reihe getanzt. Victoria Hardinge war schwanger geworden, und als sie aufgrund unerwiderter Liebe ihr seelisches Gleichgewicht verlor, hatte sie sich in die schäumenden Wasser der Aysgarth-Fälle gestürzt. Also Rache als Motiv? Aber wer war diese Coquette, die ihm vergiftete Pralinen schickte? Und waren Coquette und Perameles eine und dieselbe Person? Oder waren es zwei? Darüber grübelte er noch immer nach, als der Zug schnaufend und kreischend in Euston einlief. Und die letzte Person, die er zu sehen erwartet hatte, war Walter Dew.
«Dew.» Lestrade warf dem Constable seinen Gladstone zu, als er auf Bahnsteig vier ausstieg. «Sie sind die letzte Person, die zu sehen ich erwartet hatte. Wie der verstorbene Mr. Holmes, jetzt offensichtlich im Mausoleum, zu sagen pflegte: ‹Was ist im Gange?›»
«Komisch, daß Sie das sagen, Chef. Ein Gentleman ist hier, der Sie unbedingt sprechen will.»
«Woher wußten Sie, wann ich komme?» fragte Lestrade.
«Wußte ich nicht. In den vergangenen zwei Tagen haben Skinner, Lilley und ich in unserer Freizeit jeden Zug abgepaßt.»
«Eine edle Tat, Walter.» Lestrade wußte Unternehmungsgeist zu schätzen. Wenn Dew ihn entwickelte, ging er ihm ziemlich auf die Nerven, aber er schätzte ihn trotzdem.
«Auf der anderen Straßenseite, Sir.» Die Männer vom Yard traten in den rauhen Novembernebel Londons. «Im Café.»

Hinter der verzierten Spiegelglasscheibe sah Lestrade ein Gesicht, das er zu kennen glaubte. Er nahm ihm gegenüber am Tisch Platz.
«Dr. Watson.» Er schüttelte dem Mann die Hand. «Es ist lange her.»
«Ich sage es ungern, Lestrade, aber es tut wohl, Sie zu sehen.»
«Zwei Tees, Miss», bestellte Lestrade, der sah, daß Watson bereits versorgt war. «Dieser Mann bezahlt.» Er deutete auf Dew, der anfing, in seinen Taschen zu wühlen. «Nicht jetzt, Walter», ermahnte ihn Lestrade, «es sind Damen anwesend. Also, Doktor, was kann ich für Sie tun?»
John Watson war ein stämmiger, würdiger Mann, der auf die sechzig zuging. Er war der Vertraute des legendären verstorbenen Sherlock Holmes gewesen, dessen Abenteuer, während Watson und Lestrade sich unterhielten, von Watsons Mitautor, einem anderen Quacksalber namens Conan Doyle, ausgeschmückt und in Wahrheit erfunden wurden – Conan, der Barbar, wie ihn ein Rezensent genannt hatte. Watson hatte Sorgen.
«Es ist nicht allgemein bekannt», vertraute er Lestrade an, «daß ich einem Club von Radfahrern angehöre. Wir nennen uns ‹Das Glücksrad›.»
«Sehr anschaulich, Doktor.» Lestrade klopfte Dew auf die Finger. Der Mann schlürfte schon wieder beim Teetrinken.
«Nun, um eine lange Geschichte abzukürzen...» Watson mußte Kummer haben. Das war überhaupt nicht seine übliche Art. «Eines unserer Mitglieder ist unter ziemlich mysteriösen Umständen gestorben.»
«Fahren Sie fort», sagte Lestrade.
«Es war am letzten Sonntag. In meiner Praxis als Armenarzt war kaum was los, also übergab ich sie Dr. Wyatt. Beulen an den Füßen, Pocken, wissen Sie, diese banalen Sachen. Damit wird er fertig.»
Lestrade nickte.
«Ich machte mit dem Club eine Tour. Wir trafen uns wie gewöhnlich an der Tottenham Court Road und radelten nördlich nach Hertfordshire hinein. In der ‹Rose› in Tewin kehrten wir zum Imbiß ein, bevor wir uns auf den Rückweg machten. Es passierte auf der Rückfahrt.»
Lestrade und Dew warteten.

«Einer von uns, Hughie Ralph, setzte sich an die Spitze. Das machte er immer.»
«Aha!» Wie alle Polizisten hatte Lestrade etwas gegen Raser.
«Ein *aficionado* der Straße, Inspector», verbesserte ihn Watson. «Hughie war ein fortgeschrittener Fahrer. Sie haben zweifellos Crawleys *Kunst des Fahrradfahrens* gelesen.»
«Den alten Creepy? Hab ich immer bei mir», log Lestrade.
«Richtig. Hughie war ein Experte – Damensattel, Aufsitzen im Fahren und so. Wunderbar. Eine Augenweide.»
«Was geschah auf der Rückfahrt?» fragte Lestrade.
«Er erlitt einen schweren Sturz.»
«Fiel vom Rad», übersetzte Lestrade für Dew, dessen Bleistiftstummel fieberhaft über die Seiten seines Notizblocks raste.
«Genau», fuhr Watson fort. «Unerhört. Keiner von uns hatte Hughie Ralph jemals stürzen sehen. Er lag auf der Straße und rührte sich nicht. Als ich ihn untersuchte, war er tot.»
«Hals gebrochen?» fragte Lestrade.
Watson schüttelte den Kopf. «Leichte Quetschungen», sagte er. «Aber der Puls war weg.»
«Was unternahmen Sie?»
«Alles, was in meiner Macht stand. Zwei von den Damen wurden natürlich hysterisch. Wie immer. Ich versuchte künstliche Beatmung, aber sie wehrten sich dagegen. Dem armen Hughie nützte das nichts mehr, er war verschieden.»
«Herzattacke?» versuchte es Lestrade noch einmal.
«Das Schlimmste kommt noch.» Watsons Stimme wurde zu einem Flüstern. «Wir schafften ihn zum ‹The Long Arm And The Short Arm› in Lemsford, dem nächstgelegenen Gasthaus, und bahrten ihn im Hinterzimmer auf. Vom Polizeirevier in Welwyn rief ich seinen Arzt an. Sie hatten dort gerade ein Telefongerät bekommen.»
«Warum den Hausarzt?»
«Ich wollte die Verantwortung nicht übernehmen. Ich war der Meinung, etwas stimme an der Sache nicht, und ich hatte recht.»
«Was stimmte nicht?» fragte Lestrade.
«Die anderen fuhren voraus. Ich blieb bei der Leiche. Es wurde Abend, bevor Hughies Arzt ankam, zusammen mit der örtlichen Polizei. Und inzwischen war es dunkel geworden.»

«Und?»

«Und Hughies Körper leuchtete, Lestrade. Wie ein Glühwürmchen. Es war unheimlich. Ich habe in meinem Leben schon viel gesehen, Lestrade, aber so etwas noch nicht. Ich hätte die Verhaltensregeln der Radlervereinigung lesen können, so hell war's, wenn die Petroleumlampe nicht gewesen wäre.»

Lestrades zweites Stück Zucker war in seinen Tee geplumpst. Danach wischte Dew seinen Ärmel und seinen Notizblock ab. «Phosphor», sagte der Inspector.

«Was?» riefen der Arzt und der Constable zugleich.

«Antworten Sie mir auf eine knifflige Frage, Doktor», sagte Lestrade. «Was leuchtet im Dunkel?»

Watson war kein Dummkopf.

«Phosphor», erwiderte er.

«Und Hughie Ralph und Willie Hellerslyke», sagte Lestrade.

«Welcher Willie?»

«Jemand, dem ich neulich in Yorkshire fast begegnet wäre», sagte Lestrade.

«Doktor, Sie sind doch ein Mann von Welt, sagen Sie mir, wie man am leichtesten an Phosphor rankommt?»

«Hm... Zündhölzer von Bryant und May?» rief Watson. Er hatte Annie Besant schon lange in Verdacht.

«Rattengift», sagte Lestrade, «und Mittel gegen Ungeziefer. Beantworten Sie mir eine weitere Frage: Ist es Zufall, wenn zwei Männer, die sich wahrscheinlich nicht kennen, im Laufe von zwei Wochen nach derselben Methode beseitigt werden, hundertundfünfzig Meilen voneinander entfernt?»

«Gütiger Gott!» Diese Erwiderung war typisch für Watson. «Was soll das heißen, Lestrade?»

«Es soll heißen, Doktor, daß ich auf eine kleine Verschwörung gestoßen bin. Was wissen Sie über diesen Ralph?»

«Eigentlich nicht viel», antwortete Watson. «Wir sind zusammen geradelt, Speiche an Speiche, ein paar Monate lang. Er ist irgend etwas in der City. Gut betucht, wie man hört.»

«Betucht genug, um ermordet zu werden?»

Watson zuckte die Achseln.

«Verheiratet?»

«Ich glaube nicht. Aber Sie wissen doch wohl, Lestrade, was das bedeutet, oder?»

«Sagen Sie's mir, Doktor.»

«Wenn Hughie Ralph vergiftet wurde, muß es jemand aus dem Club getan haben.»

«Nicht unbedingt, Doktor, obwohl ich natürlich Ermittlungen anstellen muß. Was machte die Polizei von Hertfordshire?»

«Trank ein paar Bier im ‹Langen Arm›. Das war's.»

«Fanden sie das Leuchten nicht merkwürdig?»

«Ich bin nicht sicher, ob sie es bemerkten.»

«Vermutlich gut so. Treffen sich Ihre Speichenbrüder noch einmal?»

«Zu einem letzten Ausflug, bevor das schlechte Wetter einsetzt. Wir haben geplant, zu Ehren des armen Hughie dieselbe Route zu fahren. Nächsten Sonntag, glaube ich.»

«Können Sie mir ein Rad besorgen?»

«Ich könnte unter Umständen ein altes Känguruh besorgen.» Watson rieb sich das Kinn.

«Ich hatte an ein Fahrrad gedacht, Doktor», sagte Lestrade mit unbewegter Miene.

«Scherze sind hier nicht am Platze, Lestrade. Ein Mann ist tot.»

«Wohl wahr», erwiderte Lestrade, ohne eine Miene zu verziehen.

«Lassen Sie mich wissen, wo und wann Sie sich treffen. Führen Sie mich als ... hm ... als Freund, Cousin oder sonstwas ein. Ich werde Sie begleiten und herausfinden, was ich kann. Wahrscheinlich komme ich auf diese Weise weiter als auf offiziellem Wege. Außerdem habe ich im Yard im Augenblick schlechte Karten.»

«Aha, Nimrod Frost ist wohl stinksauer, wie?» Watson erkannte einen suspendierten Polizisten auf Anhieb. «In Ordnung. Sonntag bei Tagesanbruch. Ecke Tottenham Court Road und Oxford Street. Ich werde für das Rad sorgen. Haben Sie eine Windjacke und Knickerbocker?»

«Ich schätze, der junge Dew hier kann mir diese Sachen beim Fundamt in Islington besorgen. In der Zwischenzeit, Doktor, hätte ich von Ihnen gern eine detaillierte Aufstellung aller Clubmitglieder, und Constable Skinner kann anfangen, sich seinen Lebensunterhalt zu verdienen, indem er sich mal an der Börse umhört. Noch zwei Tees, Dew.»

Am Samstag wurde Lestrades Suspendierung aufgehoben. Ein flüchtiges Nicken von Assistant Commissioner Frost war alles, womit diese Tatsache gewürdigt wurde. Skinner war Lestrades Büro entrissen worden, wo er auf dem Tisch «Lestrades» Brille hinterlassen hatte, ohne nicht gelegentlich nach der eigenen zu suchen, und war in die City gegangen. Lilley war zur Wohnung des verstorbenen Hugh Ralph in Bloomsbury geschickt worden. Er war sichtlich mitgenommen, als er zurückkehrte, und ziemlich aufgewühlt.

«Wie kommt es bloß, Constable», sagte Lestrade und schielte über seinen dampfenden Tee, «daß Sie jedesmal wenn Sie von einer Routineüberprüfung kommen, aussehen wie der Tod.»

«Sergeant Dixon am Empfang, Sir», erwiderte Lilley und ließ sich bedrückt nieder, «hat sich in einer Kladde den Finger geklemmt. Er ist schon ganz blau...» Er verdrehte die Augen.

«Ja, gut, das paßt zu seiner Uniform, Junge. Jetzt zur Sache. Bloomsbury. Ralphs Wohnung.»

«Durchwühlt, Sir.» Lilley schüttelte sich, um sich von dem entsetzlichen Anblick, dessen Zeuge er gewesen war, freizumachen.

«Ralphs Wohnung durchwühlt?» Lestrade stellte seine Tasse ab. «Berichten Sie, Constable.»

Lilley nahm sein Notizbuch zur Hilfe. «Ich betrat das Gebäude Nummer 148, Gower Street, heute morgen um acht Uhr, Sir. Die Haushälterin, eine Mrs. Beeton, ließ mich ein...»

Die Yard-Männer blickten einander an. «Gut», sagte Lestrade.

«Die Wohnung war in...» Lilley gab sich alle Mühe, seine eigene Handschrift zu entziffern.

«Gower Street?» sprang Lestrade ein.

«Aufruhr», sagte Lilley. «Mobiliar umgeworfen, Schubladen verstreut. Kissen zerrissen.»

«Was machte die Haushälterin?»

«Ein noch größeres Durcheinander, Sir, oder sie hätte es gemacht, wenn ich ihr nicht Einhalt geboten und gesagt hätte, das sei Beweismaterial.»

«Ganz recht. Wann hatte sie Ralph zum letztenmal gesehen?»

«Am vergangenen Freitag, Sir. Er hatte ihr die Woche Urlaub gegeben, damit sie ihre leidende Schwester in Macclesfield besuchen konnte.»

Lestrade war dort gewesen. Er wußte, daß man in Macclesfield nichts anderes tun konnte als leiden.

«Und wann war sie zurückgekehrt?»

«Gestern abend, Sir.»

«Betrat sie Ralphs Wohnung?»

«Nein, Sir. Zum erstenmal, als ich sie, sozusagen, herausklopfte. Richtig geschockt war sie. Zuerst von dem Durcheinander, dann von der Nachricht vom Tod ihres Herrn, wie sie sich ausdrückte. Sie fühlte sich ganz schwummerig, mußte sich hinsetzen.»

«Wirklich?»

«Ja. Nun, ich muß zugeben, daß ich mich ebenfalls setzen mußte. Wir waren beide ganz fassungslos.»

«Hatte sie eine Idee, warum die Wohnung durchwühlt worden war?»

«Keine.» Lilley zuckte die Achseln. «Sie konnte mir auch nicht sagen, was fehlte. Ich versuchte, sie auszuholen.»

Lestrade blickte ihn von der Seite an. «Wirklich?» fragte er wieder.

«Ich äußerte die Vermutung, es könnten Studenten von der Universität gewesen sein.»

«Was sagte sie?»

«Sie glaube nicht, daß die sich die Mühe machen würden, den ganzen Weg von Oxford herzukommen.»

«War die Wohnung gewaltsam geöffnet worden?»

«Keine Spur, Sir.»

«Also ein Nachschlüssel?»

«Wahrscheinlich.»

«Fehlen Wertgegenstände?»

«Ein paar hübsche antike Vasen sind noch da, eine zertrümmert. Ein bißchen Silberzeugs. Kleingeld. Ein paar Aktien.»

«Aktien?»

«Mrs. Beeton sagte, das wären welche. Ist ein Fingerzeig, meinen Sie nicht?»

«Fingerzeige überlasse ich den Doktoren Watson und Conan Doyle, Lilley.» Lestrade lehnte sich zurück, die Arme hinter dem Kopf verschränkt. «Ich befasse mich mit Beweisen. Ah!» Er drehte sich um, als die Tür klappte. «Constable Skinner. Jetzt hören wir die Börsennachrichten.»
«Afrikanisches Gold ist auf dem Tiefstand, Sir», klärte Skinner ihn auf.
Der Inspector schüttelte den Kopf.
«Das mußte ja so kommen», sagte er mitleidig.
«Es ist das Zyanidverfahren, versteht sich.»
«Sie sind heute eine Fundgrube an Informationen, Skinner. Was hat das alles mit Hughie Ralph zu tun?»
«Ist er daran gestorben, Sir?» fragte Lilley. «Am Zyanidverfahren?»
Lestrade und Skinner wechselten Blicke.
«Darf ich, Sir?» fragte Skinner. «Beim Zyanidverfahren im Bergbau wird das Erz zermahlen und mit einer dreiprozentigen Lösung von...»
«Ja, ich danke Ihnen, Constable», unterbrach ihn Lestrade, «die dreiprozentigen Lösungen wollen wir anderen überlassen, oder? Ich habe im Augenblick genug am Hals und kann ohne eine haargenaue Schilderung der Geheimnisse von Witwatersrand auskommen.»
Er warf Skinner einen vielsagenden Blick zu. Dieses Wort hatte er erst heute morgen in der *Sun* gelesen. Er hatte es genau zum richtigen Zeitpunkt angebracht. «Hughie Ralph», wiederholte er.
«Wie es scheint, ein ziemlich zwielichtiger Gentleman.» Skinner setzte sich und öffnete einen voluminösen Koffer, der von Papieren überquoll. «Ich hatte nur ein paar Minuten, um auf dem Rückweg von der Börse ein paar Notizen zu machen.»
«Und?»
«Eisenbahnaktien, Sir. Ein größerer Schwindel, soviel ich den Zahlen entnehmen kann, in Höhe von mehreren tausend Pfund.»
«Wo?»
«Belgisch Kongo.»
«Wie passend», murmelte Lestrade.
«Ja, aber das schönste an der Sache ist, daß seit George Hudson Eisenbahnschwindeleien in diesem Land unmöglich sind.»

«Vor meiner Zeit, Constable.» Lestrade zuckte die Achseln.
«Auch vor der meinen, Sir, aber in Afrika, da ist Korruption weit verbreitet. Er verhökerte Aktien von sechs Gesellschaften, die es nur auf dem Papier gab.»
«Ruinierte Tausende, schätze ich.»
«Zweifellos, aber einen ganz besonders.»
«Wen?»
«Das sind natürlich bloß Gerüchte, Sir.»
«Natürlich, Constable, aber wo wären wir ohne die?»
«Ein kleiner Jobber, den ich auf dem Gang traf, erzählte mir von einem Unglücklichen namens Elliott. Wurde offenbar über Nacht zum Bettler.»
«Wissen wir, wo dieser Elliott sich aufhält?»
«Im Armenhaus, vielleicht in Poplar. Mehr konnte ich nicht rauskriegen.»
Lestrade nickte. «Noch andere besondere Namen in diesem Schwindel?»
«Konnte keine finden. Die meisten waren Holländer oder Deutsche im Kongo.»
«Keine Belgier?»
«Zu knauserig, offenbar», bemerkte Skinner.
«Gut. Lilley, Sie fahren nach Poplar. Finden Sie diesen Elliott, und quetschen Sie ihn aus. Sie haben gute Arbeit geleistet, Skinner. Bitten Sie Constable Dew um eine Tasse von seinem vorzüglichen Tee, und dann kümmern Sie sich um diesen ganzen Papierkram. Ich muß aufs Fahrrad.»

Der Sonntag dämmerte frisch und frostig herauf. Lestrade hatte sich, dank der freundlichen Mithilfe des Fundbüros, mit einer Windjacke und Knickerbockers versehen und traf Dr. Watson am Ende der Tottenham Court Road.
«Morgen, Lestrade», begrüßte er ihn.
«Ich hoffe.» Lestrade starrte ihn aus blutunterlaufenen Augen an und band die Klappen seiner Tweedmütze unter seinem Kinn zusammen. «Aber ich würde kein Geld darauf setzen.»
«Konnte Ihnen kein Känguruh beschaffen», berichtete Watson.

Lestrade stieß einen Seufzer der Erleichterung aus. «Aber ich dachte, dieses Facile-Modell sei genau das richtige für Sie.»

Lestrade warf einen Blick auf das Hochrad, das an der Mauer lehnte. Es sah plötzlich unendlich gefährlicher aus als das Pferd, das er sich von den Yorkshire Husaren ausgeliehen hatte. Es hatte vorn ein großes und hinten ein kleineres Rad und einen Sattel, der wie das spitze Ende einer Harpune aussah. Neiderfüllt blickte er auf den Bambusrahmen von Watsons Rennmaschine und fauchte innerlich.

«Heda, Straße frei», rief Watson, urplötzlich ein veränderter Mann, als er die Straße vor sich sah, schwang ein Bein über seine Satteltaschen und stob davon.

Nicht so Lestrade. Er war nie ein Raser gewesen. Der fliegende Start und rasende Räder waren nicht seine Sache. Er stützte sich mit dem Rücken an der Mauer ab und setzte die Füße behutsam auf die Pedale. Seine Leiste wurde nach oben gedrückt, bis fast unter seine Krawatte, und er duckte sich, als er Watson weit voraus im Nebel erblickte.

«Kommen Sie, Lestrade», rief der Doktor.

«Ziemlich starker Ostwind», sagte Lestrade als Erklärung für sein Schlingern. Mit einem Sicherheitsfahrrad wäre er fertig geworden, doch dies war eine Maschine für einen Sportsmann, und an diesem frühen Sonntagmorgen fühlte sich Lestrade in keiner Weise als Sportsmann.

Die noch schlafende Stadt verschwand hinter ihnen, und, eine nach der anderen, schlossen schwankende Gestalten zu dem Paar auf. Watson an der Spitze begrüßte jeden Neuankömmling mit einem Hupsignal, und sie stießen ins flache Land vor. Die Sonne stand hoch, und der Bodennebel hatte sich fast völlig aufgelöst, als der kleine Trupp in das Dorf Lemsford radelte. Sie hatten beschlossen, nicht nach Tewin durchzufahren, da ihr neuestes Mitglied bereits weit hinter das Hauptfeld zurückgefallen war. Sie saßen seit Stunden im Sattel, und Lestrade war auf die plötzliche Wölbung der Straße bei der Brücke nicht vorbereitet. Watson gab ein Hupsignal, die Geschwindigkeit zu verringern, doch Lestrade kannte sich mit den Signalen nicht aus, und das Hochrad fuhr unbeschwert weiter, während die anderen die Kurve nahmen. Lestrade gestikulierte wild und stieß einen stummen Schrei aus, als Mann und Maschine sich mitten in der Luft voneinander lösten, nur um sich im großen Gleichmacher, dem Fluß Lea, wiederzutreffen. Es gab ein Durcheinander am Ufer, und die Mitglieder des ‹Glücksrades› eilten dem Inspector zu Hilfe. Hochrad und Gefallener wurden unversehrt aus dem trüben Wasser gezogen, beide mit Wasserpflanzen begrünt.

«Sind Sie in Ordnung... äh... Lister?» Watson fiel gerade noch der vereinbarte falsche Name ein.

«Ja», flötete Lestrade, ein wenig zu gereizt, um wirklich diesen Eindruck zu vermitteln. «Ein Kettenschaden, denke ich.»

«Wir schaffen ihn besser zum ‹Long Arm›», sagte Watson, «er deriliert.»

Der Herr Wirt war weniger freundlich, doch nach vielem Hin und Her und nachdem ein paar Silbermünzen in seine Hand geglitten waren, erlaubte er Lestrade zu baden und überließ ihm ein härenes Gewand, auf dem sein altersschwacher Mastiff zu schlafen pflegte. Der Gestank hätte einen schwächeren Mann als Lestrade in die Knie gezwungen, doch dieser saß im kleinen Nebenzimmer, während die Clubmitglieder sich am Feuer rösteten und von diesem und jenem schwatzten. Nach den Beefsandwiches stand Watson auf und hob seinen Humpen. «Ladies und Gentlemen», sagte er, «Mitglieder des ‹Glücksrades›, trinken wir auf unsere abwesenden Freunde.»

«Auf die abwesenden Freunde», riefen sie im Chor. Lestrade beobachtete sie eingehend. Zwei tranken nicht. Er würde sich später mit ihnen unterhalten. Zuerst mußte er seine Socken vor den Flammen in Sicherheit bringen.

Es war kurz nach zwei, als der Trupp aufbrach und Watson seine Hupe mit jener Aufgeblasenheit ertönen ließ, die ihm in diesen Kreisen Respekt verschafft hatte. Lestrades Jacke war eingelaufen, und die Manschetten reichten kaum bis zu den Ellenbogen. Infolge des Gestanks, der ihm von dem blasenschwachen Mastiff und der Lea anhaftete, war er keine angenehme Gesellschaft. Außerdem standen aufgrund seines Sturzes an der Brücke sein Sattel und sein linkes Knie merkwürdig schief, was seinem Fuß keinen richtigen Kontakt mit dem Pedal erlaubte. Auf der Great North Road

brachte er sein Gefährt neben das der Lady, welche sich an dem Trinkspruch nicht beteiligt hatte.
«Ein herrlicher Tag, Miss...»
«Trelawny», sagte sie. «Ich habe Sie noch gar nicht gesehen, Mr....»
«Lister», sagte Lestrade. «Ich fürchte, der gute Doktor hat mich nicht mit Ihnen bekannt gemacht.»
«Haben Sie sich von Ihrem Sturz erholt, Mr. Lister?» fragte sie, aufgrund des Geruchs, der Lestrade umgab, die Nase rümpfend.
«O ja, vollkommen, vollkommen», lachte er. «So etwas Dummes, wirklich. Kettenschaden.»
«Das sehe ich.»
Sein Knie streifte ihre umfangreichen Röcke, und sie drehte ab. Seiner selbst und des Hochrades unsicher, schwenkte er ebenfalls aus und setzte nach. «Ich hörte, eines Ihrer Clubmitglieder ist während der letzten Ausfahrt verstorben.»
«Ja, ja.» Sie warf ihm durch ihren Schleier einen Blick zu, ein attraktives Mädchen, dessen Alter schwer zu schätzen war, obgleich blaß und von kränklichem Aussehen. «Hughie Ralph. Diese Fahrt fand ihm zu Ehren statt.»
«Es ist mir nicht entgangen, Miss Trelawny, daß Sie sich dem Toast auf abwesende Freunde nicht anschlossen.»
Sie wandte sich ab.
«Ich nahm an, damit war Hughie Ralph gemeint?» fragte er hartnäckig weiter, während sein Knie gegen ihren Oberschenkel stieß.
«Ich nahm das ebenfalls an, Mr. Lister», sagte sie.
«Mochten Sie ihn nicht?» fragte Lestrade so scherzhaft wie möglich, die Augen auf die Straße gerichtet.
Brüsk wandte sie sich ihm zu. «Nein, Mr. Lister, obwohl ich mir nicht vorstellen kann, was Sie das anginge, ich mochte Mr. Ralph nicht. Er war ein ungehobelter Kerl. Unverschämt. Er sprach ununterbrochen von seinem Geld, von seiner Tüchtigkeit im Geschäftsleben. Und er machte abstoßende Bemerkungen.»
«Bemerkungen?» Lestrade eierte näher an sie heran.
«Ja», zischte sie. «Aber selbst er war nicht so abstoßend wie Sie!» Miss Trelawny versetzte Lestrades beleidigendem Knie mit ihrem

Messinggestänge einen heftigen Schlag, und er scherte unwillkürlich aufheulend aus. Sie trat wütend in die Pedale und zwängte sich zwischen zwei andere Damen, während Lestrade von der Straße abkam. Zur grenzenlosen Überraschung der anderen Clubmitglieder schoß er durch einen Morast und erklomm einen Hang, ehe er in einem Weißdornbusch zum Stehen kam.

«Was treibt er?» fragte jemand.

«Suchte die Bremse, denke ich», kam die Antwort.

«Fährt wie ein Polizist», sagte ein Dritter.

«Fahren Sie weiter», rief Lestrade. «Ein natürliches Bedürfnis», und er verschwand hinter einem Baum, als müsse er sich erleichtern. Das tat er auch, doch er schlug mit dem Kopf gegen die rauhe Rinde, um so den Schmerz in seinem Bein zu mildern. Dann zerrte er sein Rad wieder auf die Straße, um sein nächstes Ziel anzupeilen.

«Prächtige Fahrt», rief er heiter dem Mann zu, der sich am Toast im Gasthaus nicht beteiligt hatte.

«Was dagegen, sie noch besser zu machen?» fragte er.

«Ich kann nicht folgen», erwiderte Lestrade.

«Ich auch nicht. Ich führe», sagte er. «Cecil.» Er schüttelte Lestrade die Hand, und ihre Vorderräder berührten sich.

«Lister. Meinen Sie ein Wettrennen?» Lestrade hoffte, nicht richtig gehört zu haben.

«Genau. Sagen wir fünf Pfund, wenn ich vor Ihnen an der Tottenham Court Road bin. Haben Sie Lust?»

«Warum nicht?» strahlte Lestrade mit zusammengebissenen Zähnen in der Dämmerung, die jetzt rasch hereinbrach.

«Haben Sie eine Lampe?» fragte Cecil.

«O ja, sagen Sie mir, bevor wir starten – schrecklich, das mit dem alten Ralph.»

«Nicht wahr?» sagte Cecil ungerührt. «Kannten Sie ihn?»

«Flüchtig», erwiderte Lestrade, «aus der City. Kollege eines Kollegen. In der Art. Sie mochten ihn auch nicht?»

Cecil sah ihn an. «Nicht besonders. Ich will offen sein, Lister. Hughie Ralph war ein Exhibitionist. Diese ganze Steherei auf der Lenkstange, im Kreis fahren auf einem Rad. Widerliche Protzerei.»

«Er war ein Raser, wie?»

«Von der zweitklassigen Sorte, ja.»

«Also tat es Ihnen nicht leid, als er starb?»

Cecil blickte Lestrade scharf an. «So deutlich würde ich das nicht sagen», erwiderte er und beugte sich über die Lenkstange. «Also dann, Doktor», rief er Watson zu, «es ist ein Wettrennen angesagt. Lister und ich zur Tottenham Court Road. Hat noch jemand Lust?»

«Ich bin dabei», rief Watson, verblüfft über Lestrades Tollkühnheit.

«Haben Sie sich das gut überlegt, Lister?»

Lestrade lächelte schwach.

«Lampen an, Gentlemen.» Watson stand in den Pedalen und ließ seine Hupe ertönen. Mit einem ungeheuren Antritt schoß Cecil vorwärts und besprühte Lestrade mit dem Inhalt einer Pfütze. Watson kauerte wie ein Krebs über der Lenkstange. «Kommen Sie, Lestrade, flüsterte er, «Sie können jetzt nicht schlappmachen. Wenn Sie keine gute Figur abgeben, wittern die anderen vielleicht eine Ratte. Ich habe ihnen erzählt, Sie wären ein Raser.»

«Oh, gut», sagte Lestrade, und sein linker Fuß glitt vom Pedal ab. Die Ratte war dem Mastiff ohne Zweifel vorzuziehen, aber es war nun mal nicht zu ändern.

«Auf geht's!» schrie Watson und schoß ins Gelände.

Als sie endlich durch die Vorstädte ratterten, war es vollkommen dunkel. Watson und Lestrade trugen einen harten Kampf um den letzten Platz aus und schlugen sich im Fahren mit stockschwingenden kleinen Jungen, Heuwagen und kläffenden Hunden herum. Von Cecil war nichts zu sehen, ehe ihn Lestrade gegen Ende des Rennens, wie ein Wahnsinniger die Oxford Street entlangstrampelnd, erspähte. Inzwischen hatte der Inspector seine Mütze eingebüßt, seine Beine waren bleiern und das Hochrad schlammbedeckt. Schwer zu sagen, ob es die Polizeigriffe der Constables oder die Straßenbahngleise waren, die dem Rennen, zumindest für Lestrade, ein Ende setzten. Gewiß, seine Räder traten in eine unlösbare Verbindung mit den Rillen in der Fahrbahn, so daß sein Weg ihm mehr oder weniger deutlich vorgegeben war. Mühte er sich ab, die Räder zu drehen, stellte er fest, daß sie eingekeilt waren. Mühte er sich ab, die Bremsen zu betätigen, stellte er fest, daß sie klemmten. Als er sich schließlich bemühte, der entgegenkommenden Straßenbahn auszuweichen, stürzte er vom Rad und purzelte über drei Constables, die an der Ecke ihrer Pflicht nachkamen.

«Hallo», sagte der erste.

«Hallo», sagte der zweite.

«Hallo», sagte der dritte. «Haben wir dich nicht schon mal irgendwo gesehen?»

«Schon möglich.» Lestrade versuchte, seinen Fuß aus dem Speichengewirr seines Vorderrades zu befreien.

«Ich mag keine Raser», sagte einer der Constables und hievte den zerbeulten Inspector hoch. «Du bist festgenommen, Bürschchen.»

«Weswegen?» wollte Lestrade wissen.

«Ruhestörung», sagte der Constable.

«Beschädigung der Bahngleise», sagte der zweite.

«Benutzung eines Fahrzeuges in einer Weise, die geeignet ist, einen Unfall zu verursachen», sagte der dritte.

Lestrade winkte die Constables zu sich. «Gentlemen, ich bin Inspector Lestrade von Scotland Yard, unterwegs in geheimer Mission.»

In diesem Augenblick tauchte Watson auf. «Lister, sind Sie in Ordnung?»

Die drei Constables traten zurück. «Fälschliche Behauptung, Polizeibeamter zu sein», riefen sie im Chor.

Auf und davon

Die Nacht in der Zelle hatte an Lestrades Verfassung nichts geändert. Sein Hinterteil schmerzte, seine Schienbeine waren abgeschürft, sein Stolz war bis zur Unkenntlichkeit verletzt. Er war bloß froh, daß es der geduldige Constable Dew war, der am Morgen kam, um ihn abzuholen, und kein Ranghöherer. Er nahm keine Notiz von den fahrigen Entschuldigungen des Diensthabenden und trat hinaus ans Tageslicht. Ein graues Gesicht blickte ihm aus der wartenden Droschke entgegen.

«Lestrade, da sind Sie ja.»

«Hallo, Watson.»

«Kann ich Sie mitnehmen, alter Knabe?» Der Doktor gab sich so jovial wie möglich, doch Lestrade nahm es persönlich. Als er gestern abend haarscharf der Straßenbahn auswich, war er dreiundvierzig gewesen, an diesem Morgen fühlte er sich wie hundertundacht. Er nahm vorsichtig Watson gegenüber Platz, und Dew zwängte sich neben ihn. Ein Blick seines Chefs beförderte ihn auf die andere Seite hinüber. Er nahm ein entsprechendes Knurren Watsons ungerührt zur Kenntnis.

«Ich bin bereit, auf die Erstattung der Kosten für das Fahrrad zu verzichten, Lestrade», sagte Watson.

«Nett von Ihnen, Doktor.» Lestrades Blick hätte einen weniger unempfindlichen Mann zerschmettert.

«Haben Sie was entdeckt?» fragte Watson.

«Scotland Yard, Kutscher», rief Lestrade, und das Fahrzeug setzte sich in Bewegung. «Ich habe aufs neue entdeckt, warum ich diese Fahrradmode nie ernst genommen habe», sagte er, «und daß Hochräder und Straßenbahngleise nicht zusammenpassen.»

«Ich dachte, das täten sie», grinste Watson, doch die Gefühllosigkeit dieser Bemerkung ging ihm auf, und er wechselte das Thema. «Über Hugh Ralph, meine ich.»

«Nun, ich habe den Herrn Wirt des ‹Short Arm› in Lemsford befragt, während meine Kleider trockneten – stecken Sie das Notizbuch weg, Dew. Das hier ist nicht für die Öffentlichkeit bestimmt.»
«Jawohl, Sir». Dew erkannte einen bloßliegenden Nerv sogleich, wenn er drauftrat.
«Er konnte mir sehr wenig über Ralphs Todestag sagen, das ich nicht schon wußte. Vielleicht wäre der Wirt vom ‹Rose› hilfreicher gewesen. Können Sie sich an das dortige Essen erinnern?»
«Gütiger Gott.» Watson lehnte sich zurück. «Jetzt, wo Sie fragen, glaube ich, daß wir Schinken hatten. Einige von uns nahmen etwas von der Pastete zu sich, aber ich bin in Afghanistan gewesen, Lestrade. Ich habe gesehen, welche Wirkung Pastete auf unsere Jungens an der Grenze hatte. Kein schöner Anblick, das versichere ich Ihnen.»
«Ich dachte, es hätte sich um Pathaner gehandelt, Doktor», sagte Dew und zog sich wieder in seinen Winkel zurück.
«Ich bin sicher, die war's nicht, Doktor», sagte Lestrade, in der Hoffnung, der vollen Salve von Watsons Kriegserinnerungen zu entgehen.
«Niemand vom Club beklagte sich über Unwohlsein?»
«Nein, nicht daß ich wüßte.»
«Haben Sie auf andere Gäste geachtet, die im ‹Rose› waren und die nicht zu Ihrer Gruppe gehörten?»
«Leider so gut wie gar nicht. Tut mir leid, Lestrade. Ich bin nicht gerade ein musterhafter Zeuge, wie?»
Lestrade blickte ihn an. «Machen Sie sich keine Vorwürfe, Doktor, Sie sind aus der Übung. Spielt sowieso kaum eine Rolle. Hugh Ralph ist eines von zwei Opfern.»
«Eines von zwei? Ah, Ihr Willielyke.»
«Hellerslyke», verbesserte ihn Lestrade. «Was wir finden müssen, ist die Verbindung. Zwei Männer im selben Alter, beide wohlhabend; einer adelig, der andere nicht. Beide starben auf dieselbe Weise – an Phosphorvergiftung.»
«Wissen wir noch mehr als das?»
«Im Augenblick nicht», sagte Lestrade. «Und Ihnen ist klar, daß ich Ihnen das lediglich anvertraue, weil Sie Mediziner sind, Doktor.»

«Und wegen meiner Verbindung mit Sherlock Holmes», fügte Watson hinzu und strahlte vor Stolz.
Lestrade sagte kein Wort dazu, sondern entfernte Speisereste von Dews Schlipsknoten. «Macht ein prachtvolles Kedgeree, Walter, Ihre Frau, wie?»
«Das kann man wohl sagen», erwiderte Dew und beteiligte sich an der Suche.
An diesem feuchten Montag kam die Droschke schlingernd vor dem Nebeneingang des Yard zum Stehen. Lestrade und Watson gingen hinein, doch Dew bezahlte noch immer den Kutscher, als sie wieder herauskamen und in die Droschke sprangen.
«Kommen Sie, Dew.» Lestrade steckte seinen Kopf heraus und rief dem verblüfften Constable zu: «Draußen in Epping Forest ist was passiert.»

Hinter dem Dorf Theydon Bois, inmitten der von Besen- und Stechginster bewachsenen Ebenen in der Nähe des Weilers Bowells, lag in jenen Tagen eine kleine Senke, die nach Südosten abfiel. Es war Mittagszeit, ehe das Trio sie fand. Sergeant Dixon hatte seine Wegbeschreibung nicht gerade einer Generalstabskarte entnommen. Mittlerweile wurde eine mit einer Decke verhüllte Bahre zum wartenden Leichenwagen getragen.
Lestrade entstieg der Droschke als erster, und er gab sich dem Beamten in der Mitte des Dickichts zu erkennen.
«Nicht gerade jetzt», rief der Beamte. «Bin gleich da», und er beendete seine Tätigkeit und tauchte aus dem Gebüsch auf. «Danke, daß Sie gekommen sind. Ich bin Inspector Failsworth.» Er wischte sich die Hand ab, bevor er sie ausstreckte. «Einen Augenblick, Sergeant.» Der Inspector ging zur Bahre hinüber und zog die Decke zurück. Da lag ein Mann von etwa fünfunddreißig Jahren mit einem schwarzen Haarschopf, einem herunterhängenden Walroß-Schnurrbart, auf dem Kragen ein dünnes Rinnsal von dunklem Blut.
«Haben Sie einen Arzt hinzugezogen?» fragte Lestrade.
«Äh... nein. Ich hielt es für besser, die Leiche wegzuschaffen, bevor wir hier zu viele Gaffer haben.»

«Doktor Watson», rief Lestrade.
Failsworth war beeindruckt. Diese Yard-Männer brachten ihre eigenen medizinischen Teams mit. Watson kam im Laufschritt mit seiner kleinen schwarzen Tasche herbei und ging an die Arbeit. «Sie setzen ihn besser ab, Gentlemen», sagte er zu den Bahrenträgern. «Ich möchte keine Elongation des *brachialis anticus* riskieren, wissen Sie.»
Das verstand sich von selbst, und die Polizisten fügten sich. Für solche Risiken reichte der Lohn nicht aus.
«Er ist schon einige Zeit tot», sagte Watson. «Letzte Nacht vielleicht.»
Lestrade wandte sich an Failsworth. «Wo genau wurde die Leiche gefunden?»
«Dort drüben», und er tauchte ins Gebüsch. «Nein, nein. Der Sergeant wird's Ihnen zeigen. Ich habe da ein kleines Problem, verstehen Sie. Dauert nur einen Augenblick», und er verschwand abermals. Lestrade folgte dem Sergeant zu einer eingedrückten Stelle im Gras. Der Abdruck des Körpers war in der abgeflachten Mulde deutlich zu erkennen, doch die Plattfüße vieler Polizisten hatten alle anderen Spuren vernichtet.
«Wer fand die Leiche, Sergeant?» fragte Lestrade den Mann.
«Ich, Sir, als ich heute morgen vom Dienst kam.»
«Um welche Zeit?»
«Ungefähr um halb neun, Sir.»
«Nehmen Sie immer diesen Weg?»
Der Sergeant straffte sich, als ob sein Verhalten zur Debatte stünde.
«Immer, Sir», sagte er.
«Haben Sie den Toten schon mal gesehen?»
«Nein, Sir.»
«Zeigen Sie ihm, wie der Tote lag, Sergeant.» Failsworth war wieder da.
«Aber das Gras ist feucht, Sir», jammerte der Sergeant.
«Sie tragen doch einen Umhang, Mann», erwiderte Failsworth. «Runter mit Ihnen.»
Der geduldige Sergeant nahm seinen Helm ab und die Position der Leiche ein.

«Auf dem Rücken also, ein Bein unter den Körper gezogen?» fragte Lestrade nach. «In Ordnung, Sergeant. Danke.»
«Lestrade!» Watsons erschrockener Schrei veranlaßte beide Inspectors zu ihm zu eilen, außer daß Failsworth sich unterwegs unter einen Busch hocken mußte.
«Was haben Sie gefunden, Doktor?» Lestrade schob die Decke beiseite, um besser sehen zu können.
«Todesursache ein Stich in den Schädelansatz, ausgeführt mit einem scharfen, spitzen Gegenstand wie einem Stilett. Sehen Sie.» Watson drehte den Kopf des Toten, um Lestrade den Nacken zu zeigen, wo Blut das Haar verklebte. «Die Waffe trat zwischen dem ersten und dem zweiten Rückenwirbel ein und durchtrennte das Rückenmark. Der *coup de grace.*»
Lestrade konnte das Gras sehen, das Watson meinte. Der Mann mußte von hinten angegriffen worden sein. Er wäre mit dem Gesicht nach unten hingefallen, wäre der Stoß kräftig genug gewesen. War dem jedoch nicht so, hatte er vielleicht Zeit gehabt, sich umzudrehen, womit erklärt war, warum ihn der Sergeant auf dem Rükken liegend gefunden hatte.
«Aber das ist nicht alles, Inspector.» War Watsons Gesicht eine Spur grauer geworden? Wahrscheinlich eine optische Täuschung. Mit seinen behandschuhten Händen zog er gewaltsam die kalten Lippen des Toten auseinander. «Ich habe von Männern gehört, die Eisen kauten und Nägel ausspuckten, aber etwas Derartiges habe ich nie gesehen.» Zwischen den Zähnen des toten Mannes klemmte ein kleines, dünnes Rechteck aus Metall. Im Todeskampf mußten sich seine Lippen darüber geschlossen haben.
Lestrade packte Watsons Ärmel. Er hörte undeutlich, wie Failsworth ankam, sich entschuldigte und wieder verschwand.
«Gütiger Gott, Lestrade, was ist los? Man könnte meinen, Sie hätten ein Gespenst gesehen.»
«Tatsache ist, daß ich sechs Gespenster gesehen habe.»
«Wie?»
«Seien Sie so freundlich, und begleiten Sie Inspector Failsworth... äh, wo ist er denn?...» er sah ihn aus einem Gebüsch winken «...zum Revier, Doktor. Natürlich wird ein Bericht des Coroner nötig sein, aber ich fand *Ihren* Bericht erhellend.»

«Mein lieber Freund.» Watson schüttelte ihm herzlich die Hand. «Ich kann Ihnen gar nicht sagen, wie gerührt ich bin.»

«Ich weiß, Doktor», Lestrade nickte, ohne eine Miene zu verziehen, «aber wir müssen tun, was wir können.»

«Es ist genauso wie in den alten Zeiten», rief Watson ausgelassen, als sie den Toten in den verglasten Leichenwagen schoben, «mit Holmes. Soll ich meine Dienstpistole mitbringen?»

«Ich denke nicht», sagte Lestrade. «Ich bin nicht sicher, ob Epping wirklich der rechte Ort dafür ist, oder?»

«Aber was ist mit Romford, höre ich Sie fragen?»

Lestrade hatte nichts dergleichen gehört. Er wandte sich an Failsworth, der seine Kleider ordnete. «Wäre es nicht besser, Sie nähmen...», fing er an, doch er besann sich anders.

«Inspector, ich hätte gern so bald wie möglich Ihren Bericht. Ich habe Grund zu glauben, daß dieser Mord einer aus einer Serie ist. Bis heute war ich zu vernagelt, um einen Zusammenhang zu erkennen. Wissen wir, wer dieser Mann war?»

«Nein, aber ich werde nichts unversucht lassen, das festzustellen. Ich werden Ihnen einen Eilkurier schicken, sobald ich etwas für Sie habe.»

«Ausgezeichnet», sagte Lestrade, zutiefst davon überzeugt, daß Failsworth, wenn es ums schnelle Laufen ging, ein Experte war. Als er zur Droschke hinüberging, hörte er, wie Watson mit der Peitsche knallte, den Fahrer antrieb und rief: «Die Jagd ist auf!»

In dieser Nacht war ein Fenster von New Scotland Yard lange erleuchtet. Inspector Sholto Lestrade saß in seinem Büro auf dem Heizkörper und versuchte den Kreislauf in seinen unteren Körperteilen in Gang zu halten. Der November war bitterkalt. Weihnachten stand vor der Tür, und sie tappten immer noch im dunklen. Walter Dew erschien mit Lestrades soundsovielter Tasse Tee, gerade noch rechtzeitig, um zu sehen, wie sein Chef den letzten Osborne stibitzte.

«Also, Gentlemen.» Er warf einen kritischen Blick auf die drei Männer, mit denen er im selben Boot saß. «Wir wollen alles noch mal durchgehen. Skinner, Mord Nummer eins.»

Der Constable benutzte seinen Bleistift, um auf die Notizen zu deuten, die zu seiner Linken an die Wand gepinnt waren. «Captain Archibald Fellowes, vormals Zweites Regiment Leibgarde. Laut Bericht des Coroner Todesursache Ertrinken.»
«Was sagen Sie?»
«Da ich selber nichts anderes feststellen konnte, Sir, würde ich dasselbe sagen.»
«Tatsächlich, mein Junge?» Lestrade holte tief Luft und wäre um ein Haar am letzten Osborne erstickt. «Erinnern Sie mich daran, daß ich Sie nicht zur Beförderung vorschlage. Weiter.»
«Er hatte etwa zwei Tage im Wasser gelegen, und der Leichnam war aufgeschwemmt und wies Wunden auf, vermutlich durch schwimmende Gegenstände und Uferbefestigungen verursacht.»
«Sind Sie in Ordnung, Lilley?» fragte Lestrade, als der Constable die Augen verdrehte.
«Geht mir prima, Sir», brachte der Constable heraus.
«Fahren Sie fort, Skinner.»
«An der Leiche waren zwei Dinge ziemlich merkwürdig. Nummer eins waren die Samen, die sich in seinen Kleidern fanden und von denen sich nach näherer Untersuchung herausstellte, daß sie aus Kew Gardens stammten. Nummer zwei: der Orden aus dem Aschanti-Krieg zwischen den Zähnen.»
«In diesem Fall wird mehr verschluckt als Stolz», sagte Lestrade und rieb wehmütig seinen Schnurrbart. «Was wissen wir über diesen Fellowes?»
«Charterhouse. Sandhurst. 1889 zum Offizier der Leibgarde bestallt. Zog mit einem ziemlich geheimnisvollen Auftrag in den Aschanti-Feldzug. Ausgezeichnet und in Kriegsberichten lobend erwähnt. Aber...»
«Aber?»
Lestrade öffnete die Augen. Der allerkleinste Hinweis war jetzt willkommen.
«Nun, ich bin mit diesem Tagebuch noch immer nicht glücklich, Sir. Darf ich?»
Lestrade machte eine Handbewegung, und Skinner begann im Zimmer auf und ab zu gehen, wie er es seinem Chef abgeguckt hatte.

«Ich habe nicht den Hauch eines stichfesten Beweises», sagte er und blickte in die Runde, «doch ich glaube, der wahre Held bei Coomassie war Captain Hely, Fellowes' Offizierskamerad.»

«Warum?»

«Wie ich schon ausführte, Sir, verändert sich an diesem Punkt des Tagebuches die Handschrift. Vielleicht deshalb: Hely ließ sich von den Speerträgern König Prempehs abmurksen. Fellowes hätte ihn retten können – müssen –, aber er tat's nicht. Nicht einer von den zwölf Männern des Zuges kam von diesem Einsatz zurück, welcher Art er auch war, außer...»

«Fellowes», sagten die anderen im Chor.

«Wo führt uns das hin?» fragte Lestrade.

«Zu einem Motiv: Rache», sagte Skinner. «Hely und seine Männer waren tot. Aber diese Männer müssen Familien gehabt haben, Freunde. Was ist, wenn einer dieser Leute irgendwie die Wahrheit erfahren hat? Die Tapferkeit dieses Fellowes war eine Lüge. Nach seiner Rückkehr nach England war er mehr als einen Monat in einer Privatklinik. Hm... Der Gesundheitsbehörde des Heeres wurde als Grund ‹nervöse Erschöpfung› genannt.»

«Und der Aschanti-Orden?» fragte Lestrade.

«Eine letzte Geste der Verachtung», sagte Skinner und setzte sich wieder. «Ein Symbol, daß die Schuld zurückgezahlt, das Unrecht wiedergutgemacht war.»

«Und alles, was Sie in der Hand haben, ist eine Veränderung der Handschrift?» fragte Lestrade.

«Ja, Sir.» Skinner war kein Narr. Ihm war klar, auf welch schwachen Füßen seine Theorie stand.

«Haben Sie Ihre Nachforschungen auf die Familie Helys oder die der anderen Mitglieder des Zuges ausgedehnt?»

«Ich habe damit angefangen, Sir, aber das ist eine enorme Arbeit. Das Kriegsministerium war nicht gerade hilfsbereit. Wenn man bloß ein Constable ist...»

«Es ist das gleiche, wenn Sie bloß ein Inspector sind, Skinner», bekannte Lestrade. «Die gleichen steifen Unterlippen und militärischen Schnauzbärte. Eine Festung aus roten Litzen. Ich weiß, ich bin selbst dortgewesen. Dew, Mord Nummer zwei.»

Der Constable nahm Skinners Bleistift und begann ebenfalls umher-

zugehen. «Setzen Sie sich hin, Walter. Sie sehen aus, als wär's Fütterungszeit im Zoo.»
«Entschuldigung, Chef. Richard Tetley, Archäologe. Gefunden in der zweiten Kammer der Höhle von Wookey, Somerset. Todesursache: unbekannt.»
«Ach ja...» Lestrade hatte keine Zeit gehabt, sich weiter um die Sache zu kümmern.
«Könnte uns die Somerset Constabulary hier nicht unterstützen, Sir?» fragte Skinner.
«Sie könnte, aber so wie ich Chief Inspector Guthrie kenne, wird sie's nicht tun. Harry Bandicoot sagte, er werde Druck auf den Chief Constable ausüben müssen, um mir den Bericht des Coroner zu beschaffen... höchst sonderbar. Trotzdem, ich wage die Vermutung, daß die Todesursache Phosphorvergiftung war. Fahren Sie fort, Dew.»
«Die Leiche wurde von einem Arthur Bulleid gefunden, ebenfalls Archäologe, am Mittag des fraglichen Tages. Der Tote hatte ein Amulett mit einem Tier im Mund, Sir. Ein Käfer.»
«In Ordnung, Gentlemen, hier wollen wir einhalten.» Lestrade hockte noch immer auf dem Heizkörper am Fenster. Jenseits des Flusses blinkten die Lichter von Southwark hinter den stummen, schwarzen Lastkähnen. «Was gibt es bis jetzt an Gemeinsamkeiten? Wen habe ich noch nicht gefragt? Lilley?»
«Gegenstände im Mund der Toten, Sir.»
«Richtig. Und außerdem?»
«Hm...»
«Zwei *Männer*, Sir» sagte Skinner ernst.
«Und daraus folgern Sie?»
«Äh...»
«Haben Sie», sagte Lestrade zu ihnen, «bei allen unseren Nachforschungen überhaupt eine Verbindung zwischen Fellowes und Tetley gefunden, außer der Todesart?»
Schweigen.
«In Ordnung. Dew, haben wir ein Motiv für Nummer zwei?»
«Hat vielleicht etwas mit Ägypten zu tun, Sir – mit dem Fluch der Pharaonen.»
«Unsinn», spottete Skinner. «Hinsichtlich des Mysteriösen...»

«Immer schön der Reihe nach», stoppte ihn Lestrade. «Was meinen Sie, Walter?»
«Es könnte was mit Oscar Jones zu tun haben, dem amerikanischen Archäologen, der in Ägypten mit Tetley zusammenarbeitete.»
«Etwa so wie Captain Hely, der in Afrika mit Fellowes zusammenarbeitete.»
«Sir?» Dew war verdutzt.
«Ah, ich verstehe.» Skinner lief wieder hin und her. «Sie sind also beide Opfer eines Racheaktes, begangen von derselben Person?»
Lestrade nickte grimmig. «Aber wer ist diese Person? Am Morgen von Tetleys Tod waren zahlreiche Besucher in der Höhle. Wenn es nicht Tetleys Gewohnheit war, herumzulaufen und Marmorkäfer zu kauen, muß ihm der Mörder den Skarabäus unmittelbar nach dem Tod zwischen die Zähne geschoben haben. Er mußte also zu dieser Zeit am Tatort sein. Von Fellowes wissen wir, daß er kurz vor seinem Tod in Kew Gardens gewesen sein muß, aber wir haben nicht die leiseste Ahnung, wann, warum und mit wem. Und da wir gerade von Ohnmacht reden, tragen Sie uns vielleicht Mord Nummer drei vor, Lilley.»
Der junge Constable fuhrwerkte mit seinen Notizen herum. «Howard Luneberg de Lacy und seine Gattin Marigold.»
«Vergessen Sie Marigold», sagte Lestrade. «Wenigstens für den Augenblick.»
Das Trio der Constables blickte ihn fragend an. «Erstens: sie wurde erschlagen, was überhaupt nicht dazu paßt, wie unser Mann vorgeht. Zweitens: sie war eine Frau. Alle anderen waren Männer. Und drittens: ihr Mann hat's getan.»
«De Lacy selbst?» fragte Dew.
«Mit dem Stock mit dem schweren Knauf, den ich in der Halle im Ständer sah. Oh, er hatte das Blut abgewischt, natürlich, aber ich gehe jede Wette ein, daß er es war. Und die Dame, bekannt als Liz, die im Crystal Palace Park anschaffen geht, hörte, daß Marigold ihren Begleiter mit Looney anredete. Howard Looneberg de Lacy.»
«Warum sollte er seine eigene Frau umbringen?» fragte Dew.
«Sie sind nicht alle so nett wie Mrs. Dew, Walter», lächelte Le-

strade und setzte eine Zigarre in Brand. «Übrigens – Skinner, was haben Sie über Mrs. de Lacy rausgekriegt?»
«Sie war eine sehr wohlhabende Frau, Sir, ich meine, ihr eigenes Vermögen. Mr. de Lacy hatte ziemlich hohe Spielschulden, und ein Zimmermädchen erzählte mir, es habe gehört, wie die beiden sich darüber stritten. Mrs. de Lacy weigerte sich, ihm noch einen einzigen Penny zu geben, es sei denn…»
«Sie stürbe», sagte Lestrade. «In diesem Fall würde ihr Gatte alle ihre irdischen Güter bekommen. Was mich zu einer zentralen Frage führt, Lilley. Warum warteten Sie einen Tag, ehe Sie de Lacy aufsuchten, um ihn seine Frau identifizieren zu lassen?»
Lilley erbleichte. «Tut mir leid, Sir», antwortete er. «Ich hätte den Anblick von Mrs. de Lacy nicht ertragen. Ich konnte ihr am nächsten Tag nicht gegenübertreten.»
«Und am übernächsten Tag wurden Sie mit einem anderen Anblick konfrontiert. Erzählen Sie.»
«Mr. de Lacy war durch einen Stich mit einem spitzen Gegenstand in den Nacken getötet worden…» Der Constable schwankte kurz. «Der oder die Täter sind unbekannt, die Todeszeit liegt zwischen Mitternacht, als er nach Hause kam, und dem Morgen, als ich ihn fand.»
«Und was verbindet diesen Mord mit den anderen?»
«Es steckte ein Trauring in seinem Mund, Sir… Würden Sie mich für einen Augenblick entschuldigen?» Und er eilte zur Tür.
«Also Skinner», sagte Lestrade, «da Lilley nicht da ist, was hat der Ring zu bedeuten?»
«Wenn Sie mit Ihrer Theorie über den Tod von Mrs. de Lacy recht haben, dann handelt es sich auch hier um einen Racheakt.»
«Genau», nickte Lestrade. «Das ist unser Muster.»
«Wurde Mrs. de Lacy nicht von den Bandicoots erwartet?» fragte Dew plötzlich.
«Sagte jedenfalls ihr Mann. Warum fragen Sie, Walter?»
«Ach, ich weiß nicht», sagte der Constable. «Merkwürdiger Zufall, will mir scheinen, das ist alles.»
«Skinner, sehen Sie mal nach Lilley», sagte Lestrade. «Ich will nicht, daß man im Yard knietief in ohnmächtigen Constables watet. Dew – der Tod von William Hellerslyke – Mord Nummer vier.»

«Captain William Hellerslyke, Baronet, starb während der Manöver der Yorkshire Husaren. Todesursache Phosphorvergiftung.»
«Verdächtige?»
«Eine sehr lange Liste von Leuten, die an seinem Todestag an einem Regimentsessen teilnahmen. Aber besonders ein Lieutenant Hardinge, dessen grausam sitzengelassene Schwester sich in einen Wasserfall stürzte, als ihr seelisches – und offensichtlich auch ihr körperliches Gleichgewicht – gestört war.»
«Wie wunderbar Sie mit Worten umgehen können, Walter. Sie sollten eines Tages wirklich mal ein Buch schreiben.»
Dew grinste breit.
«Und das Motiv?»
Dews Miene wurde düster. «Rache?» sagte er, Zustimmung erheischend.
«Das gleiche Muster», nickte Lestrade. «Und zum erstenmal so etwas wie ein Anhaltspunkt – zwei Namen. Einer auf der Karte, die bei den vergifteten Pralinen war – ‹Coquette›. Der andere im Geschäftsbuch in Mr. Rowntrees Geschäft – ‹Perameles›. Was sagt Ihnen der Name?»
«Coquette Perameles?» Dew rieb sich die Andeutung eines Kinns. «Ein französischer Grieche?»
«Die schlimmste Art von Ausländer», murmelte Lestrade. Es klopfte an der Tür, und ein Sergeant der Essex Constabulary stand dort, in seinem Umhang vor Kälte zitternd.
«Eine Nachricht von Inspector Failsworth, Sir», sagte er.
«Ah, besorgen Sie diesem Mann eine Tasse Tee, Dew. Er sieht erfroren aus.»
«Das ist freundlich, Sir. Ich kann nicht lange bleiben.» Der Sergeant hatte offenbar dasselbe Problem wie sein Inspector.
Skinner kehrte mit dem blassen Lilley zurück, und sie nahmen wieder ihre Plätze ein. «Mord Nummer fünf, Gentlemen», sagte Lestrade und las das Wichtigste aus Failsworths Nachricht vor: «Bei der Leiche in Epping Forest handelt es sich um einen gewissen Gerald Mander, Alter zweiunddreißig. Vermögend. Clubs: Reform, Athenäum, Montgolfier. Ledig. Adresse: 36 Cadwallader Street, SW4. Sonst noch etwas von Inspector Failsworth?» fragte er den Sergeant.

«Nein, Sir.» Der Mann drückte die wärmende Tasse an seine tauben Wangen. «Er war sozusagen nur auf einen Sprung da. War unterwegs zur Cadwallader Street, als ich aufbrach.»

«Gut. Dew, Der Inspector wird sich von neulich morgens noch an Sie erinnern. Begleiten Sie den Sergeant. Meine Empfehlung an Inspector Failsworth. Ich möchte über alles informiert werden, was sich in der Wohnung des Toten findet.»

Er bemerkte, daß Dew mit dem Abmarsch zögerte. «Was ist los, Constable?»

«Ich habe seit einer Stunde dienstfrei, Sir», erinnerte ihn Dew.

«Ich ebenfalls, Dew», gab sein Chef zurück. «Zum Kotzen nicht wahr?» Und er sah den Polizisten nach.

«Verzeihung, Sir», unterbrach Skinner. «Ich mußte es einfach bemerken.»

Lestrade blickte hastig an sich herunter. Stimmte etwas nicht? Hatten Messrs. Inkester, Maßschneider der Metropolitans, ihn irgendwie im Stich gelassen?

«Das Stück Metall, Sir.»

Lestrade warf es auf den Tisch. Während der letzten halben Stunde hatte er, ohne es zu bemerken, damit gespielt. «Was ist damit Skinner?»

«Darf ich's mal sehen, Sir.»

Lestrade gab es ihm.

«Ich dachte es mir», lächelte Skinner. «Aluminium.»

«Was?»

«Aluminium, Sir. Der Name des Metalls. Sehen Sie die bläuliche Tönung?»

«Was wissen Sie darüber?»

«Eine ganze Menge, Sir. In der Natur kommt es in der Form von Bauxit vor, obwohl es sich auch in anderen Silikaten findet.»

«Wozu wird es benutzt?»

«Für Dutzende von Dingen, Sir. Seit Hall in England und Heroult in Frankreich das Elektrolytverfahren...»

«Und wo, glauben Sie, habe ich dieses Stück gefunden?»

«Ich habe keine Ahnung», bekannte Skinner.

Lestrade beugte sich zu ihm. «Eingeklemmt zwischen den Backenzähnen des verblichenen Gerald Mander», und der Constable und der Inspector blickten zu Boden, auf dem Lilley ohnmächtig zusammengebrochen war.

Die Droschke des Reviers ratterte vorbei am Mausoleum von Napoleon III. und den Hügel hinauf. Am Haupttor salutierten Soldaten, und Dew winkte ihnen zu wie ein Feldmarschall. Inspector Failsworth hatte herausgefunden, daß Gerald Mander jede freie Stunde damit verbrachte, sich in Ballons herumzutreiben, und da in den Papieren in seinem Schreibtisch oft von der Ballon-Abteilung des Königlichen Pionierkorps, stationiert in South Farnborough, die Rede war, verstand es sich, daß Lestrade und sein Constable sich am nächsten Morgen dort einfanden.

Der Inspector wurde in ein Büro geführt, seinem eigenen nicht unähnlich, doch viermal so groß, und gebeten zu warten. Sein Herz machte vor Überraschung einen Sprung, als ein drahtiger junger Offizier mit Kneifer und Mittelscheitel eintrat.

«Morgen», rief er fröhlich, «Charles Davenport, der Ehrenwerte», und er streckte seine Hand vage in Lestrades Richtung aus.

Für Lestrade warf das allerdings ein Problem auf, denn er war diesem Mann schon einmal begegnet. Ein rascher Blick nach unten bewies ihm, daß ihn seine Erinnerung nicht trog. Es gerieten nämlich nicht die dunkelblauen Hosen der Königlichen Pioniere ins Blickfeld, sondern das Scharlachrot und Gold der Elften Husaren. Wie um Lestrades böseste Ahnung zu bestätigen, trottete ein riesiger irischer Wolfshund lautlos herein, erblickte Lestrade und knurrte.

«Ruhig, Paddy, befahl Davenport und tappte zu seinem Stuhl. «Mr.... äh...»

Für Lestrade warf das ein weiteres Problem auf, denn als er und Davenport einander vor etwa drei Jahren begegnet waren, hatte er, Lestrade, sich Athelney Jones genannt. Es hatte sich damals wieder einmal um eine Situation gehandelt, als er mit Yard «über Kreuz» war und sich verpflichtet gefühlt hatte, den ziemlich fragwürdigen Namen des Inspektors der Hafenpolizei zu benutzen.

«Lestrade», gestand er dieses Mal, «Inspector von Scotland Yard.»

«Ah, ja.» Davenport griff nach drei Bleistiften. «Zigarre?»

«Äh... im Augenblick nicht. Ich finde, daß Blei mir nicht zuträglich ist.»
«Habe Ihr Telegramm bekommen», fuhr Davenport fort. «Jammer das, mit dem armen alten Gerry. War es ein Unfall?»
«Nein.» Lestrade studierte Davenports Schulterstücke. Der Mann war seit ihrer Begegnung befördert worden. «...Major. Mr. Mander wurde ermordet.»
«Gütiger Himmel!»
Diese Mitteilung ließ Davenport, der gerade im Begriff war, die Bleistifte anzuzünden, innehalten.
«Nehmen Sie eine von meinen.» Lestrade steckte ihm eine Zigarre in den Mund.
«O, danke. Verdammt nett. Weiß es ‹Sally›?»
«Sally? Ich hörte, Mr. Mander sei unverheiratet gewesen.»
«Unverheiratet?» Davenport sah verwirrt aus. «O, ich verstehe. Nein, Sally ist Gerrys Bruder. Er heißt eigentlich Cuthbert, aber es ist eine Art Familienscherz, wissen Sie – Sally Mander, gut, wie?»
Lestrade blieb ungerührt. «Uns ist es bis jetzt nicht gelungen, Angehörige Mr. Manders zu ermitteln, Sir», sagte er. «Sein Bursche hat die Leiche identifiziert. Gehörte Mr. Mander der Armee an?»
«Du lieber Gott, nein, Zivilist durch und durch. Im Grunde stehen wir hier alle am Rande des Geschehens. Ich gehöre natürlich zum Leibregiment von Prinz Albert und bin bei den Pionieren so eine Art Verbindungsoffizier.» Er beugte sich heimlichtuerisch vor. «Eigentlich auch nicht gerade mein Fall. Ich meine...» Er rückte seine dickwandigen Augengläser zurecht und blickte Lestrade prüfend an. «Sind wir uns schon begegnet?»
«Ich glaube nicht», sagte Lestrade eine Spur zu rasch.
«Aber sicher», beharrte Davenport. «Waren Sie nicht der Bursche, der bei der Jubiläumsprozession in Oswald Ames reinrannte? Es stand in der Zeitung.»
«Wirklich?» Lestrade hatte das Glück gehabt zu entwischen.
«Ja. Dieser Journalist hat Sie haargenau beschrieben. Ich erinnere mich, daß mich seine poetische Ausdrucksweise beeindruckte – ‹Ein Bursche mit Pergamenthaut und weltmüden Augen›.»
«Nein, ich glaube, Sie müssen mich mit jemand anderem verwechseln.»

«Jetzt weiß ich's.» Davenport klickte mit den Fingern. «Sie waren der Bursche, der die Sache mit der Regimentsziege der Waliser untersuchte. Sagen Sie, ist sie gestorben?»
«Leider darf ich über Fälle nicht reden, Major Davenport.»
«O, schon recht. In Ordnung. Wände haben Ohren. Ich verstehe. Wie kann ich Ihnen bei dieser tragischen Geschichte mit Gerry Mander helfen?»
«Zuerst möchte ich gern wissen, wie gut Sie ihn kannten?»
«Ah.» Davenport schwang seine Füße auf den Tisch und stieß eine Bronzefigur so elegant herunter, daß Lestrade beim Aufprall auf seine Kniescheibe einen heftigen Schmerz spürte. Sogleich zeichnete sich auf seiner Hose eine dünne, rote Linie ab. «Ich kenne ihn jetzt drei oder vier Jahre.»
«Was war er für ein Mann?»
«Reizender Bursche. Natürlich besessen vom Ballonfliegen. Lag ihm offensichtlich im Blut. Er und Sally gewannen überall Preise – Paris, Berlin. Entschuldigung, Lestrade, ich habe Ihnen noch keinen Drink angeboten. Wo bewahrt der Adjutant bloß den Stoff auf?» Und er fing an, einen Besenschrank zu durchwühlen.
«Wenn Mr. Mander Zivilist war, warum war er überhaupt hier? Auf einem Armeestützpunkt?» fragte Lestrade.
«Aha.» Davenport förderte eine Flasche Linoleumreiniger zutage. «Leider darf ich darüber nichts sagen. Es ist so wie mit Ihren Fällen, wissen Sie. Ziemlich geheim.» Er fand Gläser. «Wasser?»
«Ich trinke nicht im Dienst, Sir.» Es schien Lestrade angebracht, das zu sagen, und er war erleichtert, als Davenport das Reinigungsmittel wieder wegstellte.
«Ganz richtig so», sagte er. «Verdammt unprofessionell. Ich sage nur soviel, daß wir im Augenblick an einer ziemlich wichtigen Sache arbeiten.» Davenport beugte sich vor. «Von nationaler strategischer Bedeutung», und er legte den Finger an einen Nasenflügel. «Wissen Sie», fuhr er fort und warf Lestrade abermals einen scheelen Blick zu, «Sie haben eine unheimliche Ähnlichkeit mit einem Kollegen von Ihnen – Inspector Jones. Kennen Sie ihn?»
«Äh … flüchtig», wich Lestrade aus.
«Aha», strahlte Davenport triumphierend. «Ich vergesse nie ein Gesicht. Sollen wir mit Sally reden? Ich bin sicher, daß er Ihnen

mehr helfen kann als ich.» Und er ergriff von einem Nebentisch eine Teehaube und setzte sie sich sorgfältig auf. Er rückte sie im Spiegel zurecht und schüttelte den Kopf. «Zum Totlachen», sagte er, «hier steh ich in einer Interimsuniform und plage mich mit einer Pillenschachtel ab, wo ich doch meinen Helm bräuchte. Kommt mir eher wie ein Schlapphut vor. Muß mal ein Wörtchen mit meinem Burschen reden», und er stülpte die Teehaube wieder auf den Dummy und ergriff statt dessen die Feldmütze. «Folgen Sie mir», sagte er und prallte gegen den Türrahmen. «Diese blöden Techniker», sagte er. «Warum gerade hier ein Besenschrank.»

Davenport, Lestrade und Paddy, der Wolfshund, überquerten die offenen Felder, wo die Gaswagen der Königlichen Pioniere aufgestellt waren, Männer in Gruppen untätig herumstanden und stampfende und wiehernde Pferde beruhigten. Auf ein gebrülltes Kommando bildeten sie einen weiten Kreis um die entleerte Ballonhülle, und aus den riesigen Pumpen begann das Gas hineinzuströmen. Lestrade und Davenport sahen zu, wie sich die Hülle wie ein gewaltiger Pilz aufblähte, sich vom Boden hob und mit baumelnden Seilen, Körben und Gewichten über ihnen schwebte.

Ein Mann in einem dicken Mantel löste sich aus den scharlachroten Uniformen und überprüfte das Geleine.

«He, Sally.» Davenport führte Lestrade zu ihm. «Dies ist Inspector Lestrade von Scotland Yard.»

«Hm», knurrte Mander und fuhr mit seiner Inspektion fort.

«Ich habe leider schlechte Nachrichten für Sie, Mr. Mander», sagte Lestrade. «Ihr Bruder ist tot.»

Als Mander sich umdrehte, trat Lestrade einen Schritt zurück. Der Schock traf ihn wie ein Faustschlag. Ihm war so, als erblicke er noch einmal die Leiche im Epping Forest. «Mr. Mander und Sie sind Zwillinge?» sagte er schließlich.

«Wir waren es», knurrte Mander. «Wie starb er?»

«Er wurde erstochen, Sir. Seine Leiche wurde gestern morgen in Epping Forest in der Nähe des Dorfes Bowells gefunden.»

Mander blickte auf Davenport, auf Lestrade, auf die ferne Gestalt Dews, der an der schwarzen Droschke des Reviers wartete.

«Es ist ein schöner Tag für einen Flug, Mr. Lestrade. Haben Sie Lust, sich uns anzuschließen?»

«Nun, ich...» und er wurde von den kräftigen Händen der Königlichen Pioniere in den Korb verfrachtet, so wie ihn die Yorkshire Husaren auf den Rücken des schwarzen Pferdes befördert hatten.

«Passen Sie auf, Davenport», rief Mander, als der Major an Bord gehievt wurde, «nehmen Sie mal eine Prise von dieser Schwefelsäure und dem gekörnten Zink, und ich garantiere Ihnen, daß die Augen Ihnen tränen werden.»

«Bei Fuß, Paddy.» Davenport klatschte gegen seinen Schenkel, und der Wolfshund sprang mit einem Satz in den Korb, Lestrade zur Seite stoßend.

«Leinen los!» brüllte Mander, und die kleine Armee der Pioniere eilte in alle Richtungen, löste Taue, machte Knoten und andere Verankerungen los. Lestrade hielt sich am Geflecht des Korbes fest, als dieser zu schwanken und ächzen begann.

«Ballast abwerfen» befahl Mander, und er und Davenport begannen, die an Seilen befestigten Gewichte über Bord zu werfen. «Aufgepaßt, da unten!»

Die Pioniere liefen auseinander und stießen Hochrufe aus, als der Ballon zu steigen begann. Lestrades Magen lag neben dem Wolfshund zu seinen Füßen. Der Hund schnarchte laut, doch das Geräusch wurde übertönt, als der Wind den Ballon packte und gemächlich nach Süden trieb.

«Kompaßpeilung?» fragte Mander Major Davenport.

Der Major beugte sich über ein Armaturenbrett in einer Ecke des Korbes. «Äh... dreißig... nein, Augenblick, fünfunddreißig...»

Mander schob ihn sanft beiseite und sah selber nach. «In Ordnung», sagte er, «wir werden gleich über den Bäumen sein.»

Lestrade wußte nicht, ob er nach oben schauen sollte, wo der große, graue Ballon mit seinen Tauen wie eine mächtige Kugel über ihnen schwebte, oder nach unten, wo die Gestalten der Pioniere bereits wie rote und weiße Ameisen und die Gaspumpen auf den Wagen wie winzige Särge auszusehen begannen. Ringsum tat sich schwindelerregend der Horizont auf, Bäume und Häuser waren jetzt tief unten.

«Ein großartiger Tag zum Fliegen», rief Davenport durch den Wind, und er und Mander begannen, sich mit vielen Schals und Handschuhen zu bewaffnen. Die Kälte schnitt durch Lestrades

Donegal, und eine plötzliche Brise riß ihm seinen Bowler vom Kopf, der taumelnd wie ein Staubfleck über die South Downs flog. Er hielt es für besser, sich auf etwas zu konzentrieren und seine Arbeit zu machen, bevor ihm schlecht wurde. «Wann haben Sie Ihren Bruder zum letztenmal gesehen?» fragte er Mander.

«Vor drei Tagen», kam die Antwort. «Hier, in Farnborough.»

Lestrade blickte kurz in die Tiefe. Farnborough war verschwunden. An seiner Stelle breitete sich ein verwirrendes Flickwerk von winterlichen Feldern aus, die höheren Lagen noch von grauem Frost überzogen. «Haben Sie eine Ahnung, ob irgend jemand seinen Tod hätte wünschen können?»

Mander blickte grimmig auf Davenport, der bedeutungsvoll zurückzwinkerte.

«Nicht die geringste», sagte Mander.

«Die Nachricht vom Tod Ihres Bruders scheint Sie nicht sehr aus der Fassung zu bringen, Mr. Mander.» Lestrade schien es an der Zeit, das anzumerken.

Der Ballonfahrer sah ihn an. «Mein Bruder und ich standen uns nicht nahe, Inspector. Gemeinsam hatten wir nur das Gesicht und die Leidenschaft für die Luftschifferei, aber in den letzten Jahren haben wir uns auseinandergelebt.»

Wie ich und mein Magen, dachte Lestrade.

«Wissen Sie, es ist nicht wahr, daß eineiige Zwillinge gleich empfinden, obgleich ...»

«Obgleich?» Lestrade hatte ein eigentümliches Gefühl.

«Sie sagen, mein Bruder wurde erstochen?»

«Ein Stich ins Genick. Die Waffe war kein Messer, wenigstens kein gewöhnliches. Warum?»

«Ich fühle mich heute morgen nicht wohl», sagte Mander.

Lestrade überraschte das gar nicht. Er selbst hatte das Gefühl, als umschwirrten seine Füße seine Ohren.

«Erfrischend, nicht wahr?» rief Davenport, unempfindlich gegen die zunehmend graue Gesichtsfarbe Manders.

«Davenport, lassen Sie die Hände am Steuerreep», knurrte Mander.

«Lestrade, würden Sie mir bitte die Wasserflasche geben?»

Lestrade entdeckte sie neben dem hingestreckten Wolfshund, der

seinen zottigen Kopf hob und ihn anknurrte. Das war die Geschichte seines Lebens. Mander trank gierig, als ob sein Leben davon abhinge. «Können Sie mir sagen, womit Sie und Ihr Bruder sich hier beschäftigt haben, Mr. Mander?»
«Ich darf nicht darüber sprechen, Lestrade», sagte er. «Sie müssen anderswo nach Ihrem Mörder suchen.»
«Gab es eine Frau in seinem Leben?»
Mander begann, seinen Hals zu drehen und unter den Pelzen an seiner Krawatte zu zerren. «Nein, eigentlich nicht. Aber, wie ich schon sagte, wir standen uns nicht nahe. Trotzdem, es ist komisch, ich hatte augenscheinlich gestern abend einen weiblichen Besucher...» Und er versuchte ein Lächeln, doch es verwandelte sich in eine Grimasse, und er erbrach sich laut über die Reling. Lestrade wandte sich von dem Schauspiel ab und sah sich von Angesicht zu Angesicht dem Wolfshund gegenüber, der sich aufgerichtet und die Pfoten auf die Taue gelegt hatte. Er fuhr mit seiner warmen, feuchten Zunge der Länge nach über das Gesicht des Inspector.
«Er mag Sie!» lachte Davenport und mühte sich verstohlen mit einem Feldstecher ab. «Irgendwas stimmt nicht mit diesem verdammten Ding.» Er schüttelte es.
Mander gesellte sich zu ihnen. «Davenport, wir gehen besser runter.» Seine Stimme war ein Krächzen. «Ich fühle mich nicht wohl. Seit zwanzig Jahren ist mir in einem Ballon nicht mehr schlecht geworden. Lestrade, ich hatte einen Besucher...», und er begann abermals, sich zu erbrechen. Plötzlich sackte er in die Knie. Lestrade fing ihn auf und hievte ihn in eine sitzende Position.
«Ist er in Ordnung?» fragte Davenport. «Guter Gott, welch ein ekelhafter Gestank! Paddy?»
Der Wolfshund sah wütend aus, doch Lestrade wußte, daß das Tier unschuldig war.
«Es riecht nach Phosphor, Major Davenport», sagte er und lockerte Manders Schal und Krawatte. «Dieser Mann ist vergiftet worden. Bringen Sie diesen Apparat runter.»
Doch kaum hatte er das ausgesprochen, als Manders Kopf zur Seite sackte und er mit blicklosen Augen den Wolfshund anstarrte, der winselte und sich in einer Ecke zusammenrollte.
Davenport begann an Seilen, Gewichten und Flaschenzügen zu zie-

hen, und das Gas fing an, aus der mächtigen Kugel zu entweichen. «Atmen Sie's nicht ein», rief er, «schützen Sie Ihr Gesicht», und Lestrade warf sich gegen die zottige Flanke des Hundes, der abermals fauchte.
Davenport hatte seinen bereits undurchdringlichen Augengläsern eine ebenfalls undurchdringliche Schutzbrille hinzugefügt, und der Ballon begann heftig nach links zu schlingern. «Diese verdammten Westwinde», rief er. «Lestrade, Sie können da unten nicht bleiben. Helfen Sie mir», und er und der Inspector kämpften mit der Gashülle, die über die Downs fegte.
«Wo sind wir?» rief Lestrade, und Wind und Entsetzen machten seine Stimme brüchig. Er dankte Gott, daß er braune Hosen trug. Davenport spähte kurzsichtig über den Korbrand. «Irgendwo in Südengland», sagte er. Das reichte Lestrade vollauf, wenigstens für den Augenblick. «Nein, warten Sie», korrigierte sich der Major, «das sieht da unten aus wie die Normandie.»
Einen Augenblick lang erlebte Lestrade, was Hysterie war. Kein Zweifel, die Normandie lag in Frankreich. Sie hatten den Kanal überflogen. Wer wußte, welche Schrecken sie auf der Erde erwarteten? Vielleicht richteten sich in diesem Augenblick bereits die Geschützrohre der französischen Artillerie auf sie. Als er nach dem schlingernden, durchgeschüttelten Korb griff, begannen die Wipfel der Bäume am Flechtwerk zu reißen und zu kratzen.
«Ich kann das Ding nicht halten!» schrie Davenport. «Ich kann's nicht halten! Steigen Sie aus!»
«Was?» Lestrade sah ihn ungläubig an. Sie mußten sechzig Fuß über dem Erdboden sein.
«Springen!» Und der Offizier der Elften Husaren sprang über Bord, seine knallroten Hosenbeine zischten durch die Luft, bis er inmitten einer Herde von Schafen verschwand, die auf dem Hügel graste. Lestrade war allein. Allein, ausgenommen ein irischer Wolfshund und ein vergifteter Mann. Er wußte, daß er noch nie zuvor so allein gewesen war. Sein einziger Gedanke war, in so wenigen Stücken wie möglich runterzukommen, und er begann, am Füllstutzen des Ballons herumzufummeln. Das Gas rauschte heraus, versengte ihm Hände und Arme, doch er hielt durch und wandte sein Gesicht ab.

Zwei Männer, die unten auf einem Feldweg gingen, sahen, wie er sich mit der Gashülle abmühte. Sie blieben stehen, und der eine sagte zum anderen: «Guck dir den Burschen an. Fliegt wie ein Polizist.»
Zu seiner Linken sah Lestrade den massigen, grauen Turm einer Kirche vorbeisausen, und mit einem Knirschen und einem entsetzlichen Ruck schlug der Korb auf dem Boden auf, daß Seile und Gewichte über seinen Kopf herabstürzten, als er erleichtert zwischen die Grabsteine kollerte. Es dauerte einige Zeit, bis er zu sich kam, denn der Wolfshund leckte ihm die erfrorenen Ohren. Sein Haupt ruhte auf einem Engel aus Stein, der sich über eine verhüllte Urne beugte. Ihm fiel ein, daß es sonderbar war, in der Normandie einen englischen Grabstein zu finden.
«Was zur Hölle, iss hier passiert?» dröhnte eine Stimme hinter ihm, obgleich Lestrade die Worte nur verschwommen wahrnahm.
Er setzte sich auf und sah sich einem Totengräber gegenüber, der mit einer unangenehm aussehenden Sense bewaffnet war.
«Bonjour.» Er suchte sein ganzes Französisch zusammen und klopfte sich auf die Brust. «Engländer», sagte er, und dann, lauter, noch einmal: «Engländer.»
«Hm, freut mich verdammt für Sie», sagte der Totengräber.
«Sie sprechen erstaunlich gut Englisch», sagte Lestrade.
«Danke», knurrte der Mann und half ihm hoch. «Sind jetzt erst sechzig Jahre, daß ich's tue.»
«Warten Sie mal.» Lestrade packte den Ärmel des Mannes, um sich zu stützen. «Ist dies nicht die Normandie?»
«Auf die Normandie is geschissen.» Der Totengräber spie ins Gras. «Die liegt fünf Meilen in der anderen Richtung. Dies ist die Kirche von Crookham.»
«Crookham? Wo ist Farnborough?»
«Hinter dem verdammten Hügel», sagte der Totengräber. «Wo kommt ihr Burschen bloß her, das möcht ich verdammt gern wissen?»
«Das ist eine lange Geschichte», seufzte Lestrade, dankbar, wieder festen Boden unter den Füßen zu spüren. Er ging schwankend zum Korb, wo zwischen Seilen und Segeltuch die Leiche von Sally Mander lag. Der Schrecken war noch da.

An diesem Abend war es wieder einmal soweit: Lestrade erwartete den fälligen Anpfiff. Er stand, seine Wunden vom Regimentsarzt in Farnborough verpflastert, mitten auf dem Teppich in Nimrod Frosts Büro. Er hatte sich Dews Bowler ausgeborgt, denn nach allem, was er wußte, kreiste der seine immer noch in den wirbelnden Luftströmungen über den South Downs.

«Ein nicht genehmigter Flug, Lestrade», sagte Frost, dessen Wangen im Lampenlicht zitterten. «Sie hätten jemanden umbringen können.»

«Dieser jemand hätte ich sein können, Sir.» Lestrade war nicht in der Stimmung, sich diplomatisch zu geben.

«Nun, inzwischen liegt die Sache nicht mehr in meinen Händen.» Frost kam ächzend auf die Füße. «Sie warten hier», und er watschelte zur Tür. Eine Weile stand Lestrade regungslos da. Er hatte dieses Zimmer nie gemocht. Es war unter Melville McNaghten unerträglich gewesen. Es war unter Nimrod Frost unerträglich. Seine Rippen schmerzten, seine Hände und Arme brannten, denn aufgrund der Einwirkung des Gases schälten sie sich. Er wollte sich gerade umdrehen und gehen, als ein kleiner, silberhaariger Mann eintrat und in Frosts Sessel Platz nahm.

«Wissen Sie, wer ich bin, Inspector?» fragte er.

Lestrade betrachtete die eingefallenen Wangen, die kleinen, klaren, grauen Augen und das weiche Kinn. Er brauchte die scharlachrote Uniformjacke unter dem Astrachanmantel nicht zu sehen. «Sie sind Feldmarschall Viscount Wolseley», sagte er.

«Sir Garnet reicht. Welches Amt habe ich inne?»

War dies ein Test? Oder hatte der Mann ein ernsthaftes Problem.

«Sie sind Oberbefehlshaber des Britischen Heeres, Sir.»

Sir Garnet beugte sich vor. «Und als solcher ist es meine Pflicht, ein Wörtchen unter vier Augen mit Ihnen zu reden, Inspector. Nehmen Sie Platz.»

In diesem Büro einen Sitz angeboten zu bekommen, war noch nie dagewesen. Lestrade mußte sich nach einem Sessel umsehen. Das Leder des Chesterfields war von luxuriöser Kälte.

«Was wissen Sie über die Brüder Mander?» fragte Wolseley.

«Bei allem Respekt, Sir Garnet, dies ist kein Kriegsgericht. *Ich* stelle hier die Fragen.»

«Lestrade!» Die Tür flog krachend auf, und Assistant Commissioner Frost stand zornbebend da. Doch Wolseley hob seine Hand.

«Lassen Sie uns allein, Mr. Frost. Vollkommen, meine ich.» Seine Stimme war fest.

Frost zitterte nochmals, doch er beherrschte sich. «Wäre das alles, Mylord?» fragte er.

Der Feldmarschall lächelte. «Für den Augenblick, ja, aber könnten wir Tee bekommen?»

Frost heulte innerlich auf, machte, so elegant wie es einem Mann von sechzehn Stones möglich war, auf dem Absatz kehrt und verschwand. «Mr. Lestrade, ich weiß, daß ich hier keine Machtbefugnis habe. Aber zwei Männer sind tot. Ich denke, wir müssen zusammenarbeiten.»

«Einverstanden», sagte Lestrade und reichte Wolseley eine Zigarre.

«Also, der Reihe nach. Erste Frage: wie geht es Major Davenport?»

«Davenport? Ach, dieser kurzsichtige Schwachkopf von der Ersatztruppe der Elften Husaren. Offenbar landete er in einer Schafherde, und die Wolle bremste seinen Fall. Trotzdem hat er sich das Bein gebrochen. Verdammt schlechtes Benehmen, das.»

«Sich das Bein zu brechen?»

«Aus einem blöden Ballon zu springen. Sie und Mander waren Zivilisten. Es war seine Pflicht, als einziger anwesender Soldat für Ihre Sicherheit zu sorgen.»

«Mander war bereits tot.»

«Was? Ich dachte, er sei beim Absturz getötet worden.»

«Er starb an Phosphorvergiftung, wenn ich mich nicht sehr irre.»

Wolseley sackte in Frosts Sessel zurück. Das Gewicht des Commissioners hatte im Lauf der Jahre eine dauerhafte Einbuchtung verursacht, und Wolseley verschwand beinahe darin, doch er kämpfte sich wieder hoch. «Soviel zur Frage militärischer Intelligenz», sagte er.

Es klopfte an der Tür. Ein uniformierter Constable brachte ein Tablett mit Bath Olivers und richtigen Porzellantassen mit Henkeln. Lestrade schwelgte in ungewohntem Luxus, und er goß Tee ein, als der Constable ging und der Feldmarschall den Schock verdaute.

«Ich dachte, Sally Mander sei durch einen Unfall ums Leben gekommen, muß ich zugeben. Eigentlich bin ich gekommen, um mit Ihnen über Gerald zu sprechen.»
«Er wurde erstochen», klärte Lestrade ihn auf. «In Epping Forest, von einer unbekannten Person», er ergriff Frosts verzierten Brieföffner und wog ihn in der Hand, «mit einem scharfen, einseitig geschliffenen Gegenstand. Sir Garnet, meine zweite Frage – was war das für eine geheimnisvolle Sache, an der die Brüder Mander arbeiteten?»
Wolseley kämpfte sich aus dem Ledersessel hoch und schritt zum Fenster. «Es tut mir leid», sagte er, «ich kann darüber nicht...»
Lestrade unterbrach ihn. «Ich sollte Ihnen wohl sagen, daß die Morde an den Brüdern Mander bloß Teil einer größeren Verschwörung sind.»
«Was?»
«Es gibt fünf weitere, bis heute. Es läßt sich nicht sagen, wie viele wir vielleicht noch erleben werden.»
«Das ist nicht zu glauben.» Wolseley schüttelte den Kopf.
«Sie haben im ersten Aschanti-Krieg gekämpft, Sir Garnet.» Lestrade trat zu dem alten Soldaten am Fenster.
«Stimmt», antwortete dieser.
«Desgleichen zwei Offiziere namens Fellowes und Hely – im zweiten Krieg. Hely starb dort. Fellowes starb kürzlich.»
«Archibald», dämmerte es Wolseley. «Leibgarde.»
«Er war ein weiteres Opfer», fuhr Lestrade fort. «Wie die Brüder Mander. Wissen Sie, warum?»
Wolseley schüttelte den Kopf, nicht einmal, sondern mehrere Male. Er kam auf Lestrade zu, blickte ihn an und kehrte wieder um. «Ich brauche Ihr Wort, Lestrade.» Wolseley blickte seinem Mann in die Augen, wie er es an der Spitze des 25. Regiments zu Fuß in Burma getan hatte, ebenso wie im Kampf gegen die Meuterer in Indien und gegen die Sudanneger bei Tel-el-kebir. «Ihr Ehrenwort, wohlgemerkt.»
Lestrade erwiderte seinen Blick, wie er Sir Charles Warren, Commissioner der Polizei, wie er die unheimlichen Leichen des Ripper angeblickt hatte, wie er dem Tod ins Gesicht gesehen hatte, ebenso oft wie Sir Garnet. «Sie haben mein Wort», sagte er.

Wolseley entspannte sich und blickte durch das Fenster auf die blinkenden Flußlichter. «Die Österreicher haben ein starres Luftschiff gebaut, Lestrade. Keinen Ballon der Sorte, mit der Sie heute geflogen sind und mit dem sich die Manders einen Namen machten. Es hat ein Metallgerüst, wurde von einem Kraut namens Schwartz erbaut und ähnelt in der Form Ihrer Zigarre.»

«Verstehe.»

«Ich zweifle, ob Sie das tun, Lestrade», sagte Wolseley. «Stellen Sie sich vor, sie hätten nicht eines davon, sondern Hunderte. Wir wissen, daß die Deutschen und die Franzosen in den letzten acht Jahren mit benzingetriebenen Luftschiffen experimentiert haben. Noch sind sie im Versuchsstadium, aber wir müssen sie einholen.»

Lestrades Augen verengten sich. «Sie sprechen von einer Armee am Himmel», sagte er.

«Cayley, Stringfellow und seit kurzem Ader – sie arbeiteten und arbeiten an anderen Typen von Luftfahrzeugen. Ich sage Ihnen ganz offen, Lestrade, ich hoffe, daß ich längst tot bin, wenn es je einen neuen europäischen Krieg gibt. Stellen Sie sich vor, Bomben, die von Ballons abgeworfen werden. Es ist ungeheuerlich.»

«Wie Blitze aus heiterem Himmel», sinnierte Lestrade.

«Genau», sagte Wolseley grimmig, «Blitzkrieg. Ich bin einfach zu alt.» Er seufzte. «Die Brüder Mander, die hervorragendsten unter unseren nichtmilitärischen Ballonfahrern, arbeiteten an einem Versuchsluftschiff. Wie das von Schwartz soll es aus Aluminium angefertigt werden.»

«Was?» Lestrades Herz machte einen Satz.

«Aluminium. Das ist ein Leichtmetall, spannt sich wie eine Haut über das Gerippe.»

«Wer wußte von der Arbeit der Brüder Mander, Sir Garnet?»

«Nun ja, die Hälfte der verdammten Königlichen Pioniere sah sie in Farnborough bei der Arbeit, aber nur eine Handvoll wußte von dem Luftschiff.»

«Haben Sie sie befragt?»

«Ausgiebig. Soweit ich weiß, sind sie alle sauber. Das Problem sind die Brüder Mander selbst. Vor nicht langer Zeit hatten sie den Ruf, rücksichtslos zu sein. Ein Mann wurde getötet. Inzwischen ist natürlich längst Gras über die Sache gewachsen.»

«Sie glauben also, die Manders wurden von einer ausländischen Macht getötet, um unsere Fortschritte auf diesem Gebiet zu bremsen oder um ein strategisches Geheimnis zu schützen?»

«Das dachte ich, Sie jedoch sagen, daß andere auf ähnliche Weise gestorben sind.»

«Stimmt», nickte Lestrade. «Aber ich habe Mörder gekannt, die eine Reihe von Leuten, die nichts miteinander zu tun hatten, umgebracht haben, bloß um Verwirrung zu stiften, während es in Wirklichkeit nur ein echtes Ziel gibt – oder auch, wie im Fall der Manders, zwei.»

«Das ist verteufelt gerissen», staunte Wolseley. «Wohin bringt uns das?»

«Ich bin nicht sicher, Sir Garnet. Darf ich die Männer befragen, die in die geheime Arbeit am Luftschiff eingeweiht waren?»

«Ja, aber gehen Sie vorsichtig vor, Lestrade. Wenn das rauskommt, würde unsere nationale Sicherheit ein gewaltiges Loch bekommen. Die Sicherheit Englands liegt in Ihren Händen.»

«Ich danke Ihnen, Sir Garnet. Ich werde mein Bestes tun», und er schüttelte dem Feldmarschall die Hand.

«Oh, Lestrade.» Wolseley stoppte an der Tür. «Was ich Ihnen gerade mitgeteilt habe, ist natürlich strengster Geheimhaltung unterworfen, doch was ich Ihnen jetzt erzählen will, ist ausgesprochen unprofessionell. Ich gebe offen zu, daß ich mir wie ein Schurke vorkomme, wenn ich es erwähne.»

«Fahren Sie fort», sagte Lestrade, der eine Enthüllung witterte.

Wolseley sah gequält drein. «Es geht um Archibald Fellowes – in der Aschanti-Sache.»

«Ja?»

«Nun, es ist natürlich bloß ein Gerücht. Nichts in den offiziellen Akten.»

«Ich weiß. Einer meiner besten Männer hat das überprüft, soweit man es ihm erlaubte.»

«Gut. Aber es geht das Gerücht, daß Fellowes bei Koomassie die Nerven verlor. Es ist in der Tat ein unheimlicher Ort. Ich kann das selber bezeugen, ich war 1873 dort. Aber es heißt, daß er Hely und seine Männer im Stich ließ, sie einfach allein ließ und türmte. Benahm sich wie ein Feigling.»

«Wirklich?» Für Lestrade fingen die Stückchen an zusammenzupassen. «Es ist natürlich nichts als ein Gerücht, Inspector», sagte Wolseley und drohte Lestrade mit dem Finger. «Offenbar verbrachte er einige Zeit in einer Privatklinik. Ein bißchen abgeschmackt, wie?»
«Ein Gerücht ist besser als nichts», sagte Lestrade, «und das ist im Augenblick vielleicht alles, Sir Garnet.»

Lestrade verbrachte vier zähe Tage damit, Mitglieder der Ballon-Abteilung der Königlichen Pioniere zu befragen. Was ihn anbelangte, konnten sie alle ausländische Spione gewesen sein, doch er konnte keinen der Männer mit Phosphor, Epping oder speziell mit den beiden Manders in Verbindung bringen. Er prüfte argwöhnisch ihre Bajonette, und wenn niemand zusah, stürzte er sich auf die Wand des Büros in Farnborough, das Davenport verwaist zurückgelassen hatte, um festzustellen, was für ein Loch man fabrizieren konnte. Das Dumme war bloß, daß Mörtel härter war als sein Genick, und das Experiment war kein durchschlagender Erfolg. Etwa eine Stunde dachte er darüber nach, Paddy, den Wolfshund, der Sache der forensischen Wissenschaft zu opfern und ihn am Boden festzunageln, doch das feinfühlige Tier bekam irgendwie Wind davon und trollte sich.
Ein Corporal der Pioniere erwies sich jedoch als nützlich. Er erzählte Lestrade, Sally Mander habe in der Nacht, ehe er starb, einen Besucher empfangen, was das bestätigte, was Mander hatte berichten wollen, bevor ihn die unbezähmbaren Nöte der Phosphorvergiftung zum Erbrechen zwangen. Nein, der besagte Besucher hatte Mr. Mander nicht angetroffen, ihm jedoch eine Schachtel mit Pralinen hinterlassen. Wo diese jetzt waren? Vermutlich in Mr. Manders Magen. Der Corporal hatte keine genaue Kenntnis von der Arbeitsweise der menschlichen Verdauungskanäle und wollte auf diesen Punkt nicht näher eingehen. Die Schachtel? Verschwunden. Hatte eine Karte beigelegen? Er konnte sich an keine Karte erinnern. Wie sah diese Person aus? In diesem Punkt drückte sich der Corporal sehr präzise aus. Groß, vielleicht fünf Fuß vier, sehr großer Hut, dicker Schal vor dem Gesicht.

«Mann?» fragte Lestrade. «Frau?»
Pause. «Ja, Sir. Würde ich sagen.»
Lestrades Augen verengten sich. Ein unbefriedigender Tag ging zu Ende. «Was denn nun?»
Der Corporal sah hilflos aus. «Wenn meine Streifen davon abhingen, Sir, ich könnte es Ihnen nicht sagen. Begegnen Sie denn nicht immer wieder Leuten, bei denen Sie sich nicht wirklich sicher sind?»
Lestrade nickte unwillkürlich. Das war der Lauf der Welt.

Endstation für einen Omnibus

Es war in der Mitte jenes Monats Dezember, als William Terriss, der Schauspieler, in der Dunkelheit eines Torwegs beim «Adelphi» ermordet wurde. Aber die Tatwaffe war ein Tranchiermesser, kein Stilett, nach dem Lestrade suchte, und überdies war Prince, der Angreifer, mit blutigen Händen festgenommen worden.

Die Presse geriet über den Fall Terriss in helle Aufregung, und die Manders in Vergessenheit. Doch bei Scotland Yard gab es eine kleine Gruppe von Männern, die nicht vergessen konnten und wollten. Sie saßen über ihren dampfenden Bechern mit Tee, während der Schnee gegen die Fensterscheiben trieb und der Fluß draußen dunkel und unerbittlich zwischen seinen weißen Ufern lag.

«Also, was haben Sie im Crystal Palace erfahren, Dew?» fragte Lestrade.

«Die Brüder Mander hatten dort regelmäßig Auftritte, Sir. ‹Luft-... akobra... akobra... Kunststücke in der Luft nach Vereinbarung› – das steht auf den Handzetteln.»

«Mit wem war das vereinbart?»

«Mit dem Herzog von Connaught, offenbar.»

«Und was ist mit dem Unfall?» fragte Lestrade

«Ach ja, das ist ganz interessant. Er passierte vor drei Jahren. Ein Bursche namens Parmenter arbeitete eine Zeitlang mit ihnen zusammen. Wie es scheint, war er selber ein glänzender Ballonfahrer. Sie machten einen Aufstieg über den Crystal Palace Park zu wohltätigen Zwecken, und Parmenter fiel aus dem Korb.»

«Tot?»

«Mausetot.»

«Wie ist es passiert?»

«Ja, das ist eine komische Sache. Nur die drei waren im Korb. Ein vierter Bursche, der die Flasche Tee oder was immer trug, kam nicht mit.»

«Warum nicht?»

«Ich hoffte, Sie würden das fragen, Sir», strahlte Dew. «Weil die Manders ihm sagten, er solle unten bleiben. Erzählten ihm irgendeinen Quatsch über den Ballast, den der Bursche ihnen nicht abnahm.»

«Haben Sie mit ihm gesprochen?»

«Ja, letztendlich. Er tritt jetzt als Trapezkünstler in einem Zirkus auf.»

«Was hat er über die Manders gesagt?»

«Nun», Dew beugte sich verschwörerisch vor. Lilley und Skinner ebenfalls. «Er schätzt, daß die Manders Parmenter um die Ecke brachten.»

«Verstehe.» Lestrade zog seinen Kopf als erster aus dem Kreis zurück. «Also lautet die Frage: ‹Fiel er oder wurde er gestoßen?›»

«Exakt, Chef», sagte Dew.

«Wenn er gestoßen wurde», sinnierte Lestrade, «was war das Motiv?»

«Ja, das wollte ich auch gerade fragen», sagte Skinner.

«Oh, gut.» Lestrade warf ihm seinen vernichtendsten Blick zu.

«Dieser Bursche, mit dem ich gesprochen habe, sagte, Parmenter habe mehr Publikum angelockt als die Manders.»

«Also beruflicher Neid?» fragte Lestrade.

«Sie hatten schon vorher heftigen Streit», sagte Dew, «es gibt dafür jede Menge Zeugen.»

«Und am Tage des verhängnisvollen Fluges?»

«Von diesem Burschen abgesehen, konnte ich niemanden finden, der dort war.»

«In Ordnung», sagte Lestrade, «was wissen wir über diesen Parmenter?»

Dew durchblätterte seinen Notizblock. «Dritter Sohn von Ezechiel und Roberta Parmenter, London und New York. Ausbildung in Eton und Harvard.»

«Wo?» fragte Lestrade.

«Eton, Sir.» Dew war verblüfft. «Ist eine Public School.»

«Nein», verbesserte ihn Lestrade, «ich meine Harvard.»

«Ach, ist auch eine Public School.» Dieses Mal war Dew seiner Sache weniger sicher.

«Genaugenommen ist es eine amerikanische Universität», klärte Skinner sie auf.

«Fahren Sie fort, Dew», befahl Lestrade.

«In den Vereinigten Staaten scheint er das Ballonfliegen kennengelernt zu haben, und er verbrachte dort die Hälfte jeden Jahres.»

«Das ist alles?»

«Nach allem, was man hört, war er so etwas wie ein Draufgänger. Auf dem Hochseil wie mit dem Ballon. Er hat mehrere Male auf einem Seil die Niagarafälle überquert, wie dieser Blondel.»

«Hatte er 'ne Laute bei sich?» fragte Skinner.

Alle blickten ihn an.

«In Ordnung, Walter», sagte Lestrade, «gut gemacht. Lilley, Armenhaus Poplar. Das Opfer des Schwindels, den Hughie Ralph aufgezogen hat.»

«Ja.» Lilley kramte seinen Notizblock hervor. «Es war Bethnal Green, Sir.»

«Bethnal Green?»

«George Hypericum Elliott war sehr schwer zu finden. Er ließ sich immer Erlaubnisscheine ausstellen, um Arbeit zu suchen, und dann verschwand er. Am Ende tauchte er dann unter einem angenommenen Namen in einem anderen Arbeitshaus auf. Als ich ihn schließlich aufspürte, nannte er sich Lawrenson.»

«Lawrenson?»

Lilley nickte. «George Hypericum Lawrenson.»

Dieser Name kam Lestrade irgendwie bekannt vor, aber er wußte ihn nicht einzuordnen.

«Was sagte er?»

«Er liegt im Sterben, Sir.» Lilleys Gesicht hatte seine übliche Farbe: weiß wie der Schnee hinter dem Fenster. «Tuberkulose, sagte er mir. Er tat mir sehr leid, Sir.»

Lestrade nickte. «So ist unser Job nun mal, Junge», sagte er. «Das war bloß ein Vorgeschmack dessen, was Sie erwartet.»

«Etwas ist faul an diesem Fall, Sir», sagte Lilley.

«Elliott?»

«Elliott, Ralph, die Manders, alle.»

«Was ist faul?» Lestrade war willens, in dieser Phase nichts unversucht zu lassen.

«Warum lassen wir ihn nicht einfach gehen, Sir – den Mörder, meine ich?»

Dew spritzte seinen Tee über Skinners Tweed.

«Warum sollten wir das tun, Constable?» fragte Lestrade ruhig.

«Nun, Sir, ich meine...» Er nahm seine Finger zur Hilfe. «Wenn wir recht haben...» Lestrade vermutete, daß es sich nicht um das königliche «Wir» handelte.

«...dann haben alle diese Opfer verdient, was sie bekamen. Nummer eins, Captain Fellowes, ließ seine Männer im Stich. Praktisch hat er sie ermordet. Nummer zwei: Mr. Tetley hat Mr. Jones vielleicht den archäologischen Ruhm geraubt oder nicht, ihn vielleicht sogar ermordet. Nummer drei: Mr. de Lacy erschlug...» Das Wort ließ ihn, kaum war es ausgesprochen, erzittern. «...verursachte den Tod von Mrs. de Lacy – das haben Sie selber gesagt. Nummer vier», fuhr er fort, und langsam gingen ihm die Finger aus, «Captain Hellerslyke war verantwortlich für den Tod von Miss Hardinge...»

«Trotzdem, Lilley», mischte sich Skinner ein, «die ganze Struktur der Gesellschaft steht auf dem Spiel. Wie J. S. Mill als erster dargelegt hat...»

«Was Constable Skinner zu sagen versucht», sagte Dew, «ist, daß wir das Gesetz nicht in unsere eigenen Hände nehmen können. Wir sind weder Richter noch Gerichte.»

«Genau so ist es, Dew», sagte Skinner, und Dew blickte den Jüngeren finster an.

«Aber das hier...», fuhr Lilley ungewöhnlich hartnäckig fort, «das ist keine Gerechtigkeit.»

Lestrade klopfte mit seinem Bleistiftstummel einen nachdrücklichen Refrain zu dem Stimmengewirr, und es erstarb. «Was hat Elliott Ihnen sonst erzählt?»

«Er hatte es sein ganzes Leben lang behaglich gehabt – Diener, Kindermädchen und so weiter. Einziges Kind. Zu Tode verwöhnt...» Plötzlich kümmerte er sich nicht um den Doppelsinn. «Hughie Ralph ruinierte ihn, das stimmt. Er steckte Tausende in afrikanische Eisenbahnprojekte, im Glauben, sie wären solide. Als er merkte, daß sie's nicht waren, war es zu spät. Er verlor seine Freunde, seine Familie. Im Club wurde er geschnitten. Er zerbrach, und sie fanden ihn irgendwo sturzbetrunken und Blut spuckend in einer Gasse.»

«Das soll uns allen eine Lehre sein, Gentlemen», sagte Lestrade.
«Ich glaube nicht, daß ich je in der Lage sein werde, mir Eisenbahnaktien zu leisten», grinste Dew.
«In der Tat nicht, Walter.» Lestrade griff hinüber und rasselte mit einer Blechbüchse auf dem Aktenschrank. «Ich meinte die Teekasse. Irgendwer hat seinen Sixpence nicht reingetan.»
Dew wurde krebsrot und grub in seinen Taschen.
«Ich gehe jetzt zum Mittagessen», sagte Lestrade. «Man hat mir heute Ausgang gegeben.» Und er machte sich auf den Weg zum Lift.
Der Inspector stapfte über den matschigen Hof unterhalb seines Büros und wickelte sich den Schal um sein übel zugerichtetes Gesicht. Der Schnee kristallisierte auf seinem neuen Bowler, dann schmolz er auf dem Filz. Er ergriff die Hand, die sich ihm aus der Droschkentür entgegenstreckte.
«Sholto», begrüßte ihn eine Stimme.
«Harry.» Lestrade spürte einen herzlichen Händedruck, als Squire Bandicoot ihn in den Wagen zog.
«Sholto.» Letitia, in der frostigen Luft strahlend und schön wie immer, beugte sich herüber und küßte ihn. «Sie haben mein Telegramm erhalten.»
«Hab ich», sagte er und tippte an seinen Hut. «Ihr seht beide gut aus.»
«Mr. Lestrade.» Eine zerbrechliche Gestalt schälte sich aus dicken Pelzen.
«Miss Balsam.» Lestrade tippte noch einmal an seinen Hut. «Wie geht es Ihnen?»
«Sehr gut», lächelte sie. «Letitia und Harry haben mich dazu überredet, ein paar Weihnachtseinkäufe in der Stadt zu machen. Sind sie nicht freundlich?»
«Das sind sie», sagte Lestrade. Er wußte das seit langem. Harry Bandicoot hatte ihm das Leben gerettet und ihm, er wußte nicht mehr, wie oft, aus der Klemme geholfen. «Wann seid ihr angekommen?»
«Gestern», erwiderte Harry. «Wir wohnen im ‹Grand›. Den Lunch zahle ich. Sholto, können Sie mit uns zu Abend essen?»
Lestrade blickte ein wenig verlegen, was bei ihm nicht ungewöhn-

lich war. «Ich bin nicht sicher, ob ich dafür die richtige Kleidung habe», sagte er.
«Unsinn.» Letitia nahm seinen Arm. «Kommen Sie, wie Sie sind. Sehen Sie mal.» Sie kramte in ihrem Täschchen und zog die gebräunte Fotografie eines kleinen Mädchens heraus. Es war Lestrades kleine Tochter. Er blickte auf das Bild und lächelte. Dann wandte er sich rasch ab und betrachtete die roten Ziegel des Yard.
«Zum ‹Grand›, Kutscher», rief Harry, und der Wagen setzte sich mit einem Ruck in Bewegung.

Ein Essen wie dieses hatte Lestrade seit langem nicht mehr genossen. Und es tat gut, wieder einmal mit Harry und Letitia zu schwatzen. Miss Balsam schlief die meiste Zeit und schnarchte sittsam, bis Letitia sie anstupste. Sie war müde.
Die ganze Aufregung der Reise nach London und das Alter hatten ihren Tribut gefordert. Letitia führte sie in ihr Zimmer hinauf, während Lestrade und Harry das Billardzimmer des Hotels aufsuchten.
«Zahl.» Harry warf die Münze hoch.
«Kopf», sagte Lestrade.
«Sie fangen an.» Harry hängte seine Jacke auf und krempelte die Ärmel hoch. «Ich habe nichts mehr von Richard Tetley gehört, Sholto. Ist die Spur kalt geworden?»
Lestrades weiße Kugel kehrte zu ihm zurück, ohne mit einer der anderen zusammengestoßen zu sein. «Sozusagen, ja, Harry», sagte er. «Sie wissen natürlich, daß ich über Fälle, an denen ich arbeite, nichts sagen dürfte.»
Bandicoot hob die Hand. «Ich weiß», sagte er und stellte auf dem blechernen Anschreiber die Punktzahl ein. «Ich war mal bei der Polizei, denken Sie daran.»
«Ich denke daran», nickte Lestrade. «Übrigens haben Sie mir nie den Bericht des Coroner beschafft.»
«Der Chief Constable wollte sich nicht erweichen lassen, Sholto.» Bandicoot kalkte sein Queue. «Ich hab's versucht, aber er blieb steinhart. Wollte den Yard nicht offiziell hinzuziehen.»
«Guthrie war als erster bei ihm.» Lestrade krümmte sich zum Stoß.

«Macht nichts. Übrigens, kannten Sie einen Burschen namens Parmenter?»
«Parmenter?» Bandicoot hielt inne, um nachzudenken. Wenn er nachdachte, konnte er nichts anderes tun. «‹Achselhöhlen› Parmenter? Mannschaftsführer der Fünfer in Eton?»
«Ich dachte, sein Vorname sei Henry, wenigstens sagt das Walter Dews Bericht.»
«Henry, ja.» Harry machte seinen Stoß, der so raffiniert war, daß Lestrade seine Knöchel untätig auf der Bande lassen konnte. «Wir nannten ihn ‹Achselhöhlen›, weil er immer schwitzte. Mannschaftsführer der Fünfer. Leichtathlet. Skuller.»
«Sie waren zu Ihrer Zeit nicht gerade eine Niete, Harry. War Parmenter ein Rivale?»
«Nicht wirklich. Er war vier oder fünf Jahre älter als ich. Wir haben nur einmal gegeneinander geboxt.»
«Wie ging's aus?»
«Ich habe ihn ausgeknockt.»
«Jemand hat ihn aus einem Ballon gestoßen.»
«Ich erinnere mich daran. War das nicht vor drei Jahren? Ich habe den Burschen eigentlich gar nicht gekannt, aber es war ein schrecklicher Unfall.»
«Ja, bloß, daß es kein Unfall war, Harry. Zwei Männer, Brüder namens Mander, stießen ihn raus.»
«Guter Gott!»
«Kannten Sie die Manders?»
«Mander?» Bandicoot hielt inne. Lestrade wollte heute sicher seine geistigen Fähigkeiten prüfen. «Standen sie nicht kürzlich in der Zeitung? Sind sie nicht auch tot?»
Lestrade nickte. «Es gibt Zeiten in meinem Beruf, da glaube ich, mehr tote als lebendige Leute zu kennen. Revanche, Harry. Die letzte Runde geht auf mich.» Und er machte sich auf den Weg zur Bar. Bandicoot erlebte Lestrade einmal mehr im beruflichen Alltag. Er hatte keine Ahnung, was für ein seltenes Ereignis das war.

Lestrade gelang es, vom Fundbüro in Islington einen Abendanzug zu entleihen, der ihm gar nicht so übel paßte. Doch als er sich ein zweites Mal gründlich im Spiegel betrachtete, paßte er ihm überhaupt nicht. Es gelang ihm sogar, rechtzeitig zum Dinner wieder im «Grand» zu sein. Nanny Balsam wollte am Essen nicht teilnehmen. Sollen die jungen Leute ihren Spaß haben, sagte sie und zog sich früh mit ihrer Häkelarbeit zurück. Im Grunde hatte sie sich ja auch schon von der Betreuung der Kinder zurückgezogen, aber es gab immer etwas für sie zu häkeln oder nähen. Rupert und Ivo, die Bandicoot-Jungen, waren inzwischen fünf und wuchsen rasch, und Nanny Balsam liebte es, für die kleine Emma luftige Kleidchen zu nähen.

Harry bestellte, und Lestrade gelang es, die Suppe zu identifizieren, bevor er sie hinunterschluckte. Die Unterhaltung war locker und angenehm, wie immer, wenn er mit Harry und Letitia zusammen war. Ihm war nicht bewußt gewesen, wie sehr er ein wenig Entspannung wie diese nötig gehabt hatte, und nahm gerade die Forelle in Angriff, als ein betrübt blickender Constable Dew durch den Speisesaal geeilt kam und Lestrade etwas ins Ohr flüsterte. Der Inspector richtete sich auf, und sein Gesicht wurde grau.

«Wo?» fragte er.

«Ratcliffe Highway», teilte Dew ihm mit.

«Letitia, Harry.» Er zog sich die Serviette vom Hals. «Ich muß gehen.»

«Ärger, Sholto?» fragte sie.

«Leider. Es ist ein Bandenkrieg, und dazu ein schlimmer.»

«Ich komme mit, Sholto», sagte Bandicoot und stand auf.

Lestrade blickte ihn an. «Kommt nicht in Frage», sagte er.

«Sholto.» Harry erwiderte den Blick aus ruhigen, blauen Augen. «Erinnern Sie sich an Henglers Zirkus?»

Lestrade erinnerte sich daran. Er hatte dem Tod ins Gesicht gesehen. Er war zu einem Bündel verschnürt gewesen, an Händen und Füßen gefesselt, steckte in einem Kanonenrohr und sollte in die Ewigkeit befördert werden, als Harry Bandicoot zufällig aufgetaucht war. Der Mörder hatte geschossen, doch Harry war schneller gewesen, und deshalb war Lestrade noch unter den Lebenden.

Ja, er erinnerte sich.

«Letitia», sagte Lestrade, «es könnte gefährlich werden.»

Sie zögerte weniger als eine Sekunde, dann lächelte sie, drückte dem

Inspector die Hand und sagte: «Dann werden Sie Harry brauchen.»

Beide Männer beugten sich vor, um die strahlende Lady zu küssen, jeder auf eine Wange, und sie gingen. Walter Dew stand da und grinste Mrs. Bandicoot blöde an. Auch er hatte ein liebendes Weib.

«Dew!» bellte Lestrade, und der Constable eilte hinter ihnen her.

Die Docklands waren eigentlich nicht Lestrades Revier. Tatsächlich lagen sie außerhalb des Gebietes der Metropolitan Police, aber wenn sich Unheil in solchem Maßstab zusammenbraute, mußten alle zusammenarbeiten. Es war ein eigentümlich ruhiger Schauplatz, zu dem Lestrades Droschke hetzte. Das Pferd stapfte durch den frischen Schnee, erhellt von den vereinzelten grünen Gaslaternen des East End. An einem Ende des Ratcliffe Highway stand ein großes Aufgebot von City Police und Metropolitan Police. Die Männer stampften mit den Füßen und bliesen in die Hände, um sich aufzuwärmen. Dahinter, ein wenig seitlich, stand eine noch größere, gefährlich murmelnde Streitmacht von Rabauken mit Schlägermützen und Schals. Zweihundert Yards entfernt stand ein einzelner Pferdeomnibus quer auf dem Highway. Die Pferde waren ausgeschirrt und warteten in der Nähe und brachen durch ein regelmäßig wiederkehrendes Schnauben die Stille. Ab und zu lugte ein Kopf über das obere Geländer des oben offenen Omnibusses und verschwand wieder. Nur ein Kopf verharrte dort im unheimlichen Schneelicht, eingerahmt vom Strahlenkranz der nächsten Gaslaterne.

Die Menge der Polizisten teilte sich, um Lestrade, Dew und Bandicoot durchzulassen. In der Mitte saß eine zitternde Gestalt zusammengekrümmt auf drei Apfelsinenkisten, die unter ihr hörbar ächzten. Der Mann preßte die Hand auf eine Kopfwunde.

«Lestrade», zischte die Gestalt, «wo haben Sie gesteckt?»

«Hatte dienstfrei, Sir», erklärte Lestrade.

Assistant Commissioner Frost war kaum beeindruckt. «Nun, jetzt sind Sie hier, tun Sie was.»

«Gewiß, Sir», sagte Lestrade gelassen. «Darf ich jedoch zuerst erfahren, was los ist?»

«Die Situation ist folgende: In diesen Torwegen steckt eine der schlimmsten Banden Londons – die von Rupasobly. Sehen Sie den

Mann auf dem Bus – den auf dem Oberdeck? Nun, er ist einer von Rupasoblys Leuten. Und er ist tot. Die übrigen im Bus sind Männer von Maguire. Ausgenommen der Fahrer, der Schaffner und ein weiblicher Fahrgast. Maguire hält sie als Geiseln.»
«Warum?»
«Er sagt, er wird sie töten, wenn wir ihm und seinen Männern nicht sicheres Geleit aus der City garantieren.»
«Seine Leute haben Rupasoblys Mann getötet?»
«Er sagt, nein.» Frost strich über seine Wunde. «Aber Sie kennen diese Iren. Für ein Glas Bier würden sie jeden umbringen.»
«Haben Sie mit Rupasobly gesprochen?»
«Ich hab's versucht.» Frost hielt sein blutiges Taschentuch hoch. «Einer dieser Verbrecher hatte einen Schneeball nach mir geworfen. Es war ein halber Ziegelstein drin. Reden Sie mit ihm, Lestrade. Bringen Sie ihn zur Vernunft.»
«Was könnte ich sagen, damit ich nicht die andere Hälfte des Steins abkriege?» fragte Lestrade.
«Er kennt Sie, Lestrade. Sie verstehn es, mit diesem Abschaum umzugehen. Ich werde böse, wenn diese Sache außer Kontrolle gerät.»
«Ich fürchte, das wird sie», nickte Lestrade, als eine weitere Droschke auf dem Schauplatz erschien. «Da kommt Chief Inspector Abberline. Bandicoot, Dew, zu mir», und er ging mit ihnen zur entfernten Mauer. «Dew, holen Sie Ihren Knüppel raus», befahl er.
«Sir?»
«Ihren Knüppel, Mann. Holen Sie ihn raus, halten Sie ihn in die Luft. Harry, sind Sie bewaffnet?»
Bandicoot blickte entgeistert. «Guter Gott, nein.»
«In Ordnung. Nehmen Sie beide Hände hoch. Gentlemen, wir werden mit erhobenen Händen die Straße überqueren.» Er warf mit einem Ruck den Kopf nach hinten. Bandicoot kam diese Art der Fortbewegung seltsam vor, aber sein Exchef mußte es besser wissen. Für den Squire aus Somerset war dies ein unbekanntes Territorium. Er hatte das East End nur ein einziges Mal betreten, als er Polizist war, und damals war er um ein Haar zusammengeschlagen worden. Feine Pinkel waren eine besonders leichte Beute für Män-

ner ohne Skrupel, ohne Geld und ohne Hoffnung. «Wir werden langsam gehen, mit gehörigem Abstand voneinander und ohne plötzliche Bewegungen. Verstanden?»
Bandicoot und Dew nickten. Die Menge der Polizisten geriet in Bewegung, denn alle beobachteten das Trio, das gemächlich durch den Schnee stapfte, der mittlerweile von Wagenrädern und stampfenden, scharrenden Polizeistiefeln zermahlen war. Sie boten einen sonderbaren Anblick – zwei Männer, vorschriftsmäßig mit Bowlers und Donegals bekleidet, der des Inspector von ein wenig besserer Qualität als der des Constable, beide mit den vorschriftsmäßigen Schnurrbärten, auf denen der Niederschlag gefror. Der dritte Mann, einen Kopf größer, mit Zylinder und einem völlig anders geschnittenen Pelzmantel. Alle drei gingen mit erhobenen Händen.
«Chubb!» Lestrades Stimme zerschnitt die Stille. «Chubb Rupasobly. Komm raus, wo immer du bist.»
Ein einzelner Schneeball kam geflogen und zerplatzte an Lestrades Schulter. Er enthielt nichts als Schnee.
«Wer will was von ihm?» rief eine Stimme.
«Inspector Lestrade», kam die Antwort.
«Was ist das da in Ihrer Hand?» rief die Stimme zurück.
Lestrade hob seinen Schlagring höher und warf ihn deutlich sichtbar in den Schnee. Dews Knüppel folgte.
«Was ist mit dem Fatzke?»
«Das sind Sie, Harry», flüsterte Lestrade. «Zeigen Sie ihnen, daß Ihre Hände leer sind.»
Bandicoot drehte seine Hände in der Luft. Lestrade ging weiter.
«Das ist nahe genug!» rief die Stimme.
«Ich will mit dem Boß sprechen», sagte Lestrade laut, «nicht mit seinem Laufjungen.»
Im entfernten Omnibus erhob sich Gepfeife und Beifall. Eine winzige Gestalt löste sich lautlos aus der Dunkelheit der Gebäude und stand vor Lestrade. Schlapphut und Zigarre, blitzende Ringe an den Fingern.
«Hallo, Chubb», sagte Lestrade.
«Mr. Lestrade», flötete der Knirps, «das ist eine angenehme Überraschung.»
Lestrade nickte. «Mrs. Rupasobly?» fragte er.

«Sehr richtig», sagte der Knirps, ein gefrorenes Grinsen im bösartigen Gesicht.
«Und all die kleinen Rupasoblys?»
Aus dem Omnibus kam Gelächter.
«Das ist kein Höflichkeitsbesuch, Mr. Lestrade. Wer ist diese Modepuppe?»
«Das ist Harry Bandicoot, Chubb. Er ist ein Freund von mir. Und das ist...» Er drehte sich zu Dew um.
«Den kennen wir», sagte Chubb. «Also, was gibt's?»
«Ich will mich unterhalten, Chubb. Vielleicht nicht hier auf dem Präsentierteller, oder?»
«Dann kommen Sie hier entlang.»
«Sholto.» Harry drehte sich halb herum und ließ seine Hände sinken. Rupasobly schoß wie eine in die Enge getriebene Ratte in die Schatten zurück. Etwas blitzte in der Dunkelheit, und Lestrade erkannte eine Messerklinge.
«Nein!» rief er. «Ist schon in Ordnung, Chubb. Bandicoot ist neu. Er kennt die Regeln nicht.»
Stille.
«Du bist am Zug, Bulle!» zischte Chubb.
«Lestrade!» brüllte eine Stimme hinter dem Trio. Lestrade erkannte die von Abberline. «Kommen Sie da weg. Sie erreichen nichts, wenn Sie mit dieser Mißgeburt quatschen.»
Etwas rauschte durch die Luft. Ein weiterer einzelner Schneeball zischte über die Straße, verfehlte Lestrade um ein paar Zoll und schlug mitten im Kreis der Polizisten ein. Ein Schrei ertönte.
«Ich hoffe, der hat gepaßt, Mr. Abberline», rief Rupasobly. «Es war 'n halber Stein drin.»
«Chubb.» Lestrade trat zwei Schritte vor. «Wir können uns vernünftig über die Sache unterhalten. Was willst du?»
«Den Kopf von Cosh Maguire», zischte der Knirps. «Oh, und seine Eier auch. Seine Bude könnte ich auch gebrauchen. Ich kann 'ne Pfandleihe draus machen.»
Lestrade näherte sich der Grenze, wo der Schatten begann. Ein Dutzend Messer schimmerten im frostigen Sternenlicht. «Chubb», sagte Lestrade ruhig, «die ganze Gegend ist von Polizisten umstellt. Du kommst nicht raus.»

«Wir werden ein paar von euch Bastarden mitnehmen!» sagte eine andere Stimme.
«Vielleicht», erwiderte Lestrade, «aber wenn Commissioner Frost die Armee holt, ist es zappenduster. Dagegen war der Blutige Sonntag nur ein Kaffeekränzchen.»
«Ist das wahrscheinlich?» Nicht einmal Chubb Rupasobly hatte Lust, es mit der Britischen Armee aufzunehmen. Er hatte den Ruf, Kämpfe zu gewinnen, und er war nicht sicher, daß er diesen gewinnen würde.
«Frost hat Kopfschmerzen, Chubb», sagte Lestrade. «Jetzt hat auch Abberline welche. So wie es aussieht, wird keiner von ihnen lange fackeln.»
«Was schlagen Sie also vor?»
«Du und ich, wir machen einen kleinen Spaziergang zu diesem Omnibus. Laß uns ein bißchen mit Maguire plaudern. Wolln mal sehen, ob wir diese Sache nicht aus der Welt schaffen können.»
Wieder Schweigen.
«Lestrade, Sie kennen doch meinen Jungen, Turk, nich?»
Ein häßlicher Kopf mit Stoppelhaar und zerschlagenen Zähnen tauchte kurz aus dem Schatten eines Torwegs auf und grinste.
«Die Annie Oakley von Shoreditch? Kenne ich gut.»
«Dann werden Sie ja wissen, daß er mit 'nem Messer genausogut umgehen kann wie mit 'nem Schneeball. Er wird uns den ganzen Weg zum Bus im Auge behalten. Wenn irgend jemand Unsinn macht, deine blauen Jungens oder dieser irische Abschaum, haben Sie ein Messer im Rücken. Kapiert?»
«Kapiert», sagte Lestrade.
Der Knirps trippelte ins Gaslicht, entledigte sich seiner Ringe und diamantenen Krawattennadel und übergab sie einem Komplizen. «Hat keinen Zweck, dieses irische Pack heiß zu machen», sagte er. «Wenn sie Gold zu sehen kriegen, werden sie wild. Kommt davon, wenn man sein Leben lang Kartoffeln frißt. Und Lestrade...» Er griff nach oben und packte die Aufschläge des Inspector.
«Denken Sie dran: ich meine es ernst. Sie!» Rupasobly zupfte Bandicoot am Aufschlag. «Sie kommen mit uns. Wenn dieses irische Gesindel irgendwas probiert, Sie sind groß genug, mich zu dekken. Kapiert?»

«Äh...»
«Er hat kapiert», antwortete Lestrade für ihn.
Das sonderbare Trio begann seinen Marsch. Wiederum drei Männer mit erhobenen Händen. Ein Bowler, stumpf im Laternenlicht, ein glänzender Zylinder und, in Hüfthöhe, der übergroße Schlapphut auf dem winzigen Kopf.
«Lestrade, was geht da vor?» rief Abberline, und die Polizisten schoben sich seitlich vor, als er sich ebenfalls in Bewegung setzte.
«Bleiben Sie, wo Sie sind, Chief Inspector!» rief Lestrade. «Überlassen Sie jetzt bitte alles mir.» Er drehte sich halb herum und sah, wie Turk seinen Platz am Rand der Schatten einnahm, ein ganzes Sortiment von Messern in seiner Faust. Die Polizisten stoppten. «Was immer jetzt passiert, halten Sie Ihre Leute zurück», sagte er.
Der Omnibus schien Meilen entfernt. Das Gaslicht und das Mondlicht fielen auf die schimmernden Messingteile, und die Petroleumlampen flackerten vorne und hinten. Nacheinander wurden sie ausgelöscht.
«Nahe genug!» krächzte eine irische Stimme.
«Abend, Cosh», rief Lestrade fröhlich.
«Mr. Lestrade, Sör», kam eine andere Stimme. «Wo iss 'n ihr kleines Messingspielzeug?»
«Da hinten im Schnee», erwiderte Lestrade. Für einen Kanalarbeiter war der Mann gut informiert.
«Wer ist der Fatzke?» fragte Maguire.
«Harry Bandicoot. Er ist ein Freund von mir.»
«Treten Sie beiseite, Mr. Bandicoot. Da iss 'ne niedliche, kleine Wanze vor Ihren Füßen.»
«Danke», sagte Bandicoot. «Ich fühl mich hier ganz wohl.»
Rupasobly blickte zu ihm auf. «Wenn ich meine Hände runternehmen kann», flüsterte er, «geb ich Ihnen meine Karte. Wenn Sie mal 'nen Job suchen, kommen Sie bei mir vorbei.»
«Mr. Lestrade», rief Maguire, «sagen Sie diesem Giftzwerg, ich will ihn vorne haben.»
«Ich werde vorne stehen», sagte Lestrade.
«Nein, werden Sie nich!» schrie Turk vom entfernten Ende der Straße.
«In Ordnung», rief Lestrade, immer noch mit erhobenen Händen.

«Harry, Sie stellen sich vor Chubb. Chubb, Sie bleiben, wo Sie sind. Ich werde hinter Ihnen stehen.»
«Aha», sagte Bandicoot, «erst in Linie, dann in Kolonne, wie? Erinnert mich an das Exerzieren in Eton.»
Lestrade und Rupasobly blickten ihn an.
«Bevor Sie das tun, Mr. Lestrade», rief der Ire, «sagen Sie diesem widerlichen Zwerg, daß ich alle seine Waffen sehen will. *Alle!*»
Rupasobly fauchte.
«Chubb», sagte Lestrade gelassen, «tu's um meinetwillen. Übrigens, Turk hat doch gute Nerven, oder?»
Rupasobly grinste und zog langsam ein Messer aus seiner Tasche. Er hielt es ins Licht und warf es in den Schnee. Dann klaubte er ein eisernes Stemmeisen hervor und warf es dazu. Dann eine Taschenpistole. Dann einen Totschläger aus Blei und Leder.
«*Alle* Waffen!» knurrte der Ire.
Rupasobly förderte einen Sikh-Wurfring aus Stahl mit mörderischer kreisförmiger Schneide zutage und warf ihn zur Seite.
«Jetzt können Sie sich aufbauen», sagte Maguire.
Die drei Männer nahmen vor dem abgestellten Omnibus ihre Plätze ein. Bei den Polizisten herrschte Verwirrung. «Was, zum Teufel, treibt Lestrade da?» fragte Frost.
Abberline schüttelte den Kopf. «Sieht aus wie Bäumchen-wechsle-Dich», murmelte Abberline.
«In Ordnung», rief Maguire, «also wie ist Ihr Vorschlag, Mr. Lestrade?»
«Mr. Rupasobly will seinen Mann zurück, Cosh.»
Der Ire steckte seinen Kopf über das Geländer und spie mächtig aus.
«Ich will etwas anderes», sagte Lestrade.
«Was?»
«Zuallererst würde ich gern meine Hände runternehmen, wenn Sie nichts dagegen haben.»
«Sie kennen meinen Jungen, Seamus?» fragte Maguire.
Eine wuschelköpfige Gestalt ließ sich auf der Treppe blicken und winkte.
«Die Annie Oakley von Ballybrophy? Natürlich.»
«Ich sag's für diesen Geck, der vor dem Ungeziefer steht: Seamus ist

im Werfen mit dem Shillelagh eine Legende zu Lebzeiten. Irgendein krummes Ding, und er zieht Ihnen einen Scheitel, Mister.»
«Wir haben verstanden, Cosh», sagte Lestrade von hinten. Rupasobly war kein Problem, aber Bandicoot versperrte ihm die Sicht auf den Bus. Er konnte nicht sehen, wie viele Gegner es waren, doch er schätzte ihre Zahl auf ein Dutzend. In den Schatten hinter ihm vielleicht dreißig von Rupasoblys Leuten. Rings um Frost und Abberline mußten ebenso viele Polizisten versammelt sein, wie eine Infanterieschwadron, die sich Sudannegern gegenübersah. Gott allein wußte, wie viele zusätzliche Männer der drei Parteien aus den angrenzenden Straßen dem Schauplatz zustrebten. Es mußte kurz vor Mitternacht sein, für das East End also noch früh am Tag. Die Pubs hatten noch nicht geschlossen.
«Na, Cosh», rang Lestrade sich ein Lächeln ab, «wie geht's Mrs. Maguire?»
«Ihr geht's gut, Mr. Lestrade.»
«Und den sechzehn kleinen Maguires?»
«Padraig hat ein bißchen die Motten – und natürlich Kopfflechte und Windpocken – aber sonst geht's ihnen gut.»
«Gut, gut. Also Cosh, zu unserem kleinen Problem...»
«Gehen Sie diesem irischen Bastard nich ums Maul, Lestrade», zischte Rupasobly.
«Tut mir leid, Mr. Lestrade», rief der Ire, «mir war so, als hätt ich jemanden furzen gehört.»
«Da war nichts», sagte Lestrade rasch, «bloß die Nerven. Also Cosh, was ist passiert?»
«Nix», erwiderte Maguire, «rein gar nix.»
«Sagen Sie diesem irischen Blödmann, daß er lügt», fauchte Rupasobly.
«Sagen Sie dem polnischen Zwerg...»
«Gentlemen!» Lestrade hob wieder die Hände. «Das führt doch zu nichts. Chubb, was, sagten Sie noch, passierte?»
«Dieser irische Bauer hat meinen Jungen abgestochen.»
«Scheiße. Wir ham ihn so gefunden.» Maguire versetzte der Leiche, die neben ihm lag, einen heftigen Schlag an den Kopf.
Rupasobly machte eine Bewegung, als wolle er den Bus stürmen. Lestrade nahm hinter sich und Bandicoot vor sich Unruhe wahr.

Messer und Shillelagh visierten ihre Ziele an. Beide Männer hatten nur noch Sekunden zu leben.

«Erzähl mir besser davon, Cosh», rief Lestrade und hoffte, daß seiner Stimme die Hysterie nicht anzumerken war.

«Wie ich sagte, Mr. Lestrade», antwortete der Ire, «zwei meiner Jungens waren im Bus. Sie erkannten diesen Hurensohn, aber sie ließen ihn zufrieden. Ich will keinen Ärger mit Rupasobly. Es ist Weihnachten. Ich wollte aus Wicklow meine Mutter kommen lassen, die iss heiliggesprochen.»

«Du bist vielleicht ein Heiliger!» knurrte Rupasobly.

«Chubb», zischte Lestrade und versetzte ihm einen leichten Stoß. «Und wie kommt es, daß wir alle hier sind?» fragte er Maguire.

«Stieg noch so'n Idiot von dem Zwerg ein und fing an zu quatschen, mit dem da.» Er tippte die Leiche an. «Er kam dahinter, daß der den Löffel weggelegt hatte, und fing an, meine Jungens anzumachen. Es gab 'ne Keilerei auf dem Oberdeck. Hier oben liegen überall Zähne rum, die das beweisen.»

«Und dann?»

«So was spricht sich schnell rum, Mr. Lestrade, das wissen Sie ja. Ich und meine Jungens waren zuerst da. Der Fahrer hält den Bus an, und die Fahrgäste steigen aus, bis auf einen, glaub ich. Der Fahrer sagt, er fährt keinen Schritt weiter, also spannen wir dem Bastard die Pferde aus und halten ihm 'nen Totschläger unter die Nase. Dann kamen die Jungens von Rupasobly. Sind seine kurzen Beine, wissense. Kommt nich überall schnell genug hin.»

«Du...»

«Chubb!» zischte Lestrade abermals. «Lassen Sie mich mit dem Fahrer und dem Schaffner reden», rief er Maguire zu.

Auf dem Bus gab es Bewegung, und eine Gestalt hob Kopf und Schultern über die anderen. «Ich bin der Fahrer», rief eine Cockney-Stimme, die erste, die Lestrade, von Dews abgesehen, hörte.

«Inspector Lestrade, Scotland Yard. Haben Sie gehört, was Mr. Maguire sagte?»

«Ja.»

«Ist es wahr?»

«Weiß nich, wies anfing, Chef, aber wies aufhörte, da hatter recht.»

«Wo ist der Schaffner?»

Ein zweiter Kopf tauchte auf, und der des Fahrers verschwand.

«Haben Sie gesehen, wie es anfing?» fragte ihn Lestrade.

«Ich sah, wie dieser Bursche einstieg und mit dem Toten sprach», kam die zaghafte Antwort. «Er fiel gegen die Wand, und dann brach die Hölle los. Sehen Sie her, ich habe einen Zahn verloren, Chef. Ich habe Frau und Kinder. Holen Sie uns hier raus.»

Er wurde von jemandem heftig zu Boden gezogen. Lestrade hörte den Fahrer sagen: «Blakey, hör auf zu plärren. Denk dran, du biss 'nen Angestellter vonne Walthamstow und Distrikt Omnibusgesellschaft. Flennen kannste in deiner Freizeit.»

«Redet wie'n Verrückter», säuselte Maguire.

«Cosh, ich komme an Bord», sagte Lestrade.

«Warum?» fragte der Ire.

«Betrachte mich als Schiedsrichter», erwiderte Lestrade. «Ich will, daß alles sauber abläuft, das ist alles. Ich will die Leiche sehen.»

«In Ordnung. Seamus behalt ihn im Auge. Ein fauler Trick, Lestrade, und Sie sind ein toter Mann.»

«Turk!» zwitscherte Rupasobly. «Behalt Lestrade im Auge. Er steigt in den Bus. Ein fauler Trick, und er ist ein toter Mann.»

Auf diese Weise doppelt versichert, machte Lestrade einen Bogen um den Zwerg und um den Riesen, und als er an Bandicoot vorbeikam, hörte er ihn flüstern: «Mögen Sie immer den letzten Schuß haben, Sholto.»

Das Geländer fühlte sich eiskalt an. Eine Anzahl irischer Raufbolde machte Platz, damit er die Treppe hinaufsteigen konnte. Er stolperte über ein Paar Füße, und er begriff, daß er vorübergehend außer Sicht der Annie Oakley von Shoreditch war. Aber für Harry galt das nicht, sein breiter, unangreifbarer Rücken schluckte das Licht, und in seinem Schatten verbarg sich Rupasobly. Außerdem grinste die Annie Oakley von Ballybrophy auf ihn herunter, liebkoste den glatten Knauf seines Shillelagh, versessen darauf, seine todbringende Kunst vorzuführen.

«Laßt ihn durch, ihr da!» bellte Maguire. «Der kommt schon allein die Treppe rauf.»

Lestrade erschien auf dem Oberdeck, die einzige Gestalt, die aufrecht ging. Dem Messer und dem Knüppel bot er bereits ein Ziel, so daß er nur hoffte, daß kein Polizist eine Waffe im Anschlag hatte und sein Umriß im grünlichen Mondlicht unverkennbar war. Er blickte auf den zusammengekrümmten Fahrer, den zeternden Schaffner und die verschiedenen Strauchdiebe in Schals und Hüten, die sich auf dem Boden und auf den Sitzen räkelten. Er betrachtete die Leiche. Der tote Mann war etwa fünfundzwanzig, mit einem schwarzen Haarschopf und einem dicken Schnurrbart. Sein Gesicht war kreuz und quer von alten Narben überzogen, und seine Augen blickten starr geradeaus. Lestrade durchsuchte seine Taschen. Ein Omnibusfahrschein, ein Schnappmesser, das Maguire an sich nahm, und eine goldene Uhr, die der Ire ebenfalls konfiszierte.

Lestrade richtete sich auf. «Das ist Tom, ‹Das Schaf› – le Mouton», rief er der kleinen Gestalt zu, die sich hinter Bandicoot verbarg.

«Stimmt», sagte Rupasobly.

«Wir können also alle nach Hause gehen», sagte Lestrade.

«Was meinen Sie damit?» rief Rupasobly.

«Chubb, du und die Maguire-Bande. Ihr geht euch doch seit Jahren an die Gurgel. Womit sind die Maguires bewaffnet?»

Ein Augenblick Pause. «Mit Shillelaghs», erwiderte er.

«Und?» Lestrades Atem stand in der kalten Nachtluft.

«Mit Messern.»

«Welcher Art?»

«Was?»

«Ich werd's dir sagen», sagte Lestrade. «Breite Klingen, meistens einseitig geschliffen. Habe ich recht?»

«Was soll das?» schnaubte Rupasobly.

«Dieser Mann wurde durch einen Stich in den Nacken getötet», fuhr Lestrade fort, «mit einer Waffe, nicht dicker als ein Bleistift. Deine Jungens benutzen Stilette.»

«Und diese Spaghettifresser», brüllte Rupasobly.

Lestrade, der befürchtete, das Geschehen könnte sich in das italienische Viertel verlagern, packte den Schaffner und zog ihn hoch. «Wer saß hinter diesem Mann?» Er deutete auf die Leiche.

«Äh ... weiß nich.»

«Denken Sie nach, Mann», Lestrade preßte seine spitzenlose Nase gegen die des Schaffners. «Ihr Leben, unser aller Leben hängt vielleicht davon ab.»

«Äh... hm... eine Frau. Es war eine Frau.»

«Allein?»

«Ja. Stieg am Tower ein, glaube ich.»

«Alt? Jung? Farbe des Mantels? Haare?»

«Wie zum Teufel solln ich das wissen? Ich sehe Tausende von Fahrgästen, Chef. Warten Sie mal...»

«Ja?» Lestrade packte den Mann bei den Aufschlägen.

«Sie hatte ganz bestimmt Haare.»

«Danke», sagte Lestrade. «Chubb, hat einer von deinen Leuten die Gewohnheit, als Frau rumzulaufen?»

Wütende Rufe aus den Schatten und Pfiffe und Pfuirufe aus dem Omnibus.

«An Ihrer Stelle wäre ich sehr vorsichtig, Mr. Lestrade», sagte Rupasobly leise.

«Was ist mit deinen Jungens, Cosh?»

Diesmal kamen die Jubelrufe und Pfiffe aus Rupasoblys Ecke, und die Iren verstummten. Maguire trat dicht an Lestrade heran.

«Ich würde mich an deiner Stelle zurückhalten, Cosh», flüsterte der Inspector, «irgendwo da draußen zielt einer mit einem Messer auf mich, und ich weiß nicht, wie gut Rupasoblys Mann ist.»

Der Ire wich zurück.

«Gentlemen», sagte Lestrade, «keiner von euch beiden hat mit dieser Sache etwas zu tun. ‹Das Schaf› wurde von einer unbekannten Person ermordet. Genaugenommen von einer Frau.»

«Das ist richtig», rief Maguire. «Wir hätten es nich nötig, uns von hinten an den Bastard ranzuschleichen. Wenns einer von meinen Jungens getan hätte, dann von vorn.»

«Chubb?» rief Lestrade ruhig.

«Also ein Mißverständnis, Mr. Maguire», flötete er.

«Ganz genau, Mr. Rupasobly.»

«Dann sagen wir gute Nacht.» Rupasobly schnippte mit den Fingern, und ein Bursche sprang diensteifrig aus den Schatten, um seine abgelegte Bewaffnung aufzuheben.

«Schönen Abend noch», rief Maguire.

«Wir wollen bloß noch ‹Das Schaf› heimbringen», sagte Rupasobly, während sich seine Männer vorsichtig näherten.

«Nein, das werdet ihr nicht», sagte Lestrade bestimmt. Abberline und der Haufen von Polizisten, inzwischen auf fast hundert angewachsen, rückten gegen den Bus vor. «Für 'ne Weile gehört er mir, Chubb. Du kannst ihn später haben. Leichenschauhaus Leman Street.»

Stille. Niemand rührte sich.

«Fröhliche Weihnachten, Mr. Lestrade.» Rupasobly lächelte und verschwand durch das Knäuel seiner Männer.

Im Autobus stimmte eine Geige eine irische Weise an, und Maguires Burschen stolperten aus dem Omnibus und sprangen durch den Schnee davon.

«Fröhliche Weihnachten, Mr. Lestrade, Sör» sagte Maguire und schüttelte ihm herzlich die Hand. «Hier», er schob ihm eine Flasche in die Tasche, «eine Spezialität von Mrs. Maguire. Da geht Ihnen der Hut hoch.»

Lestrade kannte diese Spezialität von Mrs. Maguire bereits. Er zweifelte nicht daran. Der Inspector blickte auf den Fahrer und auf den Schaffner, die am Boden kauerten. «Gentlemen, ich schlage vor, daß Sie Ihre Pferde anschirren. Dieser Bus hat Verspätung.»

Er beugte sich über das Geländer. «He, Männer», rief er den vordersten Constables zu, «hier rauf, aber dalli. Ich wünsche, daß diese Leiche in die Leman Street geschafft wird. Harry», rief er dem Squire zu, «ich glaube, Sie können jetzt die Hände runternehmen.»

Als er auf der untersten Treppenstufe stand, hörte er von drinnen ein schwaches Geräusch. Er spähte stirnrunzelnd in die Dunkelheit. Eine Dame mittleren Alters war auf einem Sitz in der Ecke zusammengesunken. Lestrade kniete neben ihr und fragte sich, welch unaussprechlicher Frevel dieser Person von Maguires Banditen zugefügt worden war. Dann roch er ihren Atem. «Eine von Mrs. Maguires Spezialitäten», sagte er zu sich selbst.

Die Lady erwachte. «Marble Arch?» fragte sie.

«Noch nicht, meine Liebe», sagte Lestrade und tätschelte ihre Hand. «Ich werde von mir hören lassen, wenn wir da sind.»

Als Lestrade im «Grand» eintraf, war es Frühstückszeit. Er wurde in den Saal mit den gestärkten, weißen Tischdecken und dem Silbergeschirr geführt.

«Ah, Mr. Lestrade.» Er hörte eine ältliche Stimme, die er zu kennen meinte.
«Miss Balsam. Guten Morgen. Ich hoffte, Harry zu erwischen, um ihm für die letzte Nacht zu danken.»
«Ich glaube, die Lämmchen schlafen heute morgen noch, Inspector. Möchten Sie mir nicht Gesellschaft leisten? Da ist Toast, und die Orangenmarmelade ist ganz köstlich.»
«Nun, ich...»
«Aber, aber», drohte sie ihm mütterlich mit dem Finger. «Ich wette, daß Sie seit der letzten Nacht nichts gegessen haben. Ich muß darauf bestehen.»
Lestrade lächelte und nahm neben ihr Platz. Er gehörte nicht zu jenen, die selber eine Kinderfrau gehabt hatten, doch er konnte sich vorstellen, daß alle Schutzbefohlenen Miss Balsams aufs Wort gehorcht hatten.
«Kellner», rief sie, «noch eine Tasse, wenn's recht ist. Sie nehmen Kaffee, Mr. Lestrade?»
«Danke», sagte er und versorgte sich mit Toast. Sie bemerkte, daß er das Buttermesser benutzt hatte, sagte aber nichts.
«Nun», sie rückte näher, «erzählen Sie mir, was letzte Nacht passierte.»
«Leider bin ich nicht befugt...»
«Unsinn!» Sie schlug mit ihrer Serviette auf sein Handgelenk. «Wenn Sie kleiner wären, würde ich Sie übers Knie legen. Harry wird's mir sowieso erzählen...» Sie blickte ihn auffordernd an.
Er lachte. «Ja, das kann ich mir vorstellen. Na schön, aber Sie müssen verstehen, Miss Balsam, daß das unter uns bleiben muß.»
«Natürlich», sagte sie stirnrunzelnd, entsetzt, er könne etwas anderes angenommen haben.
«Ein Mann wurde tot in einem Omnibus gefunden.»
Ihre Tasse klirrte auf die Untertasse. «Gütiger Himmel! Wie schrecklich. Man sollte öffentliche Verkehrsmittel meiden. Man weiß nie, mit wem man zusammenstoßen könnte.»
«Wie es scheint, hat er allein gesessen», sagte Lestrade.
«Was war es? Das Herz?»
Nett von dem alten Mädchen, so ungezwungen zu sein, dachte Lestrade. «Mord», sagte er.

Sie biß heftig in ihren Toast, und sekundenlang blieb ihr Gebiß darin haften, als sie die Lippen öffnete. Durch ein kräftiges zweites Zubeißen holte sie es zurück. «Was ist bloß aus der Welt geworden?» sagte sie kopfschüttelnd.

«Der Mann war ein ziemlicher Halunke.»

«Oh, aber trotzdem.» Sie war noch immer außer sich, als Letitia zu ihnen trat. Lestrade erhob sich, und sie küßte ihn.

«Sholto, das ist eine angenehme Überraschung. Ich habe nicht geglaubt, daß wir Sie dieses Mal noch einmal sehen würden. Guten Morgen, Nanny», und sie küßte das alte Mädchen auf die Stirn.

«Hallo, Liebes. Mr. Lestrade berichtet mir von den Ereignissen der letzten Nacht. Ein Bursche ist gemein ermordet worden.»

«Ich weiß, Nanny», sagte Letitia, als der Kellner heranschwebte. «Nein, danke, bloß Kaffee. Harry war voll davon.»

«Ich bin gekommen, um ihm zu danken», sagte Lestrade.

«Das ist nicht nötig.» Sie ergriff seinen Arm. «Er war glücklich, nützlich zu sein.»

«Egal», sagte Lestrade, «er hätte getötet werden können.»

«Er war ziemlich tot, als ich ihn eben verließ!» lachte Letitia. «Wer war dieser Mann im Bus, Sholto, der erstochen wurde.»

«Erstochen?» wiederholte Nanny Balsam. «Oh, du liebe Güte. Oh, du liebe Güte!»

«Sein Name war le Mouton», sagte Lestrade, «in den Kreisen, in denen er verkehrte, als ‹Das Schaf› bekannt.»

«Natürlich», bemerkte Miss Balsam.

Sie blickten Nanny an.

«Letitia», schalt sie, «ich habe Ihnen die Anfangsgründe des Französischen beigebracht. *Le Mouton* heißt das Schaf.»

«Ja, Nanny.» Sie tätschelte ihre Hand. «Wissen Sie, wer ihn umgebracht hat, Sholto? Kann keiner von uns mehr Omnibus fahren?»

«Ich glaube, die Chancen, daß Ihnen oder Miss Balsam das gleiche zustößt, sind sehr gering», versicherte ihr Lestrade. «Außerdem waren le Moutons Tage gezählt.»

«In welcher Hinsicht, Mr. Lestrade?»

«Er war einer mit schnellen Fingern...»

Nanny Balsam befächelte sich mit ihrer Serviette.

«Verzeihung», lächelte er. «Macht der Gewohnheit. Ich meine, er war ein Taschendieb, der in ganz London arbeitete, gewöhnlich in Menschenansammlungen. Er stand in Verbindung mit einer Bande, angeführt von einem gewissen Chubb Rupasobly.»
«Mein Gott!» Letitia richtete sich jäh auf.
«Was ist los, meine Liebe?» fragte Miss Balsam.
«Ich wußte, daß ich den Namen le Mouton schon einmal gehört hatte», sagte sie. «Nanny, erinnre dich ans letzte Jahr. Roger Lytton. Er ging im Hyde Park spazieren, als dieser Halunke versuchte, ihn auszurauben.»
«Nein, meine Liebe, ich fürchte, ich kann mich nicht erinnern.»
«Ja, ja, du mußt dich doch erinnern. Sholto, ich habe doch recht, oder? Roger war ein entfernter Cousin. Wir waren alle zutiefst betroffen.»
«Was passierte, meine Liebe?» Miss Balsam war verwirrt.
«Roger rang mit dem Mann, und der Mann stieß ihn. Er fiel und schlug mit dem Kopf gegen eine Parkbank. Er starb im Krankenhaus.»
«Und le Mouton wurde wegen Mordes angeklagt», sagte Lestrade, «bloß daß es widersprüchliche Zeugenaussagen gab.»
«Widersprüchliche Aussagen?» wiederholte Miss Balsam.
«Etwas, das meine Arbeit so schwierig macht, Miss Balsam, ist die Unzuverlässigkeit von Zeugen. Es sind... warten Sie...» Er blickte auf die Leute, die beim Frühstück saßen, «...etwa dreißig Leute in diesem Raum. Wenn in diesem Augenblick ein Mann hereinstürzte und Sie angreifen würde...»
Sie atmete scharf ein, und ein Bröckchen Toast wurde ihr fast zum Verhängnis. Von Lestrade und Letitia gestützt und durch einen rechtzeitigen Schluck Kaffee besänftigt, erholte sie sich.
«Nun gut, also...» Lestrade hielt es für besser, sich zu korrigieren, «...wenn er mich angreifen würde.»
Miss Balsam fühlte sich ein wenig sicherer.
«Ich garantiere Ihnen, daß wir etwa dreißig verschiedene Beschreibungen des fraglichen Mannes bekommen würden.»
«Dieses Schaf kam also ungestraft davon?» fragte Miss Balsam.
«So sieht es wohl aus», sagte Letitia. «Rogers Familie empfand das als höchst schockierend.»

«Ich bin nicht so sicher, daß er ungestraft davonkam», ließ Lestrade die beiden wissen. «Letitia, wo wohnt die Familie?»

«Die Lyttons? Cheltenham. Parabola Road, glaube ich. Ist's nicht so, Nanny?»

«Tut mir leid, Liebes, ich werde alt. Die Lyttons, sagen Sie? Sie scheinen nur ganz am Rand in mein Bewußtsein zu dringen. Ich glaube mich zu erinnern, Bulwer Lytton, dem Romanschreiber, vorgestellt worden zu sein. Ich sagte ihm, mein Lieblingsbuch sei *Was wird er damit machen?*»

Letitia klopfte ihr den Arm. «Nein, Nanny. Das ist eine andere Familie. Werden Sie sie aufsuchen müssen, Sholto?»

«Vielleicht erfahre ich etwas», erwiderte er.

Letitia seufzte. «Na schön, ich werde Ihnen die Anschrift geben. Aber...»

«Aber?»

Sie flüsterte in sein Ohr. «Sie sind ein bißchen... merkwürdig, Sholto.»

«Merkwürdig?» flüsterte er zurück.

«Nun, nein, nicht merkwürdig.» Sie lächelte. «Besser gesagt... eigentümlich.»

«Eigentümlich?» Er war um nichts klüger.

«Vielleicht ist... *ungewöhnlich* das passende Wort.»

«Oh, gut.» Lestrades Lächeln war starrer als gewöhnlich.

«Sholto!» Ein phantastisch lebenskräftiger Harry Bandicoot durchmaß mit drei Sprüngen den Speisesaal. «Nieren und Pilze, Kellner. Ich könnte ein Pferd verputzen.»

Parabola Road, Nummer dreizehn

Lestrade nahm den Mittagszug von Euston und Dew und Lilley mit. Sie folgten eine Weile dem sich schlängelnden Chelt, stiegen bei anbrechender Dämmerung aus und trugen sich im Fleece Hotel ein, wobei ihnen nicht entging, daß hier eine Verbindung zum Schaf, le Mouton, bestand. Dew verbrachte die Nacht mit dem Papierkrieg, den eine Dienstreise mit Übernachtung nach sich zog.

Am Morgen, nach einem Frühstück, weniger imponierend als das im «Grand», bei dem Lilley vornehm an einem Glas Mineralwasser nuckelte, machten sie sich auf die Suche nach der Adresse, die Letitia Bandicoot ihnen gegeben hatte. Cheltenham im Winter war ein Wunderland. Die Springbrunnen waren gefroren, und die wäßrige Sonne blitzte und funkelte auf den triefenden Kaskaden. Meilenweit zogen sich die gelblichen Cotswold-Villen hin und zeugten von einer Pracht, welche die Vorstellungskraft der Yard-Männer überstieg. Die sonderbar dunklen Gesichter im Strom der vornehmen Passanten zeugten auch von Indien. Cheltenham war vollgestopft mit Pukka Sahibs und Nabobs, die sich hier wegen der Salinen und eisenhaltigen Quellen zur Ruhe gesetzt und ihre indischen Kindermädchen und Pferdeknechte mitgebracht hatten. Eine Schar gleichgekleideter junger Mädchen in üppigen Spitzen und mit Ringellöckchen, die ihre Mütter zu ihrer Zeit getragen hätten, hüpfte an dem Bowlerbehüteten Trio vorüber und kicherte. Eines der Mädchen zwinkerte Dew zu, und er errötete ein wenig und beschleunigte seinen Schritt.

Sie überquerten den Montpellier Walk, passierten die Rotunde und kamen zur Queen's Parade. Sie wandten sich scharf nach rechts und gelangten in die Parabola Road, wo sie an der Tür des Hauses Nummer dreizehn läuteten. Niemand öffnete, doch Lestrade blickte nach oben zum schmiedeeisernen Gitterwerk, das den Balkon schmückte, und sah, daß sich die Tüllgardinen im Fenster zur Seite bewegten. In diesem Augenblick wurden die Bolzen beiseite geschoben, Schlüssel klapperten, und in der offenen Tür stand ein scheußliches altes Weib. Lestrade bemerkte, daß Dew und Lilley hinter ihm ein wenig zurücktaumelten. «Guten Morgen», sagte er, «wir kommen von Scotland Yard. Ich bin Inspector Lestrade. Dies sind Constable Dew und Constable Lilley.»

Das alte Weib sagte nichts, sondern führte sie in eine riesige, fröstelige Halle mit dem unvermeidlichen schwarz-weißen Schachbrett-Fußboden. Von der Aspidistra hingen dicke, weiße Spinnweben herab.

«Ich möchte Mr. Lytton sprechen», sagte Lestrade, und seine Stimme wurde leiser, als die alte Vettel einen knochigen Finger auf ihre blauen Lippen legte. Tatsächlich war alles an ihr blau, und Lestrade konnte sich denken, warum. Er spürte seine Finger selber nicht mehr. Hier drin herrschte dieselbe Eiseskälte wie draußen.

Die alte Lady verließ sie, watschelte lautlos die Treppe hinauf. Das Trio sah ihr nach, bis sie sich als Schattenriß von einem riesigen Erkerfenster abhob und verschwunden war.

«Komische Bude», flüsterte Lilley und betrachtete die absonderlichen elefantenköpfigen Statuetten, die ihn aus jeder Ecke angrinsten.

«Mrs. Bandicoot hat mich gewarnt», murmelte Lestrade.

«Gentlemen.» Eine junge weibliche Stimme ertönte über ihren Köpfen, und eine Frau in Weiß glitt die Treppe herab. «Ich bin Cleopatra Lytton. Meine Tante teilte mir mit, daß Sie Mr. Lytton zu sprechen wünschen.»

«Äh ... ja, in der Tat. Es tut mir leid, Miss Lytton», sagte Lestrade. «Ich nahm an, die Lady sei Ihre Haushälterin.»

«Sie hält das Haus in Ordnung», sagte Cleopatra, plötzlich die Spinnweben im Blick, «wenngleich nicht sehr gut. Sie war früher eine Trappistennonne, Mr ... äh ...?»

«Lestrade, Madame. Inspector Lestrade.»

Sie reichte ihm die Hand zum Kuß. «Und die strenge Klosterzucht hat sie beibehalten. Es ist in der Tat ein wenig mühsam, wenn man Lieferanten Aufträge übermitteln will. Wissen Sie, sie weigert sich auch zu schreiben. Gleichviel, wir schaffen es. Gentlemen, Sie müssen erfroren sein. Bitte, gehen Sie in den Salon. Ich werde für etwas Tee sorgen.»

Der Salon war, wenn das überhaupt möglich war, noch kälter als die Halle. Die drei Männer standen da und sahen einander an. Quer über den riesigen Spiegel über dem geschwärzten, leeren Kamin zog sich ein Sprung. Ein spinnenartiges Gewächs mit bleichen Ranken wuchs aus einem Spalt in der Mauer.

«Da bin ich.» Cleopatra Lytton kehrte zurück. «Bitte, Gentlemen, nehmen Sie Platz. Ich habe meine Tante gebeten, etwas Tee zuzubereiten. Meine Kusinen werden ihn gleich bringen. Wir haben nicht viele Besucher aus London. Noch weniger von Scotland Yard.»

«Es geht um den verstorbenen Roger Lytton, Miss Lytton. Er war...?»

«Ein Turm der Stärke für uns alle, Inspector.» Sie saß einen Augenblick reglos da, als ringe sie mit einem innerlichen Problem.

«Schön.» Lestrade war die Geduld selbst. «Aber in welcher verwandtschaftlichen Beziehung stand er zu ihnen, Miss Lytton?»

«Er war mein Bruder, Inspector.»

«Und Ihre Eltern...?»

«Mama starb vor vielen Jahren. Sie ist in ihrem geliebten Arbroath beerdigt.»

Lestrade war einmal dortgewesen. Es gab dort nicht viel anderes zu tun, als sich beerdigen zu lassen.

«Papa ist oben, Inspector. Er empfängt normalerweise keine Besucher, aber ich denke, Sie müssen Ihre Gründe haben.»

«Ich habe vielleicht eine gute Nachricht für ihn», sagte Lestrade. «Der Mann, der möglicherweise für den Tod Ihres Bruders verantwortlich ist, ist selber tot.»

Miss Lytton preßte ihre Hände zusammen und schien stumm zu beten. «Gott bewahre mich vor Rachegelüsten.»

In diesem Augenblick flogen die Flügeltüren auf, und drei Mädchen im Teenageralter stürmten herein. Sie waren alle von tödlicher Blässe, hatten rotgeränderte Augen und flachsblondes Haar.

«Mr. Lestrade, meine Kusinen, Faith, Hope und Charity.»

Die Polizisten erhoben sich, und die Mädchen knicksten, ehe sie klirrend Tabletts, Tassen und Löffel abstellten.

«Danke, Mädchen!» Miss Lytton die Ältere klatschte in die Hände, und die drei jüngeren Misses Lytton verschwanden aufgeregt schnatternd. Lilley hätte schwören können, daß er eines der

Mädchen hinter der Wand sagen hörte: «Ich will den kleinen Blonden», und das schnürte ihm vor Angst die Kehle zu.
Lestrade war gewiß weit herumgekommen. Er hatte in seinem Leben mehr Tee getrunken, als die gesamte frühere East India Company je eingeführt hatte, doch niemals hatte er Tee von solcher Farbe zu Gesicht bekommen.
Der Tee war grün, und es schwamm allerlei darin herum. Mechanisch rührten die drei Polizisten das Gebräu um, kosteten es einer nach dem anderen und setzten ihre Tassen ab. Lilleys Gesicht hatte die Farbe der marmornen Kamineinfassung angenommen.
«Sind Sie in der letzten Zeit in London gewesen?» fragte Lestrade.
«Aber ja, genaugenommen gestern», sagte Miss Lytton. «Sehen Sie, Mr. Lestrade, wir haben keine Diener – das ist Ihnen vielleicht aufgefallen, Mr. Lestrade. Wir sind in diesem Hause alle Sozialisten.»
«Das tut mir leid», sagte Lestrade mitfühlend.
«Gestern nahm ich an einer Versammlung der Hafenarbeiter in Wapping teil.»
«Allein?»
«Oh, du lieber Gott, nein. Tante Sybil – Sie sind ihr gerade begegnet – war dabei. Und mein Bruder Mortimer.»
«Mortimer?»
«Ja. Er ist mein ältester Bruder. Roger war das zweitälteste Kind. Leider ist er im Augenblick nicht da. Er gebraucht das Wasser der Pittville-Trinkhalle.»
Lilley begann zu dämmern, daß er dieses Wasser soeben eingenommen hatte, und er fühlte sich entschieden unbehaglich.
«Sagen Sie, Miss Lytton», bohrte Lestrade nach, «wie reisen Sie?»
«Mit dem Zug, Inspector. Bei diesem unfreundlichen Wetter ist es zu weit, um mit dem Rad zu fahren.»
«Sie sind eine eifrige Radfahrerin, Miss Lytton?»
«Oh, ja doch. Das gilt für die ganze Familie.» Sie schlürfte begeistert ihren Tee.
«Im Sommer und im Herbst macht es uns nichts aus, am Tag hundert Meilen mit dem Rad zurückzulegen.»

«Tatsächlich? Sind Sie... in der letzten Zeit mit dem Rad gefahren?»
«Also, warten Sie. Ich glaube, in dieser Saison machten wir Hertfordshire. Wir versuchen, in jeder Saison eine Grafschaft zu schaffen.»
«Verstehe.» Lestrade lächelte, und er fing einen Blick Dews auf. Es war Pech, daß beide Männer sich gleichzeitig vorbeugten, doch das schreckliche Krachen, mit dem ihre Köpfe zusammenprallten, widerhallte nicht allzusehr in dem kalten Raum. «Und als Sie in Wapping waren, fuhren Sie da auch herum? Mit dem Omnibus vielleicht?»
«Aber ja, Inspector. Warum fragen Sie?»
«Ach, reine Neugier. Welche Nummer hatte der Bus, den Sie nahmen?»
«Oh, Inspector, daran erinnere ich mich leider nicht. Für mich sehen sie alle ziemlich gleich aus. Ich erinnere mich, daß er Sitze hatte und diese komischen Treppen und von zwei Pferden gezogen wurde, aber an andere Dinge...»
«Wohin fuhren Sie?»
«Nun, wir wohnten in einem kleinen Hotel in Paddington. Wir nahmen einen Bus, der uns durch die Stadt brachte.»
«Über den Ratcliffe Highway?»
«Ich weiß es wirklich nicht, Inspector. Für mich sehen alle diese Straßen gleich aus. Warum stellen Sie mir alle diese Fragen?»
«Macht der Gewohnheit, Madame, fürchte ich. Ich würde vielleicht doch gern mit Ihrem Vater sprechen. Hat er Sie nach London begleitet?»
«Nein. Seit dem letzten Jahr ist er ans Bett gefesselt. Ich will nachsehen, ob er Sie empfangen will.»
Die drei Männer erhoben sich, als sie das Zimmer verließ. Lestrade blickte die anderen an. «Gut», sagte er, «wir haben eine Verbindung mit London, mit einem Bus, mit dem Schaf und mit dem Radfahren in Hertfordshire. Dew, reden Sie mit der stummen alten Eule. Versuchen Sie, irgendwas aus ihr rauszukriegen.»
«Aber, Sir...»
«Tut mir leid, Dew, Sie sind der einzige, der an diesem Kurs über Zeichensprache teilgenommen hat. Tun Sie, was Sie können. Lilley,

nehmen Sie sich diese Mädchen vor. Finden Sie alles raus, was sie wissen.»
«Aber, Sir...»
«Mr. Lestrade», sagte Cleopatra, die zurückgekehrt war. «Mein Vater wird Sie jetzt empfangen.»
«Danke.» Er nickte in die verschiedenen Richtungen und folgte Cleopatra die Treppe hinauf, während sich seine Untergebenen auf die Suche nach ihren jeweiligen Opfern machten.
Walter Dew klopfte leise an die Küchentür. Da sich nichts rührte, stieß er sie auf. Tante Sybil stand auf und begrüßte ihn mit einem spöttischen Ausdruck in ihren häßlichen Zügen. Die Tür schloß sich hinter ihnen, und Lilley hörte nichts mehr. Er folgte einem gewundenen Gang, der nie zu enden schien und dessen Wände, je weiter er kam, immer feuchter und kälter zu werden schienen. Dann kam er an eine Gabelung. Zwei Türen. Er fummelte in seiner Tasche nach einem Sixpencestück und warf es hoch. Kopf. Die Geschichte seines Lebens. Er klemmte den Bowler in die Armbeuge und öffnete die Tür.
Dahinter führten zwei oder drei Stufen in einen dunklen Raum. Lilley war an das Dunkel nicht gewöhnt und blieb mehr als einmal stehen. Doch hinter der Ecke erblickte er wieder Tageslicht und öffnete eine zweite Tür, die in den Garten führte. Dort hörte er in den gefrorenen Blättern, die man im Herbst zusammengekehrt hatte, ein wehmütiges Pfeifen. Nachdem er die Stufen hinaufgestiegen war, erblickte er einen alten Mann mit einem um den Kopf gewickelten Schal, der aus Leibeskräften unter einer Ulme grub.
«Guten Morgen», rief Lilley.
Der alte Mann hielt inne, sah hoch, als nehme er Witterung auf und grub weiter.
«Ich sagte, guten Morgen», wiederholte Lilley.
Der alte Mann drehte sich herum. «Ah», sagte er, «da drüben, wenn's recht ist.» Lilley folgte der Aufforderung und stellte sich dort hin. Unglücklicherweise befand er sich jetzt in einer schwierigen Position, und er schob sich vorwärts.
«Nein, gegen die Mauer», beharrte der alte Mann.
Lilley wich nach hinten zurück, so daß sein Kopf unter einer Brustwehr aus Ziegeln eingeklemmt war.

«Na, wo ist sie?» Der alte Mann hielt inne und starrte mit seinen wäßrigen Augen ungeduldig umher.

«Was?» Lilley wußte längst nicht mehr, was er sagen sollte.

«Die Scheiße», sagte der alte Mann. Als er Lilleys verblüffte und entsetzte Miene bemerkte, ließ er sich etwas genauer aus. «Na schön, dann eben der Dung, der Kot, der Mist. Ha, ha, hab's alphabetisch geordnet!» Und er lachte heiser und schlug sich auf den Schenkel, bis ein krampfhafter Husten ihn packte und er sich setzen mußte.

«Nein, ich bin nicht der Gärtner», erklärte Lilley.

«Natürlich nicht. Der bin ich», stieß der Alte hervor.

«Ich bin Polizist.»

Der Gärtner war sichtlich geschockt. «Es ist nicht gegen das Gesetz.»

«Was?» fragte Lilley und trat aus seiner eingeengten Lage. «Diesen Hund zu begraben.» Er deutete auf den Erdboden. «Er war wirklich tot, wissen Sie.»

«Ja, ja, gewiß.» Lilley trat den Rückzug an. «Ich habe mich offensichtlich verlaufen. Ich suchte nach den Misses Lytton.»

«Oh, wir heißen hier alle Lytton.» Der Gärtner stieß seinen Spaten abermals in die steinharte Erde. Er griff nach einem hölzernen Kreuz und rammte es in den Hügel, den er aufgeworfen hatte. «Sogar der verdammte Hund», seufzte er, und Lilley bemerkte die eingeschnitzten Buchstaben: «Lytton Lytton, Parabola Road».

«Trotzdem», murmelte der alte Mann und hämmerte das Kreuz in den Hügel, «der kleine Bastard wird nicht mehr auf meine Chrysanthemen pinkeln!»

Lilley kehrte auf demselben Weg zurück, den er gekommen war, die dunkle Treppe hinauf zur anderen Tür, jener, die er lieber hätte gleich nehmen sollen, wie er jetzt glaubte. Er rückte seinen Bowler wieder zurecht und klopfte. Keine Antwort. Er stieß die Tür auf und trat ins Nichts. Schwärze umfing ihn, und seine Beine strampelten wild durch die Luft, als er abwärtsplumpste. Dann nahm er nichts mehr wahr.

Lestrade stand, respektvoll das Haupt entblößt, vor dem alten Mann mit dem Hauskäppchen und dem Schal.
«Sie müssen laut sprechen», murmelte Cleopatra. «Er hört ein bißchen schwer. Papa», hob sie automatisch die Stimme, «dies ist Inspector Lestrade. Er ist wegen Roger gekommen.»
«Hm», schnaubte der ältere Lytton, «das ist ein bißchen spät, junger Mann. Mein Sohn ist tot.»
«Ja, Sir», sagte Lestrade. «Ich weiß. Ich bin wegen einer anderen Sache hier.»
Plötzlich versetzte Lytton seiner Tochter einen Stoß mit einem dünnen Rohrstock. «Er ist wegen einer anderen Sache da, du Vollidiotin. Ich kann idiotische Leute nicht ausstehen. Besonders, wenn's Frauen sind! Ich bin in Indien gewesen, Lefarge. Da pflegten sie die Witwen zu verbrennen. Verdammt gute Idee. Also, Sie sind also wegen Roger hier?»
«Nein, Sir.» Lestrade näherte sich dem Himmelbett. «Nicht wegen Roger.»
«Nicht wegen Roger?» Der alte Mann hielt die Hand hinter sein intaktes Ohr.
«Sie sagte, es wäre wegen Roger. Acht Kinder – oder? –, und ich bin mit schwachsinnigen geschlagen. Was ist das denn, Defarge, diese andere Sache?»
«Wir glauben, daß Roger von einem Mann namens le Mouton getötet wurde.»
Lestrade wünschte von Herzen, er hätte sich auf dieses Abenteuer nicht eingelassen.
«Aha, ein verdammter Franzmann, wie? Können ihnen nicht trauen, l'Orange. Sie sind anders, wissen Sie. Nicht so wie Sie und ich. Ich kann's Ihnen ja ruhig erzählen, als ich hörte, daß dieser Froschfresser von Prinz von den Wuschelköpfen in Zululand umgebracht worden war, habe ich Tränen gelacht. Stimmt's, Cleo? Du gibst mir doch recht, oder?»
«Ja, Papa», sagte sie gehorsam.
«Sir, waren Sie bei Ihrem Sohn, als er getötet wurde? Letztes Jahr, meine ich?» Lestrade verfolgte rücksichtslos seinen Kurs.
«Gott, erzählen Sie mir nicht, daß Mortimer auch tot ist. Was soll ein Mann ohne seine Söhne anfangen?»

«Nein, Papa», besänftigte ihn Cleo. «Mr. Lestrade spricht von Roger.»
«Roger?» Er drehte sich mühsam herum und blickte sie verwundert an. «Bist du taub?» bellte er. «Er ist wegen einer anderen Sache da.»
Die Qual in Cleos Gesicht machte Lestrade klar, daß er seine Zeit vergeudete. Trotzdem, dies war eine offizielle Untersuchung. Er durfte nichts unversucht lassen.
«Sagt Ihnen der Name Perameles irgend etwas, Sir?»
«Nein.» Lytton war unnachgiebig und schüttelte den Kopf. «Ich habe keinen Sohn, der so heißt.»
«Wie steht es mit Coquette?» Lestrade klammerte sich an jeden Strohhalm, doch Lytton setzte sich plötzlich kerzengerade in seinem Bett auf. Er warf das Hörrohr beiseite und rammte Lestrade den Rohrstock in den Nabel.
«Ich habe auch keinen Sohn dieses Namens», zischte er und fiel totenbleich und keuchend in die Kissen zurück.
«Ist er in Ordnung?» fragte Lestrade, während sich Cleopatra um ihren Vater bemühte.
«Er wird wieder», sagte sie. «Würden Sie uns allein lassen?»
«Ich muß sowieso gehen», antwortete Lestrade, der spürte, daß die Reise umsonst gewesen war. «Ich finde selber hinaus.»

Walter Dews Kenntnisse der Zeichensprache waren nach einem «Hallo» und einem langsamen Gestolper durch die Vokale erschöpft. Er hatte nicht den Mut gehabt, seinem Chef zu gestehen, daß er den größten Teil des Kurses verschlafen hatte. Jedenfalls hatte Tante Sybil ihn bloß verwirrt angeschaut. Schließlich hatte er sich seine Niederlage eingestanden und die Dame verlassen, um Lestrade oder Lilley zu suchen. Das Haus in der Parabola Road ging ihm auf die Nerven. Es war kalt und dunkel. Alte indische Wasserspeier grinsten ihn an jeder Biegung des Korridors an, und es ärgerte seinen pedantischen Sinn, daß er die Halle nicht wiederfinden konnte. Zweimal erblickte er auf einem Treppenabsatz über seinem Kopf einen einzelnen huschenden Schatten, und er packte seinen Knüppel fester. Als er die Tür fand, war es wie eine Erleichterung –

sie war in diesem Haus der Schatten ein normaler, alltäglicher Gegenstand. Er klopfte an die Mahagonifüllung.

«Herein», rief eine weibliche Stimme. «Hallöchen!»

Zuerst konnten sich seine Augen an das Dämmerlicht des Raumes nicht gewöhnen. Dann gewahrte er vor sich ein Bett, und auf diesem Bett räkelte sich eines der Mädchen, die den Tee gebracht hatten. Ein weniger erfahrener Mann hätte es vielleicht übersehen, doch Walter Dew war seit einigen Jahren verheiratet. Das Mädchen auf dem Bett war splitternackt, bis auf die Strümpfe, und es wälzte sich auf den Rücken und warf die Beine in die Luft.

Er hörte Gekicher, und Walter Dew erblickte die beiden anderen Kusinen, die ihn flankierten. Wie ihre Schwester hatten sie ihre Kleider abgelegt, fuhren mit den Händen über seinen Donegal und kitzelten seine Ohren.

«Verzeihung», murmelte Dew, der im Zwielicht knallrot geworden war, «falsches Zimmer.»

«Unsinn», schmachtete das Mädchen auf dem Bett. «Wir kriegen nicht viel Besuch, vor allem keine Herrenbesuche.»

Sie rollte sich wieder herum und kniete vor ihm, ihre kecken Hinterbacken hoch in der Luft. Dew schluckte schwer und spürte Finger, die die Knöpfe seiner Weste öffneten, und einen Arm, der an seinem Hosenbund entlangfuhr. Er nahm den schweren Duft von Parfüm wahr, und feste Brustwarzen stupsten gegen seine Brust. Er wich zur Tür zurück, doch der Anblick Hopes auf dem Bett und die Fingerfertigkeiten der anderen begannen ihre Wirkung zu tun.

«Denkt dran, zuerst gehört er mir.» Hope fuhr mit der Zunge über ihre Lippen.

«Nur bis die beiden anderen kommen», sagte Charity.

«Dew!»

Als er die Stimme seines Herrn hörte, kehrte Dew jäh in die Wirklichkeit zurück, und er zog den Arm des Mädchens aus seiner Unterwäsche. Gegen den heftigen Widerstand der Mädchen, stemmte er die Tür auf und prallte mit seinem Chef zusammen, der aus dem Schlafzimmer des alten Lytton kam.

«Irgendwelche Schwierigkeiten, Dew?» Lestrade bemerkte die rote Gesichtsfarbe, die offene Weste und die Ausbuchtung in der Hose. Er spähte über den Kopf des Constable in den sonderbaren, süßlich

duftenden, abgedunkelten Raum und hörte, wie die Schreie zu einem leisen Stöhnen wurden.
«Nein, Sir. Ich... äh... ich habe den Weg verfehlt, Sir.»
«Solange es keine anderen Verfehlungen sind», sagte Lestrade. «Wo ist Lilley?»
Sie sahen einander an. Es ertönte ein ferner Ruf, als käme er aus der Hölle.
«Dort unten», sagte Dew.
«Hier entlang», sagte Lestrade und eilte die Treppe hinunter. Dew erwog, um Zeit zu sparen, das verzierte Treppengeländer hinunterzurutschen, doch dem stand im Augenblick noch einiges entgegen, und im übrigen befand sich am unteren Ende ein so großer Knauf, der ihm mehr als den Wind aus seinen Segeln genommen hätte. Er entschied sich für die konventionelle Methode.
«O nein, es ist der Keller!» hörten sie Cleopatra über ihren Köpfen rufen.
Lestrade blieb wie angewurzelt stehen, und Dew rannte gegen ihn. In einem Gewirr von Donegals und Bowler rollten die beiden Männer über den Hallenboden. Sie versuchten, soviel wie möglich von ihrer Würde zu bewahren, und rappelten sich auf.
«Keller?» Lestrade sah zur Dame in Weiß hinauf.
«Der Fußboden im alten Speisezimmer. Er ist ein wenig von der Trockenfäule befallen. Und die Fenster sind zugenagelt. Ich fürchte, Ihr Kollege hat einen Unfall erlitten.»
Lestrade und Dew folgten ihr zu der Tür, durch die Lilley in das Vergessen gestürzt war. Cleopatra öffnete sie, hielt jedoch die beiden anderen Beamten zurück.
«Lilley?» rief Lestrade.
«Sir? Sind Sie's?»
«Wo, zum Teufel, sind Sie? Oh, entschuldigen Sie, Miss Lytton.»
«Hier unten, Sir», rief eine alles andere als kräftige Stimme zurück.
«Verdammt noch mal, wie sind Sie da runtergekommen?» brüllte Lestrade.
«Oh, das war ganz einfach, Sir, wirklich.»
Lestrade fummelte nach seinen Streichhölzern, konnte sie aber nicht finden. Auch seine Zigarren waren nicht da. Zuvorkommend

strich Miss Lytton ein Streichholz für ihn an. Es war eines von seiner Sorte. Sie hielt es in die gähnende Leere, und sie sahen Lilley in einer Ecke liegen. Sein Mantel und sein Gesicht waren schmutzig, seine Haare von Schimmelpilzen bedeckt.

«Sind Sie in Ordnung?» rief Lestrade.

«Ich glaube, ich habe mir den Knöchel gebrochen, Sir», keuchte Lilley und wurde ohnmächtig.

«O Gott, Dew, klettern Sie runter. Miss Lytton», das Streichholz erlosch, «könnten Sie dem Constable eine Laterne besorgen?»

Sie verschwand, um eine zu suchen. Als sie zurückkehrte, stieg Dew behutsam die schlüpfrigen Steinstufen hinunter, lud sich Lilley in bewährter Polizistenmanier auf die Schulter und brachte ihn hinauf.

«Er braucht Ruhe», sagte Dew. «Sein Knöchel sieht übel aus.»

«Paßt zum übrigen», murmelte Lestrade, dem aufs neue klar wurde, welch eine Last ihm seine Männer aufbürdeten.

«Ich werde Ihnen eine Droschke rufen», sagte Cleopatra. Lestrade fand sich damit ab. Zu seiner Zeit hatte es ihn noch schlimmer erwischt. Sie hoben den bewußtlosen Constable von Dews Schulter und lehnten ihn gegen einen Bronzeelefanten in einer Ecke.

«Was folgern Sie aus dem Ganzen, Sir?» flüsterte Dew ihm in der Stille zu.

«So wenig wie möglich», sagte Lestrade und atmete erleichtert auf, als er die Droschke draußen vorfahren sah. «Kommen Sie, Dew», und er legte Lilleys Bowler auf Lilleys Hinterteil, als Dew ihn hinausschleppte.

«Ich danke Ihnen, Miss Lytton», sagte Lestrade, und eine plötzliche Bewegung, die er aus dem Augenwinkel erspähte, ließ ihn herumfahren. Cleopatra bemerkte es.

«Oh, das ist meine andere Schwester, Ulrica. Leider ist sie nicht ganz richtig im Kopf. Wohnt im Westflügel.»

«Ja, natürlich», lächelte Lestrade und tippte an seinen Bowler.

«Ich hoffe, wir waren ein wenig hilfreich bei Ihren Ermittlungen, welcher Art diese auch waren», sagte sie.

Er blickte sie an, ein bleiches, mitleiderregendes Mädchen, umgeben von Verrückten.

Sie, die als einzige unter ihnen bei Verstand war, hatte offenbar mehr als ihren Teil des Kreuzes zu tragen.

«Das haben Sie in der Tat», sagte Lestrade. «Auf Wiedersehen, Miss Lytton.»
«Oh, Inspector», rief sie, als er die Treppe und die Freiheit erreicht hatte. Sie hielt seine Streichhölzer und Zigarren in die Höhe. «Tut mir leid.» Sie grinste ein wenig schüchtern.
«Ah.» Er versuchte, die Situation mit einem Lachen zu überspielen. «Die müssen mir aus der Tasche gefallen sein, als Dew und ich hinfielen.»
«Oh… und…» Sie zog seine Taschenuhr und die Uhrkette heraus.
«Ah», sagte er.
«Und… hm…» Als nächstes folgte seine Brieftasche.
«Ah.»
«Und natürlich…» Der Schlagring mit der verborgenen Klinge kam zum Vorschein. «Es tut mir leid», sagte sie. «Im Knast von Holloway nimmt man ziemlich üble Gewohnheiten an, fürchte ich.»

Während sich Dew darum kümmerte, daß Lilleys Wunden im örtlichen Krankenhaus versorgt wurden, machte sich Lestrade auf die Suche nach dem letzten der Lyttons. Die Pittville-Trinkhalle war ein elegantes Gebäude mit ionischen Säulen nach Art des Ilissos von Athen. Für diese architektonische Pracht hatte Lestrade jedoch keinen Blick; man führte ihn in einen Umkleideraum, sagte ihm, Mr. Lytton werde noch einige Zeit brauchen und er könne warten oder die Bäder gebrauchen. Der heiße Dampf war köstlich nach der Kälte in Nummer dreizehn, Parabola Road, und er hatte noch nie ein türkisches Bad genossen. Er hängte seinen Donegal und seinen Bowler an einen Haken und zog Anzug und Unterwäsche aus. Man gab ihm ein Badelaken, das er sich um die Hüften wickelte; und dann trat er in einen schönen Innenhof, in dessen Mitte ein dampfendes Becken zum Bade einlud.
«Mr. Lytton?» sagte er flüsternd zu einem herumtrödelnden Diener.
«Da drüben», kam die Antwort, «der mit dem roten Badelaken.»
Mortimer Lytton war ein großgewachsener, eleganter Mann, ungefähr in Lestrades Alter. Sein Spitzbart und sein Schnurrbart waren

sauber gestutzt, wenngleich sein Schnurrbart, der offensichtlich an Wichse gewöhnt war, im Augenblick im Dampf ein wenig nach Mandarinenart herunterhing.

«Mr. Lytton?» fragte Lestrade noch einmal.

Der rotgewandete Mann lugte durch den Dampf. «Sie können mich Coquette nennen», lispelte er.

«Wie belieben?» fragte Lestrade nach einer Pause der Verblüffung.

«Das tun alle meine Freunde.» Lytton tätschelte Lestrades Hand. «Neue und alte sowieso. Wie darf ich Sie nennen?»

«Inspector», sagte Lestrade.

«Oh, mein Gott!» Lytton schoß kerzengerade in die Höhe. Sein Badetuch fiel herab, und er schien es nicht eilig zu haben, es aufzuheben.

«Junge, Junge, sehen Sie sich das an», sagte er und reckte sich eitel. «Würden Sie es für mich aufheben, Inspector?»

Lestrade sah ihn an. Vor ihm stand ein gesunder, offensichtlich leistungsfähiger Mann, doch er konnte kein Badetuch aufheben. Lytton spürte Lestrades Überraschung und flüsterte: «Hier drin dürfen Sie's nicht wagen, sich vorzubeugen.»

Lestrade hob das Badetuch auf und ließ Lytton sich bedecken.

«Hören Sie», sagte Lytton, sich das Haar aus der Stirn streichend, «ich kann den Vorfall in der Bibliothek erklären...»

«Deshalb bin ich nicht hier», sagte Lestrade.

«Nein?» Lytton blickte sich verstohlen um, dankbar für den Schutz, den der wirbelnde Dampf bot. «Oh, es ist nicht der Bauernbursche, nicht wahr? Ich habe gutes Geld gezahlt... liebe Güte.»

«Mr. Lytton, ich bin hier im Zusammenhang mit dem Tod Ihres Bruders.»

«Roger?» Lytton stieß einen spitzen Schrei aus. Er schlug Lestrade leicht auf die Schulter. «Nun, warum sagen Sie das nicht gleich? Kommen Sie hier rüber», er deutete auf eine große Marmorsäule, «wo es ein bißchen intimer ist.» Er klopfte ihm noch mal auf die Schulter. «Sie sind ziemlich stramm für Ihr Alter?» sagte er und legte den Kopf schief.

«Warum nennt man Sie Coquette?» fragte Lestrade, sich mit dem Rücken eng an die Säule drückend.

«Oh, wir haben hier alle Spitznamen. Ich habe den meinen seit Jahrzehnten, genau gesagt, seit meiner Knabenzeit. Sehen Sie ihn da drüben...» Er zeigte auf einen fetten, kahlköpfigen Mann, der in einem Sessel saß. «Er ist Myra. Und der da hinten...» er nickte einem Mann zu, der am Beckenrand hockte «...er ist Alice. Wir sind hier eine richtige kleine Brüderschaft, wissen Sie.»
Lestrade sah es, und er hegte alles andere als brüderliche Gefühle. «Der Mann, der womöglich Ihren Bruder getötet hat, ist selber ermordet worden, Mr. Lytton.»
«Nein! Jetzt machen Sie einen Punkt! Nein, mir wird ganz flau!»
Lestrade fiel es schwer, das zu glauben. «Waren Sie gestern in London, Sir?» fragte er.
«Guter Gott, nein. Nicht seit dem Vorfall in St. Paul's.»
«St. Paul's?»
«Ich lebte früher in London, Inspector. Ich sang im Chor. Eines Tages – ich erinnere mich genau, daß es Palmsonntag war – fühlte ich mich... sagen wir... hingezogen zu einem anderen Chorknaben, ein paar Jahre jünger als ich. Nun ja, um die Wahrheit zu sagen, ich schob meine Hand in seine Soutane, nur um festzustellen, daß sich dort bereits eine befand.»
«Seine eigene?» mutmaßte Lestrade.
«Nein, du liebe Güte, die des Dekans von St. Paul's, der auf der anderen Seite saß. Nun ja, danach konnte ich dahin nicht zurück. Ich machte einen großen Bogen um London, vielen Dank. Wie haben Sie mich gefunden?»
«Durch Ihre Schwester Cleopatra», sagte Lestrade, «die im übrigen sagt, Sie seien sehr wohl gestern in London gewesen.»
«Sie ist verrückt, Inspector. Das muß Ihnen doch aufgefallen sein. Wie sind Sie auf sie gekommen?»
«Durch Ihre Kusine, Letitia Bandicoot.» Mortimer Lytton machte ein langes Gesicht, und er löste sich von der Säule, an der er lässig gelehnt hatte. «Ich verstehe», sagte er, und sein ganzes Verhalten änderte sich. «Was wollen Sie?»
«Ein paar Antworten.» Lestrade spürte, daß er einen empfindlichen Punkt berührt hatte, und bohrte weiter. «Zum Beispiel auf die Frage, Mr. Lytton, ob Sie Pralinen mögen.»

Die Frage brachte Lytton aus dem Gleichgewicht, doch er fing sich wieder.

«Ja, warum?»

«Kennen Sie die Pralinen der Firma Rowntree in York?»

«Ich glaube nicht. Ich lasse mir die meinen von der Firma Cadbury in Bournville kommen. Die Leute sympathisieren mit dem Sozialismus, wie wir Lyttons auch, wissen Sie.»

Hoffentlich nicht *genauso* wie die Lyttons, dachte Lestrade. «Was sagt Ihnen der Name ‹Perameles›? Vielleicht ein weiterer Spitzname für Sie? Oder womöglich der eines Ihrer... Freunde?»

«Ich habe den Namen nie gehört», sagte Lytton. «Wozu alle diese Fragen? Was hat das alles mit meinem Bruder Roger zu tun? Wenn Sie's mir nicht sagen, werde ich wirklich bösartig.»

«Aber, aber», schalt Lestrade. «Damit kämen Sie nicht weit. Ich untersuche eine Reihe von Morden, Mr. Lytton. Ich glaube, daß Sie darin verwickelt sein könnten.»

«Morde?» Lytton erbleichte im Dampf. «Ich?»

«Kennen Sie Archibald Fellowes?»

«Ncin.»

«Wie steht es mit Richard Tetley?»

«Was ist mit ihm?»

«Kannten Sie ihn?» Lestrades Gutmütigkeit verflüchtigte sich mit dem Dampf.

«Nein. Hören Sie, Inspector... äh...»

«Lestrade.»

«Lestrade. Sie erwähnten soeben meine Kusine Letitia.»

«Richtig. Warum?»

«Was ist mit einem Mann, dessen alte Flamme man zu Tode geprügelt in einem Londoner Park findet?»

«Was?»

«Was ist mit einem Mann, der Muskeln aus Eisen hat und jedermann umbringen könnte, wenn er bloß mit den Fingern schnippt?»

«Sprcchen Sie... sprechen Sie von Harry Bandicoot?»

«Von ebendiesem», nickte Lytton grimmig.

«Sie scheinen darüber gut informiert, wer in letzter Zeit eines plötzlichen Todes gestorben ist, Mr. Lytton.»

«Ich lese Zeitung, Inspector. Ich kenne Harry Bandicoot seit Jahren. Roger war mit ihm in Eton. Ich weiß nicht, was Bandicoot mit dieser Marigold de Lacy vorhatte. Aber damals warnte ich Letitia. Ich sagte: ‹Heirate ihn nicht, Letty›, sagte ich. ‹Daraus wird nichts Gutes erwachsen.› Ich weiß nicht, was sie an ihm fand. Sind Sie ihm begegnet?»
«Beiläufig.»
«Nun, ich habe sie natürlich seit der Hochzeit nicht gesehen, aber wir mochten uns nicht. Befolgen Sie meinen Rat: *cherchez l'homme.*»
Lestrade war ziemlich sicher, daß das kein vernünftiger Rat war, und stand auf, um zu gehen. «Sie hatten nicht vor, Cheltenham für eine Weile zu verlassen, Mr. Lytton, oder?»
Er blickte Lestrade kummervoll an. «Wer möchte mich schon haben, mein Lieber? Ich bin dreiundvierzig.»
«Sind wir das nicht alle?» seufzte Lestrade.
Als er die Tür erreichte, hörte er jemanden rufen: «Wo ist die Seife?» Und ein Chor kräftiger Männerstimmen echote: «Ja, das hilft, nicht wahr?»

Lestrade kaufte gewöhnlich nicht im East India House ein. Sein Interesse an Neuer Kunst war äußerst gering, und er nahm überhaupt keine Notiz von der keltischen Erneuerung oder von Steingut oder Zinngerät, für das die elegante Welt kleine Vermögen bezahlte. Achtlos und unbeeindruckt wanderte er durch die prachtvollen Stoffe und kostbaren Teppiche. Am Fuße eines Bronzepfaus lag der Anlaß seines Besuches – ein toter Mann, noch nicht drei Stunden tot, umgeben von drei düster blickenden Ladeninhabern.
«Inspector Lestrade, Gentlemen. Wer fand die Leiche?»
«Gimlet, mein Nachtwächter», sagte der älteste der drei. «Ich habe ihn natürlich gefeuert.»
«Gefeuert?» Lestrade kniete neben der Leiche. «Warum?»
«Was ist das für ein Nachtwächter, der einen Mann an einem Herzanfall sterben und die ganze Nacht hier liegen läßt?»
«Herzanfall, Mr... äh...?»

«Liberty. Arthur Liberty. Was sonst? Leute brechen nicht einfach in einem Geschäft zusammen, Lestrade, es sei denn…»
«Es sei denn, sie haben Ihre Preise gesehen, Mr. Liberty?» Lestrade lächelte entwaffnend.
«Nun, wirklich…»
«Wer sind Sie?» fragte Lestrade den zweiten Mann, der ein wenig jünger war als der erste.
«George Lazenby», sagte er.
«Und Sie?»
«W. J. Howe.»
«Meine Geschäftspartner», erklärte Liberty. «Ich verstehe nicht, warum Scotland Yard hinzugezogen wurde.»
Lestrade wandte sich an seinen Constable. «Dew, wer hat uns gerufen?»
«Gimlet, der Nachtwächter.» Dew hatte sein Notizbuch befragt.
«Das ist ein Grund, ihn wieder einzustellen, Mr. Liberty», sagte Lestrade, auf die Leiche deutend. «Dieser Mann ist ermordet worden.»
Die drei Partner blickten einander an, dann Lestrade, dann die Leiche. Im Unterbewußtsein war ihnen klar, daß es keinen Zweck hatte, Dew anzublicken.
«Woher wissen Sie das?»
«Jahrelange Erfahrung, Gentlemen. Sehen Sie, hier.» Er deutete auf die verräterischen Flecken auf Hemd und Weste. «Erbrochenes», sagte er. «Wäre das Licht aus, würden Sie wahrscheinlich ein Leuchten bemerken. Er ist mit Phosphor vergiftet worden.»
«Gütiger Gott!» riefen die drei Partner.
«Was die Zeitungen wohl daraus machen werden?» fragte Liberty bestürzt.
«Um welche Zeit haben Sie gestern geschlossen?» Lestrade durchsuchte gewohnheitsmäßig die Taschen des Toten.
Die Partner sahen Lazenby an. «Um sechs», sagte er, «wie immer an Samstagen im Winter. Ab nächste Woche haben wir länger geöffnet, weil Weihnachten ist.»
«Hat jemand den Mann gestern im Geschäft gesehen?»
«Wir müßten unser Personal kommen lassen», sagte Lazenby. «An Sonntagen arbeiten die Leute nicht, Mr. Lestrade.»

«Für uns gilt das unglücklicherweise nicht», sagte Lestrade. «Wie kommt es, daß Sie zu dritt hier sind?»
«Ich machte Inventur», sagte ihm Lazenby, «als Gimlet mit der Nachricht vom Tode dieses Unglücklichen hereinstürzte. Ich informierte sofort Mr. Liberty und Mr. Howe. War er ein Einbrecher?»
Lestrade fischte einen Brief aus der Innentasche des Toten. Er war parfümiert und mit purpurroter Tinte geschrieben. Lestrade machte große Augen, als er ihn las. Er konnte nicht glauben, daß das, was da beschrieben wurde, körperlich möglich war. Offensichtlich hatte er jahrelang falsche Erfahrungen gemacht. «In gewisser Weise war er das», sagte er. «Aber ich glaube, daß wir hinter einem viel größeren Fisch her sind, Mr. Lazenby.»

Am späten Nachmittag kehrte er ins «Grand» zurück, um mit Harry über die ungewöhnlichen Vettern seiner Frau zu sprechen. Doch die Bandicoots waren fort, plötzlich abgereist, entgegen ihrer ursprünglichen Absicht, noch ein paar Tage im Hotel zu bleiben, und Lestrade verließ gerade das elegante Vestibül, als der Page umhereilte und rief: «Mr. Chesney, Telegramm für Mr. Chesney.»
«Hier, Junge», sagte Lestrade aus einer plötzlichen Regung. Es war ein Name, den er kannte, zu wichtig, keine Notiz davon zu nehmen, zumal er ihm erst vor kurzem bekannt geworden war. Der Junge mit kastanienbrauner Livree und Mütze stand mit ausgestreckter Hand da. Lestrade schüttelte sie herzlich und sagte zu ihm: «Zurück zu deinem Fahrstuhl.»
Er öffnete das Telegramm und las es.
IN ORDNUNG STOP ÜBLICHER ORT ZWECKLOS STOP ALBERT MEMORIAL STOP SONNTAG ZEHN UHR STOP H STOP
Er kehrte zum Empfangsschalter zurück, und der Angestellte blickte ihn über seinen Kneifer an.
«Da Mr. und Mrs. Bandicoot abgereist sind, möchte ich gern wissen, ob Mr. Chesney im Hause ist.»
Der Mann ließ seine Finger über die Ablagefächer hinter ihm gleiten. «Nein, Sir, leider nicht.»

«Danke», lächelte Lestrade und begab sich zur Treppe. Er hatte gesehen, daß die Finger des Mannes bei der Nummer 42 innegehalten hatten, und es war diese Tür in der zweiten Etage, vor der er jetzt stand. Er drückte auf die Klinke. Abgeschlossen. Er warf einen prüfenden Blick nach links und nach rechts den Flur entlang; die Luft war rein. Er zog rasch seinen Schlagring aus der Tasche, ließ die Messerklinge hervorschnellen, die sich darin verbarg, und schob sie zwischen Tür und Füllung. Die Tür gab seinem Druck sofort nach, und er betrat das Zimmer, nicht ohne die Tür sorgsam hinter sich zu schließen. Das Zimmer von Mr. Chesney, dessen Leichnam Lestrade vor nicht einer Stunde auf dem Boden der Messrs. Liberty & Söhne hatte liegen sehen, war sauber aufgeräumt, und nichts war angerührt. Es war nicht durchwühlt worden wie die Wohnung von Hughie Ralph. Und Lestrade war überzeugt, daß der Vergleich begründet war, denn Mr. Chesney war ein weiterer Toter in der Reihe von Ermordeten, die mit Captain Archibald Fellowes begonnen hatte.

Mord von ein und derselben Hand. Der Inspector untersuchte Schubfächer und Garderobe. Die meisten der Kleider waren neu; einige nach seiner Meinung ungetragen – wie der Anzug, in dem er Chesney in der Firma Liberty vorgefunden hatte. Die Koffer waren ebenso neu wie die Hutschachteln. Mr. Chesney schien sich vor kurzem von Kopf bis Fuß neu ausstaffiert zu haben. Jedoch seine Papiere waren älteren Datums. Lestrades Blick fiel auf ein besonders interessantes Bündel von Briefen. Dem Inhalt der Briefe entsprechend, waren sie mit einem scharlachroten Band zusammengebunden, wenngleich die Farbe Purpurrot durchaus passender gewesen wäre. Die Briefe hatten im Grunde denselben Inhalt wie jener, den der Tote bei sich gehabt hatte – sie waren an eine «geliebte Clementine» gerichtet und unterzeichnet mit «Ewig dein, H.» Was zwischen Anrede und Schluß beschrieben wurde, ließ Lestrades Haare zu Berge stehen. Aber er war ein Mann von Welt, und er verstand das meiste davon.

Es war vollkommen dunkel geworden, als er die Lektüre der Briefe beendet hatte, und er warf einen vorsichtigen Blick aus der Tür auf den Flur, um unbemerkt verschwinden zu können. Sonntag, zehn Uhr, hatte im Telegramm gestanden. Hieß das zehn Uhr morgens?

War dem so, war es für ihn zu spät. War zehn Uhr abends gemeint? Das schien wahrscheinlicher, weil der Page Mr. Chesney erst vor ein paar Stunden ausgerufen hatte. Er würde es drauf ankommen lassen.

Die Nacht war frisch und klar, als er durch den Frost auf die gotische Ungeheuerlichkeit des Albert Memorial zuschlenderte. Er blickte zum verblichenen Prinzgemahl auf, der nachdenklich auf seinem Bronzethron saß und versonnen auf seine Halle auf der anderen Straßenseite blickte. Es waren wenig Leute unterwegs. Dann, als er sich eine Zigarre ansteckte und den Kragen seines Donegal bis zu den Ohren hinaufzog, sah er eine dunkle Gestalt mit Zylinder, die sich, breitschultrig und kerzengerade, von der entfernten Seite des Parks näherte. Er pfiff gedämpft und gab sich so unbefangen wie möglich, bis er die Uhr die Stunde schlagen hörte. Beim zehnten Schlag hatte der Mann mit dem Zylinder das Denkmal erreicht. Lestrade konnte das Gesicht nicht erkennen, doch der Schnitt des Pelzmantels sagte alles und lieferte eine ziemlich stichhaltige Erklärung für Mr. Chesneys neue Garderobe.

«Brauchen Sie vielleicht Feuer?» brach Lestrade das Schweigen.

«Nein, danke», erwiderte der Fremde. «Ich warte auf jemanden.»

«H?» fragte Lestrade aufs Geratewohl.

«Chesney?» fragte er. «Haben Sie die Ware?»

«Natürlich.» Lestrade klopfte auf seinen Mantel. «Haben Sie das Geld?»

H langte in die Innentasche seines Mantels und zog einen großen Umschlag heraus, mattgrün im trüben Gaslicht. Lestrade griff danach, doch H zog seine Hand zurück. «Zuerst die Briefe», sagte er.

«In Ordnung.» Lestrade brachte das Bündel zum Vorschein, doch als er aufsah, blickte er geradewegs in die Mündung eines vernickelten Revolvers.

«Was soll das heißen?» fragte er.

«Ich betrüge Sie nicht», gab H zurück und prüfte, ob niemand nahe genug war, um Zeuge der kleinen Transaktion zu Füßen der mißbilligenden Gestalt Alberts, des Guten, zu werden. «Sie werden Ihr Geld bekommen. Ich will bloß sichergehen, daß *Sie* mich nicht betrügen.»

Er entriß Lestrade die Briefe und fing an, sie zu zählen. «Scheinen alle da zu sein», sagte er.

«Wirklich?» fragte Lestrade. «Wie wollen Sie das wissen? Wie viele haben Sie Clementine geschrieben? Zwölf? Vierzehn? Und wer sagt Ihnen, daß ich ihre Briefe an Sie nicht habe?»

«Was?» H legte den Revolver auf ihn an, aber Lestrade spürte, daß es ihm nicht ernst war. «Nehmen Sie Ihren Hut ab.»

Lestrade gehorchte und stand barhäuptig unter den Sternen.

«Sie... Sie sind nicht Chesney», sagte H.

«Nein, ich bin Inspector Lestrade von Scotland Yard. Also, wegen welchen Vergehens soll ich Sie festnehmen? Weil Sie mich mit einem Revolver bedroht haben? Wegen Störung des öffentlichen Friedens? Weil Sie unschickliches Geschreibsel durch die Post Ihrer Majestät verschickt haben?»

H senkte die Hand mit dem Revolver und starrte zu Boden. «Mein wirkliches Verbrechen besteht darin, daß ich das Unglück hatte, der Politik wegen zu heiraten», sagte er, «und so unbesonnen war, mich zu verlieben.»

Lestrade nahm ihm die Waffe ab. «Sie sind Julian Hamilton, nicht wahr? Parlamentsmitglied für Stoke Newington?»

Der Zeichner, den die *Sun* ins Parlament schickte, wurde immer besser. Hamilton nickte. «Die Waffe ist nicht geladen», sagte er. «Wenn es ernst würde, wüßte ich nicht einmal, wie man sie abfeuert. Wo ist Chesney?»

«Falls nicht ein kleines Wunder geschehen ist, Mr. Hamilton, befindet er sich im Leichenschauhaus. Jemand hat ihn gestern umgebracht.»

«Was?» Das Parlamentsmitglied taumelte zurück.

«Ich denke, wir sollten uns mal ein bißchen unterhalten, meinen Sie nicht?»

Julian Hamilton, MP für Stoke Newington, war keine große Hilfe. Falls Lestrade mit dem Gedanken gespielt hatte, daß Hamilton alle die anderen aus Motiven, über die man nur spekulieren konnte, ermordet hatte, so war er durch sein Verhalten am Sonntag abend von dem Verdacht des Mordes an Malcolm Chesney befreit.

Warum sollte ein Mann, der sich ja im Gebrauch von Giften auskennen und sich ihrer tödlichen Wirkung sicher sein mußte, ein Telegramm an einen Mann schicken, von dem er wußte, daß er bereits tot war? Und weiter: Warum sollte er eine Verabredung mit einem Mann einhalten, von dem er wußte, daß dieser gar nicht kommen konnte?

Hamilton war das Opfer eines Erpressers geworden. Er hatte seine Frau nie geliebt, die zu heiraten man ihn, einen aufstrebenden jungen Politiker, erpicht auf Erfolg, gezwungen hatte. Statt dessen hatte er sich unsterblich in eine Lady namens Clementine verliebt. Diese war ebenfalls verheiratet, und Hamilton lehnte es Lestrade gegenüber entschieden ab, ihren Namen zu nennen. Sie waren sich im letzten Jahr in Biarritz begegnet, und ihre Affäre – denn es wurde eine – war rasch entflammt. Sie trafen sich an Wochenenden auf dem Land oder bei Jagdpartien und stahlen sich so viele süße Stunden, wie sie konnten. Das übrige erschöpfte sich in einem Briefwechsel.

Dann geschah das Unvorstellbare. Clementine schrieb einen verzweifelten Brief, des Inhalts, seine Briefe an sie, die sie mit roten Bändern, der Farbe der Rose und des Blutes, zusammengebunden habe, seien gestohlen worden. Sie verdächtigte eine Zofe, hatte sie auf der Stelle aus einem vorgeschobenen Grund entlassen, konnte jedoch weder den Diebstahl beweisen noch ihr Eigentum zurückverlangen, ohne ihren Gatten einzuweihen. Und das konnte sie nicht tun. Darauf trat dieser Mann an Hamilton heran, Chesney, der die Briefe erworben hatte, vermutlich direkt von der Zofe, und drohte damit, nicht nur Clementines Mann und seiner, Hamiltons, Frau davon zu erzählen, sondern Hamiltons Parteiführer, dem Marquis von Salisbury, Hamiltons Wählern und den Mitgliedern von Hamiltons Club, dem merkwürdigsten in London, dem Unterhaus. Das hätte das Liebespaar ruiniert. Und Hamilton war alt genug, sich das Schicksal ins Gedächtnis zu rufen, das Charles Stuart Parnell und Mrs. O'Shea erlitten, ganz zu schweigen von Charles Dilke und zahlreichen Damen. Aber Chesney hatte einmal einen Brief zurückgegeben und holte aus Hamilton das letzte heraus. Hamilton forderte alle Briefe zurück, andernfalls werde er zur Polizei gehen.

Statt dessen war die Polizei zu ihm gekommen.

Der Lestrade, der am frühen Montag morgen in seinen Sessel im Yard sackte, war der Welt überdrüssig. Es war bitterkalt, und die Morgendämmerung ließ auf sich warten. Er blickte auf die gegenüberliegende Wand, an der die stummen Zeugnisse von neun Morden pappten, acht von derselben Hand begangen. Er schickte sich an, den Bericht über Malcolm Chesney fertigzustellen, der das neunte Opfer war, als sein Blick auf einen Brief mit der Aufschrift «Dringend» fiel, geschrieben in der schleppenden Gelehrtenschrift Constable Skinners. Lestrade öffnete ihn und las laut:

«Habe das bis jetzt versäumt, Sir. Verzeihung. Habe es über dem Papierkram vergessen. Perameles, der Name in Rowntrees Kundenbuch in York. Er brachte mich am Anfang aus dem Konzept, denn ich dachte an *Peragale lagotiis* und *Choeropus castanotis*. Das ist natürlich der lateinische Name für...» Lestrade versagte die Stimme.

Er saß eine Weile mit offenem Mund da, sein Herz schlug wie verrückt. Dann ging er in das Vorzimmer und wollte gerade den schnarchenden Dew wecken, als er es sich anders überlegte. Er nahm ein frisches Hemd und einen Kragen und warf sie in seinen zerbeulten Gladstone. Er sah nach, ob er genügend Geld in der Brieftasche und seinen Schlagring in der Hosentasche hatte. Er hielt ihn ins Licht und ließ die mörderische Klinge vorschnellen; dann legte er ihn leise auf den Tisch, um den schlafenden Polizisten nicht zu wecken.

Unten im Hof schirrte ein Polizist einen Wagen für ihn an und fuhr ihn direkt zum Bahnhof. Mit jeder Meile, die er ratternd zurücklegte, hoffte er, daß er sich irrte und Skinners Entdeckung nichts als ein Zufall war. Doch tief in seinem Herzen wußte er, daß es nicht so war. Er hatte seinen Mörder.

Und diese war die letzte Reise.

Omega

Am Bahnhof nahm Lestrade den Einspänner und ließ sich erst ins Dorf Huish Episcopi und dann nach Bandicoot Hall fahren. Am riesigen, schmiedeeisernen Tor, gekrönt vom Wappen mit der sitzenden Antilope, stieg er aus und ließ den Wagen abfahren, während er einen Pfad einschlug, der in südlicher Richtung über das Anwesen verlief. Es war noch immer früh am Morgen, und dicker Reif lag silbrig auf den Birken und dem Entenkot, den er krachend zertrat. Er fand die Bresche in der Mauer, an die er sich von früheren Besuchen erinnerte, und kletterte durch das steifgefrorene Farnkraut zu den Rhododendronbüschen hinunter, die den unteren See umgaben. Hier wurde er ein wenig überrascht, als er Gelächter hörte, und als er durch die Blätter lugte, sah er Miss Shadbolt, das Kindermädchen, über das Eis des Sees wirbeln, drei kleine Kinder im Schlepptau, so daß sie eine menschliche Kette bildeten. Alle waren sie warm in Pelze eingepackt. Da war zum ersten Ivo, der ausgelassen lachte und an Miss Shadbolts Hand zerrte. Dann sein Zwillingsbruder Rupert, der sich, unsicher auf den Schlittschuhen, bemühte, mit den anderen Schritt zu halten. Und zuletzt, im Wettlauf mit dem Wind, der durch ihre langen blonden Haare wehte, Emma, einen halben Kopf größer als die Jungen, auf kleinen Kufen, die im Morgenlicht blitzten.

Lestrade stand eine Weile da, konnte sich von dem Anblick nicht losreißen und hörte weder das Rasseln von Rädern auf dem Kies noch das Schnauben und Wiehern schweißschäumender Pferde. Als er es schließlich hörte und sich straffte, um dem Wagen der Somerset Constabulary entgegenzusehen, pfiff dieser auf seinem Weg zum Haus an ihm vorbei, und die an einer Ecke vorragende blaue Lampe traf ihn so heftig an der Schläfe, daß er kopfüber durch die Rhododendronbüsche schoß und ein paar Yards auf dem Rücken über das Eis glitschte. Nanny Shadbolt hatte den Wagen zwar kommen hören, sie war aber trotzdem nicht auf den Haufen mittelmäßiger Kleider vorbereitet, der ihr vor die Füße rollte. Sie rief die verblüfften Kinder zu sich.

«Alles in Ordnung», rief Rupert. «Es ist bloß Onkel Sholto.»

Und sie glitten wieder davon.

«Bist du gekommen, um mit uns Schlittschuh zu laufen, Onkel Sholto?» fragte Ivo und warf ihm über die Schulter einen Blick zu.

«Sei nicht albern, Ivo», schalt ihn Emma. «Siehst du denn nicht, daß Onkel Sholto keine Schlittschuhe hat?»

Lestrade blickte in ihre fröhlichen grauen Augen. Das ist meine Tochter, sagte er zu sich selber, ganz das Kind eines Polizisten. So etwas entging ihr nicht. Für einen flüchtigen Augenblick wünschte er, ihr erzählen zu können, er sei gar nicht Onkel Sholto, sondern ihr Vater. Diese Zeit würde kommen. Doch es war noch nicht soweit. Noch nicht.

«Mr. Lestrade», sagte Nanny Shadbolt, «darf ich Ihnen ein Paar Schlittschuhe leihen?»

Der Inspector saß noch immer auf dem Eis, dessen Feuchtigkeit durch seine Hosen zu dringen begann.

«Ich würde mich mit einer Hand zufriedengeben», sagte er.

«Natürlich. Kinder!» Sie klatschte in die Hände. «Wir müssen Onkel Sholto aufhelfen. Bildet einen Kreis, und schart euch um ihn.»

Sie glitt herbei, packte Lestrades ausgestreckte Hand und zog ihn hoch. Hoffnungslos durchnäßt, von seinem Sturz hoffnungslos benommen und überhaupt insgesamt hoffnungslos, schlingerte er erst nach links, dann nach rechts, einmal von Ivo, das andere Mal von Rupert gestützt. Emma hatte seinen Schal gepackt, und gemeinsam schleppten sie ihn zu viert irgendwie über das Eis, bis er knirschend am anderen Ufer landete. Unglücklicherweise war das Riedgras noch nicht verdorrt, und eine Ecke des Anlegers versetzte auch noch seiner anderen Schläfe einen heftigen Schlag.

Er arbeitete sich aus der weißen Lagune heraus, kalt, durchnäßt, blutend und wütend, und winkte den lärmenden Schlittschuhläufern mit zusammengebissenen Zähnen zu. Er bemerkte, daß er seinen Bowler eingebüßt hatte, und erblickte ihn am verschilften Ende des Sees, als er gerade in einer Eisspalte verschwand. Er buchte ihn unter Verluste und machte sich auf den Weg zum Haus.

Das war an diesem Morgen sein erster Mißgriff. Sein zweiter bestand darin, sich von Dirck, dem Bernhardiner, erkennen zu lassen, der eine Schwäche für kalte, nasse Polizisten hatte und jetzt mit großen Sprüngen hinter ihm hersetzte. Der Inspector hüpfte durch den Obstgarten, wobei er am Rande registrierte, daß oben am Haus eine Menge Blauröcke eine lebhafte Aktivität entfalteten. Der Hund hüpfte ebenfalls und stellte ihn am Stamm einer alten, knorrigen Worcester-Parmäne. Zunächst gab sich das Tier damit zufrieden, sich auf die Hinterbeine zu stellen und mit seiner Zunge den Blutkreislauf in Lestrades Ohren wiederherzustellen. Dann überkamen Frühlingsgefühle seine Lenden, und Lestrades linkes Bein erweckte sein lebhaftes Interesse. Lestrade gelang es, das liebestolle Ungeheuer wegzuschieben und humpelnd seinen Weg zum Haus fortzusetzen.

«Oh, Sir!» Als er das Gebüsch erreichte, ließ ihn ein Jammern herumfahren.

«Maisie?» Eine jammernde Zofe erkannte er auf Anhieb. «Was ist? Was ist passiert?»

«Oh, Sir. Sie schleppen den Herrn fort!» Und sie schneuzte sich mit der Anmut eines Schlachtschiffes in ihre Schürze.

Lestrade stieß sie ein wenig gewaltsamer, als es seine Absicht war, beiseite und sprang zur Terrasse hinauf, wo er rechtzeitig anlangte, um zu sehen, wie man Harry Bandicoot in Handschellen zum wartenden Wagen führte.

«Sholto!» Es war Letitia, die jetzt aus der Terrassentür stürzte, noch immer mit Nachthemd und Morgenmantel bekleidet. Sie umklammerte ihn. «Gott sei Dank, daß Sie gekommen sind. Was geht hier vor?»

«Inspector Guthrie?» Lestrade schob sie ein wenig zartfühlender beiseite als vorhin das Mädchen, das in Tränen aufgelöst in die Felder rannte.

«Was hier vorgeht, Lestrade, ist, daß ich meine Pflicht erfülle. Was Sie hier zu suchen haben, kann ich mir nicht vorstellen. Aber ich schwöre Ihnen, daß Sie nicht versuchen werden, uns an der Exekution unserer Aufgabe zu hindern.»

«Exekution?» Letitia schien nahe daran, den Verstand zu verlieren.

«Halten Sie sie auf, Sholto!»
«Wohin bringen Sie Mr. Bandicoot?» fragte er.
«Das ist schon in Ordnung, Sholto.» Harry steckte seinen Kopf aus der offenen Wagentür. Sofort wurde er wieder zurückgezerrt.
«In Ordnung, verdammt noch mal», sagte Lestrade. «Guthrie, zeigen Sie mir Ihren Haftbefehl.»
Der Chief Inspector pflanzte sich triumphierend vor Lestrade auf. «Sie haben Ihre Nase oft genug in diese Sache gesteckt. Dieses eine Mal ist zuviel. Sergeant, nehmen Sie diesen Mann fest, wegen Einmischung in polizeiliche Amtshandlungen.»
«Sergeant», konterte Lestrade, «nehmen Sie diesen Mann fest wegen ungesetzlicher Verhaftung.»
Der Sergeant schwankte einen Augenblick, aber Chief Inspector Guthrie war in seinen heimischen Gewässern ein großer Fisch, und darum stürzte er sich schließlich auf Lestrade. Das Krachen von Bandicoots Purdy brach in den morgendlichen Tumult, und die Darsteller in der verrückten Szene erstarrten, passend zum Wetter. In der Stille konnte man Maisies Jammern hören, das von den Wäldern jenseits des Sees widerhallte, doch alle Augen hatten sich auf die Terrassentür gerichtet.
«Ich bin nicht furchtbar *au fait* mit diesen Apparaten, Gentlemen», sagte ein zotteliger, alter Kopf, indem er den Kopf von Chief Inspector Guthrie ins Visier nahm, «doch ich erinnere mich, daß Mr. Bandicoot sagte, dieser ginge sehr leicht los.»
Es gab einen erstickten Schrei, und binnen Sekunden waren die einzigen Dinge, die unterhalb der Terrasse aufrecht standen, Guthries Pferde, deren Kutscher sich flehend über ihre Hälse geworfen hatten.
«Nanny.» Harry spähte vorsichtig aus dem Wagen. «Alles in Ordnung. Wirklich. Bitte. Nehmen Sie Ihren Daumen sehr langsam von diesem kleinen Metallstift, und richten Sie das Gewehr auf die Erde.»
Miss Balsam zögerte einen Augenblick, dann fügte sich sich und bot mit ihren behandschuhten Händen einen ziemlich komischen Anblick. Lestrade stand als erster auf, langsam folgten Guthrie und die übrigen. Letitia ging zum Wagen hinüber und ergriff Harrys gefesselte Hände.

«So ist's richtig!» Guthrie drehte sich auf dem Absatz herum. «Auf Polizeibeamte schießen», knurrte er. «Diese alte Hexe werde ich für immer einsperren.» Und er ging auf sie los. Letitia versperrte ihm mit aller Kraft den Weg und schlug ihm kräftig ins Gesicht.
«Schlagen eines Polizeibeamten im Verfolg seiner Pflicht», fauchte Guthrie. «Sergeant, nehmen Sie auch diese Frau fest. Wir können ja gleich die ganze Familie verhaften.»
«Und was werden Sie mit *denen* machen?» fragte Lestrade und deutete mit dem Daumen über seine Schulter. Guthrie drehte sich um und machte große Augen unter seinem Homburg. Aus dem Wald rollten unaufhaltsam zwei Wagen heran, vollgepackt mit Männern. Und in den Händen dieser Männer funkelten Sensen und Sicheln in der matten Morgensonne.
«Und mit *denen*?»
Als Lestrade das sagte, drehte Guthrie sich noch einmal um, diesmal in Richtung Obstgarten. Eine Reihe von Männern kam, Schulter an Schulter, herbei. Sie trugen Ledergamaschen und Wollkittel wie Schnitter zur Erntezeit. Ein weißbeschürztes Hausmädchen rannte weinend und jammernd von einem zum anderen.
«Und mit *denen*, nicht zu vergessen?»
Tom Wyatt, der Hausknecht der Bandicoots, kam mit einer Kastrierzange um die Ecke geschlendert, die er lässig über der Schulter trug. Neben ihm war Nettles, der Butler, zugegebenermaßen bereits gut über siebzig, aber er hatte noch Feuer in den Adern. Und ihn flankierten Maisies Kolleginnen, gestärkt und entschlossen, ein furchteinflößendes Frauenregiment.
«Ich zähle achtundvierzig», vertraute der Sergeant seinem Chief Inspector an.
«Vielen Dank», knurrte Guthrie. «Wenn ich Ihre Fähigkeiten im Kopfrechnen brauche, werde ich Sie's unverzüglich wissen lassen. Nun, Lestrade?»
«Er ist besser, als ich es damals war, danke der Nachfrage, Guthrie», grinste Lestrade.
Guthrie näherte sich ihm. Bis jetzt war er an diesem Morgen geschlagen worden, man hatte auf ihn geschossen, und jetzt sah er sich den massierten Ackergeräten des Bandicootschen Guts gegenüber. «Verdammt, Lestrade, was machen wir?»

«Wir?» fragte Lestrade und zog eine Augenbraue hoch.
«Alles in Ordnung, Mr. Bandicoot?» fragte einer der Arbeiter von einem haltenden Wagen.
«Ja, Jack», rief Harry, erstaunt, seine Leute bewaffnet sein Haus umzingeln zu sehen.
«Wie können wir Ihnen behilflich sein?» rief eine Stimme von den Stallungen her.
«Das wird nicht nötig sein, Tom.» Bandicoot beugte sich weiter aus dem Wagen. «Ich möchte gern, Männer, daß ihr alle eure Werkzeuge weglegt und heimgeht. Bitte.»
Die Stimme der Vernunft war im Lande vernommen worden, und Guthrie grinste breit, bevor er sich seinem Einspänner zuwandte. Doch niemand sonst hatte sich vom Fleck gerührt. Die Menge wich nicht zurück.
«Das können wir leider nicht, Squire.» Das war der junge Jem, seit der letzten Ernte einen Kopf größer als Harry.
«Ist das nicht wunderbar?» Miss Balsam klatschte freudig in die Hände. «Genau wie beim Fall der Bastille.»
Guthrie wandte sich an Lestrade. «Sie wissen, daß die alle hier total verrückt sind, nicht wahr?»
Lestrade hatte Parabola Road, Nummer dreizehn, überstanden. Das Bandicootsche Landgut war nichts dagegen.
«In Ordnung, Lestrade.» Guthrie war jetzt kleinlauter, und es kostete ihn Überwindung zu sagen: «Was schlagen Sie vor?»
Lestrade sah ihn gleichmütig an. «Nun», sagte er, «wir fangen damit an, daß wir ins Haus gehen. Sie, ich und Mr. und Mrs. Bandicoot. Einverstanden?»
Guthrie warf nochmals einen Blick auf die blitzenden Klingen. Er nickte. «Sergeant», sagte er und nahm noch einmal Zuflucht zur Prahlerei, um sein Selbstbewußtsein wiederherzustellen, «wenn jemand irgend etwas versucht, will ich seinen Namen. Kapiert?»
Harry und Letitia gingen zurück ins Haus. Auf dem Tisch stand noch das Frühstücksgeschirr.
«Letitia», sagte Lestrade, «ich glaube, wir könnten jetzt alle eine Tasse von Ihrem vorzüglichen Kaffee gebrauchen.»
«Natürlich, Sholto.» Sie strich ihren Morgenmantel glatt, und eine gewisse Normalität kehrte ein.

«Zuerst», sagte Lestrade und nahm vor dem Kamin im Salon Aufstellung, «die Handschellen, Mr. Guthrie, seien Sie so nett.»
«Unmöglich!» Guthrie, der auf der Chaiselongue Platz genommen hatte, kreuzte unnachgiebig die Arme vor der Brust. Harry saß ihm gegenüber auf dem Sofa.
«Guthrie», sagte Lestrade ruhig, «Sie haben gerade gehört, daß Mr. Bandicoot seine Leute aufgefordert hat, auseinanderzugehen. Sie haben sich geweigert. Wenn ich jetzt meinen Kopf zum Fenster rausstecke und andeute, daß Sie mitnichten so kooperativ sind, würde ich mich einen Dreck darum kümmern, ob Sie und Ihre Jungens den heutigen Morgen überleben. Warten Sie, ich zählte drei Constables, einen Sergeant, natürlich, und Sie selbst. Bewaffnet mit Knüppeln gegen... wie viele waren es noch?... achtundvierzig Sicheln? Ja, und dann kommt noch dazu, daß Harrys Hausknecht...»
Sein Satz wurde durch ein Klicken beendet, als Guthrie Bandicoots Handschellen aufschloß. Der Squire rieb seine bereits aufgescheuerten Handgelenke.
«So.» Lestrade spürte, daß die Hitze des Feuers endlich den Kampf gegen den durchweichten Stoff in seinen unteren Regionen aufnahm. «Wessen wird Harry Bandicoot beschuldigt?»
Guthrie zog ein Blatt Papier aus seiner Brusttasche, entfaltete es, räusperte sich und las laut: «...daß besagter Mr. Bandicoot auf Bandicoot Hall, Huish Episcopi, Grafschaft Somerset, willentlich und böswillig den Tod von Mr. Richard Tetley, wohnhaft in derselben Grafschaft, herbeigeführt hat.»
«Verstehe», sagte Lestrade ernst. «In Ordnung, Harry. Wie haben Sie's getan?»
«Ich hab ihn vergiftet, Sholto», antwortete Bandicoot.
Lestrade begann gemächlich den riesigen Raum zu durchmessen. «Wie?»
«Ich benutzte Phosphor.»
«Da sehen Sie's, Lestrade», sagte Guthrie, «er gibt es zu. Genau, wie er es vor weniger als zehn Minuten zugegeben hat, ehe Sie und Ihr Pöbel auftauchten.»
«Das ist nicht mein Pöbel», klärte Lestrade ihn auf. «Ich nehme an, daß die Leute von Maisie, dem Mädchen, zusammengetrommelt

wurden. Und ich bin aus einem anderen Grund hier. Wo sind Ihre Beweise, Guthrie?»

«Beweise? Wenn ein Mann gesteht, Lestrade, brauchen Sie keine Beweise. Macht ihr das beim Yard nicht so?»

«Schon gut», nickte Lestrade. «Aber Harry hier hatte nicht gestanden, so sehe ich das, ehe Sie mit Ihrer Armee hier aufkreuzten. Ich wiederhole, wo sind Ihre Beweise?»

«Na schön», seufzte Guthrie. «Der Bericht des Coroner...»

«Der, den ich nie zu sehen bekam», sagte Lestrade und blickte Bandicoot anzüglich an.

«Ganz recht», schnaubte Guthrie. «Er sagt Phosphorvergiftung.»

«Ich weiß», sagte Lestrade.

Guthrie tat das als Prahlerei ab.

«Sagen Sie mir, Harry, was haben Sie benutzt? Wasser?»

«Das ist richtig, Sholto.» Bandicoot senkte den Kopf. «Bitte, ich weiß, das Sie's gut meinen, aber ich würde das lieber hinter mich bringen.»

«Natürlich», sagte Lestrade, «aber warum haben Sie Phosphor benutzt? Wegen seiner geschmacklosen, farblosen Eigenschaften?»

«Ja», sagte Bandicoot, «es mischte sich so gut mit Wasser.»

Lestrade ergriff die Hand des Squire. «Harry, warum? Warum haben Sie's getan?»

Der alte Etonianer blickte ihm direkt in die Augen. «Ich hatte meine Gründe», sagte er.

Lestrade blickte betrübt nieder, dann wandte er sich an Guthrie. «Sie werden diesen Mann gehen lassen, Chief Inspector», sagte er mit Nachdruck.

«Den Teufel werd ich!» bellte Guthrie. «Er ist ein Mörder.»

«Nein, ist er nicht», sagte Lestrade. «Wo ist das Motiv? Bandicoot hat uns keines genannt.»

«Das krieg ich aus ihm raus», sagte Guthrie und knackte selbstgewiß mit den Fingern. «Das ist das leichteste.»

«Gelegenheit?» fragte Lestrade.

«Das Dower House liegt auf dem Bandicoot-Besitz, nicht eine Meile von hier. Wookey Hole ist nur ein Ritt von einer Stunde. Für jemanden mit Mr. Bandicoots reiterischen Fähigkeiten ist das ein

Kinderspiel. Auf seinem eigenen Grund und Boden kann er kommen und gehen, wann er will.»
«Methode?» fragte Lestrade. Es war die heilige Dreifaltigkeit der Detektive.
«Er hat's Ihnen gerade gesagt, Lestrade», gähnte Guthrie. «Konzentrieren Sie sich! Phosphorvergiftung.»
Lestrade nickte. «Ist Tetley Ihr erster Fall von Phosphorvergiftung, Mr. Guthrie?»
«Nun ja... um die Wahrheit zu sagen, ja.»
«Dachte ich mir. Hätten Sie Erfahrung damit, dann wüßten Sie, daß Mr. Bandicoot uns soeben Quatsch erzählt hat.»
«Sholto!» Der Squire stand auf.
«Setzen Sie sich, Harry», befahl Lestrade. «Jetzt unterhalten sich die Erwachsenen.» Er widerstand der Versuchung zweitklassiger Polizisten des Landes, seine Finger zur Hilfe zu nehmen. «Erstens: der Squire erzählt uns, daß er den Phosphor in Wasser getan hat. Tetley hätte das Zeug nur getrunken, wenn er blind gewesen wäre. Am Boden des Glases wäre ein Klumpen von einer häßlichen Masse zurückgeblieben, die das ganze Glas gefärbt hätte. Zweitens: er sagte, er habe den Phosphor benutzt, weil er geruch- und geschmacklos sei. In Wirklichkeit schmeckt er widerlich, Harry, und man kann ihn nur zu sich nehmen, wenn er sich in etwas ungemein Wohlschmeckendem befindet – in Pralinen zum Beispiel. Drittens: er sagt, der Phosphor wäre farblos gewesen. In Wirklichkeit ist er gelber als die Primrose League. Viertens», Lestrade war in Fahrt und zog eine Furche in Bandicoots dicke Plüschteppiche, «Mr. Bandicoots Hände weisen ihn als einen Mann aus, der in Eton das Wall Game gespielt, geboxt, für seine Schule im Ruderboot gesessen und jeden Herbst bei der Ernte geholfen hat. Es findet sich an ihnen keine Spur von Phosphor – und selbst wenn man Gummihandschuhe trägt, sind Spuren schwer zu vermeiden. Nein, Harry», Lestrade wandte sich ihm zu. «Leider sind Sie leichter in meine Falle geraten als in die von Guthrie da draußen. Das Gift, das ich beschrieb, war Antimon. Ich habe Sie bewußt irregeführt. Jeder, der wirklich Phosphor benutzte, würde den Unterschied kennen. Guthrie kannte ihn nicht, weil er noch nie mit Phosphor zu tun hatte.»

«Sholto, ich...», begann Bandicoot, aber Lestrades Blick brachte ihn zum Schweigen.
«Gut.» Guthrie erhob sich, seine Wut unterdrückend. «Ich schätze, das war's.»
«Nicht ganz», sagte Lestrade und zündete sich eine wohlverdiente Zigarre an. «Sie sehen, daß Mr. Bandicoot schuldig ist.»
«Was?» riefen der Squire und der Chief Inspector im Chor.
«Schuldig», fuhr Lestrade fort, «weil er jemand anderen deckt.»
Schweigen, dann ein Klopfen an der Tür. Letitia trat ein und brachte Kaffee für Harry und Lestrade. Eine Tasse für Guthrie hatte sie mit Bedacht vergessen.
«Letitia», sagte Lestrade. «Ich möchte, daß Sie das hören.»
«Letitia hat damit nichts zu tun, Sholto.» Bandicoot war unerbittlich.
Lestrade blickte ihn an. «Leider doch», sagte er. Und er setzte sich. «Wie jedermann, bis auf Chief Inspector Guthrie, zugeben wird, war der Mord an Richard Tetley einer aus einer Reihe.»
«Genau», unterbrach Bandicoot, «und ich habe sie alle begangen.»
«Harry!» Letitia ließ fast die Zuckerzange fallen. Freilich ließ sie den Zucker fallen, und er plumpste in Lestrades Tasse, so daß der Kaffee ihm ins Gesicht spritzte. Er stellte die Tasse ab.
«In Ordnung, Harry», seufzte Lestrade. Er war bereit, ihn noch ein bißchen zappeln zu lassen. «Warum haben Sie ‹Das Schaf› getötet? Den Mann im Omnibus? Warum ihn?»
«Eh... wegen des Unrechts, das er Roger Lytton antat, Sholto. Ich bin mit ihm zur Schule gegangen. *Floreat Etonia* und so. Es gibt eben ein paar Dinge, die ein Kumpel für einen Kumpel tun muß.»
«Sie haben sich damit lange Zeit gelassen, Kumpel, oder?» fragte Lestrade. «Roger Lytton wurde vor über einem Jahr getötet. Warum die Verspätung?»
«Ich mußte ihn zuerst finden, Sholto. Ein East-End-Halunke in einem East End voller Halunken...»
Lestrade nickte. Er kannte das Problem.
«Lestrade», mischte sich Guthrie ein. «Ich verstehe kein Wort.»
«Natürlich nicht», lächelte der Inspector, «Sie sind ja auch bei der Somerset Constabulary. Sagen Sie, Harry, was benutzten Sie?»

«Ein Stilett», antwortete Harry.
«Dasselbe, das Sie auch bei den Brüdern Mander benutzten?»
«Ja, natürlich.»
«Warum taten Sie das Aluminium in den Mund von Cuthbert Mander, bekannt als Sally?»
Bandicoot blickte ein wenig ratlos. Niemand bemerkte es. «Ein kleiner Spaß», sagte er.
Lestrade schüttelte den Kopf. «Jetzt», sagte er ruhig und wagte sich abermals an seinen Kaffee, «kommen wir zu Howard Luneberg de Lacy. Welcher Art war eigentlich Ihre Beziehung zu seiner Frau?»
Bandicoot warf einen Blick auf Letitia, deren ernste graue Augen ihren Mann die ganze Zeit beobachtet hatten. «Ich hatte… eine Affäre mit ihr», sagte er.
Lestrade hörte Letitia tief Luft holen. «Als de Lacy also seine Frau umbrachte, wollten Sie natürlich Rache.»
«Ja.» Bandicoot starrte Letitia an.
«Also vergifteten Sie ihn mit Phosphor?»
«Ja, ich… das heißt…»
«Aber gerade haben Sie gesagt, daß er Phosphor nicht von meiner linken Hode unterscheiden kann – mit Verlaub, Mrs. Bandicoot», sagte Guthrie verblüfft und aufgebracht.
«Dichterisch ausgedrückt», sagte Lestrade. «Aber es gibt noch ein oder zwei andere Dinge, die Mr. Bandicoot nicht weiß. Zum Beispiel, daß nur einer der Brüder erstochen wurde, nicht beide. Und das Stück Aluminium wurde im Mund von Gerald Mander gefunden, nicht bei Cuthbert. Und Howard de Lacy wurde natürlich erstochen, nicht vergiftet.»
Einer blickte den anderen an.
«Oh, eine Zeitlang», seufzte Lestrade, «das muß ich bekennen, hatte ich meine Zweifel. Es sah ziemlich finster für Sie aus, Harry. Zuerst baten Sie Letitia, mich zu überreden, bei der Aufklärung des Mordes an Richard Tetley zu helfen.»
Guthrie schnaubte mißbilligend.
«Einen unwürdigen Augenblick lang kam mir der Gedanke, daß Sie das in der Hoffnung taten, ich würde nachsichtiger mit Ihnen sein als die örtliche Polizei, um es mal so auszudrücken.»
«Richtig.» Jetzt konnte Guthrie Lestrade folgen.

«Und Sie dachten natürlich nicht daran, mir den Bericht des Coroner über Tetleys Tod zu besorgen, der Ihre Schuld vielleicht erwiesen hätte. Und Sie waren zu der Zeit geschäftlich in Yorkshire, als Captain Hellerslyke ermordet wurde. Desgleichen waren Sie in London, als Howard de Lacy das Zeitliche segnete. Es versteht sich, daß Sie auch dort waren, als ‹Das Schaf› starb. Sie kannten auch ‹Achselhöhlen›-Parmenter, dessen Tod mit ziemlicher Sicherheit auf das Konto der Brüder Mander geht. Das verschaffte Ihnen das Motiv für mindestens zwei der Morde und die Gelegenheit für drei.»
«Warum lassen Sie mich dann nicht von Guthrie verhaften?» rief Bandicoot.
«Weil Sie die Morde nicht begangen haben, Harry», sagte Lestrade. «Nicht einen davon. Was wissen Sie über Mortimer Lytton?»
«Rogers Bruder?» fragte Bandicoot. «Nicht viel. Ich machte mir nichts aus ihm.»
«Nein», lachte Lestrade, «nicht Ihr Typ, würde ich meinen. Obwohl Sie offensichtlich der seine waren.»
«Was?» Guthrie, dem ein Verbrechen durch die Nase gegangen war, witterte ein anderes.
«Mortimer Lytton ist nicht wie andere Männer, Chief Inspector», klärte Lestrade ihn auf. «Was passierte, Harry? Machte er Ihnen ein Angebot, das Sie nicht zurückweisen konnten?»
«Natürlich tat er das.» Bandicoot hob angeekelt den Kopf.
«Was taten Sie?» fragte Lestrade.
«Ich schlug ihn nieder», sagten Bandicoot und Lestrade aus einem Munde.
«So etwas Ähnliches habe ich mir gedacht», fuhr Lestrade fort. «Ihre Zurückweisung muß den Mann härter getroffen haben als Ihre Faust. Hat er Sie gewarnt, Letitia, gesagt, Harry sei nicht der richtige Mann für Sie?»
«Ja, Sholto. Er sagte schreckliche Sachen über dich, Harry. Ich wußte, daß sie nicht wahr waren. Ich schlug ihn ebenfalls.»
Sie lachten und fielen sich in die Arme.
«Jetzt reicht es», knurrte Guthrie. «Dies ist eine Morduntersuchung. Oder, Lestrade?»
«Letitia, Sie sind gebildet», sagte Lestrade. «Was bedeutet der spanische Ausdruck *cherchez l'homme*?»

«Das ist französisch, Sholto», kicherte sie und erinnerte sich trotz Lestrades Aussprache an den Ausspruch. «Er bedeutet ‹Suche den Mann›.»
Lestrade nickte. «Wogegen ich natürlich nach einer Frau hätte suchen müssen.»
Letitia brach als erste das Schweigen. «Meinen Sie wirklich, Sholto, daß Harry es nicht getan hat?»
Lestrade schüttelte langsam seinen Kopf. «Nein, er war's nicht», sagte er.
«Oh, Gott sei Dank!» Sie drückte ihn an sich. «Harry, verzeih mir. Einen Augenblick dachte ich... ich war kurz davor, Sholto ein Telegramm zu schicken, mich zu offenbaren. Ich dachte, du wärst es.»
«Und ich dachte, du seist es, Allerliebste...», lachte Bandicoot. Dann erblickte er die grimmigen Gesichter Lestrades und Guthries. Der Chief Inspector durchquerte als erster den Raum.
«Ich schlage vor, daß Sie sich ankleiden, Mrs. Bandicoot», sagte er.
«Guthrie...», begann Lestrade.
Der Chief Inspector beachtete ihn nicht. «Letitia Bandicoot, ich verhafte Sie wegen Mordes an Richard Tetley. Sie brauchen nichts zu sagen...» Tatsächlich brauchte Guthrie nichts mehr zu sagen. Lestrade hatte damit gerechnet. Er kannte das von früher. Das Aufblitzen in den klaren blauen Augen, das Straffen des Rückens, den Schwung des Kopfes. Und ein kraftvoller rechter Haken krachte an das Kinn des Chief Inspector. Guthrie wurde nach hinten geschleudert, riß das Sofa mit und lag mit leicht zuckenden Füßen da. Damit das Krachen von Möbeln nicht neugierige Polizisten ans Fenster lockte, öffnete Lestrade den Fensterflügel und winkte dem Sergeant zu. «Hoppla», sagte er fröhlich, «jetzt ist Mrs. Bandicoots Blumenständer hin. Ich bin zu ungeschickt.»
Doch der Sergeant stand so dicht vor Tom Wyatt, daß er dessen Atem spüren konnte. Er konnte sich auf nichts anderes konzentrieren.
Lestrade wandte sich den beiden Streithähnen zu. «Harry», sagte er und bückte sich, um nach dem niedergestreckten Polizisten zu sehen, «ich versuche, Sie vor dem Gefängnis zu bewahren, aber Sie machen es mir verdammt schwer.»

«Tut mir leid, Sholto», erwiderte Bandicoot. «Aber dieser Flegel wird meine Frau nicht verhaften.»
«Nein, nein, natürlich nicht», besänftigte ihn Lestrade, und dann fiel sein Blick auf etwas, das aus Guthries Tasche baumelte. Er nahm es in die Hand und lachte. «Harry», sagte er, «kommen Sie her, und sehen Sie sich das an. Sie werden es nicht glauben.»
«Was?» grinste Bandicoot und beugte sich neben Lestrade nieder. Der Inspector ließ beide Fäuste mit aller Kraft auf Bandicoots Nakken heruntersausen, und als dieser betäubt zusammensackte, zog er Guthrie die Handschellen aus der Tasche, ließ eine um Bandicoots Handgelenk klicken und befestigte die andere an dem eisernen Ring, der unter dem Mittelpfosten des Fensters aus der Wand ragte.
«Das ist praktisch», sagte er zu Letitia. «Wußten Sie eigentlich, daß man den Ring zu diesem Zweck dort angebracht hat?»
«Harry!» Letitia hatte erst jetzt begriffen, was passiert war, und eilte herbei, um sich um ihren Mann zu kümmern.
«Er ist in Ordnung», versicherte Lestrade. «Wenigstens wird er weniger Kopfschmerzen haben als der alte Guthrie. Also», er zog sie hoch, «Harry log, um Sie zu retten. Sie waren im Begriff zu lügen, um ihn zu retten.» Er zog sie neben sich auf die Polsterbank. «Ihr Geständnis hätte sich etwa so angehört: Sie riefen mich, um den Mord an Richard Tetley aufzuklären, aus demselben Grund wie vielleicht auch Harry, oder weil manche Mörder den Drang verspüren, ihre eigenen Verbrechen zu melden – eine Art Eitelkeit, schätze ich.»
Sie nickte.
«Der Führer in Wookey Hole – der alte Spiggot – sagte, am Morgen von Tetleys Tod sei eine Frau mit einem Hörrohr dagewesen. Wer immer ihn umbrachte, es war vermutlich dieselbe Person, die ihm, kurz nachdem er tot war, den Skarabäus in den Mund legte. Diese Frau waren Sie.»
Sie nickte.
«Erinnern Sie sich, wo wir uns zum erstenmal begegnet sind?» fragte er und sah plötzlich auf.
«O ja.» Die Erinnerung daran erheiterte sie. «Es war im Openshaw Arbeitshaus in Manchester. Ich besuchte es mit Harry...»

«Damals Ihr Zukünftiger.»
«... ja. Und Sie waren dienstlich dort, gaben sich als ein Insasse aus. Ich sehe immer noch Ihr Gesicht, als Harry Sie erkannte und nicht wußte, was er machen sollte.» Sie lachte unwillkürlich. Dann wurde sie wieder ernst. «Sholto, warum haben Sie davon angefangen?»
«Der Tod von Hughie Ralph», sagte Lestrade. «Sehen Sie, Letitia, jeder der Toten in diesem Fall war selbst eines Verbrechens schuldig. Der Mörder hat lediglich Rache geübt. Hughie Ralphs Verbrechen bestand darin, daß er einem ehrlichen Mann ein Vermögen aus der Tasche zog. Dieser Mann stirbt jetzt mutterseelenallein in einem Arbeitshaus. Sein Name – oder zumindest einer, den er in seiner Scham und Einsamkeit benutzt – ist George Hypericum Lawrenson.»
Letitia hielt den Atem an. «Oh, mein Gott», flüsterte sie.
«Als ich den Namen hörte, kam ich zuerst nicht drauf. Dann, heute morgen im Zug, erinnerte ich mich. Als wir uns im Openshaw Arbeitshaus begegneten, waren Sie Witwe, nicht wahr? Und Ihr Name war Lawrenson.» Er lächelte vor sich hin. «Es ist komisch. Den ganzen Weg ratterte der Zug auf den Schienen ‹Letitias Name, Letitias Name›. Er ging mir nicht aus dem Kopf.»
Sie blickte ihn an.
«Er war kein Verwandter, nehme ich an?»
«Ich denke nicht», sagte sie.
«Sie waren in London, genau wie Harry, als ‹Das Schaf› starb. Und Sie waren es, die mich auf eine falsche Fährte und in die Parabola Road in Cheltenham lockten. Trotzdem, die Lyttons erwiesen sich als nützlicher, als Sie wissen. Bevor ‹Sally› Mander starb, hatte er einen Besucher. Einen weiblichen Besucher, glaube ich, obwohl es einen närrischen Corporal der Pioniere gibt, der mich vielleicht einen Lügner nennt. Und welch ein glücklicher Zufall für jeden, der einen Mord gestehen will, diese alte Beziehung zwischen Harry und Marigold de Lacy. Das stimmt nicht, wissen Sie – das mit der Affäre.»
«Ich weiß», sagte sie, und Tränen liefen ihr über das Gesicht.
«Aber natürlich», sagte er, erhob sich von der Polsterbank und stand da, eingerahmt vom Fenster, «war es Ihre humanistische Bildung, die Sie am Ende verriet.»

«Sholto?» Sie saß aufrecht und forschte in einem unbestimmten wachsenden Gefühl der Panik in seinem Gesicht. Er war kalt, leidenschaftslos. Mit einemmal spielte er kein Spiel mehr. «Der Name, den Sie in Rowntrees Kundenbuch eintragen ließen. Die Pralinen, die Sie kauften und vergifteten, um William Hellerslyke zu töten. Der Name Perameles.»
«Perameles?» wiederholte sie.
«Was bedeutet er?» fragte er.
«Ich... ich weiß es nicht», sagte sie. «Um Gottes willen, Sholto, ich weiß es nicht.»
Mit drei Schritten ging er durch den Raum zu ihr. Harry hätte einen gebraucht. Er ergriff ihre Hand. «Sie sind eine kluge Frau, Letitia», sagte er und blickte in ihre feuchtglitzernden grauen Augen. «Klug genug, anders als Harry, sich unklar über Morde auszudrücken, deren Sie nicht schuldig sind, um mich zum Narren zu halten... nun ja, Guthrie sowieso. Sie sind auch klug genug, Phosphor zu benutzen – wieder im Gegensatz zu Harry –, ohne sich die Hände zu verbrennen.» Er wischte ihr eine Träne von der Wange und lächelte. «Aber ich habe fünfundzwanzig Jahre lang, von Jugend auf, mit Mördern gesprochen. Und ich glaube, ich erkenne eine Lüge auf Anhieb.»
«Ich war es nicht», flüsterte sie, plötzlich ein kleines, angsterfülltes Mädchen.
«Nein», sagte er, «ich weiß.»
Hinter ihnen war ein Stöhnen zu hören. Als Lestrade sich umdrehte, sah er, daß beide Männer zu sich kamen. «Sie können Harry in einer Minute freilassen», er warf ihr den Schlüssel aus Guthries Tasche zu. «Tun Sie's lieber, bevor er den Ring aus der Wand reißt und die Wand gleich mit. Was diesen Herrn betrifft», er blickte auf Guthrie nieder, «habe ich, glaube ich, eine Lösung», und er ließ ihm beiläufig einen Blumentopf auf den Kopf fallen. Geschmückt mit Wurzeln und Komposterde, sackte Guthrie zurück, abermals bewußtlos.
Zur Sicherheit steckte Lestrade seinen Kopf aus dem Fenster. «Da haben wir's», rief er dem Sergeant zu, «jetzt ist der andere auch noch hin.»
Und er machte Anstalten zu gehen.
«Sholto», Letitia griff nach seinem Arm. «Was bedeutet Perameles?»

«Das ist das Vertrackte an der Sache», lächelte er. «Das ist es, was mich heute morgen hergeführt hat. Es ist der lateinische Ausdruck für Bandicoot», und er öffnete die Tür. «Am Ende war es doch richtig, es noch mal mit Ihrem Kaffee zu versuchen.»

«Wie geht es ihr?» Lestrade blickte auf die flach auf dem Küchentisch liegende Gestalt Maisies.
«Überreizt», sagte Miss Balsam. «Wie wir alle.»
«Ich bin froh, daß Sie die Schrotflinte runtergenommen haben, Miss Balsam.» Lestrade schloß die Tür hinter sich.
«Ich auch», sagte sie. «Wie geht's den Lämmchen?»
«Nun, Harry und Mr. Guthrie werden eine Weile unter Kopfschmerzen leiden, aber davon abgesehen, ist alles bestens.»
«Gut, gut.»
«Vielleicht könnten wir ein kleines Schwätzchen halten, Miss Balsam. Wissen Sie, Harry hat Richard Tetley nicht umgebracht.»
«Ich weiß», antwortete sie. «Ich war's.»
«Aha.»
«Kommen Sie hier entlang, Inspector», lächelte sie. «Ich habe einen vortrefflichen Port für Augenblicke wie diesen aufgehoben.»
«Port, Miss Balsam?» Lestrade blieb wie angewurzelt stehen. Sie kicherte, als er ihr eine kleine Wendeltreppe hinauf folgte. «Ich werde ebenfalls ein Glas trinken», sagte sie.
Ihre Räume waren freundlich, die vormittägliche Dezembersonne sickerte durch die Gitterfenster und tüpfelte den Chintz des Sofas.
«Bitte», sagte sie, «nehmen Sie Platz. Ich fragte mich schon, wie lange es dauern würde, bevor Sie mich aufsuchten. Hier», und sie goß zwei große Gläser voll.
Lestrade zögerte, prüfte die Flüssigkeit in dem klaren Glas, und nachdem sie getrunken hatte, trank auch er. «Vorzüglich», sagte er und hob sein Glas auf ihr Wohl.
«Nun», sagte sie, «es ist ein bißchen diffizil. Ich vermute, Sie möchten wissen, wie ich sie alle tötete?»
«Ich sollte Sie warnen, Miss Balsam...», begann Lestrade.
«Ach, dummes Zeug», tat sie seine Bemerkung mit einer Handbewegung ab. «Sagen Sie mir, wie spät es ist, Inspector?»

Da war sie bei ihm natürlich an der richtigen Adresse, und er zog seine Taschenuhr. «Es ist halb elf», sagte er.
«Gut. Nun, wo wollen wir anfangen?»
«Archibald Fellowes?» sagte er auffordernd.
«Ja, natürlich. Archie. Ein Schweinehund, wie er im Buche steht, das war er. Ich war eine Zeitlang seine Kinderfrau, oh, natürlich vor vielen, vielen Jahren, kurz bevor die liebe Letty mein Schützling wurde. Er war ein quengeliges, mürrisches Kind, das dauernd die anderen Kinder zwickte und weglief. Ein schrecklicher Feigling, fürchte ich.»
«Ein Feigling?»
«Ein eingefleischter. Ich dachte, mich überrollt ein Kinderwagen, als ich in der Zeitung las, daß er Offizier geworden war. Alle Kinderfrauen verfolgen den Werdegang ihrer Schützlinge, wissen Sie. Ich hätte nie gedacht, daß Archie überhaupt Soldat werden würde.»
Er schlug wohl mehr nach Mortimer Lytton, dachte Lestrade bei sich.
«Aber es war nun mal so. Und ich las von seinen Heldentaten im Aschanti-Krieg, und daran konnte ich noch weniger glauben.»
«Und dann?»
«Und dann... oh, lassen Sie mich Ihr Glas nachfüllen», und sie füllte beide Gläser bis zum Rand. «Dann erhielt ich einen Brief von einer lieben, alten Freundin – deren Name Sie übrigens nicht zu kümmern braucht –, welche die Kinderfrau von Captain Hely gewesen war, dem unglücklichen Offizierskameraden, der im Aschanti-Krieg fiel. Sie war untröstlich, und das ließ mir keine Ruhe. Ich konnte nicht schlafen, Inspector. Meine alte Freundin sprach von einem Brief, den ihr der junge Hely, kurz bevor er starb, geschrieben hatte. Einige unserer Schützlinge hängen sehr an uns, wissen Sie. Offensichtlich hatte der arme Junge ihn bei sich getragen, und man fand ihn, nachdem die Wuschelköpfe oder wer auch immer ihm den Garaus gemacht hatten.»
Sie fächelte sich mit einer Serviette Kühlung zu.
«Darin stand, Fellowes habe sie in seiner Dummheit in einen Hinterhalt geführt und sei dann, unter dem Vorwand, Hilfe zu holen, geflohen. Natürlich kam er nie zurück.»

«Wolseley vermutete etwas in der Art», murmelte Lestrade.
«Wolseley?» schnaubte sie. «Unnütz. Hat als Kind nicht genug Ballaststoffe gekriegt, das ist sein Problem. Vielleicht, weil der Brief an Nanny adressiert war... egal; vielleicht, weil die Armee auf Nachforschungen verzichtete, man glaubte Archie unbesehen – glaubte einem Feigling und Lügner.»
«Was taten Sie?»
«Ich entschied mich für etwas, das heutzutage in England leider allzu selten ist, Mr. Lestrade. Ich entschied mich, für Gerechtigkeit zu sorgen.»
«Verstehe. Sie wandten sich nicht an die Behörden?»
«Natürlich nicht. Dort hätte ich genau das Gegenteil von Gerechtigkeit gefunden. Ich stellte fest, wo Archie stationiert war, und bezahlte einen Straßenbengel, ihm die Nachricht zu überbringen, daß ich ihn zu treffen wünsche.»
«Eine mündliche Nachricht, so daß mir nichts Schriftliches in die Hände fallen konnte.»
«Für einen Polizisten sind Sie ziemlich ausgeschlafen», lächelte sie.
«Und Sie trafen ihn in Kew Gardens?»
«Gütiger Himmel!» Sie fuhr auf. «Woher wissen Sie das?»
«Eine bloße Vermutung», sagte Lestrade. «Wie haben Sie ihn getötet?»
«Phosphor», lächelte sie. «Ich erinnerte mich, daß Archie eine Schwäche für Süßigkeiten hatte. Das ist bei den meisten Jungens so. Ich gab ihm drei – oder vier – Pralinen. Reiner Phosphor schmeckt ziemlich ekelhaft, wissen Sie. Leider war ich ziemlich naiv und kannte mich mit dem Zeug überhaupt nicht aus.»
«Würden Sie Ihre Handschuhe ablegen, Miss Balsam?»
«Aber, aber. Seien Sie nicht so dreist! Ich könnte Ihre Mutter sein!» Und sie gehorchte und enthüllte die rötlichen Narben an ihren Händen. «Ich hatte damals keine Ahnung, wie lange der scheußliche Prozeß dauerte. Ich brachte das Gespräch auf den Aschanti-Krieg. Auf die Medaille, die er zu Unrecht bekommen hatte. Auf die Geschichte, die er erzählt hatte. Er trug seine Medaille in der Tasche, und er begann zu torkeln.» Sie schloß die Augen und zitterte. «Ich war blind vor Wut, als er seine Schuld eingestand, und ich ver-

suchte... ich weiß nicht, ihn zu stützen, denke ich. Im Handgemenge fiel er auf den Treidelpfad neben dem Fluß, und ich stopfte ihm die Medaille in den geöffneten Mund – wie eine letzte Praline, schätze ich. Wissen Sie, alle meine Jungens müssen lernen, ihre Medizin zu nehmen. Er rollte zur Seite und fiel in den Fluß. Er kämpfte nicht gegen das Ertrinken, und ich sah zu, wie seine Leiche in das Schilf trieb. Nun, ich wartete, daß jemand gerannt kam und mich verhaftete. Aber niemand kam. Es war heller Tag, und doch war niemand in der Nähe, der die Szene beobachtet hatte. Es war erstaunlich. Ich ging fort.»

«Und Richard Tetley? Das passierte vor Ihrer Haustür, oder?»

«In jeder Hinsicht», sagte sie und sah lächelnd in die Sonne auf dem dampfenden Reif vor dem Fenster. «Es war ein merkwürdiger Zufall, daß auch ich einen Brief von einem alten Schützling bekam, um den ich mich nur kurze Zeit gekümmert hatte, Oscar Jones, ein amerikanischer Junge. Ich muß mehr Eindruck auf ihn als er auf mich gemacht haben, fürchte ich, denn er schrieb mir von Zeit zu Zeit. In seinem letzten Brief schrieb er, er habe Angst um sein Leben. Richard Tetley sei krankhaft neidisch auf seinen glücklichen Fund in Ägypten, und er wage es nicht, einem solchen Mann den Rücken zuzudrehen. Ich wollte ihm gerade antworten, als ich in der *Times* vom Tode des armen Jungen las. Und ich wußte, daß er Tetley den Rücken zugedreht hatte. Vermutlich hätte ich nichts unternommen, hätte ich nicht von der Grabung in Wookey erfahren. Als Arthur Bulleid zum Dinner bei uns war, schlug ich ihm vor, Tetley einzuladen, sich ihm anzuschließen. Außerdem schlug ich Harry vor, Tetley das Dower House, das leer stand, für eine geringe Miete zu überlassen. Es klappte alles vorzüglich.»

«Und Sie waren die Lady in der Höhle mit dem Hörrohr?» fragte Lestrade.

«Leider eine ziemlich alberne Verkleidung. Ich höre ausgezeichnet. Dem senilen alten Führer wäre nicht mal aufgefallen, wenn ich verkehrt herum auf einem Steckenpferd eingeritten wäre, aber ich war sozusagen auf heimischen Geläuf und konnte es nicht riskieren, gesehen zu werden. Ich wußte, daß Tetley morgens allein oder mit Bulleid arbeitete. Ich paßte ihn allein ab und gab ihm ein paar von Nannys köstlichen Pralinen.»

«Und der Skarabäus?»

«Ja. Nach Archies Tod kam mir in den Sinn, daß es ziemlich symbolisch war, jemandem etwas in den Mund zu praktizieren. Unartige Jungens, sagte ich mir, die endlich ihre Medizin einnehmen. Und das war's, was dem Ganzen den letzten Hauch von Poesie verlieh. Ich hatte Mr. Tetley vorgemacht, Archäologie fasziniere mich, und er war so eitel, mir in der Nacht vor seinem Tod seine Sammlung zu zeigen. Es war das Werk eines Augenblicks, den Skarabäus des Amenhotep in meine Börse gleiten zu lassen und ihn am nächsten Tag, zusammen mit den Pralinen, mitzunehmen. Phosphor ist immer für eine Überraschung gut, Inspector. Archie starb zu schnell. Tetley starb zu langsam. Ich hatte kaum Zeit, ihm den Skarabäus zwischen die Zähne zu schieben, als ich jemand kommen hörte. Ich dachte, es wären Besucher, aber tatsächlich war es Arthur Bulleid. Zum Glück gibt es viele Verstecke in Wookey für eine alte Hexe, wie ich eine bin.»

«Was uns zu Howard de Lacy bringt», sagte Lestrade auffordernd.

«Was für ein Flegel! Heiratete die liebe Marigold ihres Geldes wegen und brachte sie wegen ihres Geldes um.»

«Wissen Sie das mit Sicherheit?»

«Hören Sie doch mit dem Unsinn auf», sagte sie. «Mir ist klar, Inspector, daß ihr Polizisten an Vorschriften, Indizien, Beweise und so weiter gebunden seid. Ich habe Kinder aufgezogen, länger als ich denken kann. Die liebe Marigold war als Mädchen eine treue Freundin Letties. Sie schrieb an Lettie, sie sei zutiefst unglücklich. Das Leben mit Howard sei unerträglich geworden. Als Lettie mir von ihrem Tod erzählte, wußte ich, was ich zu tun hatte. Ich nahm einen Zug nach London und wartete auf meine Chance.»

«Diesmal kein Phosphor», sagte Lestrade.

Er bediente sich unaufgefordert von Miss Balsams Port.

Sie schlug ihm auf die Hand. «Höfliche Jungen *fragen*», sagte sie und schenkte ihm ein. «Nein, ich hatte keine Zeit, das Präparat herzustellen. Mein ‹Laboratorium› ist bloß dieses Schränkchen, Mr. Lestrade. Ich fürchte, es ist nicht sehr anspruchsvoll.» Sie öffnete die Türen, um ihm ein Kästchen mit Stößeln und Mörsern und einer kleinen gelbgefleckten Metallflasche zu zeigen. «Also wartete

ich auf den rechten Augenblick und benutzte statt dessen das hier.» Sie zog eine stilettscharfe Stricknadel hervor und hielt sie augenzwinkernd an Lestrades Kehle. Behutsam schob er sie von seinem Schlipsknoten.
«Oh, ich bitte um Verzeihung», lächelte sie. «Ich brauchte eine Weile, das Ding messerscharf zu feilen. Ich benutzte ein Gerät von Tom Wyatt, dem Hausburschen.»
Lestrade nickte. «Wie gelangten Sie in de Lacys Schlafzimmer?»
«Durch die Tür», antwortete sie. «Ich konnte nicht glauben, daß es so leicht war. Das Schwein schnarchte in seinem Bett. Er drehte sich um, als ich mich über ihn beugte, und...» Sie zitterte plötzlich. «Du liebe Zeit, zur Mörderin fehlt mir wirklich die Gefühllosigkeit, Mr. Lestrade. Er hat's getan, nicht wahr? Er hat Marigold umgebracht, stimmt's?»
Lestrade nickte. «Ich glaube, daß er's getan hat», sagte er. «Aber erklären Sie mir etwas, Miss Balsam. Sie waren doch nicht das Kindermädchen all jener, die zum Opfer der Männer wurden, die Sie umbrachten?»
Sie lachte. «Gütiger Himmel, nein, mein lieber Junge. Meine persönliche Betroffenheit war damit zu Ende. Ich bin eine sentimentale alte Närrin, wissen Sie, unter diesem mörderischen Äußeren. Ich dachte, es wäre lustig, mit einigen meiner alten Kolleginnen zusammenzutreffen, aus den Tagen, da wir unsere Schützlinge im Hyde Park ausführten, und über alte Zeiten zu plaudern.»
«Der Kongreß der Kinderfrauen in Cheltenham!» entsann sich Lestrade.
«Ja. Jetzt, da Letitia Miss Shadbolt hat, kann ich tun und lassen, was ich will – obwohl ich zweifle, ob das noch lange dauern wird. Ich hatte die Zeit, überall herumzureisen und meine Beute aufzuspüren. Oh, ich täuschte Schwindeligkeit und Senilität und Müdigkeit vor, um die Leute von der richtigen Spur abzulenken. Es schien zu funktionieren. Man tat mich als eine harmlose alte Exzentrikerin ab, und damit basta. Sie suchten nach einem – einem Bajonett? Einem Stilett?»
Lestrade nickte lächelnd.
«Meine Kolleginnen erzählten mir ein paar schreckliche Geschichten, Mr. Lestrade. Geschichten, jenen vergleichbar, die ich bereits

über Archie Fellowes, Richard Tetley und Howard de Lacy gehört hatte. Ich lernte sie alle auswendig und ging ans Werk. «Wissen Sie», kicherte sie, «ich kriege einen kleinen Schwips von diesem Port. Trotzdem, ich denke, es wird für einige Zeit mein letzter sein.» Sie stieß mit ihm an.
«Prost, Coquette», sagte Lestrade.
Sie stupste gegen sein Knie. «Sie unartiger Junge», schalt sie lächelnd. «Es ist lange her, daß mich jemand so genannt hat.»
«War Mortimer Lytton einer Ihrer Schützlinge?» fragte er.
«Mortimer? Nein, aber die Lyttons waren Vettern von Lettie. Ich mußte beim Frühstück im ‹Grand› so tun, als erinnere ich mich nicht an sie, damit Sie keinen Verdacht schöpften. Sie sehen, mir blieb immer noch genug zu tun.»
«Bekam Mortimer seinen Spitznamen, Coquette, von Ihnen?»
«Ja. Er wurde offenbar zu einem Familienwitz – aber wer in dieser Familie, sagen Sie selbst, ist eigentlich keine Witzfigur? Aus irgendeinem Grund gefiel ihm der Name, und er blieb an ihm hängen.»
Lestrade fragte sich, ob das vielleicht mit seinem affektierten Gehabe zusammenhing, aber er wollte Nanny Balsam um nichts in der Welt schockieren.
«Und Perameles?»
«Ah.» Miss Balsams knochige Züge verdunkelten sich. «Das war ein schrecklicher Fehler meinerseits, nicht wahr? Eine Kollegin, die alte Hardinge-Kinderfrau – wie sie wirklich hieß, habe ich vergessen –, erzählte mir von der Tragödie der armen Miss Hardinge. William Hellerslyke war offensichtlich ein Schuft und Halunke. Ich fuhr auf eigene Faust nach York, erzählte Lettie, ich wolle Freunde besuchen, und begab mich zum Lady Day der Husaren. Ich stellte mich dem Captain als die Person vor, die ihm die Pralinen geschickt hätte, und fragte, ob sie ihm gemundet hätten. Er bejahte, sagte, sie seien köstlich gewesen, doch er wollte wissen, wer ich sei und warum ich sie ihm geschickt hätte. Ich erklärte ihm, worum es ging, leise in dem Stimmengewirr, und er wurde ziemlich aufgebracht und stürmte aus dem Zelt.»
«Dieses Mal hatten Sie die Dosis richtig bemessen?»
«Ja. Das Gift wirkte nach einigen Stunden. Zeit genug für mich, um

zu verschwinden. Ich speiste prächtig, bevor ich in Begleitung eines charmanten Offiziers namens Daubney aufbrach.»
Lestrade schüttelte den Kopf. «Charmant, aber unaufmerksam.»
«Einmal mehr hatte ich das Problem, daß ich mich nicht meiner Mischung bedienen konnte. Natürlich hatte ich mein Strickzeug bei mir, doch es erwies sich als unmöglich, es zu verwenden. Also kaufte ich in York ein wenig Rattengift und ein paar Pralinen.»
«Und machten daraus Coquettes Spezialmischung», ergänzte Lestrade.
«Richtig. Aber ich war ziemlich verblüfft, als der Gentleman mich aufforderte, in seinem Kundenbuch zu unterschreiben. Sofort fiel mir etwas ein, ein Name, von dem ich glaubte, man würde ihm nie auf die Spur kommen.
Perameles, der generische Name für Bandicoot. Oh, das war niederträchtig von mir, Inspector! Niederträchtig! Um nichts in der Welt wollte ich diese beiden treuen Unschuldslämmer mit hineinziehen. Ich hätte mir nie träumen lassen, daß jemand dahinterkommen würde.»
«So war's ja auch», sagte Lestrade, «mit der Ausnahme von Constable Skinner. Es war in erster Linie seine verspätete Übersetzung, die mich herführte.»
«Um mich festzunehmen?»
Lestrade zog die Augenbrauen herunter und blickte sie an. Sein guter Ruf stand auf dem Spiel. «Um Harry zu verhaften», gab er zu.
«Oh, du lieber Himmel!» Sie hielt sich den Mund zu.
«Dann, als wir mit Harry sprachen, wurde mir klar, daß er weder ein Motiv noch genügend Sachkenntnis hatte.»
«So kamen Sie auf mich.»
«Nein», gestand Lestrade. «Ich kam auf Letitia.»
«Oh, mein Baby.» Sie stand auf, und das Glas entfiel ihrer Hand.
«Beruhigen Sie sich, Miss Balsam», sagte er. «Dann kam ich auf Sie. Wie haben Sie den Radfahrer umgebracht, Hughie Ralph?»
Sie setzte sich, jetzt wieder ruhiger, wenngleich sie ein wenig undeutlich sprach. «Ich wußte, daß er einen Jungen namens George Elliott beschwindelt hatte – einst Schützling einer anderen Kollegin. Während meines Aufenthaltes in London kam ich dahinter, daß er ein Rauschmittel nahm, um sich für seine waghalsigen Unterneh-

mungen im Sattel fit zu halten. Ich gab mich als ein Mitglied der Heilsarmee aus, und es gelang mir, ihm etwas anderes aufzuschwatzen. Während er auf seinem Weg zur Tottenham Court Road heuchlerisch seine Pennies in mein Tamburin warf, überzeugte ich ihn, daß *mein* Elixier genau das Stärkungsmittel sei, das er brauche. Merkwürdig, daß ein so hartgesottener Geschäftsmann so leichtgläubig sein konnte.»

«Also war es nicht der Lunch in der ‹Rose› in Tewin», sagte Lestrade, halb zu sich selber.

«Nein, es war das Frühstück am Cambridge Circus.»

«Und Gerald Mander?»

«Ich wartete auf meine Chance und folgte ihm. Er unternahm Abendspaziergänge in der Nähe seines Hauses in Epping Forest. Ich muß zugeben», sie wurde eine Spur grauer im Gesicht, «daß sein Tod der unangenehmste war. Ich bin keine kräftige Frau, Mr. Lestrade, ich mußte mich recken – er war größer als ich –, und er drehte sich halb herum, als ich zustieß. Ich werde seinen Gesichtsausdruck nie vergessen», sie schloß die Augen, als wolle sie die Erinnerung auslöschen, «als er zu Boden fiel.»

«Das Aluminium?»

«Das... ach ja. Ich wußte nicht, was es war. Es war in seiner Tasche. Ich nahm an, daß es etwas mit seiner Ballonfahrerei zu tun hatte, weil das die verfluchte Leidenschaft des Mannes war. Diese Leidenschaft hat den jungen Parmenter umgebracht. Ich hatte mir die Gelegenheit nicht entgehen lassen, meine Visitenkarte bei Mr. Ralph zu hinterlassen. Ich durchsuchte seine Wohnung nach irgendwelchen Hinweisen auf den Betrug am armen Elliott – ich fand nichts.»

«Und Sie waren die... Lady... die Sally Mander am Vorabend seines Todes besuchte?»

«Ich fürchte, meine Verkleidung war schlecht.»

«Pralinen?»

«Gewiß», lächelte sie.

«Und ‹Das Schaf›, le Mouton? Der Mann im Omnibus? Gaben Sie nicht vor, Sie wollten sich in Ihrem Zimmer im ‹Grand› ausruhen?» fragte er.

«In Wahrheit nahm ich denselben Omnibus und saß mit meinem

Strickzeug hinter ihm. Am Tower stieg ich aus. Das übrige wissen Sie.»

«Es muß schwierig gewesen sein, ihn ausfindig zu machen», bemerkte Lestrade.

«Eigentlich nicht. Ich versicherte mich der Hilfe eines Privatdetektivs...»

Lestrade stöhnte. «Und dann», sagte er, «kauften Sie bei Liberty's ein?»

«Ja. Dieser unsägliche Schuft, Chesney, war die letzte kleine Arbeit, die ich ausführen mußte. Ich wußte von seinem gemeinen Spiel durch eine andere Kollegin. Ihr Exschützling war Mr. Hamiltons Freundin. Sie empfand schreckliche Schuld über ihre... Indiskretion... und ich konnte es ihr nachfühlen. Durch sie nahm ich mit Chesney Verbindung auf und bat ihn, sich im ‹Grand› einzumieten, da ich ein Geschäft abzuwickeln hätte. Offensichtlich witterte er Geld, wie ich es vorausgesehen hatte, und traf pünktlich ein. Er machte sich nicht viel aus Süßigkeiten, aber ich beschwatzte ihn und fügte ein bißchen erfundenen Unsinn über Mr. Gladstone hinzu, dem ein Erpresser, wie ich wußte, nicht widerstehen konnte.» Lestrade wurde ein wenig schwindelig. Immerhin war der große alte Mann achtundachtzig.

«Trotzdem tut's mir leid, daß er bei Liberty's sterben mußte. Solch ein schönes Geschäft, finden Sie nicht? Nun», sie blickte ihn an, «das war's. Mein Geständnis. Was haben Sie mir zu sagen, Mr. Lestrade?»

«Gerechtigkeit», sagte er. «Darum haben Sie's getan?»

Sie rückte näher. «Mr. Lestrade, hat es in Ihrem Leben nicht einmal einen Augenblick gegeben, in dem Sie einen Mann – einen wirklich bösen Mann –, der ein Verbrechen begangen hatte, ungeschoren haben davonkommen sehen, ohne daß Sie etwas dagegen hätten unternehmen können?»

«Ja», sagte er leise, «leider hat es solche Augenblicke gegeben.»

«Da haben Sie die Erklärung», sagte sie.

«Aber woher nehmen Sie das Recht, Miss Balsam, Gericht, Richter und Henker zu sein?»

«Gewäsch!» sagte sie. «Ich bin eine Kinderfrau.» Sie setzte sich kerzengerade hin. «Und das englische Recht hat einen langen Weg vor sich, bevor es sich mit der schlichten Reinheit des Rechts messen kann, das im Kinderzimmer herrscht. Wer das Gesetz übertritt, wird bestraft. So einfach ist das.»

«Ich schätze, für Sie war es das», sagte er.

Nanny Balsam erhob sich und trat an das Gitterfenster, das auf den Hof und den See blickte. «Sie, Mr. Lestrade, geben zu, daß Sie sich in Ihrem Beruf machtlos gefühlt haben, weil es Gesetze gibt. Es gab Verbrecher, die Ihnen durch die Finger schlüpften, weil die gesetzlichen Vorschriften diese Finger schlüpfrig gemacht hatten. Wissen Sie», lächelte sie ihn an, «in Wirklichkeit ist das Gesetz leider bloß etwas für die Dummen. Oh, Sie hätten Howard de Lacy irgendwann wegen des Mordes an seiner Frau geschnappt. Aber die Brüder Mander? Hughie Ralph? Willie Hellerslyke? Und Archie Fellowes? Von Richard Tetley ganz zu schweigen. Nein, ihre Verbrechen waren nicht wiedergutzumachen. Und doch waren sie in den Augen der Menschen Ehrenmänner.»

«Aber nicht in den Augen von Nanny Balsam?» fragte Lestrade und lächelte sie an.

Sie saß ruhig in ihrem Sessel. «Mr. Lestrade», sagte sie, «blicken Sie jetzt in diese Augen.»

Der Inspector gehorchte. Er runzelte die Stirn. Er rückte näher heran. Die alten grauen Augen waren müde. Hell vor Müdigkeit und lebenslanger Mühe. Doch er sah noch etwas anderes. Die Pupillen waren klein, und sie wurden kleiner. Er warf sein Glas zu Boden und packte ihre Schultern.

«Wie spät ist es?» fragte sie ihn, jetzt ein wenig undeutlich.

«Ich... weiß nicht. Äh... ungefähr elf. Nanny, sagen Sie mir...»

Sie hob ihre Hand. «Im Schreibtisch», sagte sie und deutete in die Ecke.

Lestrade drehte sich herum, stützte ihre zerbrechliche Gestalt mit einem Arm und fand den Umschlag.

«Es steht alles drin», sagte sie. «Mein Geständnis. Ich wünschte bloß... ich wünschte bloß, Lettie bräuchte es nicht zu erfahren.»

Sie sackte vornüber in Lestrades Arme, und er öffnete ihr behutsam den Kragen. Die zimperliche, noch immer anmutige alte Dame erhob keine Einwände. Es war lange her, daß Coquette in den Armen eines Mannes gelegen hatte. Und jetzt spielte es keine Rolle mehr.

«Ich entdeckte dieses... andere Gift», sagte sie schwer atmend. «Dumm von mir, daß ich nicht eher darauf kam. Und erst einundneunzig Jahre, nachdem es entdeckt wurde.»
Er blickte wieder in ihre zu einem Punkt geschrumpften Pupillen, und er roch in ihrem Atem das Opium. «Morphium», sagte er.
«Haben Sie statt meiner ein Auge auf Lettie», sagte sie und drückte seine Hand. «Auf Wiedersehen, Mr. Lestrade. Suchen Sie mich in den Kinderzimmern des Himmels», und sie fiel zur Seite. Einen Augenblick blieb ihr verschwommener Blick auf etwas haften. «Aber, aber», flüsterte sie, «ausgefranste Manschetten. Das würde Nanny nie durchgehen lassen...»

Er ging nach unten, als die Standuhr die Stunde schlug. Elf Uhr. Dieses Jahr zu Weihnachten würde Nanny Balsam nicht da sein. Und auch nicht in den künftigen Jahren.
Im Salon saß Harry bei Letitia, und Chief Inspector Guthrie kam zum zweitenmal zu sich. Lestrade nahm zwischen ihnen Aufstellung. «Es ist Miss Balsam», sagte er.
«Was?» Erschreckt durch das gelbliche Gesicht und die traurigen, der Welt überdrüssigen Augen, stand Letitia auf.
«Es muß die Aufregung des Morgens gewesen sein», sagte er. «Ich fürchte, sie hat uns verlassen, Letitia.»
Die Männer hörten, wie Letitia tief Atem holte. Dann raffte Letitia Bandicoot ihre Röcke, rannte durch das Haus und sprang die Treppe hinauf, so wie ihr Mann es an jenem Tag getan hatte, als Nanny Balsam den neugeborenen Jungen einen Klaps aufs Hinterteil versetzt hatte. Harry wollte ihr nach, doch Lestrade hielt ihn an der Schulter zurück. «Besser nicht», sagte er. «Lassen Sie Letitia mit ihren Erinnerungen allein. Bloß für einen Augenblick. Sie wird Sie später brauchen.»
Er tätschelte Bandicoots Arm, und der große Mann setzte sich wieder. Lestrade ging zu Guthrie und hievte ihn hoch. Er zog eine Zigarre heraus und klemmte sie ihm zwischen die Lippen. Er steckte auch sich eine in den Mund, benutzte Miss Balsams Brief als Fidibus, hielt ihn in die Flammen und entzündete erst seine, dann Guthries Zigarre.

«Was diesen Mord angeht», Guthrie rieb sich den Nacken, «diese Reihe von Morden, meinetwegen.» Er hatte Lestrades erstaunten Blick bemerkt. «Es ist Mrs. Bandicoot, nicht wahr. Deshalb hat Bandicoot mich niedergeschlagen.» Er warf dem Squire einen finsteren Blick zu. «Das erinnert mich daran…» Und er torkelte auf Harry zu.

Lestrade legte ihm freundschaftlich den Arm um die Schultern, geleitete ihn zur Tür und schüttelte den Kopf. «Nein, sie ist es nicht», sagte er, «und ich werde Sie zum Revier begleiten, um es zu beweisen. Wissen Sie, Chief Inspector, Sie hatten recht.»

«Sie meinen, es ist doch Bandicoot?» Guthrie gab die Hoffnung nie auf.

«Nein, ich spreche von meiner eigenen Unfähigkeit.» Lestrade fächelte die Luft mit dem brennenden Umschlag. «Meine eigene Unfähigkeit, und, ja, der Hochmut des Yard. Oh, ich werde meine Nachforschungen natürlich anderswo fortsetzen. Wir schlafen nie. Lassen nichts unversucht, keine Spur erkalten, keine Gelegenheit ungenutzt verstreichen. Doch, offen gesagt… Nun, Sie wissen, wie es ist…»

«Eine Sackgasse?» Die Schläge auf Guthries Kopf mußten etwas Gutes bewirkt haben. Der Mann war urplötzlich milder gestimmt.

«Das könnte man sagen», antwortete Lestrade. «Wie auch immer», im Vorbeigehen warf er das verschrumpelte braune Papier ins Feuer, «hier werden wir unseren Schuldigen nicht finden. Harry, gehen Sie jetzt zu Letitia. Ich muß den Chief Inspector aufs Revier begleiten.»

«Sholto, ich verstehe nicht. Kommen Sie zurück?»

Lestrade blickte ihn an, auf die Treppe zu Nanny Balsams Zimmer.

«Nein», sagte er, «das ist nicht nötig. Fröhliche Weihnachten, Harry.»

Als sie ihres Herrn und Meisters ansichtig wurden, zogen sich die Männer der Somerset Constabulary vorsichtig zu ihrem Fahrzeug zurück. Eine nach der anderen lösten sich die Reihen um Tom Wyatt, den alten Jack, den jungen Jem auf, und die Männer zogen über die bereiften Felder davon. Lestrade fuhr in der rumpelnden

Droschke neben dem immer noch benommenen Chief Inspector dahin. Unterhalb des alten Obstgartens, wo der Weg sich gabelte, lehnte er sich hinaus, um drei kleinen Kindern und ihrer Kinderfrau zuzusehen, die sich lachend und kreischend auf dem Eis vergnügten.
«Suchen Sie mich in den Kinderzimmern des Himmels.»
Der Inspector lächelte.

M. J. Trow, geboren in Rhondda Valley, behauptet von sich, daß er der einzige Waliser sei, der weder singen noch Rugby spielen könne. Er lebt mit seiner Familie in Havenstreet auf der Isle of Wight. Die ersten Romane um Sholto Lestrade erschienen unter dem Titel «Lestrade und die *Struwwelpeter*-Morde» (vergriffen), «Lestrade und der tasmanische Wolf» (vergriffen), «Lestrade und der Sarg von Sherlock Holmes» (vergriffen), «Lestrade und die Reize der Mata Hari» (vergriffen), «Lestrade und das Einmaleins des Todes» (vergriffen) sowie «Lestrade und Jack the Ripper» (Nr. 2998).